말리꽃 향기

말리꽃 향기

1판 1쇄 찍음 2017년 4월 19일
1판 1쇄 펴냄 2017년 4월 26일

지은이 | 이선경
펴낸이 | 고운숙
펴낸곳 | 봄 미디어

기획·편집 | 김민지, 김자우, 홍주희, 김현주

출판등록 | 2014년 08월 25일 (제387-2014-000040호)
주소 | 경기도 부천시 원미구 소향로17, 304(두성프라자)
영업부 | 070-5015-0818 편집부 | 070-5015-0817 팩스 | 032-712-2815
E-mail | bommedia@naver.com
소식창 | http://blog.naver.com/bommedia

값 9,000원

ISBN 979-11-5810-314-9 03810

말리꽃 향기

이선경
장편 소설

contents

※ ""는 한국어, 「」는 영어입니다.

프롤로그

아마도 등에 와 닿은 따사로운 봄볕 때문이었을 거다. 그녀의 마음이 약해진 것은.

지지직, 지지직. 혜원은 착잡한 얼굴로 진동 모드의 휴대폰을 내려다봤다. 오늘만 벌써 몇 번째인지.

전화를 받지 않자 메시지 알림이 연속으로 떴다. 그녀는 결국 몇 시간 동안이나 들여다보고 있던 옥상 정원 스케치를 내려놓고 메시지를 확인했다.

〈아가씨, 병원으로 빨리 와 주십시오.〉

아가씨라.

아가씨라 불리던 시절이 있었다. 하지만 어느새 15년이 흘렀다. 중학교 2학년의 봄부터 지금까지.

가야 할까?

혜원은 미열이 있는 듯한 이마를 손으로 만졌다. 그녀가 할머니의 소식을 들은 것은 5일 전이었다. 어느새 머리가 희끗희끗해진 김 집사가 그녀 앞에 나타났다. 위독한 할머니가 그녀를 간절히 보고 싶어 한다는 소식을 가지고. 단호하게 거절하고 돌아섰지만 마음속 어딘가에는 미련이, 그리움이 남아 있었나 보다.

여전히 그녀의 가슴속엔 원망과 분노가 엉켜 있다는 걸 안다. 그럼에도 할머니를 만나게 되면 그 감정을 넘어서 온 가족이 행복하게 살았던 시간들을 그리워하게 될까 봐 두려워졌다. 그녀의 바이올린 연주에 열렬히 박수를 치며 환하게 웃던 아버지의 얼굴이 떠오르자 혜원의 입에서 미처 잡지 못한 한숨이 새어 나왔다.

하아.

한숨과 함께 꾹꾹 눌러 담았던 그날의 기억이 날카로운 칼끝이 되어 머릿속을 파고들자 혜원은 손바닥의 상처를 무의식적으로 쓰다듬었다. 이제는 손금처럼 보이는 기다란 상처. 아끼던 도자기 인형을 깨뜨려 날카로운 조각을 쥐었던 그때. 갈라진 여린 살과 그곳에서 뚝뚝 떨어지던 붉은 피.

"독한 것, 어린것이 어찌 이리 독할까."

말과는 달리 안쓰러움이 가득했던 할머니의 목소리가 마치 어제의 일이었던 것처럼 생생하게 되살아났다. 고통스러워하던 아버지의 얼굴도.

그녀의 행복한 일상이 무너져 내린 건, 15년 전 소진을 만나러 나갔다가 집에 돌아온 6월의 어느 날이었다.

봄과 여름으로 뒤섞인 바람이 살랑거리며 뺨을 스쳐 지나가던 그날, 혜원은 엄마가 만들어 준 고소한 쿠키를 오독오독 깨물어 먹으면서 햇살 가득한 정원으로 들어섰다.

초록의 여러 그라스(Grass)들과 야생화 화단을 지나 흐드러지게 피어 있는 장미꽃들 사이를 걸으며 꽃 이름을 중얼거렸다.

"메이드마리온, 레이디오브샬롯, 윌리엄모리스, 피스, 그리고 덩굴장미."

혜원은 이 정원을 몹시 좋아했다. 엄마의 손길이 닿은 넓은 정원의 한쪽 귀퉁이는 이웃들의 부러움을 살 정도로 철마다 아름다움을 뽐냈다. 흐드러지게 핀 수많은 야생화와 꽃들이 바람 따라 춤추고 있는 모습을 취한 듯이 바라보고 있던 그녀는 남은 쿠키를 입에 집어넣었다.

고소한 쿠키만큼이나 절로 기분이 좋아지게 하는 여러 꽃향기들이 온몸으로 스며들었다. 한 무리의 말리꽃 화분들을 훑으며 지나가던 그녀는 바람 속을 가득 채운 향기를 가슴 깊이

들이마시며 싱그럽게 웃었다.

아, 기분 좋다.

그녀는 한참 동안 정원을 거닐다가 어깨에 메고 있던 바이올린 케이스를 내려놓고 의자에 누워 파란 하늘에 점점이 떠 있는 구름을 감상했다. 잠시 기분 좋은 사색에 잠겨 있는데 갑자기 머리 위에서 고요를 깨뜨리는 남자의 목소리가 들렸다.

"어이, 거기 고집쟁이!"

장난기 가득한 목소리에 그녀는 고개를 들어 옆 저택의 2층 발코니를 바라봤다. 헐렁한 티셔츠와 청바지를 입은 남자가 싱긋 웃으며 손을 흔들고 있었다.

혜원은 평화로운 시간을 방해한 그에게 얼굴을 찡그리며 되받아쳤다.

"어이, 거기 바람둥이!"

"정혜원, 너 정말 이럴 거야? 오빠라고 부르라 했지?"

"흥, 오빠 좋아하네."

"어휴, 저게 정말. 말도 무지 안 듣는다니까. 무서운 중2병을 앓는 중인 거 아니까 성격 좋은 내가 참는다."

혜원은 고3인 재현의 말에 콧방귀를 뀌었다. 나이 차가 있지만 어렸을 때부터 친하게 지내 온 옆집 오빠였다. 엄마들 또한 자매처럼 가깝게 지내는 터라 안 볼 수 없는 사이기도 했다.

"정혜원, 바구니 내려보낸다. 거기에 쿠키 좀 담아 올려 보내라."

"기브 앤 테이크도 몰라?"

"알았어. 나중에 맛있는 거 사 줄게."

"언제 뉴욕으로 가는데?"

"다음 주에 가지. 며칠밖에 못 쉬어."

혜원은 줄에 매달려 내려온 바구니에 엄마가 만들어 준 쿠키를 몇 개 집어넣었다. 그런 그녀를 내려다보며 재현이 말했다.

"더 넣어. 친구랑 같이 먹을 거야."

"친구?"

"학교 친구야."

혜원이 쿠키를 몇 개 더 넣자 재현이 바구니를 끌어 올렸다. 그 모습을 바라보고 있던 그녀의 눈에 발코니로 걸어 나오는 남자의 모습이 들어왔다.

우와. 저도 모르게 흘러나오는 감탄사를 재빨리 입안에 가둔 그녀에게 재현이 말했다.

"혜원아, 잘 먹을게. 그리고 이 오빠가 없는 동안에 예쁘게 잘 크고 있어라. 다른 놈에게 눈 돌리지 말고."

"웃기는 소리 그만하고 그 얼굴 좀 안 보이게 해 주라."

재현을 향해 주먹을 들이대던 혜원은 그의 친구와 눈이 딱 마주치자 입을 다물었다. 재현이 그 남자에게 말했다.

"태혁아. 저 애 말이야, 성격이 보통이 아니니까 가능한 안 마주치는 게 좋을 거야."

재현에게 눈을 흘기던 혜원은 안으로 들어가는 남자의 등을 바라보면서 얼굴을 붉혔다.

그때였다. 끼이익, 하고 갑자기 열리는 대문 소리에 그녀의 관심이 그곳으로 쏠렸다.

오랫동안 아빠의 개인 비서로 일하고 있는 김 비서가 돌계단을 걸어 올라오는 모습이 보였다. 눈이 마주치자 평소와 다르게 김 비서가 고개를 돌렸다.

아파서 오래 쉰다고 하더니. 그런데 저 애는 누구지?

김 비서의 손을 잡은 네 살 정도로 보이는 남자아이가 기분이 좋은지 까르르 웃고 있었다. 처음 보는 아이라 고개를 갸웃하던 혜원의 눈길이 김 비서의 불룩한 배에 가 닿았다. 이런 걸 예감이라고 하는 걸까. 따스한 봄볕에도 온몸에 소름이 올라왔다.

"엄마!"

본능적으로 엄마를 불렀다. 집 안으로 들어가려는 그녀에게 김 집사가 다가왔다.

"아가씨, 사장님께서 잠시만 이곳에 계시라고 하십니다."
"무슨 일인데요? 네?"
"저는 잘 모릅니다."

홀로 정원에 남겨진 혜원은 불안한 시선으로 저택을 바라봤다. 얼마 전부터 엄마와 아빠의 심상치 않던 분위기가 떠올라 불안감이 더 커졌다.

"남자아이, 남자아이. 할머니가 원하던 남자아이."

자신도 모르게 중얼거리고 있다는 걸 알아차린 그녀가 입을 다물었다.
혜원은 햇살 가득한 정원을 바라봤다. 어쩌면 이게 마지막일지도 모른다는 생각을 하면서.

톡톡.

책상을 두드리는 소리에 예전 생각에서 벗어난 혜원은 천천히 고개를 들었다. 환한 얼굴의 은혜가 회의실을 가리키며 입 모양으로 미팅이라고 전했다. 혜원은 이미 준비해 놓은 자료를 들고 다른 직원들과 회의실로 들어갔다.

각자 맡고 있는 프로젝트에 대한 보고가 끝나자 총괄실장인 준성이 스크린에 일정표를 띄우며 차분히 말했다.

"각 팀이 지금 맡고 있는 프로젝트로 바쁘다는 건 알지만 올해 가든 페스티벌에 참여할 팀을 결정해야 합니다. 사실 올해 초에 계획을 잡았어야 했는데 팀마다 맡고 있는 일이 워낙 많아서 참가 여부를 놓고 위에서도 의견들이 많았습니다. 그래서 결정이 늦어졌고요."

"실장님, 이번엔 어디에 참가합니까?"

은혜의 말에 준성은 자료를 나눠 주며 얘기를 이어 나갔다.

"일단 올해는 작년에 참여했던 햄튼코트 궁전 플라워 쇼는 참여하지 않습니다."

준성은 테이블에 둘러앉은 직원들을 보며 미소를 지었다. 든든한 사람들이었다. 업계에서 두각을 나타내는 가든 디자이너들을 빠르게 포섭한 것은 회사 성장에 원동력이 되었다. 그들은 회사에서 보내는 기대에 힘입어 국내외의 많은 가든 페스티벌, 정원 박람회, 플라워 쇼 등에서 화려한 성적을 거두고 있었다.

"그럼 올해는 몇 군데에 참여합니까?"

다른 직원의 질문에 준성이 대답했다.

"시간이 촉박한 관계로 싱가포르 가든 페스티벌과 일본 세계 가드닝 월드컵에만 참여하고, 국내에서는 서울 정원 박람회만 나가기로 결정했습니다. 사실 싱가포르 가든 페스티벌은 포기할 예정이었으나 다행히도 대회 날짜가 10월로 늦춰지는 바람에 참가할 수 있게 됐습니다."

얘기를 마친 준성은 혜원에게 시선을 돌렸다.

"정 팀장님."

"네, 실장님."

"이번에 맡은 프로젝트가 언제쯤 끝나죠?"

"서두르면 6월 말에서 7월 초까지는 가능할 것 같습니다."

"그럼 정 팀장님이 팀을 꾸려 싱가포르 가든 페스티벌에 참여하는 게 어떻습니까?"

"네, 그렇게 하겠습니다."

"어느 부문이 좋겠습니까?"

준성의 질문에 잠시 생각에 잠겼던 혜원이 입을 열었다.

"자연식 농원(Landscape Garden)이 좋을 것 같습니다."

그녀의 대답에 고개를 끄덕인 준성은 팀을 마저 나눠 일을 분배했다.

회의가 끝난 후, 혜원은 다시 하던 일에 몰두했다. 책상 위에는 이미 열 장이 넘는 스케치들이 펼쳐져 있었다. 며칠에 걸쳐서 직접 컬러링 작업까지 마친 옥상 정원 스케치들이었다. 그것들을 잠시 못마땅한 눈초리로 쳐다보던 그녀는 다시 작업을 시작했다.

H.L* 그리기를 시작으로 라인 드로잉으로 공간 구성하기, 그리드(Grid) 그려 넣기, 구성 요소들의 높이 값을 측정한 후에 펜으로 입체감을 살리는 작업이 그녀의 손에서 순식간에 이루어졌다.

마지막으로 컬러링 작업까지 마치고 나서야 한숨을 돌린 혜원은 스케치한 것을 다시 들여다보다가 문제점이 무엇인지를 드디어 찾아냈다. 그제야 그녀의 입가에 만족스러운 미소가 맺혔다.

빛과 바람의 방향을 제대로 찾아내지 못한 게 문제였다. 다음 주에 다시 현장을 보러 가야 할 것 같았다.

자연환경을 고려해 식재를 해야 옥상 정원은 더 자연스럽고 편안한 분위기가 된다. 바람이 부는 방향에 넣을 그라스의 종류를 머릿속으로 떠올렸다. 그녀의 눈이 그 어느 때보다도 반짝거렸다.

꽃보다 더 아름다운 그라스들이 많았다. 특히 그녀가 좋아하는 브라치트리차새풀은 그라스인데도 꽃이 깃털처럼 풍성하게 피어난다.

무리 지어 핀 그라스들 사이를 걸으면 마치 뭉실뭉실한 구름 속을 걷는 듯한 착각이 들 정도로 부드럽고 운치 있다. 그래서 외국의 정원에서 많이 사랑받는 것이리라.

하지만 다른 그라스들이 연달아 떠오르자 그녀는 고민에 빠

---

*H.L(Horizontal Line):관찰자 높이의 눈높이 선.

졌다.

아무래도 버들마편초가 흐리기 효과(Blur Effect)로 사용하기 좋지 않을까? 가늘고 긴 꽃대 위에 피는 보라색 꽃만큼 식물 군락을 나누기에 그만한 게 없기도 하고. 하지만 자유로운 분위기로는 버지니아 냉초가 좋지. 가을에 냉초 풀잎에 단풍이 들면 그야말로 환상인데.

지금까지 그녀가 구상하고 시공한 정원만 해도 수십 개가 넘었다. 그중에는 아파트의 커뮤니티 야외 정원, 빌딩 옥상 정원, 식물원의 열대 정원, 그리고 전원 주택지의 정원 전체를 도맡아 한 적도 있었다.

꽃과 식물을 사랑하는 엄마에게 영향을 받아 그녀 또한 어렸을 때부터 이 분야에 흥미가 있었다. 때문에 대학에서 원예학과 조경학을 전공했고 재학 당시 참가한 정원 박람회를 후원해 준 이 회사에 운 좋게 입사했다.

머릿속에 입사한 때부터 지금까지의 시간들이 스쳐 지나갔다. 체력적으로 힘이 들 때도 있었다. 하지만 공들여 완성한 정원을 거닐 때의 행복감에 비하면 그런 점은 아무것도 아니었다. 혜원은 계속 떠오르는 생각을 떨쳐 내고 다시 일에 집중했다.

어느새 퇴근 시간이 되었는지 주위가 부산스러워지자 그녀도 하던 일을 정리하고 일어섰다. 그러나 일을 끝마치기가 무섭게 다른 생각이 그 틈을 파고들었다. 밖으로 나온 혜원은 바람이 가득한 거리에 서서 김 집사의 메시지를 들여다보며 갈

등했다.

어떻게 찾아냈을까. 미국에 있는 줄 알고 있었을 텐데. 아버지도 아실까.

아버지란 단어와 함께 행복했던 시간들과 고통스러운 기억이 한꺼번에 몰려오자 혜원은 연거푸 고개를 가로저었다.

빨리 집으로 가야겠다. 그녀의 걸음이 빨라졌다. 엄마가 만들어 놓았을 따듯한 저녁밥 생각에 갑자기 허기가 느껴졌다. 게다가 방실방실 웃고 있을 은우의 모습이 그려져 그녀의 입꼬리가 한없이 올라갔다.

1장
만남 그리고 은우 삼촌

혜원은 대문 밖에서 잠시 집을 바라봤다. 평소와 다를 바 없이 담 너머로 보이는 배롱나무와 홍단풍나무가 정겹다. 이 집을 구매해 리모델링을 하고 아담한 정원을 만들며 엄마와 행복해하던 시간들이 스쳐 지나갔다.

주말에는 배롱나무에 양초 병을 달아 은은한 봄밤의 정취를 즐겨야겠다는 생각을 하면서 집 안으로 들어섰다. 맛있는 음식 냄새가 퍼지는 오픈 주방을 지나 거실로 들어가며 두리번거렸다.

"엄마."

"혜원이니? 안방에 있다."

안방에서 나직하게 들리는 자장가 소리에 그녀는 조용히 방문을 열었다.

"은우 재우려고요?"

"저녁 내내 친구들과 뛰어놀더니 피곤한가 봐."

은우는 자면서도 하품을 했다. 통통한 뺨, 살짝 곱슬곱슬한 머리카락, 작은 입술. 아직은 아기 냄새가 나는 은우의 옆에 앉은 혜원은 자그마한 손을 잡았다.

"잘 자네, 우리 은우."

은우의 이마에 살포시 뽀뽀하는 딸을 바라보던 숙영이 일어서며 말했다.

"배고플 텐데, 밥부터 먹어야지."

"씻고 내려올게요."

샤워를 마치고 편한 옷으로 갈아입은 혜원이 주방으로 들어섰다.

"맛있는 냄새가 나요."

"찌개 식기 전에 어서 먹어."

모녀는 두런두런 얘기를 나누며 저녁을 먹었다. 활짝 열어 놓은 슬라이딩 도어 너머로 바람에 살랑거리는 나뭇잎들의 소리가 가득한 그림 같은 정원이 눈앞에 펼쳐져 있었다. 집을 리모델링할 적에 주방과 은우의 놀이터인 다락방, 그리고 옥상에 특히 신경을 썼다. 혜원은 하루를 마치고 엄마와 밥을 먹으며 정원을 바라볼 때마다 이 집을 산 게 얼마나 잘한 선택이었는지를 새삼 깨닫곤 했다.

직장인 강북에서 용인까지 출퇴근하는 게 불편하긴 했지만 이 한적한 주택가를 보자마자 마음을 빼앗겨 버렸으니 후회는 없었다. 외곽에 자리 잡은 동네는 조용한 데다 뒤에 있는 산 덕분에 공기마저 깨끗해서 아이들이 뛰어놀기에도 제격인 곳이었다. 특히나 어린아이들이 있는 젊은 부부들이 많아 은우가 또래 아이들과 어울릴 수 있어 좋았다.

순두부찌개와 함께 맛있게 밥을 먹는 딸을 보는 숙영의 입가에 잔잔한 미소가 어렸다.

"혜원아."

고개를 드는 딸에게 그녀가 말했다.

"다음 달 토요일, 은우 생일에 여기서 파티를 열까? 애 엄마들도 같이 초대하는 게 좋을 것 같은데."

"조촐하게 가든파티를 열까요? 정원에서 바비큐도 하고 애들이 좋아하는 엄마 표 쿠키도 여러 가지 굽고요. 와인과 맥주는 있죠?"

"충분해. 케이크는 구울까? 살까?"

"케이크와 토스트는 제가 준비할게요. 그리고 애들은 옥상이나 다락방, 지하 게임 룸에서 애니메이션을 보여 주면 좋아할 거예요."

"하긴 애들은 자기들끼리도 잘 노니까."

저녁을 다 먹은 혜원이 설거지를 하는 동안 숙영은 커피를 내렸다. 무리 지어 심어 놓은 소죽의 사그락거리는 소리에 은은한 커피 향이 더 깊어진 것 같았다.

언제 봐도 아름다운 정원을 보며 미소 짓는 그녀의 눈가에 자잘한 주름이 잡혔다. 하지만 그녀의 시선이 설거지를 마무리하고 있는 딸에게로 향하자 금세 눈가가 촉촉하게 젖어 들었다. 딸이 없었다면 이렇게 행복하게 살 수 있었을까. 이혼을 하고 홀로 그 집을 나오면서 얼마나 피눈물을 흘렸던가.

당시 남편에 대한 배신감과 딸에 대한 그리움으로 그녀의 삶은 말이 아니었다. 수시로 정신과를 드나들어야 했고 집 밖을 나가는 게 두려웠다. 그녀의 일상은 이혼과 함께 산산이 부서져 내렸다.

그런 그녀에게 어느 날 혜원이 왔다. 앙상하게 마른 딸을 보자마자 정신이 번쩍 들었다. 그녀에게로 오기 위해 딸이 보냈을 힘든 시간이 짐작 갔기 때문이었다. 물고 빤다는 표현 그대로 혜원을 애지중지하던 시어머니와 남편에게서 그녀는 딸을 데려올 힘이 없었다. 그런데 그 일을 중학교 2학년의 어린 딸이 스스로 해냈다.

찾아와 품에 안긴 딸을 한참 동안 다독였다. 말없이 앉아 있는 혜원에게 그녀는 밥을 지어 먹이고 쿠키를 구워 입에 넣어 주었다. 그리고 서로를 끌어안고 밤새 울었다.

"엄마."

혜원의 목소리에 숙영은 활짝 웃으며 커피가 가득 담긴 머그잔을 내밀었다. 둘은 달빛 아래서 더 아름답게 빛나는 단풍나무를 바라보며 느긋하게 커피를 마셨다.

❂　　❂　　❂

"저 아이와 여자라고?"

"네, 본부장님."

박 비서의 말에 태혁은 창문을 조금 더 내려 백화점에서 나와 공원으로 향하는 여자와 아이를 지켜봤다. 서너 살 정도로 보이는 아이는 뭐가 그리 좋은지 연신 깔깔거리며 웃었다.

박 비서의 말이 이어졌다.

"토요일엔 그 동네의 몇몇 엄마들과 함께 아이들을 데리고 백화점 문화 센터에서 클레이 아트 수업에 참가한답니다."

박 비서는 그가 건넨 자료와 여자를 번갈아 보고 있는 태혁에게 자세한 설명을 덧붙였다.

"정혜원 씨는 젊은 나이에 팀장 자리에 오를 만큼 업계에서 인정받는 가든 디자이너입니다. 특히 국내외의 주요 정원 박람회와 가드닝 월드컵에서 두각을 나타내고 있습니다. 지금까지 지켜본 바로는 은우 도련님은 많이 사랑받으며 자란 것 같습니다. 정혜원 씨와 그 어머니에게서요."

"그렇군요."

태혁의 눈에도 아이는 행복해 보였다. 까르르 웃는 아이를 바라보는 여자에게서 맑은 웃음소리가 흘러나왔다. 둘 다 기분이 좋은 것 같았다. 아이의 물건이 잔뜩 들어 있을 것 같은 큰 가방을 어깨에 메고 아이의 손을 잡은 채로 다른 손으로 커피까지 든 여자의 모습이 너무 여유로워 보여서 눈을 뗄 수가 없었다.

그는 잠시 차 안에서 그들을 더 지켜보기로 했다. 함께 온 친구들과 공원을 뛰어다니며 놀던 아이가 여자에게 달려갔다. 해맑게 웃는 아이를 안아서 빙빙 돌리던 그녀가 가방에서 과자를 꺼내 입에 넣어 주더니 오물거리며 먹는 작은 입을 티슈로 닦아 주는 게 보였다.

"둘 다 행복해 보이네요."

저도 모르게 중얼거린 태혁은 여자가 커피를 마시면서 같이 온 엄마들과 얘기를 나누기 시작하자 그 자리를 떠났다.

본가로 가는 대신 회사로 차를 돌리게 했다. 주말이라 회사는 한산했다. 집무실로 올라간 태혁은 서랍에서 서류를 꺼냈다. 그의 형인 주혁에 관한 보고서였다.

주혁은 한 회장이 고개를 절레절레 흔들 정도로 망가진 상태였다. 그래도 핏줄인지라 외면할 수 없었기에 어떻게든 큰아들을 제자리로 돌아오게 하려는 부모님의 노력은 눈물겨울 정도였다.

도박, 술, 여자.

사업을 하는 사람이라면 더 조심해야 할 대상들. 그럼에도 주혁은 이 문제들로 끊임없이 사고를 치다가 결국 미국의 리햅* 시설에 들어가 재활 치료를 받는 중이었다.

그런 형에게 아이가 있다는 걸 최근에야 알게 됐다. 형도 모르는 아이가 다른 사람의 손에서 자라고 있다니.

태혁은 서랍에서 다른 서류를 꺼내 낯선 여자의 사진을 들

---

*리햅(Rehab):마약이나 알코올 중독 치료 및 다른 질병의 재활 치료까지 하는 곳.

여다봤다. 강원랜드의 카지노에서 근무했다는 여자는 순하고 앳된 얼굴을 하고 있었다.

"죽었답니다. 도련님이 한 살 때 사고로 그만……."

박 비서의 말이 귓가에 울리자 태혁은 초췌한 모습을 한 형의 사진을 옆으로 치워 버렸다. 분노가 가득한 말이 그의 입술을 뚫고 나왔다.

"형님! 도대체 언제 정신을 차릴 겁니까?"

✿　　　✿　　　✿

카페의 창가에 앉은 태혁은 시선을 거리로 돌렸다. 혜원을 기다리는 중이었다. 박 비서를 통해 혜원에게 이미 상황을 설명한 상태였고 직접 몇 번의 통화도 한 후였다.

그의 시야에 단정한 블라우스 차림의 늘씬한 여자가 걸어오는 모습이 잡혔다. 잠시 망설이듯 서 있다가 문을 열고 들어온 여자는 살짝 손을 든 그를 향해 또박또박 걸어와 조용히 맞은편에 앉았다. 여자의 얼굴 위로 햇살이 일렁였다. 그 햇살 때문인지 그녀의 크고 아름다운 눈동자가 슬퍼 보였다. 그게 제탓인 것만 같아 태혁은 작게 한숨을 쉬며 자신을 소개했다.

"한태혁입니다."

"정혜원입니다."

혜원은 인사를 나누고도 여전히 경계심을 품은 눈으로 그를 바라봤다. 둘의 어색한 시간은 태혁이 주문한 차를 가져오는 동안 잠시 누그러졌다가 다시 이어졌다. 잠시 말없이 차를 마시던 태혁이 그녀에게 봉투를 내밀었다.

"확인해 보십시오. 저희 쪽에서 먼저 검사를 의뢰했었습니다. 그 점은 사과드립니다."

"저도 저번에 보내 주신 형님분의 칫솔로 검사를 신청했습니다."

둘은 조용히 서류를 교환했다. 한주혁과 은우의 친자 검사 결과에 대한 내용을 끝까지 읽은 혜원의 눈에서 그만 눈물이 한 방울 툭 떨어졌다. 이미 결과를 알고 나왔는데도 은우의 얼굴이 떠오르자 저도 모르게 울컥했다. 그녀의 마음 상태를 보여 주듯이 목소리에 감정이 섞여 나왔다.

"……데려가겠다는 건가요, 우리 은우를? 아버지가 누군지 모르고도 지금까지 잘 살았는데 갑자기 나타나서……."

태혁은 입술을 깨물며 평정심을 유지하려고 애쓰는 혜원의 모습에 급히 손사래를 쳤다.

"아닙니다. 오해하지 마십시오. 은우가 편안하게 저희 가족을 받아들일 수 있을 때까지 서로 왕래하면서 기다리는 게 우선이라고 봅니다."

"……."

"저도, 부모님도 같은 생각입니다. 은우가 그곳에서 행복하게 잘 지내고 있다는 걸 알고 있습니다. 억지로 떼어 놓을 생각은 없습니다."

예상하지 못한 말이라 혜원의 눈에 의심이 어렸다.

"정말인가요?"

"그렇습니다. 며칠 뒤에 어머니와 함께 은우를 보러 가도 되겠습니까?"

고개를 끄덕인 혜원이 그제야 안도한 얼굴로 식어 버린 찻잔을 집어 들자 태혁은 양해를 구하고 뜨거운 차를 다시 주문했다.

은우 아빠도 이런 남자면 좋을 텐데.

자상한 모습의 태혁에게 저절로 시선이 간 혜원은 자연스레 소진과 재회했던 때로 생각이 흘러갔다. 중학교 때부터 친한 친구였던 김소진, 그런 친구가 낳은 아들. 불행을 대물림하고 싶지 않다고 몸부림치던 소진의 말이 떠올랐다.

"부잣집에 입양된 여덟 살 때부터 늘 불안했었어. 그러다가 네가 미국에 있는 동안에 결국 파양을 당했지. 악착같이 살아야 했어. 그런데 내 아이를, 아버지 없는 아이로 만들다니."

혜원은 양손으로 만삭의 배를 감싸며 쓸쓸하게 웃던 소진을 집으로 데려왔다. 그렇게 태어난 은우는 혜원의 가족이 됐다.

행복하기만 했던 시간이 흘러 은우가 막 11개월을 지났을 때였다. 사고를 당해 생사의 갈림길에 있던 소진이 아이를 부탁해 왔고 숙영은 망설이지 않고 소진을 자신의 호적에 올렸다. 그때서야 혜원은 정식으로 은우의 이모가 될 수 있었다. 그런 은우에게 이제 가족이 더 생겼다.

핏줄로 연결된 가족이.

친부가 나타났으니 혜원과 숙영이 은우를 키우겠다고 더 이상 고집할 수도 없었다.

"혜원 씨, 따뜻할 때 마셔요."

부드러운 목소리에 이끌리듯 혜원의 시선이 태혁에게 향했다. 그러다 목소리만큼이나 눈빛이 참 좋다고 느낀 제 생각에 놀라 얼른 찻잔으로 시선을 돌리고 말았다. 뜨거운 차를 몇 모금 마신 후에야 다시 차분해진 혜원은 태혁과 은우에 대한 얘기를 더 나누다가 집으로 돌아왔다.

그 후로 태혁의 가족이 은우를 만나러 오기 시작했다. 처음에는 낯설음에 울음을 터트리던 은우가 차츰 안정된 모습을 보였다. 얼마 지나지 않아 놀러온 친구들에게 삼촌과 할머니를 소개하기까지 했다. 아마도 외할머니와 이모 외에도 자랑할 가족들이 늘어나 신이 났을 것이다.

태혁의 어머니인 최 여사는 어느새 숙영과도 친해져서 수시로 집을 들락거리고 있었다. 존재조차 몰랐던 첫 손자라 더 마음이 쓰여 저절로 발길이 향했나 보다.

하지만 회사 일로 바쁜 태혁은 자주 들르지 못했다. 그럼에도 은우는 그런 태혁을 무척이나 좋아하고 따랐다. 아빠들과 노는 친구들이 내심 부러웠는지 태혁이 오면 집 앞에서 자전거를 타거니 목말을 태워 달라고 떼를 쓰기에 이르렀다. 그런

두 사람을 볼 때마다 숙영은 핏줄이란 게 참으로 무섭다는 말을 했다.

토요일이었다. 주방의 긴 원목 테이블에 앉아 숙영과 느긋하게 커피를 마시며 밖을 내다보던 최 여사가 말했다.

"여긴 참 좋아요. 평화롭고 고즈넉하고. 게다가 오픈 주방으로 되어 있으니까 꼭 카페에 앉아 있는 느낌이에요."

"우리 애가 고생을 많이 했죠. 직업이 직업인지라 이 집을 리모델링할 때 설계에도 참여했으니까요."

"이 편백나무 테이블은 앉아 있기만 해도 좋은 향기가 올라와서 마음이 편안해져요."

"편백나무 중에서도 히노끼라고 일본에서 수입해 온 거라더군요. 우리 딸애가 주방과 정원을 연결시키려고 특히나 신경을 많이 썼지요. 도마부터 시작해서 주방 용품 대부분에 편백나무를 사용했고 찬장은 물푸레나무와 자작나무로 했어요."

"역시! 그래서 숲에 온 느낌이었네요. 그런데 은우 이모는 오늘도 늦나요?"

"요즘 맡은 프로젝트를 빨리 끝내야 하는 상황이라 정신이 없대요. 얼마 지나면 좀 괜찮을 거라더군요."

두 사람이 얘기를 나누는 사이 어느덧 하늘에 어스름이 내려앉았다. 아쉬운 얼굴로 일어선 최 여사는 장미꽃이 만발한 화단 옆에 서서 은우를 안아다 담장 밖을 구경시켜 주고 있는 태혁을 불렀다. 그리고 저녁을 먹고 가라는 숙영에게 미소를 지으며 말했다.

"회장님이 집에서 식사를 하신다고 하니 어쩔 수 없네요. 다음에는 꼭 저희 집으로 은우와 함께 놀러 오세요."

최 여사와 태혁을 배웅하고 들어온 숙영은 갑자기 집 안이 썰렁하게 느껴지자 은우를 안으며 물었다.

"은우야, 삼촌이 좋아?"

"응, 목말도 태워 주고 자전거도 밀어 줬어."

"좋은 삼촌이구나."

"응."

밤이 훌쩍 깊어졌음에도 딸이 오지 않자 숙영의 이마에 그늘이 졌다. 아무리 일이 바빠도 주말에는 잘 나가지 않던 딸이 요즘 부쩍 집을 비웠다. 일부러 밖을 배회하는 것만 같았다.

언젠가는 결국 은우를 데려갈 테니 그쪽 가족들과 마주치기 싫은 걸까.

기운이 없어 보이는 딸의 모습이 떠오르자 걱정 가득한 숙영의 시선이 어두운 밖으로 향했다.

숙영의 걱정대로 혜원은 친구를 만나 맥주를 몇 잔 마신 상태였다. 대리운전을 부른 친구의 차를 타고 집 근처에서 내린 그녀는 편의점에서 생수를 사 마신 후 집으로 이어진 길을 천천히 걸었다.

마음이 복잡했다. 은우의 친가 사람들이 집에 드나들기 시작한 지 거의 한 달. 그 시간 속에서 편안해지지 못한 사람은 그녀뿐인 것 같았다. 게다가 은우 아빠인 주혁에 대해 어느 정도 알고 나니 마음은 한없이 무겁게 가라앉기만 했다.

제 아이처럼 키웠다. 이모가 아닌 엄마의 마음으로 품에서 떼어 놓지 않던 아이를 그런 아빠에게 보내야 할까.

답답한 마음에 눈길을 준 밤하늘에는 달빛과 별빛이 어우러져 수를 놓고 있었다. 서울에서는 보기 힘든 별이 이 산기슭의 한적한 곳에서는 거짓말처럼 무리를 지어 반짝였다.

"혜원 씨."

혜원은 소리가 나는 방향으로 고개를 돌렸다. 주택가에 주차된 차에서 내린 태혁이 그녀를 향해 천천히 걸어왔다. 가로등 불빛 속에서 그의 모습이 점점 커졌다. 눈을 깜박이는 것도 잊어버린 채 그 모습을 바라보고 있던 혜원은 그가 바로 앞까지 왔을 때에야 정신을 차렸다.

"은우를 보고 오는 길이에요?"

"네, 지금쯤 잠들었을 겁니다."

혜원은 옆으로 한 걸음 물러났다.

하지만 태혁은 그녀의 걸음에 보조를 맞춰 걸었다. 어깨가 처진 채 걷는 혜원에게서 약한 술 냄새가 났다. 혜원이 왜 술을 마셨는지 짐작할 수 있었다. 그녀의 평화로운 일상을 깨 버린 그와 그의 가족들 때문이란 걸. 무엇보다 은우를 데려갈까 봐 두려워하고 있다는 것을.

"혜원 씨."

걱정이 담긴 그의 목소리에 멈춰 선 혜원이 아무 말 없이 그를 올려다봤다.

태혁은 술기운으로 발그레해진 혜원의 얼굴을 내려다봤다. 달빛 때문인지, 가로등 때문인지 그녀의 슬퍼 보이는 눈동자에서 눈을 뗄 수가 없었다.

그의 눈길에 혜원이 고개를 돌리자 갑자기 가슴이 서걱거렸다.

"우리 때문입니까? 혜원 씨가 이러는 거? 늘 일이 끝나면 바로 집에 왔다고 하더군요. 혜원 씨의 어머니께서요."

혜원은 느리게 고개를 가로저었다.

"아니에요. 요새 일정이 빡빡해서 바쁘기도 했고, 오늘은 오랜만에 친구를 만나서 한잔한 것뿐이에요."

"……그렇군요."

두 사람은 말없이 걸었다. 집이 가까워질수록 태혁의 걸음이 점점 느려졌다. 도착해 대문의 벨을 누르려는 혜원의 뒤에서 그가 말했다.

"미안합니다."

뒤돌아선 혜원이 그를 물끄러미 바라봤다.

"혜원 씨를 힘들게 해서, 마음 아프게 해서 미안합니다."

"아니라고…… 했잖아요."

태혁은 아니라는 대답을 하면서도 큰 눈에 금세 눈물이 그렁해지는 혜원을 위로해 주고 싶었다. 가냘픈 그녀의 어깨를 다독여 주고 싶었다. 하지만 작은 틈이나 여지도 없이 혜원이 조심해서 가라는 인사를 하고 대문 안으로 들어가 버리자 묘한 상실감이 밀려왔다. 혜원과 함께 걸어왔던 길을 혼자 내려가는 그의 발걸음엔 왠지 힘이 없었다.

집 안으로 들어온 혜원은 숙영의 옆에서 잠이 든 은우의 머리를 다정하게 쓸어내렸다. 곱슬곱슬한 머리카락이 손가락 사이로 빠져나갔다.

이것이 핏줄의 힘일까. 태혁의 머리카락을 닮았다. 아니, 형이라는 사람의 머리카락을 닮은 거겠지.

혜원은 은우의 작은 손가락과 발가락을 한참 동안 쓰다듬다가 제 방으로 돌아갔다.

오랜만에 가는 피크닉에 들떠 있는 은우와 숙영을 태운 혜원은 한 시간 거리의 공원으로 차를 몰았다. 도착한 공원에는 이미 많은 사람들이 있었다. 플라타너스 나무 아래에 돗자리를 깐 혜원이 커다란 가방에서 여러 가지 물건을 꺼내는 동안 그사이를 참지 못한 은우가 숙영의 손을 잡고 잔디밭을 뛰어다녔다.

은우에게 공을 던져 준 후 혜원은 오는 길에 사 온 커피를 마셨다. 마음 같아서는 함께 놀아 주고 싶은데 요즘 빡빡한 일정 때문에 일에 매일 시달리다 보니 육체적으로도 정신적으로도 몹시 피곤했다. 커피를 마시고 있는데도 자꾸만 눈이 감겼다.

초여름의 열기가 느껴지는 날씨였지만 바람이 선선해서인지 덥지는 않았다. 따뜻한 햇살에 꾸벅꾸벅 졸던 그녀는 결국 돗자리에 몸을 웅크리고 누워 있다가 스르륵 잠이 들었다.

행복한 꿈을 꾸었다. 그녀는 엄마의 아름다운 정원에서 바이올린을 연주하고 있었다. 그곳에는 그녀를 사랑스러운 눈으로 바라보며 웃고 있는 할머니와 아버지가 있었다.

"역시 우리 혜원이가 최고야. 암, 내 손녀인데 당연하지. 제일 예쁘고 착하고 뭐든 잘하거든."

"어머니, 당연하죠. 누구 딸입니까? 하하."

서로 자신을 닮았다며 주장하는 할머니와 아버지의 사이에 앉은 엄마가 웃었다. 웃음소리가 커질수록 혜원은 더 즐겁게 연주를 했다.

장면의 변환은 급작스러웠다. 혜원은 자면서도 방어하듯이 팔로 몸을 감쌌다.

춥다. 너무 춥다. 왜 이렇게 춥지. 저 애 때문인가? 아니면 아버지 옆에서 웃고 있는 김 비서 때문인가?

반사적으로 아버지에게 달려가려고 했지만 몸이 움직여지지 않았다. 흐느끼던 그녀는 추위에 몸을 부르르 떨었다. 발바닥에서 시작된 냉기가 온몸으로 퍼지고 있었다. 아버지를 애타게 불렀다. 하지만 아무리 소리를 질러도 목소리는 나오지 않았다. 김 비서와 아이의 손을 잡은 아버지의 모습이 점점 희미해져 갔다.

서러운 눈물을 뚝뚝 흘리던 그녀는 갑자기 어깨에 더해지는 온기에 서서히 울음을 그쳤다. 누군가의 따뜻한 손이 느껴졌다. 울지 말라고, 아프지 말라고 다독여 주는 듯한 다정한 손길에 꿈이 사라지더니 몸이 따뜻해졌다.

그 덕분인지 혜원은 한참 동안 달콤한 잠을 자다가 기분 좋게 눈을 떴다. 숙영이 헝클어진 머리를 쓸어 주며 다정하게 말했다.

"많이 피곤했구나. 좀 더 자라."

"은우랑 놀아 줘야죠."

몸을 일으키던 혜원은 제 몸을 덮고 있는 낯선 재킷에 동작을 멈췄다.

"은우 삼촌이 덮어 주더라. 네가 추워 보였나 봐."

"……."

고개를 든 혜원의 시야에 은우와 공놀이를 하고 있는 태혁이 들어왔다. 그에게 시선을 떼지 않은 채로 숙영에게 물었다.

"어떻게 왔대요?"

"은우 고 녀석 깜찍하기도 하지. 세상에나, 내 휴대폰으로 아침에 전화를 했단다."

"전화번호는 어떻게 알고요?"

"암기했나 보더라. 하긴 우리 은우가 또래에 비해 머리가 월등히 좋지. 벌써 동화책도 어느 정도 읽고, 숫자도 꽤 헤아릴 줄 알고."

숙영의 말에 혜원의 얼굴에 미소가 번졌다. 정말 다른 네 살짜리 또래들에 비해 은우는 어휘력이 뛰어났다. 가끔 재잘

재잘 얘기할 때면 그녀도 깜짝깜짝 놀라곤 했다.

"널 닮았나 보다. 네가 어렸을 때 딱 저랬어. 뭐든 남들보다 빨랐고 망설이지 않고 덤벼들었어. 생각부터 한 후에 행동으로 옮기라고 아무리 타일러도 소용이 없었지."

"날…… 닮아요?"

혜원의 가라앉은 목소리에 숙영이 아차 하는 표정을 지었다. 누구보다 딸을 잘 알고 있는 그녀였다. 강한 척하지만 속이 여리다는 것도. 그래서 은우를 보내야 하는 날이 올까 봐 몹시 두려워하고 있다는 것도.

숙영은 딸의 손등을 다정하게 두드려 주며 말했다.

"혜원아, 엄마는 네가 잘 받아들였으면 좋겠어. 물론 엄마도 은우를 보내고 싶지 않아. 하지만 친아빠가 있는데 우리가 무슨 권리로 막겠니? 다행히도 좋은 분들이라 우리에게 시간을 주는 거야. 설령 은우가 그 집으로 가더라도 언제든지 만날 수 있게 해 주신다니 난 그걸로도 고맙단다."

"……맞아요, 고맙죠."

숙영이 애써 밝은 목소리로 말을 이어 나갔다.

"은우는 거기서도 사랑받으면서 자랄 거야. 할머니, 할아버지 두 분 다 좋은 분들이고. 그리고 은우 아빠는 아직 만나지 않아서 잘 모르겠지만 은우 삼촌은 정말 괜찮은 사람인 것 같더구나."

"알아요, 엄마. 제 걱정은 마세요. 마음 정리를 어느 정도는 했어요. 평생 은우를 못 보는 것도 아니니까요. 그리고 엄마

말대로 그 집안사람들은 믿어도 될 것 같아서 마음이 놓여요."

"그래, 그래야지. 우리 그렇게 생각하면서 은우랑 더 즐거운 시간을 보내자꾸나."

"네."

숙영은 딸의 대답에 어느 정도 안심이 됐다.

"이모!"

태혁의 재킷을 개어 한쪽에 놓던 혜원에게 은우가 달려와 품에 안기더니 재잘거렸다.

"이모, 엄청 재미있었어."

"그랬어?"

은우가 손으로 가슴을 가리키며 대답했다.

"응, 삼촌이랑 공놀이를 했는데 여기에 공을 맞았어."

"아팠겠네."

"안 아팠어. 공이 말랑말랑해서 아프지 않았는걸."

"말랑말랑?"

"응, 젤리처럼 말랑말랑."

눈을 반짝이며 또랑또랑 말하는 은우의 얼굴에 흐르는 땀을 손수건으로 닦아 주던 혜원의 입에서 웃음소리가 나직하게 흘러나왔다.

작고 동그란 얼굴, 참새처럼 지저귀는 앙증맞은 입. 안 예쁜 데가 없다.

혜원이 꽉 끌어안고 뽀뽀를 하자 은우가 까르르 웃었다. 흐뭇하게 두 사람을 바라보는 태혁에게 숙영이 말했다.

"바쁘지 않다면 같이 점심 먹을래요?"

"주신다면 감사히 잘 먹겠습니다."

금세 돗자리에 음식이 펼쳐졌다. 김밥과 토스트, 과일에 샐러드, 음료수까지. 근사한 점심이었다. 토스트를 한입 베어 먹은 태혁이 물었다.

"보통 토스트와는 다른데요. 겉은 바싹하고 속은 부드럽고. 아주 맛있어요."

"브런치팬에 눌러 구워서 그래요."

토스트를 작게 잘라 은우에게 먹이고 있던 혜원이 대답을 하며 고개를 들었다. 순간 눈이 마주친 두 사람은 천천히 눈길을 돌렸다.

태혁은 숙영이 건네준 음식을 받으며 혜원의 무릎에서 아기 김밥을 날름날름 받아먹고 있는 은우의 행복한 모습에 싱긋 웃었다. 그의 미소에 대답하듯 은우가 까르르 웃자 영문도 모른 채 혜원이 따라 웃었다. 그 웃음 덕분인지 분위기가 한결 부드러워졌다.

넷은 소소한 일상을 얘기하면서 맛있게 점심을 먹었다. 보온병에 가져온 녹차까지 마시고 나니 기분 좋게 배가 불렀다.

공원에서 실컷 놀고 나서도 은우가 떨어지려 하지 않아서 저녁까지 혜원의 집에서 먹은 태혁이 가고 난 후, 은우를 재운 모녀는 거실에서 생강차를 마시며 얘기를 나눴다.

"엄마, 아까 은우를 재울 때요."

"왜? 무슨 일이 있었어?"

"은우가 이런 말을 했어요. 삼촌이 꼭 아빠 같다고요."

"우리 손에서만 컸으니 그렇겠지. 평소에도 친구들이 아빠와 노는 모습을 물끄러미 바라보곤 해서 얼마나 가슴이 아팠는지 몰라. 아무리 노력을 해도 우리가 그 자리를 대신할 수는 없는 거니까. 이젠 우리 은우에게도 친아빠가 있는 걸 알았으니 감사하게 생각하고 있어."

혜원은 은우를 도맡아 키워 온 숙영의 마음을 느낄 수 있었다.

"엄마도 많이 힘들죠? 엄마가 다 키웠잖아요."

"은우가 내 손자라는 건 떨어져 살아도 변함이 없어. 저 어린 녀석을 보낼 생각을 하면 가슴이 무너진다. 하지만 그게 더 나은 선택이야. 자식은 부모와 사는 게 가장 행복한 거니까."

"우리처럼요?"

"그래. 우리처럼."

혜원의 말에 고개를 끄덕인 숙영의 얼굴에 미소가 번져 나갔다.

샤인 그룹 본사.

퇴근 시간이라 1층 로비에는 삼삼오오 몰려나오는 사람들로 붐볐다. 깔끔한 감청색 슈트 차림의 태혁이 임원 전용 엘리베이터에서 내리자 직원들의 눈이 일제히 그에게로 쏠렸다. 샤인 그룹의 후계자로 주목받는 그에 대해 모르는 직원은 없었다.

웅성거리는 남자 직원들 틈에는 여직원들의 소리 죽인 한숨 소리가 섞여 있었다. 그녀들의 시선이 서구적이면서도 남자다운 매력을 물씬 풍기는 태혁의 모습에서 떨어질 줄 몰랐다. 단지 외모적인 것 때문만은 아니었다. 샤인 그룹의 장남인 주혁과는 달리 본부장은 지금까지 어떤 문제도 일으킨 적이 없었다. 재벌 3세들의 그 흔한 연애 스캔들조차 난 적이 없는 남자였다. 게다가 뛰어난 능력에 젠틀함까지 겸비했으니.

직원들의 시선을 받으며 밖으로 나온 태혁이 세단에 올라 박 비서에게 말했다.

"백화점으로 가요."

"네, 본부장님. 여기 부탁하신 커피입니다."

박 비서에게 커피를 받아 든 태혁은 차창 밖을 내다보며 잠깐의 휴식을 즐겼다. 하지만 연한 커피 향을 음미하는 그의 입가와 눈가엔 피로가 쌓여 있었다. 몇 시간씩 이어지는 회의가 며칠 동안 반복되다 보니 강철 체력의 그도 피곤이 쌓일 수밖에 없었다.

주말에는…….

그의 입가에 싱그러운 미소가 맺혔다. 혜원의 메시지가 떠올라서였다. 태혁은 휴대폰의 메시지를 다시 들여다봤다.

〈내일이 은우 생일인데, 올 수 있어요? 오후에 동네 아이들과 그 부모님들을 초대해서 간단하게 파티를 열 생각이에요. 바쁘시면 은우에게 못 온다는 전화라도 해 주세요.〉

메시지를 몇 번이나 음미하듯 읽은 그의 눈가가 보기 좋게 휘어졌다. 그는 긴 손가락으로 메시지 아래에 있는 생일 파티 초대장의 글귀를 쓰다듬었다.

은우에 대한 정성과 애정이 느껴지는 글에는 혜원과 숙영의 마음이 고스란히 담겨 있었다. 이미 은우 생일이 내일이란 건 알고 있었다. 은우가 미리 그를 초대했으니까.

"삼촌, 내 생일에 꼭 와야 해."

공놀이를 하다가 무슨 큰 비밀이라도 알려 주는 것처럼 그의 귀에 속삭이던 모습이 얼마나 귀여웠는지 모른다. 손가락을 걸고 약속했으니 안 갈 수가 없었다.

그런데 무슨 선물을 사야 하나.

그가 선물을 고민하는 동안 차는 어느새 백화점의 지하 주차장으로 들어서고 있었다.

먼저 아동 매장에 들른 태혁은 은우의 선물을 사 차에 실어 놓은 후, 쥬얼리 매장으로 향했다. 심각한 표정으로 여러 가지 디자인의 목걸이를 들여다보며 고민을 했다.

옆에서 그 모습을 지켜보던 박 비서가 빙그레 웃었다. 몇 년을 태혁의 수행 비서로 있었기에 그의 고민을 이해할 수 있었다. 태혁은 다른 재벌가의 사람들과는 달리 여자관계가 담백했다. 아마 방탕하게 살아온 형의 모습을 봐 왔기에 더 그렇게 된 건지도 모른다.

그는 도움이 필요할 것 같은 태혁의 옆으로 다가섰다.

"본부장님, 전담 쇼퍼를 부를까요?"

"아니, 됐어요. 직접 고를 겁니다."

한참을 더 고민하던 태혁은 두 개의 목걸이를 골랐다. 우아함이 돋보이는 진주 목걸이와 심플한 문양의 실버 목걸이였다. 숙영과 혜원을 위한 거였다. 은우를 사랑으로 키워 준 것에 대한 고마움과 보답은 어떤 걸로도 부족하단 걸 안다. 하지만 이렇게라도 부담감을 느끼지 않는 선에서 조금씩 마음을 표현하고 싶었다. 이미 숙영과 혜원은 그의 부모님이 감사의 의미로 운을 뗀 상가 건물도, 주식도 다 거절한 상태였다.

이건 괜찮겠지.

태혁이 포장한 선물을 쓰다듬으며 막 차에 올라탔을 때 휴대폰이 울렸다. 통화 버튼을 누르자마자 저녁을 같이 하자는 재현의 목소리가 흘러나왔다.

태혁은 기사에게 재현과 만나기로 한 장소를 알려 준 뒤 느긋하게 시트에 등을 기댔다. 얼마 지나지 않아 고즈넉한 분위기의 한정식 식당에 도착했다.

그가 조용한 룸으로 들어서자 재현이 불만 어린 목소리로 말했다.

"요즘 뭐가 그리 바빠? 얼굴 보기가 힘드네."

"처리해야 할 일이 많았어. 그런데 얼굴이 왜 그래? 무슨 일이 있어?"

태혁의 질문에 재현이 얼굴을 찡그렸다.

"결혼 문제 때문이지, 뭐. 이젠 매일 달달 볶으신다."

"결혼할 나이가 됐으니까 그러시겠지."

"사실 서른넷이 많은 나이는 아니지. 그런데도 미적거리다가는 금세 마흔이 된다면서 난리를 치시네."

"그게 외아들의 비애야. 형제가 많아서 그중의 누구라도 먼저 결혼했다면 좀 덜하셨을 거야."

"그렇겠지."

두 사람은 저녁을 먹으면서 미뤘던 얘기를 나눴다. 같은 고등학교와 대학을 다닌 그들은 서로의 집안 얘기를 가감 없이 나누고 언제든지 집에 드나들 만큼 돈독한 사이였다. 태혁은 은우에 대한 얘기를 재현에게 털어놓으면서 싱그럽게 웃었다.

"얼마나 귀여운지 몰라. 말은 또 어찌나 재잘재잘 잘하는지. 혹시 영재가 아닐까?"

한참 동안 이어지는 태혁의 조카 자랑에 재현이 고개를 끄덕였다.

"주혁이 형의 아이란 말이지. 아이 엄마 일은 정말 안 됐지만 어쨌든 조카를 찾았으니 천만다행이다. 너희 부모님은 갑자기 생긴 손주인데 예뻐하셔?"

"은우에게 푹 빠지셨어. 너도 한 번 보면……."

재현은 자랑이 길어질 것 같자 태혁의 말을 얼른 잘랐다.

"그럼 사진이라도 보여 주든가."

태혁이 내민 휴대폰의 사진을 들여다보는 재현의 입가에 금세 웃음이 맺혔다.

"하아, 정말 귀엽게 생겼네. 아이가 예뻐 보이면 결혼할 때라더니 나도 정말 때가 된 건가?"

골목에서 세발자전거의 페달을 힘껏 밟으며 웃고 있는 은우의 사진들이었다. 바람에 머리카락을 휘날리며 달리는 모습이 여러 장 찍혀 있었다. 사진을 손가락으로 쭉 밀면서 보던 재현이 한 사진에서 멈췄다. 햇살 가득한 공원에서 점심을 먹는 가족의 모습이었다. 무릎에 은우를 앉히고 김밥을 먹이고 있는 여자의 모습이 눈길을 끌었다.

"은우 외할머니와 이모야."

태혁의 설명에 재현은 젊은 여자의 사진을 클로즈업해서 들여다봤다.

눈에 익다. 분명 어디선가 본 적이 있는 것 같다.

"그만 봐라."

태혁이 그에게서 휴대폰을 빼앗듯이 가져가 버렸지만 여자의 잔상이 선명하게 남았다. 아름답다는 것 외에도 익숙한 느낌에 눈길이 갔다.

"알고 있는 사람 같은데 기억이 안 나네."

기억해 내려는 듯 생각에 잠긴 재현에게 태혁이 말했다.

"네가 만난 여자가 어디 한두 명이야. 셀 수도 없을걸."

"그거야 그냥 지나치듯 가볍게 만난 여자들이었지. 그런데 이 여자는 뭔가……."

"아무튼 이 여잔 아니다. 신경 꺼라."

태혁은 다시 사진을 보여 달라는 재현의 말을 무시하고 휴대폰을 아예 바지 주머니에 넣어 버렸다.

옥상 정원에 쏟아지는 6월 말의 햇살이 따가웠다. 마무리 작업까지 깔끔하게 마친 혜원은 팀원들과 시원한 아이스커피를 한 잔씩 손에 들고 데크에 앉아 더위를 식히며 공들여 시공한 정원을 바라보고 있었다. 그녀의 옆에 앉은 정희가 걱정스러운 목소리로 물었다.

"팀장님, 엄청 덥네요. 올해도 작년처럼 폭염이 심하면 어쩌죠? 이 정원이 견뎌 낼까요?"

"관리에 더 신경을 써야죠."

사실 더운 날씨에 식재를 하는 건 좋지 않지만 일정이 꽉 짜여 있어 어쩔 수가 없었다.

혜원은 아이스커피 속의 얼음을 입안에 넣고 혀로 굴리면서 정원을 둘러봤다. 자잘한 부분들까지 그녀가 디자인한 그대로였다. 정원이 있는 현장에는 반드시 그녀가 있다는 말이 나돌 정도로 혜원은 자신이 맡은 모든 일에 직접 나섰다. 돌멩이 하나라도 그녀의 눈을 피해 자리할 수는 없었다. 그만큼 맡은 일에 철저했다.

"팀장님, 저것 좀 보세요!"

누군가의 외침과 동시에 팀원들의 입에서 감탄사가 흘러나왔다. 무더운 옥상 위로 바람이 불었다. 그라스들이 살랑거리며 소리를 냈다.

혜원은 자잘하게 포석을 깔아 놓은 산책길을 따라 그라스들이 있는 곳으로 갔다. 화단을 높여 만든 효과가 있었다. 안전을 위해 펜스를 설치하면서 높낮이를 달리한 게 멋스러움과 더불어 바람길을 터 주는 역할까지 했다.

혜원은 그라스 옆에 화단의 높낮이 차를 이용해서 심어 놓은 라일락 군락을 지나 꽃들 사이를 걸어 다니며 속삭였다.

"힘을 내. 깊게 뿌리를 내리고 햇볕을 가득 머금는 거야. 잘 자랄 때까지 가끔 보러 올 테니까 강인한 모습을 보여 줘야 해."

"팀장님, 사진요!"

우렁찬 제우의 목소리에 혜원은 팀원들과 함께 정원을 배경으로 사진을 찍었다. 늘 정원 작업을 마치면 사진을 찍어 추억을 공유했다. 프로젝트에 맞춰 필요한 팀을 꾸리는 것이 회사의 방침인지라 팀원은 늘 변했다. 이번에는 팀을 꾸릴 때 신입들을 선택했는데 성과가 기대 이상이었다.

"팀장님, 회식하면서 기념해야죠."

술이라면 자다가도 벌떡 일어난다는 제우가 기대에 찬 얼굴로 동의를 구했다. 혜원은 시간을 확인하며 그의 주의를 돌렸다.

"클라이언트 만나서 확인도 받아야 하고, 보고서도 작성해야 해요. 회식은 다음에 제대로 할 테니까 기다려 줘요."

금세 시무룩해지는 제우의 표정에 혜원은 웃음이 나오려 해 얼른 고개를 돌렸다. 꼭 동생 같은 느낌의 직원이다. 어쩔 때는 실없어 보이지만 혜원은 그의 재능을 높이 평가했다. 유연한 사고. 그게 그의 장점이었다. 언제나 새로운 걸 생각하고 그 속에서도 자연스러움을 표현해 내는 재주가 있다. 혜원은 그에게 다짐하듯이 다시 말했다.

"부서 회식을 하든, 팀 회식을 하든 반드시 할 테니까 실망하지 말아요."

그녀의 말에 제우의 눈이 반짝이자 저절로 기분이 좋아진 혜원은 작업 일지를 꺼냈다. 이제 클라이언트를 만나 최종 확인을 하면 그녀가 맡은 일은 끝이 난다. 물론 정원 관리는 당분간 회사의 전문 관리 팀이 담당할 것이다. 그 후에야 완전히 손을 뗄 수 있을 테지.

모든 일을 마치고 오후 늦게 사무실로 돌아온 혜원은 스케치 도면 파일과 여러 각도에서 찍은 완성된 정원 사진들을 토대로 보고서를 작성하기 시작했다. 누적된 피로에 저절로 눈이 감기려 하자 커피까지 진하게 타 마시면서 마무리 작업을 했다. 쓰디쓴 세 잔의 커피를 비운 덕인지 몸은 천근만근인데 눈만 말똥말똥해졌다.

마지막으로 준성에게 메일로 보고서를 보낸 후에 속으로 만세를 불렀다. 나중에라도 클라이언트가 회사에 컴플레인을 걸지 않기를 바라며 퇴근 준비를 서둘렀다.

피곤한 몸을 이끌고 서둘러 주차장으로 가던 혜원은 김 집사를 발견했다. 말없이 돌아서는 그녀에게 그가 정중하게 부탁했다.

"아가씨, 큰 사모님이 몹시 보고 싶어 하십니다. 저와 같이 가시면 안 되겠습니까?"

"……."

"아가씨의 심정을 압니다. 그래도 부탁드릴 수밖에 없습니다."

"차도는 있으신가요?"

혜원의 질문에 김 집사가 고개를 저었다.

"겨우 죽만 넘기셨었는데 요즘은 그것도 힘들어하십니다. 영양 주사로만 버티고 계십니다."

잠시 말이 없던 혜원은 결심한 듯 입을 열었다.

"다른 사람들은 만나고 싶지 않습니다."

"알겠습니다."

혜원이 말하는 다른 사람이 누군지를 잘 알고 있는 김 집사가 조용히 대답했다. 혜원은 김 집사의 뒤를 따라 병원으로 차를 몰았다. 휙휙 지나가는 가로수만큼이나 그녀의 머릿속에 무수한 생각들이 빠르게 스쳐 지나갔다. 생각이 이어질수록 차를 돌려 집으로 돌아가고 싶은 충동이 일었다.

그러나 병원이 가까워지면서 물밀듯이 몰려오는 할머니에 대한 그리움은 막아지지가 않았다. 결국 앙다물고 있는 입매와는 달리 커다란 눈동자에 습기가 차오르기 시작했다.

두 사람이 VIP 병동에 도착했을 때 간호사들 외에 문병 온 사람들은 보이지 않았다.

또각또각.

차 안에서 하이힐로 갈아 신은 혜원은 허리를 곧게 펴고 걸었다. 과거에 붙잡혀 살지 않기 위해 어쩌면 이런 시간이 필요할지도 모른다고 자신에게 끝없이 되뇌며 할머니가 계시는 병실의 문을 열었다. 함께 있던 간병인과 수간호사가 그녀를 보곤 말없이 나갔다.

침대에서 힘겹게 숨을 쉬고 있던 이가 혜원을 발견했다. 그녀의 삭아 가는 육신은 말보다도 눈물이 먼저 반응을 했다. 주름진 얼굴 위로 눈물이 주르륵 흘러내렸다.

"……혜원아, 우리 혜원이, 우리 혜원이."

목이 메는지 여자의 숨소리가 거칠어지자 김 집사가 문밖에서 대기하고 있는 간호사를 불렀다.

"간호사! 빨리 주치의를 불러요!"

"허헉, 아니야. 다들 나가 있어."

"하지만 사모님, 위험합니다."

"나가…… 있어."

손 여사는 김 집사가 나간 뒤에도 그 자리에 못 박힌 듯이 서 있는 혜원에게 손을 뻗었다.

"아가, 이 할미한테 오렴."

혜원은 천천히 다가가 침대 옆 의자에 앉았다. 한때는 그 누구보다도 가까웠던 할머니와 손녀 사이. 속절없이 떠오른 어린 시절의 기억이 그녀를 괴롭혔다.

할머니의 품은 언제나 그녀 차지였었다. 4대 독자인 아버지와 엄마 사이에서 결혼한 지 3년이 다 되도록 아이가 없자 밤

낮으로 전전긍긍하던 차에 얻은 금쪽같은 손녀였으니 손에서 놓을 수가 없었다고 했다.

하지만 그 후로 혜원에겐 동생이 생기지 않았다. 그녀의 부모님이 병원을 다니며 아무리 노력을 해도 뜻대로 되지가 않았으니, 아이는 하늘이 점지하는 거라고 애써 자위를 하면서도 할머니는 대를 이을 손자에 대한 미련을 아예 버릴 수는 없었던 모양이었다.

할머니에게 김 비서가 낳은 남자아이는 어떤 존재였을까.

"혜……원아."

할머니의 가는 목소리에 혜원은 생각에서 벗어났다. 할머니와 눈길이 마주치자 속에서 뭔가가 울컥 올라왔다.

그 좋던 혈색은 어디 가고 어째서 죽을 날만 받아 놓은 듯한 모습이란 말인가. 계속 미워할 수 있도록 예전처럼 팔팔해야지. 왜 핏기 하나 없는 창백한 얼굴에, 뼈만 남은 손을 가지고 있는 거야.

그 손이 힘겹게 혜원의 왼손을 잡았다.

"미안하다, 아가. 할미가 미안하다."

혜원의 손바닥에 길게 그어진 상처를 만지며 손 여사는 연신 미안하다고 말했다. 혜원이 손을 빼 버리자 그녀는 눈물이 번지는 눈으로 희미하게 웃었다.

"내 손녀가 어느새 예쁜 아가씨가 다 되었구나. 세상에서 가장 예쁜 내 손녀가 크윽……."

손 여사가 얼굴이 새파래진 채로 가슴을 움켜잡았다.

"간호사! 간호사!"

혜원의 다급한 외침에 밖에서 대기하고 있던 주치의와 수간호사가 뛰어 들어왔다.

혜원은 벌벌 떨면서도 할머니의 앙상한 손을 꽉 붙잡았다. 쉴 새 없이 눈물이 흘러내렸다.

미워해야 하는데 죽어 버리면 어떻게 미워해! 제발 죽지 마, 죽지 말라고! 15년 만에 만났는데 이대로 죽으면 절대 용서 안 할 거야, 절대로!

시간이 멈춘 것 같았다. 할머니에게 산소마스크를 씌우는 의사의 모습도, 간호사의 다급한 외침도 점점 희미해져 갔다.

그녀가 다시 깨어난 곳은 간병인의 침대 위였다. 걱정스러운 얼굴로 내려다보고 있는 사람들의 모습이 눈에 들어오자 혜원은 벌떡 일어났다.

"아가씨, 괜찮으십니까?"

"김 집사님. 할머니, 할머니는……."

"다행히도 고비를 넘기셨습니다."

안도의 한숨을 쉰 혜원은 할머니의 침대로 갔다. 힘겨워 보이지만 호흡은 아까보다 훨씬 안정되어 있었다. 그녀는 가시 같이 앙상한 할머니의 손을 잡았다. 그 손 위로 뜨거운 눈물이 후드득 떨어져 내렸다.

그녀도 알고 있었다. 결국 잘못을 저지른 건 아버지와 김 비서란 걸. 할머니는 보물처럼 여기는 손녀를 포기할 수 없었고, 대를 이어야 할 남자아이도 포기할 수 없었으리란 걸. 그게 욕심이란 걸 알면서도 어쩔 수 없었다는 것 또한.

그러나 이성과 감정은 달랐다. 머리로는 알면서도 가슴으로는 받아들이지 못했다. 그게 그녀를 더 괴롭게 했다.

손녀를 만난 기쁨 때문이었을까. 생명이 꺼져 가는 것 같던 할머니의 눈동자가 생기로 반짝였다. 보고 싶었던 손녀의 얼굴을 만지고 손을 쓰다듬으며 주름진 얼굴을 눈물로 적셨다. 애써 담담한 표정을 짓던 혜원은 그만 왈칵 눈물을 쏟아 내고 말았다. 눈빛으로 전해지는 할머니의 사랑이 그녀를 울렸다. 할머니가 잠든 뒤에 혜원은 붉어진 눈으로 병실을 나왔다.

엘리베이터 쪽으로 방향을 틀던 그녀의 눈에 다급하게 걸어오는 한 여자의 모습이 잡혔다. 잊으려 해도 절대 잊히지 않는 얼굴, 그 여자였다.

머리에서 발끝까지 명품으로 도배하다시피 한 유란은 꽤 초조한 표정이었다.

"훗."

혜원의 입에서 가소롭다는 웃음이 새어 나오자 옆을 지나가려던 유란이 멈춰 섰다.

"아가씨, 지금 날 보고 웃은 거예요?"

목소리가 날카로웠다. 혜원은 아무 소리도 들리지 않는다는 듯이 귀를 후비고 반듯하게 걸어갔다.

"당신 뭐야? 어디서 재수 없는 게 나타나서!"

그래도 혜원이 아무런 반응을 보이지 않고 걸어가자 여자가 삿대질을 했다.

"너, 내가 누군 줄 알아?"

혜원이 천천히 돌아서자 여자는 자신도 모르게 한 걸음 물러났다.

"너, 너는? 왜 네가 여기 있어? 미국에…….'

유란의 말은 이어지지 못했다. 싸늘한 표정으로 눈앞까지 다가온 혜원에게 압도당한 기분이 들었기 때문이었다. 흠칫 놀라 상체를 뒤로 적신 그녀에게 더 바싹 다가선 혜원이 평온한 목소리로 말했다.

"누군지 아주 잘 알고 있죠. 우리 엄마 등에 칼을 꽂은 불륜녀죠. 아니, 첩이라고 해야 하나."

"이게 어디서! 난 엄연한 네 아버지 아내야!"

"그렇겠죠. 어떻게 얻은 자리인데 그 자리를 포기하겠어요."

유란이 불안한 눈으로 주위를 둘러봤다. 지나가던 간호사 서너 명이 수군거리는 걸 본 그녀가 당당한 목소리로 말했다.

"네가 갑자기 여기 온 이유가 유산을 뜯어내려는 속셈일 줄 누가 모를 것 같아?"

도발하는 그녀의 말에도 혜원은 동요하지 않았다. 오히려 더 차분한 목소리로 말했다.

"많이 늙었네요."

혜원이 어이없어하는 여자의 귓가에 속삭였다.

"당신한텐 아주 더러운 냄새가 나."

"이게 어디서 지랄이야!"

혜원을 밀쳐 낸 여자의 손이 바짝 올라갔다. 피하기는커녕 빤히 바라보고 있는 혜원을 그대로 내리치려던 손은 불쑥 나타난 김 집사에 의해 허공에서 붙잡혔다.

"작은 사모님, 이러시면 곤란합니다. 아가씨께 무슨 일이라도 일어나면 전 큰 사모님과 사장님께 알려야 합니다."

여자는 분하다는 얼굴로 손을 내리면서 씩씩거렸다. 그런 여자에게 혜원이 쐐기를 박았다.

"참, 잊은 게 있었네요. 조심하세요. 그 자리를 오래 지키고 싶으면 말이죠. 설마 당신이 한 짓을 다른 여자들이 못 할 거라고 생각하진 않겠죠?"

붉으락푸르락한 얼굴로 소리를 지르는 유란을 뒤로하고 혜원은 묵묵히 걸었다. 병원 주차장에 내려와 차에 오른 혜원은 좌석을 뒤로 젖혔다. 역겨움에 헛구역질이 났다. 생수병의 물을 벌컥벌컥 들이켠 후 연신 가슴을 쳤다. 속이 시원하기는커녕 불길이 치솟는 것 같다. 벌어진 생살을 마구 헤집는 것처럼 아프다. 믿었던 비서에게 남편을 빼앗긴 엄마가 너무 안쓰러워 죽을 것 같았다.

그때의 일은 그녀의 가슴에 지울 수 없는 상처를 남겼다. 처음부터 나쁜 아버지였다면 충격이 덜했을 것이다. 아내를 사랑하는 남편, 딸이라면 껌벅 죽는 그런 아버지였다. 그래서 열다섯 살의 그녀는 그 상황을 이해할 수도, 받아들일 수도 없었다.

엄마가 떠난 집에 그 여자가 불룩한 배를 내밀며 남자아이를 데리고 들어왔다. 사모님, 사모님 하며 살갑게 엄마를 따르던 비서가 엄마의 모든 것을 차지했다. 아버지의 아내라는 이름도, 아늑했던 집도. 엄마가 정성껏 가꾼 아름다운 정원은 파헤쳐졌고 그걸 막아 내지 못한 어린 그녀는 피눈물을 흘려야 했다.

그건 살의였다. 계단을 내려가는 여자의 등을 밀어 버리고 싶었던 마음은.

"하아."

혜원은 깊게 숨을 몰아 내쉬며 가슴에 손을 얹었다. 그때 망가진 심장이 여전히 제대로 돌아오지 못했나 보다.

차라리 분노를 표출하고 울었더라면 더 나았을 것이다. 하지만 울 수 없었다. 아버지와 그 여자가 있는 집에서 우는 건 굴복하는 거라 생각했으니까.

죽을힘을 다해 엄마에게 왔던 날을 제외하고 오늘에 이르기까지 혜원은 울 수 없었다. 그런 그녀의 모습에 가슴이 찢어질 엄마 때문에 늘 밝고 씩씩하게 살아야 했다.

혜원은 과거의 어둠에서 벗어나기 위해 백에서 휴대폰을 꺼내 숙영에게 메시지를 보냈다.

〈엄마, 지금 출발해요. 아직 저녁 안 먹었어요.〉

바로 답장이 왔다.

〈네가 좋아하는 등갈비 김치찌개 했어. 안전 운전하면서 와라.〉

〈네, 은우는요?〉

〈눈이 가물가물한데 너 오면 잔다고 버티고 있다.〉

〈혹시 생일 선물 때문에 그러는 거 아닐까요?〉

휴대폰에서 숙영의 낮은 웃음소리가 들리는 것 같았다.

〈아마 그런 모양이야.〉

혜원의 입에서도 피식 웃음이 새어 나왔다.

〈엄마, 오늘은 제가 은우 데리고 잘게요.〉

〈그래.〉

휴대폰을 끄려던 혜원은 갤러리에서 가족사진을 클로즈업했다.

엄마와 은우, 그리고 그녀가 행복하게 웃고 있는 사진. 또하나의 사진에는 백일이 된 은우와 은우를 안고 있는 소진, 엄마, 그녀가 있었다. 넷이서 보냈던 은우의 백일엔 모두가 연신 웃음을 터트렸었다.

행복한 날이었어. 우리 넷뿐이었지만 나중에 동네 사람들이 와서 축하도 해 주고, 파티도 열어 줬었지. 그래서 그렇게 웃었나 봐.

사진을 들여다보는 혜원의 입가에 미소가 번져 나갔다.

집에 가자.

주차장을 빠져나온 혜원은 한결 편안해진 얼굴로 차를 몰았다.

그녀가 살아가는 이유인 사랑하는 엄마와 은우가 있는 집, 고즈넉하고 평화로운 정원을 품고 있는 따뜻한 집으로.

2장
배롱나무 아래서

토요일 이른 아침이었다. 주말의 고요함과 느긋함을 품고 있는 동네와 인적 없는 골목과는 달리 혜원의 집에서는 달그락거리는 소리와 얘기 소리가 흘러나왔다.

오븐에서는 견과류를 넣은 쿠키가 고소한 냄새를 풍기며 구워지고 있었고 혜원은 잠옷 차림의 은우가 손가락으로 쿡 찔러 버린 케이크 부분에 생크림을 덧바르면서 잔소리를 했다.

"김은우, 또 이러면 못난이 케이크가 될 거야. 친구들에게 예쁜 케이크를 먹게 해 줘야지. 또 찌르면 안 돼."

"으응."

아직 잠에서 덜 깬 듯한 은우의 목소리에 숙영이 혜원을 부엌에서 밀어내며 말했다.

"은우부터 재워. 두 시간은 더 자야 되는데 우리 때문에 깼나 보다. 오늘 하루 종일 신나게 놀려면 더 자야지."

"금방 재우고 올게요."

혜원은 먼저 은우의 손가락에 묻은 생크림을 티슈로 닦아 주었다.

"은우야, 좀 더 자자."

"이모."

안아 달라고 팔을 벌리는 은우를 가슴에 안은 혜원은 안방의 문을 열었다.

금세 하품을 하는 아이의 등을 토닥이며 속삭였다. 삼촌과 할머니는 오후에 오실 테니 더 자고 일어나라고.

혜원은 졸린 눈으로 고개를 끄덕이는 은우의 머리카락을 쓸어 주며 작은 소리로 자장가를 불렀다.

이게 마지막이겠지. 은우의 생일을 손수 챙겨 줄 수 있는 게. 내년부터는 할머니 집에서 해 줄 테니……. 눈물이 핑 돌았다. 기쁜 일인데도 왜 가슴이 미어지는 건지.

혜원은 은우의 부드러운 뺨을 쓰다듬었다. 보석 같은 아이였다. 이 아이가 있어 얼마나 행복했는지 모른다.

미움과 원망으로 힘들어하는 그녀를 웃게 만들고 그러한 감정들을 잊게 해 줬다. 그녀의 가슴을 햇살처럼 따뜻하게 녹여 줬던 아이.

그녀는 눈물이 그렁그렁해진 눈으로 탁자 위에 놓인 가족사진 속의 소진을 바라봤다.

소진아, 고마워. 우리에게 와 줘서. 또 은우를 만나게 해 줘서. 은우는 곧 할머니 집으로 들어갈 거야. 걱정하지 마. 좋은 분들이셔. 얼마 동안은 엄마가 자주 다니면서 도와주실 거야.

혜원은 은우의 작은 손에 제 손을 대 봤다. 자그맣고 연약하다.

아이는 어느새 새근거리며 깊은 잠에 빠져 있었다. 그녀는 은우의 뺨에 제 뺨을 부비며 속삭였다.

"나중에 네 손이 이모 손만큼 커져도 우리를 잊으면 안 돼."

한참이나 은우를 쓰다듬다 주방으로 돌아온 혜원은 숙영과 부지런히 음식 준비를 했다.

재료 준비를 끝냈을 즈음 은우가 깨었다. 혜원은 온 집 안을 헤집고 돌아다니는 은우를 붙잡아 함께 늦은 아침을 먹었다.

정원에 테이블과 의자를 세팅하고 바비큐 준비물을 점검하고 있을 때 한 회장이 잠깐 들렀다. 그의 뒤로 커다란 장난감 자동차가 들어오자 은우가 소리를 지르며 뛰어나갔다.

그에 그치지 않고 뒤따라온 태혁이 차에서 값비싼 세발자전거를 내리는 모습에 혜원은 속으로 웃음을 삭였다. 아마도 은우가 태혁의 집으로 들어가면 더한 것들이 등장할 것 같았다.

뭐든 돕겠다며 혜원의 곁을 빙빙 도는 태혁을 붙잡은 건 은우였다. 미련이 남은 얼굴로 집 밖으로 나간 태혁은 은우의 세발자전거를 내내 밀어 줘야 했다.

정원의 테이블을 몇 번이나 깔끔하게 닦던 혜원은 밖에서 들리는 은우와 태혁의 웃음소리를 한참 동안 듣고 있었다.

여유로운 시간도 잠시뿐, 아이들이 놀 곳들을 쓸고 닦으며 손님 맞을 준비를 했다.

오후 4시가 되자 순식간에 동네 아이들이 몰려들었다. 제 또래만이 아닌 유치원에 다니는 아이들까지 초대를 한 터라 준비해 놓은 음식들이 순식간에 줄어들고 있었다.

마음이 급한 숙영은 쿠키를 더 굽느라 바빴고 혜원은 똘망똘망한 눈으로 줄까지 서서 기다리고 있는 아이들에게 즉석에서 브런치팬으로 바삭한 토스트를 구워 주느라 분주했다.

토스트 안에 들어갈 재료를 아이들이 직접 선택할 수 있도록 여러 가지를 준비한 게 더 인기를 끌었나 보다. 빵을 팬에 눌러서 구웠기 때문에 내용물이 쏟아지지 않아 먹기에도 아주 편했다.

옆집에 사는 일곱 살짜리의 주문을 받는 혜원의 입가에 미소가 번졌다.

"어떤 걸 넣어 줄까?"

"이모, 난 햄하고 베이컨, 계란만 넣어 주세요."

"야채도 좀 넣어야지."

"그럼 야채는 조금만 넣어 주세요."

어쩌다 보니 집에 놀러 오는 아이들까지 그녀를 이모라고 불렀다. 처음에는 은우 이모라고 하더니 어느 순간부터는 이모로 호칭이 바뀌게 된 것이다. 왠지 기분이 좋아져 자연스레 혜원의 손놀림이 빨라졌다.

슬라이딩 도어를 열어서 주방과 하나로 연결된 정원에서는 어른들의 흥겨운 파티가 진행 중이었다. 혜원과 숙영이 아이들 손님으로 바쁜 상황이라 손님으로 온 태혁과 최 여사까지 나섰다.

아이 아빠들과 금방 어울리더니 소매를 걷어 올리고 바비큐를 굽던 태혁은 뭐가 좋은지 연신 싱글거리며 웃었다. 아이 엄마들과 이야기를 나누는 최 여사도 즐거워 보였다.

야외 테이블의 빈 접시를 발견한 숙영이 고기와 곁들일 샐러드를 더 만드는 동안 혜원은 마지막 꼬마 손님의 토스트를 굽고 있었다.

갑자기 은우가 뛰어오면서 혜원을 불렀다.

"이모! 이모!"

"왜? 또 먹으려고? 그럼 배불러서 다른 건 못 먹을 텐데. 나중에 케이크도 먹어야 하잖아."

얼마나 뛰어다녔는지 이마에 땀이 송골송골 맺힌 은우가 도리질을 했다.

"이모, 그게 아니고."

"그럼 뭐?"

"삼촌도 이모가 만들어 준 토스트가 먹고 싶대."

"그래? 알았어. 잠시만 기다려."

빠르게 토스트를 구운 그녀가 건네주려고 뒤를 돌아봤을 땐 이미 은우는 사라지고 없었다. 혜원은 얼음 몇 조각을 넣은 콜라와 막 구워 맛있는 냄새를 풍기는 토스트를 챙긴 뒤 태혁이 있는 곳으로 갔다.

야외 테이블은 이미 꽉 차 자리가 없었다. 혜원은 태혁과 단풍나무 아래에 놓인 나무 의자에 앉았다.

"덥죠?"

"기분 좋게 덥네요."

태혁의 대답에 저도 모르게 쿡 소리 내어 웃은 혜원이 반듯한 이마에 맺힌 땀을 보고 말했다.

"이런 일 안 해 봤을 텐데, 괜히……."

"즐겁습니다. 동네 사람들과 어울리는 것도, 꼬맹이들이 단체로 마음껏 뛰어다니는 것도 참 좋고요. 살아 있다는 느낌이 듭니다."

태혁의 시선이 자유롭게 즐기고 있는 사람들의 모습에 잠시 머물렀다.

"여긴 도시와는 많이 다르네요. 시골처럼 사람들이 어울려 사는 것 같고요."

"그런 면이 많죠. 육아도 서로 돕는 편이고, 또 엄마들이나 아빠들이 재능 기부를 하기도 하고요."

"재능 기부요?"

"여러 가지가 있어요. 그림 그리기, 운동, 책 읽기, 요리하기. 어떻게 보면 아주 사소한 것들인데 아이들은 참 좋아해요."

"혜원 씨도 하는 거 있습니까?"

"엄마가 거의 해요. 아이들에게 동화책 읽어 주는 것과 가끔씩 쿠키 구워 주시거든요. 은우 때문에 우리 집은 아이들에게 좀 많이 개방된 편이에요. 밤에 다락방에서 애니메이션을 보기도 하고요."

"다락방에서요?"

"네, 그걸 염두에 두고 만들었어요."

"우리 은우, 참 행복했겠어요."

태혁은 예쁘게 반으로 잘린 토스트 중에 하나를 집어서 혜원에게 내밀었다.

"같이 먹어요."

"괜찮아요."

"내내 일하느라 혜원 씨도 배고플 겁니다. 그리고 이젠 좀 한가해진 것 같으니까요."

태혁이 내민 토스트를 한입 베어 문 혜원은 주변을 둘러봤다. 시끌벅적하게 돌아다니던 아이들이 없었다. 아마 은우가 다락방으로 데려간 것 같았다.

그녀의 시선이 야외 테이블로 향했다. 사람들이 한데 어울려 음식을 먹으며 얘기를 나누고 있었다. 유쾌한 웃음소리와 얘기 소리가 정겹게 들렸다.

혜원은 즐겁게 얘기를 나누고 있는 숙영과 최 여사의 모습에 빙그레 웃었다.

소박한 파티인데도 다들 행복해 보였다.

그녀의 눈길을 따라다니던 태혁의 시선도 즐거워 보이는 최 여사의 모습에서 멈췄다. 무뚝뚝한 아들 둘에 바쁜 남편을 둔 그녀의 일상은 늘 조용했다. 안온한 삶이었으나 웃을 일은 별로 없는 것 같았다.

그런데 이곳에서는 달라 보였다. 웃음이 많고 활기가 넘쳐 보인다. 어쩌면 그동안 많이 외로웠으리라.

태혁은 가만히 혜원을 내려다봤다. 여자와 편안히 앉아 있다는 게 신기했다. 모든 게 참 예쁜 여자다. 등 뒤에서 하나로 단정하게 묶은 머리카락과 희고 긴 목덜미도, 새하얀 얼굴과 맑은 눈동자도, 토스트를 먹고 있는 저 예쁜 입도, 가느다란 손가락까지.

헉.

제 생각에 놀란 태혁은 재빨리 시선을 돌렸다. 혜원이 다른 곳을 바라보고 있는 그를 불렀다.

"태혁 씨, 나중에 좀 도와줄래요?"

"네? 어떤 걸요?"

"양초 병에 불을 붙여야 해요."

"양초 병이요?"

"저거요."

혜원이 미리 양초 병을 달아 놓은 배롱나무를 가리켰다. 태혁의 묻는 듯한 눈빛에 혜원은 차분하게 설명을 했다. 은우의 생일마다 양초에 불을 밝히며 건강하고 행복하게 자라게 해 달라는 소원을 빌었다고.

고개를 끄덕인 태혁이 하늘을 올려다봤다. 6시가 지나가고 있는데도 6월이라 그런지 아직 어둡지 않았다.

"이따가 사람들이 가고 난 뒤에 조금 어두워지면 불을 밝히면 돼요."

"함께 소원을 빌면 되겠네요."

태혁이 배롱나무를 바라보며 나직하게 말했다. 두 사람은 잠시 동안 아무런 말이 없이 나무 앞에 서 있었다.

언제까지나 계속될 것 같던 두 사람 사이의 고요함은 곧 은우의 목소리에 의해 사라져 버렸다.

"삼촌! 삼촌!"

다급한 목소리로 둘 사이로 뛰어든 은우가 태혁의 손을 잡아끌었다.

"은우야, 왜?"

"만화! 만화!"

"애니메이션 만화?"

"응."

"나도 꼭 봐야 되는 거야?"

"응. 엄청 재밌어. 삼촌, 빨리!"

태혁이 은우의 손을 잡고 마지못해 안으로 들어가자 혜원은 나무 의자에 앉아 하늘을 올려다봤다. 오늘 밤에는 하늘 가득 별이 떴으면 좋겠다는 생각을 하면서.

기분 좋게 불어온 바람을 따라 시선을 옮긴 혜원은 테이블에서 손짓하는 숙영의 옆으로 가서 사람들 사이에 앉았다. 사람들의 얘기에 귀를 기울이려고 했지만 그녀의 머릿속은 고만고만한 아이들 사이에 앉아 애니메이션을 시청 중일 태혁의 모습으로 꽉 차 있었다. 상상만으로도 얼굴에 퍼지는 웃음을 감추기가 힘들었다.

한참 얘기를 나누다 문득 만화의 상영 시간이 꽤 길다고 생각할 즈음 정원에 어스름이 내려앉기 시작했다. 그 시간을 맞추기라고 한 듯 아이들이 우르르 몰려나왔다.

혜원은 아이들과 함께 정원으로 나오는 태혁에게 재미있었냐고 입 모양으로 물었다. 그러자 태혁이 하품을 하는 시늉을 하며 졸려 죽을 뻔했다고 작은 목소리로 말했다. 장난기가 느껴지는 말투에 소리 죽여 웃던 혜원은 아침부터 정성을 들여 만든 케이크를 가지고 나왔다.

테이블 주위에 모인 어른들과 아이들 모두 혜원의 도움을 받아 생일 케이크의 커팅을 하는 은우에게 생일 축가를 불러 줬다. 조각 낸 케이크를 사이좋게 나눠 먹던 아이들은 시간이 늦었다며 서두르는 부모님들을 따라 모두 집으로 돌아갔다.

은우는 거실에서 가득 쌓인 선물 상자를 하나씩 풀어 보면서 연신 방실방실 웃었다. 그 모습을 보는 가족들의 얼굴에서도 웃음이 그치지 않았다.

혜원 역시도 입매를 올리며 지켜보다 옆에 서 있는 태혁에게 눈짓을 했다. 두 사람은 배롱나무로 가서 양초 병에 하나씩 불을 밝혔다. 그러자 어스름이 스며든 정원은 한층 더 신비로운 빛을 발했다. 웃으며 얘기를 나누고 있던 가족들의 시선이 배롱나무로 모였다.

태혁과 혜원은 분위기에 취한 듯 한참 동안 아름다운 불빛을 바라보며 서 있었다.

조용히 서 있는 두 사람 사이로 바람이 불었다. 그 바람이 배롱나무 옆에 있는 단풍나무의 무수한 나뭇잎들을 흔들었다. 사그락거리는 소리가 두 사람을 에워싸자 꿈속인 것처럼 모든 것이 몽롱해졌다. 나뭇잎들이 바람에 흔들리는 소리도, 약하게 빛나는 양초의 불빛도.

저도 모르게 혜원에게 시선을 떼지 못하고 있던 태혁은 은우가 부르는 소리에 정신을 차렸다. 그리고 혜원과 거실로 돌아가 가족들과 어울렸다.

선물 덕분에 한층 기분이 좋아진 은우와 즐거워하는 아들의 모습을 보던 최 여사는 숙영의 손을 잡으며 고마움을 표현했다.

"저흰 제대로 돕지도 못했네요. 정말 어떻게 말해야 할지. 모든 게 너무 감사해요."

"아니에요. 오셔서 정말 좋았어요. 저도 감사해요."

"저희가 너무 감사하죠."

"오늘 고단하셨을 텐데 따뜻한 차 한잔 드시고 가세요."

"뒷정리하는 것부터 도울게요."

"괜찮아요. 그러지 않으셔도 돼요."

숙영의 만류에도 최 여사는 돕겠다고 나섰다. 결국 혜원이 설거지를 하는 동안 두 사람은 정원의 테이블과 어지럽혀진 주방을 정리했다.

태혁도 그렇지만 최 여사의 모습도 예상 밖이었다. 대기업의 사모님이 아닌 평범한 주부 같았다. 하지만 그런 소탈한 모습 덕분에 오히려 우아함이 돋보였다. 메이드들부터 집사까지, 집 안에서 일하는 사람들이 많다고 들었는데 스스럼없이 엄마를 돕고 있었다. 혜원은 가슴이 먹먹해졌다.

숙영도 그런 사람이었다. 가사도우미가 여럿인데도 손수 음식을 하고 좋아하는 쿠키를 구워 주기도 했다. 그녀 역시 무엇 하나 부러울 거 없는 우아한 사모님이었는데…….

혜원은 계속 떠오르는 생각을 떨쳐 내려고 그릇을 씻는 데 집중했다. 설거지를 마친 후 싱크대를 깔끔하게 닦고 나서 뒤를 돌아봤을 땐 숙영이 찬장에서 가장 아끼는 찻잔을 꺼내고 있었다.

"엄마, 다들 어디 갔어요?"

"아마 강제로 누워 있을걸."

"은우가 다락방으로 끌고 갔나 보네요."

"별을 보고 있겠지."

나란히 누운 세 사람이 천장으로 가득 쏟아져 들어오는 밤하늘의 별을 보고 있을 모습이 떠오르자 혜원은 웃음이 터졌다.

손으로 입을 막아 간신히 웃음을 억누른 혜원은 2층을 올려다봤다. 어쨌든 오늘은 생일인 은우가 대장이니 최 여사와 태혁도 아이가 하자는 대로 할 수밖에 없지 않겠냐고 생각하면서. 숙영이 식어 버린 커피포트의 물을 다시 끓이고 있을 때 최 여사가 미소를 지으며 내려왔다.

"나 먼저 도망쳤어요. 태혁이도 은우랑 곧 내려올 거예요."

하지만 한참을 기다려도 두 사람이 내려오지 않자 혜원은 다락방으로 올라갔다. 살며시 문을 여니 태혁의 팔을 베고 잠들어 있는 은우가 보였다. 혜원은 웃지 않으려고 입을 꽉 다물었다. 같이 잠들어 있는 두 사람의 모습에 자꾸 웃음이 터지려 했다.

두 사람은 신기하게도 자는 자세가 똑같았다. 평소에 만세를 부르는 자세로 양팔을 위로 올리고 자는 은우처럼 태혁의 한쪽 팔도 위로 올라가 있었다. 어쩌면 벌어진 다리의 각도까지 같을지도 모른다.

피식피식 삐져나오는 그녀의 웃음소리를 들었는지 태혁이 눈을 떴다.

"이런, 나도 모르게 잠들어 버렸네요."

민망해하는 그의 모습에 혜원은 애써 참고 있던 웃음이 터지고 말았다. 태혁은 자는 은우를 안아 올렸다. 입에서 변명과 웃음이 섞여 나왔다.

"별을 보다가 은우가 노래를 하겠다고 해서 듣고 있었는데 무슨 노래를 지치지도 않고 끝없이 부르는지……. 하하."

두 사람의 웃음소리에도 은우는 깊이 잠들었는지 깨지 않았다.

태혁이 은우를 방에 눕히고 나오자 혜원은 방금 탄 차를 그에게 건네줬다. 간간이 이어지는 얘기 소리와 차를 마시는 소리가 어우러진 주방은 아늑하고 평화로웠다.

뜨거운 차를 후후 불어서 마시던 혜원은 옆에서 그녀와 같은 자세로 느긋하게 차를 마시는 태혁을 흘끔 쳐다봤다. 기다렸다는 듯이 태혁이 눈을 마주쳐 오자 얼른 시선을 정원으로 돌렸다.

정원에 어둠이 점점 깊어지자 태혁과 최 여사는 아쉬움을 토로하며 집을 나섰다. 배웅하고 들어온 모녀는 도란도란 얘기를 나눴다.

"혜원아, 은우 할아버지께서 내일 점심에 초대하셨어."

"은우 할아버지가요?"

"내일 차를 보내신다는구나. 이제 마음이 놓인다. 저 어린 것을 어떻게 보내나 했는데, 오늘 너도 봤잖아. 은우 할머니, 삼촌 말이야. 그 할아버지도 그렇고."

"좋은 사람들이에요. 여기 사람들과도 스스럼없이 어울리고 손님이 아닌 가족처럼 자연스럽게 행동했어요."

"그래. 그건 억지로 한다고 되는 게 아니야. 은우 할머니의 차림새에서도 배려하는 마음씨가 보이더구나. 일부러 수수하게 입고 오신 거야. 액세서리도 거의 하지 않고."

"저도 그렇게 생각했어요. 그래서 참 좋은 분이구나, 생각이 깊으시구나 싶었고요."

숙영의 눈이 은우가 자고 있는 방으로 향했다.

"우리 은우가 복덩인가 보다. 이렇게 좋은 가족을 만나다니. 아마 소진이도 하늘에서 기뻐할 거야."

"그럴 거예요."

모녀의 시선이 별빛이 빛나는 밤하늘로 이어졌다.

다음 날 한 회장이 보낸 차를 탄 혜원의 가족은 한적한 산자락에 위치한 레스토랑에서 태혁의 가족을 만났다.

혜원은 코스별로 나오는 요리들을 조금씩 은우에게 먹이면서 다른 사람들의 얘기에 귀를 기울였다. 얘기 도중 제 이름이 나오자 눈을 반짝이는 은우에게 벨루테 밤 스프를 떠 먹였다. 맛있는지 은우가 더 달라고 계속 입을 벌렸다. 그 모습을 본 한 회장이 허허 웃었다.

유자 커드와 크림소스가 곁들여진 상큼하고 부드러운 생선 요리, 우유에 익힌 감자 퓌레, 관자 요리들이 연달아 나오고 난 후 여러 가니쉬와 참나물 페스토로 풍미를 더한 스테이크가 나왔다.

혜원이 스테이크를 작게 썰어 주자 은우가 포크로 콕콕 찍어서 야무지게 먹었다. 그걸 보는 혜원의 눈가에 웃음이 넘쳤다.

"맛있어?"

"응. 이모, 이거 엄청 맛있어. 이모도, 아!"

혜원은 은우가 준 작은 스테이크를 받아먹었다.

"정말 맛있네."

두 사람의 다정한 모습에 최 여사가 흐뭇한 미소를 지었다. 후식으로 나온 아이스크림을 맛보고 커피까지 마시고 나니 앉아 있기가 지루했는지 은우가 밖으로 나가고 싶어 했다. 발을 동동거리는 은우의 모습에 혜원이 일어섰다.

"은우와 잠시 걷다 올게요."

"같이 가겠습니다."

태혁이 두 사람을 따라 나왔다. 신나게 뛰어다니는 은우의 뒤를 따라가면서 태혁이 혜원에게 물었다.

"가든 디자이너의 입장에서 여기 정원은 어떻습니까?"

"좋아요. 과하지 않고 자연스러워서요. 정원도 아름답지만 전 이곳 숲이 더 마음에 들어요."

그녀의 말에 고개를 끄덕인 태혁의 표정이 진지해졌다.

"혜원 씨, 우리가 은우를 데려오는 걸 빼앗아 간다고 생각하지 않으면 좋겠습니다."

"그런 생각은 안 해요."

"언제든지 만날 수 있습니다. 주말에 혜원 씨의 집에 데려가도 되고요. 그리고 이건 부모님과도 상의한 얘기인데요."

"어떤 거요?"

"자유롭게 양가를 다닐 수 있어야 은우가 정서적으로도 안정이 될 거라 생각합니다. 거기 친구들과도 만나야죠. 또 우리 집에 아이들을 초대해도 좋을 것 같고요."

태혁의 말에 걸음을 멈춘 혜원이 그를 올려다봤다.

"고마워요. 우리 은우가 정말 좋은 가족을 만났어요."

혜원의 얼굴을 물끄러미 바라보고 있던 태혁이 헛기침을 했다.

"또 양해를 구해야 할 일이 있습니다."

"뭔데요?"

"은우를 형님의 호적에 올려야 합니다. 그러면 한은우가 될 텐데……."

"……그래야죠."

혜원의 얼굴이 흐려졌다. 당연한 사실인데도 마음이 쓰라렸다. 다리에 힘이 풀리는 것 같아 평평한 돌 위에 주저앉듯이 앉았다. 옆에 앉은 태혁이 걱정스러운 얼굴로 그녀를 바라봤다.

"혜원 씨."

"괜찮아요. 그런데 은우 아버지는 언제 돌아오세요?"

"몇 달 후면 한국으로 완전히 들어올 겁니다."

"그렇군요. 한 가지 알고 싶은 게 있어요."

"뭐든 물어보세요."

"우리 은우를 어떻게 찾아냈는지 알고 싶어요."

태혁은 차분하게 과정을 설명했다. 주혁이 가끔 이용하는 아파트가 있었다. 그가 미국에 가 있는 동안 그대로 뒀던 아파트를 최근에 최 여사가 처분하려고 집을 정리하던 중에 소진에게 온 편지들을 발견하게 됐다.

"두 사람이 강원랜드에서 만난 이후 아파트에서 몇 번 같이 있었나 봅니다. 그런데 형님이 아무런 말도 없이 미국으로 가 버린 것 같습니다. 나중에야 임신 사실을 안 소진 씨가 초음파 사진과 여러 통의 편지를 그 아파트로 보냈더군요."

태혁의 말에 혜원은 양손을 꽉 움켜잡았다.

"……소진이는 은우 아빠에 대해선 아무런 말도 하지 않았어요. 그래서 말 못 할 사정이 있을 거라 짐작했죠. 소진인 은우 아빠가 어떤 사람인지 몰랐나 봐요. 만약 알았다면 은우의 장래를 위해서라도 제게는 얘기했을 테니까요."

"몰랐을 겁니다. 형님이 그런 얘기는 하지 않았을 테니까요."

이제야 알 수 있었다. 소진이 은우를 아빠 없는 아이로 만들었다며 몸부림치며 울었던 이유를. 주혁에게 있어 소진은 그저 스쳐 간 한 여자에 불과했다는 것도.

"혜원 씨."

걱정이 담긴 태혁의 눈과 마주치자 혜원은 희미하게 웃었다.

괜찮아요. 당신 잘못이 아니잖아요.

태혁의 깊어지는 눈동자에 가득 담긴 위로가 가슴으로 스며드는 것 같았다. 혜원은 괜찮다는 의미로 고개를 끄덕였다. 그때 은우가 두 사람을 향해 달려왔다.

"이모! 삼촌!"

뛰어다녀서인지 빵빵한 뺨이 발그레했다. 태혁이 은우를 번쩍 들어 올렸다.

"얼마나 무거워졌는지 볼까? 아까 이모 스테이크까지 뺏어 먹는 걸 봤는데 말이야."

"맛있어. 고기 맛있어."

"그럼 나중에 이모랑 같이 또 올까?"

"응, 응."

기분이 좋은지 은우가 태혁의 가슴에 폭 안겼다.

"이 녀석, 어딜 만지는 거야?"

은우의 손이 그의 가슴을 더듬자 태혁이 엉덩이를 살짝 치며 말했다.

"이상하다. 이모 여기는 말랑말랑해서 좋은데."

당황한 태혁의 입에서 헉 소리가 나왔다.

"삼촌, 왜 그래? 어디 아파?"

고개를 갸웃하는 은우의 말에 얼굴이 빨개진 혜원이 급하게 말했다.

"은우야, 그런 말 하면 안 돼."

"응? 왜 안 돼? 말랑말랑하고 따뜻하잖아."

"김은우, 그만해!"

혜원이 급히 손을 뻗어서 은우의 작은 입을 막았다.

"이모! 이모! 숨 쉴 거야."

무안한 표정으로 고개를 돌리고 있던 태혁이 두 사람의 실랑이에 피식피식 웃었다.

"왜 웃어요? 설마 이상한 생각하는 건 아니죠?"

"아닙니다. 갑자기 기침이 나는 바람에…… 컥컥, 자꾸 기침이 나서."

억지로 계속 기침을 하는 태혁과 얼굴이 빨개진 혜원, 그리고 태혁의 가슴을 만지는 은우의 옆을 40대 정도로 보이는 부부가 지나갔다. 그들은 방긋 웃고 있는 은우를 보더니 태혁과 혜원에게 말을 건넸다.

"애기가 정말 귀엽네요. 하긴 엄마, 아빠의 인물이 이렇게 훤하니."

"아, 감사합니다. 하하."

부부의 말에 태혁이 넉살 좋게 대답을 건넸다. 태혁의 웃음소리가 들리자 얼굴이 빨개진 혜원이 그의 팔을 세게 때렸다.

"그만 웃어요, 태혁 씨!"

"하하, 기침이라니까요."

은우를 집으로 들여보내고 공용 주차장으로 걸어가던 태혁은 생각에 잠겼다.

오늘 평소와는 너무 다른 제 모습이 낯설었다. 핏줄인 은우가 예쁜 건 당연한 일일 것이다. 그런데…….

하아.

저도 모르게 한숨이 나왔다. 회사에서 회자되는 그에 대한 에피소드가 생각나서였다. '누구세요와 전데요'란 이상한 제목을 달고서 직원들의 입에 오르내렸다.

본부장실에는 수행 비서인 박 비서 외에도 몇 년 동안 근무한 서 비서라고 불리는 윤정이 있다. 어느 날 윤정이 평소와는 전혀 다른 스타일의 머리와 옷차림으로 출근한 적이 있었다. 그런데 바뀐 스타일의 윤정을 태혁은 알아보지 못했다. 그녀 앞에서 몇 번이나 서 비서를 찾았던 것이다. 그 후 윤정은 늘 단정하게 묶은 머리에 비슷한 디자인의 옷만 입고 다니게 됐으니 사람들 입에 오르내릴 수밖에.

그날 '전데요'라며 몇 번이나 대답을 해야 했던 윤정의 당혹스러워하던 목소리가 들리는 듯하자 태혁은 짧게 웃었다.

의도적으로 그런 건 아니었다. 사실 그는 주혁과 일이 있은 후론 여자들의 얼굴을 잘 구분하지 못하게 되었다. 게다가 여비서들은 거의 비슷한 차림새와 화장법으로 비슷해 보이는 스타일을 고수하고 있으니 구별하는 것이 쉽지 않았다. 더 정확히 따지자면 그가 여자들에게 별 관심이 없다는 게 맞는 얘기일 것이다.

하지만 무심한 그에게도 예외가 한 명 있었다. 그의 시야에 들어왔던 여자. 하지만 시작도 못 하고 끝나 버린 사이였다.

그녀가 10년이 넘도록 오직 한 남자만 바라보고 있다는 걸 알았기에 깨끗하게 마음을 접었었다.

그런데 지금 무지개의 선명한 색깔보다 더 또렷하게 시야에 들어오는 여자가 생겼다. 주차장에서 차를 몰고 나오던 태혁은 무의식적으로 운전대를 톡톡 두드렸다.

햇살에 일렁이는 새하얀 얼굴의 솜털까지 저절로 떠오른다. 오늘 입었던 옷, 했던 말, 웃음소리는 물론이고 처음 만났을 때의 사소한 모든 것까지 생생하게 기억이 난다.

휴우.

한숨을 내쉬어도 마음속은 뭔가가 가득 차 있는 것처럼 답답하다.

그가 본가에 거의 도착했을 때 휴대폰이 요란하게 울렸다. 받자마자 재현의 숨넘어가는 소리가 튀어나왔다.

—한태혁! 왜 이제야 전화를 받는 거야?

글렌피딕* 몇 병이 순식간에 동이 났다. 태혁은 위스키를 스트레이트로 마시면서 재현의 말에 귀를 기울였다.

"많이 보고 싶더라. 특히 봄이 오면 더더욱. 정말 예쁜 애였어. 그만큼 고집도 있었지. 자기가 하고 싶은 일이 생기면 누구도 말릴 수 없었으니까."

재현이 술잔을 비우며 얘기를 이어 나갔다.

"혜원인 바이올린도 그렇게 시작했어. 남들보다 늦은 나이에 시작했지만 지독하게 연습을 해서 따라잡더라. 연습 벌레가 따로 없었지. 그래도 참 행복해했어. 봄에는 야생화가 가득한 정원에서 연주를 하곤 했는데. 바람과 꽃향기가 어우러진 그 애의 바이올린 소리, 새하얀 원피스, 바람에 날리던 머리카락…… 모든 게 생생해. 내가 보고 있는 걸 알면 그 마법이 깨질 것만 같았지. 그래서 2층 발코니 구석에 숨어서 지켜본 적도 많았어."

재현의 얘기가 계속될수록 태혁이 술잔을 비우는 속도가 빨라졌다. 그가 모르는 혜원의 시간들. 그 모든 것을 재현이 알고 있다. 옆집에 살았다니 당연한 일일 텐데도 가슴이 쓰린 이유는 뭘까.

재현의 2층 방 발코니에서 내려다봤던 여자애는 그의 기억

---

*글렌피딕(Glenfiddich):몰트위스키 양주.

속에도 있었다. 바구니에 쿠키를 넣어 준 그 애와 눈이 마주쳤었다. 꽃들과 그라스 사이에서 햇살보다 더 빛나던 아이. 모든 것이 생생하게 떠오른다.

술잔을 비운 태혁이 낮은 소리로 말했다.

"왜 그때 이름을 알려 주지 않았어? 이름을 알았더라도 바로 혜원 씨를 알아봤을 텐데. 내가 기억하는 건 그때, 그 여자애뿐이었어."

"이제라도 알았으니 됐지."

"부모님이 이혼하신 거야? 그래서 어머니와 단둘이 살고 있는 거야?"

"그랬어. 다음 학기가 끝나고 집으로 돌아왔을 땐 이미 혜원이가 없었어. 아직도 기억나."

"뭐가?"

"그날 내가 혜원이에게 했던 마지막 말."

"……."

"나 없는 동안 다른 놈에게 한눈팔지 말고 예쁘게 크고 있으라고 했었어. 그랬더니 혜원이가 콧방귀를 뀌었지. 빨리 뉴욕으로 사라져 버리라고 소리를 치면서 말이야."

"네가 바람둥이란 걸 알았나 보지."

"하하, 그건 루머야. 여자애들이 날 줄줄 따라다닌 거지, 난 아무도 사귀지 않으니까."

"그건 그렇다 치고, 그때 혜원 씨에게 안 좋은 일이 있었던 거야?"

재현이 고개를 끄덕였다.

"사적인 일이라 혜원이가 네게 직접 얘기하지 않는다면 나도 함부로 얘기할 수 없어. 한다면 혜원이가 엄마에게 가려고 얼마나 몸부림을 쳤는지 정도려나. 나도 어머니에게 전해 들은 얘기야. 양가 어머니들이 자매처럼 친하게 지내신 덕에 다른 사람들보다 상세하게 알고 계셨어. 물론 혜원의 어머니께서 연락을 끊는 바람에 이 얘기는 나중에 그 집 할머니에게 들으셨다고 하셨지만."

재현의 얘기가 이어질수록 태혁의 얼굴은 점점 어두워졌다.

"먹는 걸 거부했대. 억지로 먹이려고 했지만 소용없었고 영양제 주사를 놓으면 뽑아 버렸다더라. 계속 그렇게 버텨서 애처로울 만큼 앙상하게 말랐었대. 그러더니 어느 날 할머니와 아버지가 보는 앞에서 손바닥을 그었대. 피가 흰 옷을 시뻘겋게 물들이는 데도 눈물 한 방울 안 흘리면서 말이야."

감정이 격해졌는지 재현의 목소리가 떨렸다.

"잘못됐으면 신경이 끊어져 손이 불구가 될 뻔했다고 하더라. 결국 손녀를 잃을까 봐 아들의 반대에도 할머니께서 눈물을 머금고 보내신 거지. 엄마에게 말이야. 그 할머니가 끔찍이 손녀를 사랑했어. 혜원이가 더한 시도를 할까 봐 두려웠던 거지. 손녀가 살아 있는 게 중요하다고 여기신 거야."

"그럼 그 후로 지금까지 찾지 않은 거야? 그 할머니와 아버지에게는 여전히 손녀와 딸이었을 텐데."

"찾고 싶었겠지. 하지만 그럴 수 없었을 거야."

"왜?"

"찾아오면 죽어 버리겠다고 했대. 얼마나 원망이 컸으면 열다섯 살짜리가 그런 말을 했겠어."

"……."

태혁은 아무 말도 할 수 없었다. 혜원의 아픔이 심장을 짓눌렀다.

은우 이모, 정혜원, 정혜원, 정혜원…….

혜원의 얼굴로 가득 찬 머릿속에 배롱나무 앞에 나란히 서서 양초 병의 불빛을 바라보던 광경이 떠올랐다.

혜원 씨, 그날 무엇을 기도했나요? 당신의 행복이 아닌 은우의 행복을 빌었나요? 좀 더 일찍 알았다면 당신의 손을 잡아 줬을 텐데. 따뜻하게 잡아 줬을 텐데.

알 수 있었다. 그 아름다운 정원을 가진 집이 그녀에게 어떤 의미인지를. 어떠한 불행도 침입할 수 없는 곳이자 그녀의 가족을 지키는 성이란 걸. 가슴이 먹먹해졌다.

재현이 고개를 숙이고 있는 태혁의 술잔을 채웠다.

"이제 말해라. 우리 혜원이 전화번호 말이야. 그리고 어머니 전화번호도."

"어머니?"

태혁은 재현의 어머니란 호칭에 자연스레 거부감이 일었다.

"혜원이 어머니 성함이 김, 숙 자, 영 자. 김숙영, 맞지? 이제 확인은 끝난 거 아니야?"

"널 어떻게 믿어?"

"뭐? 한태혁! 너 정말 왜 이래?"

재현은 태혁의 반응에 이마를 찌푸렸다. 마치 혜원의 보호자라도 되는 것처럼 행동하는 게 영 못마땅하다. 조카 때문에 얽혔을 뿐이면서 그에게 전화번호조차 주지 않으려 하는 이유를 당최 알 수가 없다.

조카 자랑을 하려고 태혁이 보여 준 사진 속의 여자 얼굴이 머릿속을 떠나지 않았었다. 분명히 어디선가 본 듯한 얼굴 때문에 내내 끙끙거리다가 오늘 점심때에야 혜원이란 걸 알아차렸다.

급한 마음에 어머니인 신 여사를 들볶아 혜원의 어머니와 찍은 사진 한 장을 찾아냈다. 더 이상 확인할 필요도 없었다. 젊었을 적 숙영의 얼굴에 지금 혜원의 모습이 있었던 것이다.

계속 연락이 되지 않던 태혁이 전화를 받았을 때 그는 거의 숨이 넘어갈 지경이었다. 하지만 태혁은 혜원의 전화번호를 알려 주지 않았다. 그래서 결국 구구절절 설명을 하고 숙영의 이름까지 말을 했다. 그런데도 여전히 태혁은 요지부동이었다.

"야, 그만 우리 혜원이 번호 주라."

"오늘은 너무 늦었어. 은우랑 혜원 씨는 잠들었을 거야."

"하아, 정말 너 왜 이러는 거야? 그런 건 내가 알아서 할 거야. 어차피 만나도 내일 만날 테니까."

"그럼 내일 내가 먼저 혜원 씨에게 물어보고 알려 줄게."

재현이 어처구니없다는 표정을 지었다.

"뭐냐? 대체 왜 그러는지 이유나 알자."

"은우 이모니까 보호해 줘야지."

"하하하."

재현은 기가 막힌 얼굴로 억지로 웃었다.

"그 보호라는 거, 나도 할 거다."

✿　　　✿　　　✿

요즘 혜원은 싱가포르 가든 페스티벌에 참여할 팀원을 뽑는 데 몰두했다. 일단 옥상 정원 프로젝트를 같이 했던 신입인 정희와 제우를 포함시켰다. 문제는 남은 한 자리였다. 작년에 일본 하우스텐보스에서 열린 세계 가드닝 월드컵의 베란다 부문에 함께 참여했던 은혜와 판타지 가든 분야에서 두각을 나타내는 우 대리를 놓고 고민을 거듭하고 있었다.

그런 그녀의 등 뒤에서 활기찬 목소리가 들렸다.

"정 팀장님! 밥부터 먹고 일하죠."

준성의 말에 혜원은 점심을 먹으러 나가는 직원들의 틈에 끼었다. 근처의 단골 식당에 자리한 혜원은 제우의 과장된 얘기가 시작되자 얼른 손으로 입을 가렸다. 밥을 먹다가 그의 농담에 뿜을 뻔한 적이 있었던 다른 여직원들도 같은 행동을 했다. 입심 좋은 제우의 얘기가 이어졌다.

"그래서 말이죠. 제가 뾰족한 돌멩이한테 물었죠. 넌 여기서 뭐하는 거야, 이 자리가 네 자리가 맞느냐, 다들 동글동글한데 왜 너만 뾰족하냐, 정말 허락은 받은 거냐고요."

"그랬더니요?"

"아, 글쎄 이러더라니까요. 허락을 받았어요. 저기 못생긴 풀하고 얘기하고 있는 여자분이 제게 여기에 콕 박혀 있으라고 했어요."

그의 말에 한참 동안 웃음이 이어졌다. 상황을 정리하듯 준성이 오늘도 한 건 했다는 표정을 한 제우에게 물었다.

"그 여자분이 혹시……."

"당연히 정 팀장님이죠."

제우의 대답에 다시 한바탕 웃음이 쏟아졌다. 못생긴 풀은 사실 혜원이 가장 사랑하는 그라스인 브라치트리차새풀이었다. 이 그라스가 풍성하게 피어나는 9월의 정원에는 늘 그녀의 발길이 끊이지 않았다.

혜원은 다시 젓가락질이 바빠지는 직원들의 모습을 보며 참 운이 좋다는 생각을 했다. 좋은 사람들 속에서 일을 할 수 있어 가든 디자이너로서 더 재능을 발휘할 수 있는 거라고.

제우의 거듭되는 농담 덕분에 즐거워진 점심 식사가 끝난 뒤 사무실로 돌아온 혜원은 마지막 팀원으로 은혜를 결정하고 준성에게 보고를 했다.

그 후 몇 시간 내내 팀원들과 정원의 콘셉트를 잡는 회의를 했다. 먼저 콘셉트를 제대로 잡고 디자인 설계를 완성하는 게 급선무였다. 정원 디자인 설계가 심사를 통과하지 못하면 기회조차 사라지게 된다.

때문에 혜원은 더 마음이 급했다. 이미 다른 나라의 가든 디자이너들보다 늦게 시작을 한 터라 절대적으로 시간이 부족했다.

몇 시간째 이어진 미팅에도 마땅한 정원 콘셉트를 찾지 못한 채 퇴근 시간이 되었다. 빌딩 밖으로 나온 혜원의 머릿속엔 여전히 콘셉트 생각으로 가득했다.

야생화와 하이브리드 티 장미(Hybrid Tea Rose), 플로리분다, 고전 장미가 흐드러진 가든에 개울을 만드는 건 어떨까. 졸졸 흐르는 개울가에 작은 통나무 의자를 설치하는 거야. 거기 앉아서 시냇물 소리를 들으면서 장미 향을 맡는 거지. 하이브리드 티 장미 중에서 피스(Peace)를 쓰고 향기가 뛰어난 잉글리쉬 장미를 이용하면? 아니야, 그라스도 들어가야 자연스러울 텐데. 하지만 시냇물 시공이 쉽지 않을 거야. 그냥 드라이한 상태로 자갈을 깔까?

끝없이 이어지던 생각은 그녀 앞으로 바싹 다가온 남자에 의해 끊어졌다. 혜원은 앞을 가로막고 있는 남자를 올려다봤다. 남자의 눈에 물기가 어려 있는 것 같았다. 하지만 목소리에는 반가움과 그리움이 담겨 있었다.

"정혜원!"

"누구세요?"

"고집쟁이 정혜원!"

그의 말에 혜원의 입이 저도 모르게 벌어졌다.

"바람……둥이?"

그녀의 머뭇거리는 말에 재현이 활짝 웃었다.

"기억하는구나."

"재현 오빠."

"이제야 제대로 오빠라고 불러 주는구나. 정혜원, 많이 컸네. 고집쟁이 중딩이 아가씨가 됐어."

기억과 추억이 고스란히 담긴 두 사람의 눈이 서로를 향해 있었다.

"어떻게 알았어?"

"그 얘긴 어디 가서 하자. 저녁은 아직이지?"

혜원이 고개를 끄덕이자 재현이 앞장을 섰다. 한적한 식당으로 들어가 마주 앉은 둘은 식사를 하면서 조용히 얘기를 나눴다. 태혁과 은우 얘기가 나오자 혜원의 눈빛이 빛났다.

"그럼 그때 발코니에서 본 남자가 태혁 씨였다는 거네. 뉴욕에서 같이 고등학교를 다니던?"

"맞아. 참 인연이란 게 대단한 것 같다. 어떻게 우리 셋이 이런 식으로 만났을까."

"아저씨, 아주머니는 잘 계시지?"

"나이에 비하면 여전히 팔팔하시지. 사실 우리 어머닌 많이 낙담하셨어."

"……."

"아주머니께서 연락을 아예 끊어 버리셨잖아. 미국으로 가시고 나서 말이야."

"그땐 그럴 수밖에 없었어."

혜원의 눈빛이 어두워지자 재현의 목소리가 다정해졌다.

"많이 힘들었구나."

"오빠."

"이젠 괜찮아. 힘들면 예전처럼 참지 말고 아프다고 말해. 뭐든지 얘기해."

위로가 담긴 그의 말에 혜원이 희미하게 웃었다.

"우리 어릴 땐 참 많이 싸웠는데."

"말은 바로 해라. 일방적으로 내가 당했지."

"오빠가 자꾸 시비를 거니까 그런 거지."

"네가 너무 예뻤거든. 또 건드리면 팔짝팔짝 뛰는 것이 어찌나 귀엽던지."

"하아, 혹시나가 역시나네. 오빠 여전히 바람둥이야."

"하하."

재현의 얼굴에 웃음이 번졌다. 그의 웃음에 전염된 듯 혜원도 따라 웃었다. 어렸을 때부터 공유한 많은 추억들이 15년이란 시간을 훌쩍 뛰어넘게 하는 마법을 부리는 것 같았다.

며칠 내내 사무실에 박혀 일만 했는데도 데스크에 쌓인 서류 더미는 줄어들지 않았다. 지친 얼굴의 태혁에게 박 비서가 샤인 화학에 대한 자료를 내밀었다.

"전에 말씀하신 자료입니다. 역시 뭔가 이상합니다. 회계가 명확하지 않습니다."

"그래요?"

받은 자료에 시선을 고정한 태혁의 눈가에는 피곤이 달라붙어 있었다. 지시를 내리는 그의 목소리가 건조했다.

"본사 회계 팀에 자료를 보내서 검토하게 하세요."

"네, 본부장님."

바로 나가지 않고 머뭇거리는 박 비서에게 태혁이 물었다.

"더 보고할 게 있습니까?"

"아닙니다. 본부장님이 요즘 많이 피곤해 보이셔서. 급한 일만 처리하시고 좀 느긋하게 하시는 게……."

"피곤해 보입니까?"

"네. 그리고 점심 식사를 제대로 하지 않으시니, 저도 서 비서도 걱정이 많습니다."

"그렇군요. 그럼 이번 주에 결재해야 할 서류만 올리세요."

"네."

박 비서가 나가자 태혁은 휴대폰을 꺼내 은우 사진을 들여다봤다. 생일날 친구들과 뛰어다니는 은우의 자연스런 모습을 여러 장 찍었었다. 사진을 넘기던 그가 한 사진에서 손을 멈췄다. 혜원이 토스트를 구워 아이들에게 나눠 주며 환하게 웃는 모습이었다.

웃고 있는 혜원의 모습이 예쁘다. 그런 고통을 겪고도 꺾이지 않은 그녀가 대견해서 가슴이 시큰해졌다.

태혁은 데스크를 톡톡 두드리며 혜원과 은우의 얼굴을 유심히 들여다봤다. 아무리 바빠도 오늘은 일을 제쳐 두고 은우를 보러 갈 생각이었다.

그는 요즘 몹시 심기가 불편했다. 재현이 혜원을 자주 만나 신경이 바짝 일어서 있었는데 이젠 집까지 드나든다니. 게다가 재현의 어머니인 신 여사가 거의 매일 숙영의 집을 방문하고 있어 알 수 없는 불안감이 갈수록 커지고 있었다.

구재현, 아무리 친한 친구라도 못 봐주는 게 있는 거야. 그리고 나에겐 비밀 병기가 있지.

시간을 확인한 태혁은 혜원의 집 전화번호를 눌렀다. 바로 그의 비밀 병기이자 스파이의 귀여운 목소리가 흘러나왔다.

—삼촌!

"은우야, 뛰어왔어?"

—응, 왕할머니가 자꾸 귀찮게 해서 도망 다녔어.

"어떻게 귀찮게 하는데?"

—자꾸 뺨에 뽀뽀한단 말이야.

"하하, 그래서 싫어?"

—아니, 싫은 게 아니라 난 우리 외할머니가 더 좋으니까.

"우리 은우, 인기 관리하느라 힘들구나."

태혁은 은우의 모습이 상상이 돼서 자꾸 웃음이 나왔다. 외할머니와 이모랑 조용히 살던 아이였다. 그런데 갑자기 할아버지, 할머니, 삼촌, 그리고 미국에 있는 친아빠가 나타났다. 게다가 이젠 이모 옆집에 살았다는 이유로 자기도 삼촌이라며 주장하는 재현에다 그의 어머니인 신 여사까지 합세했으니 은우는 요즘 정신이 없을 것이다.

왕할머니. 은우가 세 할머니들 중에서 제일 나이가 많은 신 여사를 부르는 호칭이었다.

―그런데 삼촌, 언제 와?

은우의 목소리에 태혁의 입가에 다시 웃음이 맺혔다.

"오늘 갈게. 저녁은 먹고 간다고 외할머니께 말씀드려 줘."

―응.

"그리고 은우야, 이모는 저녁에 일찍 온다고 했어?"

―응.

스파이의 정보를 달가워하며 통화를 마치자 피곤했던 몸이 개운해진 것 같았다. 태혁은 인터폰을 눌러 비서에게 일정표를 가져오라는 지시를 했다.

그 시간, 은우는 신 여사의 품에서 빠져나오려고 몸을 버둥거렸다.

"왕할머니! 숨, 숨 쉴 거야."

"호호호. 그래, 그래. 내가 왕할머니지."

"외할머니에게 갈 거야!"

"에구구, 귀여워라. 말도 잘하고. 예뻐 죽겠네."

쪽쪽쪽.

몇 번이나 뺨에 뽀뽀를 한 신 여사가 바닥에 내려놓자마자 은우는 재빨리 놀이방으로 도망쳐 버렸다.

"아이구, 애기가 달리기도 잘하네."

"후후, 형님 눈에는 우리 은우가 하는 게 다 예쁜가 봐요."

둘의 모습을 흐뭇하게 지켜보던 숙영이 던진 말에 신 여사가 심란한 표정을 지었다.

"우리 재현일 더 닦달해야겠어. 결혼해서 저리 귀여운 손주를 낳아 주면 얼마나 좋을까. 자식이라곤 그 녀석 하나뿐인데 결혼할 생각을 하지 않아. 내가 어디 말 붙일 가족이 집안에 있길 하나. 며느리라도 있으면 정말 좋을 텐데 말이야."

"선이라도 보게 해 봐요."

"말해 봐야 내 입만 아프지. 아무리 선을 보라고 노래를 불러도 듣는 체도 하지 않으니."

"어차피 자식들은 결혼하면 내보내야 하니 나이가 들수록 친구가 있어야 좋다잖아요."

"맞아. 자넬 다시 만나 얼마나 좋은지 모르겠어. 우리 예전처럼 재밌게 지내세."

"그래요. 나도 우리 은우를 친가에 보내고 나면 어떻게 사나 막막했는데 형님을 만나서 너무 좋아요."

"진작 연락하지 그랬어? 내가 얼마나 보고 싶었는지 동생은 모를 거야."

신 여사는 숙영의 손을 잡았다. 곱던 손에 모진 세월이 새겨져 있었다. 옆집에 살면서 친자매보다 더 가까이 지냈던 사람이었다. 이 여리고 착한 사람이 가슴을 찢는 고통을 혼자 감당했다고 생각하니 마음 한구석이 아려 왔다.

신 여사의 눈가가 촉촉해지자 숙영은 얼른 녹차를 따랐다. 며칠 전, 재현에게 얘기를 전해 들은 신 여사가 쳐들어왔을 때 언니 같은 그녀를 붙잡고 한참을 울었다. 그리고 말없이 등을 토닥여 주는 그녀에게 지금까지 쌓여 있던 얘기를 다 쏟아 냈다. 이혼 후 미국으로 건너가서 동업을 하자고 접근한 지인에게 어처구니없이 위자료의 대부분을 사기당한 것부터 그동안 서러웠던 일들을 모두 털어 놓고 나니 살 것 같았다.

녹차를 마시다 말고 생각에 잠긴 숙영을 응시하던 신 여사가 어깨를 다독였다.

"이보게, 동생. 옛날 일은 이제 다 잊어버려야 해."

"그래야죠."

"그건 그렇고, 혜원이 명의로 된 아파트를 팔아서 이 집을 샀다고?"

"혜원이 돌 때 시어머니께서 혜원이 앞으로 물려준 아파트였어요."

"그래도 그분이 손녀라면 자다가도 벌떡 일어나는 분이셨으니까."

"그랬죠."

분위기가 가라앉자 신 여사는 얼른 화제를 돌렸다.

"자넨 좋겠어. 혜원이 같은 딸이 있으니까. 야무지지, 예쁘지, 능력 있지. 또 착하지."

딸에 대한 칭찬이 이어지자 숙영의 얼굴이 환해졌다.

✿　　✿　　✿

야근을 한 뒤 팀원들과 간단히 저녁을 먹은 혜원은 집으로 차를 몰았다. 집 근처 공용 주차장에 주차를 하고 골목길을 천천히 걸었다. 7월에 접어든 날씨답게 공기에서 열기가 느껴졌다. 그나마 산자락 아래 위치한 동네여서인지 서울보다는 온도가 낮은지라 걷기엔 무리가 없었다. 집 앞에 도착한 그녀는 한숨을 길게 내쉬었다. 요즘 따라 집이 제집이 아닌 것 같았다.

또 있을까.

그녀가 집 안으로 들어서자 정원을 거닐며 은우를 품에 안고 재우고 있던 숙영이 반갑게 맞았다.

"어서 와. 저녁은 먹었다고 했지?"

"팀원들과 먹었어요."

"과일이라도 줄까?"

"제가 알아서 먹을게요. 일단 은우부터 재워야겠어요."

숙영의 품에 안긴 은우는 반쯤 감긴 눈으로 연신 하품을 하고 있었다.

"피곤할 수밖에. 삼촌 둘이 저녁마다 놀아 주니까."

숙영의 말에 혜원이 입 모양으로 오늘도 두 사람이 있는지를 물었다. 숙영이 고개를 틀어 주방을 가리켰다. 혜원이 정원을 지나 주방 쪽으로 가자 편백나무 테이블에 앉아 바둑을 두고 있던 두 사람이 동시에 그녀를 쳐다봤다.

며칠 전부터 그녀의 집으로 퇴근을 하고 있는 태혁과 재현이었다. 재현이 슬라이딩 도어를 열며 그녀를 반겼다.

"퇴근이 늦네. 힘들겠다."

"괜찮아."

"밥은?"

"먹었어."

마치 가족처럼 친근하게 물어보는 재현의 말에 대답을 한 혜원은 태혁에게 시선을 돌렸다.

"은우 보러 왔어요?"

"네."

"다음 주에 데려다줄 텐데요."

"어쨌든 많이 친해져야죠."

"그건 그러네요."

어정쩡한 자세로 두 남자 사이에 서 있는 혜원에게 재현이 말했다.

"네가 끓여 주는 차 한잔 마시고 가려고 기다렸어."

"잠시만 기다려."

2층으로 올라온 혜원은 옷을 갈아입고 내려와 찻물을 끓이며 태혁에게 물었다.

"여기서 마실 거예요? 아니면 어제처럼 정원에서 마실 거예요?"

"정원에서 마시는 게 좋겠어요."

"좀 더울 텐데요."

"이 정도는 괜찮습니다."

"그럼 그리 차를 가져갈게요."

태혁과 재현이 주방에서 나가자 혜원은 천천히 홍차를 우려

냈다.

그녀의 입에서 자연스레 한숨이 나왔다. 차 한잔 마시러 온다는 사람과 조카를 보러 온다는 사람을 못 오게 할 수도 없으니.

문제는 이게 며칠째라는 거였다. 은우가 워낙 팔짝팔짝 뛰며 삼촌을 반기니 불편해도 참을 수밖에. 게다가 숙영 또한 은근히 좋아하는 눈치였다. 건장한 남자 둘이 집에 있으니 집이 꽉 차는 것 같고 든든하다나. 혜원은 차마 더 불평할 수가 없었다.

하긴 은우가 다음 주에 할아버지 집으로 들어가면 여긴 정말 조용하겠지. 소진을 만나기 전처럼 엄마와 단둘이 살아야 할 거야.

그녀는 은우와 떨어져 살아야 한다는 생각에 가슴이 아려 오자 세차게 고개를 저어 생각을 몰아냈다.

홍차를 다 우려낸 혜원은 냉장고에서 레몬을 꺼내 얇게 썰었다. 그녀와 태혁의 홍차에는 레몬 한 조각을 넣고 재현의 홍차에는 약간의 우유를 넣었다. 같은 차를 마셔도 각각 취향이 다른 두 남자였다.

그녀는 배롱나무 아래의 나무 의자에 앉아 있는 그들에게로 다가가 차를 내밀었다.

"마셔요."

"혜원 씨도 여기 앉아요."

"그래. 혜원아, 여기 앉아."

어디에 앉으라는 거야.

누구의 옆에 앉아야 할지 망설이는 그녀의 모습에 둘은 가운데 자리를 비웠다. 두 남자 사이에 앉은 혜원은 조용히 차를 마셨다.

어색한 침묵이 흘렀다. 차 마시는 소리와 세 사람의 숨 쉬는 소리만 존재하는 것 같은 고요함이 정원을 채우고 있었다. 더군다나 혜원이 차를 마시는 속도에 맞춰 태혁과 재현도 차를 마셨다. 셋은 똑같은 자세로 찻잔을 들었다가 내려놓기를 반복했다.

점점 더해지는 이상한 긴장감을 이기지 못한 혜원이 입을 열었다.

"차 한 잔 더 마실래요?"

"아니."

"아니요."

즉각 대답하는 두 사람을 번갈아 바라본 혜원의 얼굴이 붉어졌다. 허벅지가 거의 맞닿을 듯 가까이 있는 두 남자 때문이었다.

혜원은 슬그머니 다리를 최대한 오므렸다. 그리고 양손으로 찻잔을 움켜잡았다. 두 사람의 손이 그들의 허벅지에 놓여 있었다. 그것도 그녀와 맞닿아 있는 쪽으로.

묘한 기분에 사로잡혀 바짝 얼어붙은 그녀는 정원의 핀 꽃에 시선을 보냈다.

하지만 머릿속으로는 이미 두 남자의 허벅지와 손을 비교하고 있었다. 뭐든 한 번 보면 잘 잊지 않는 그녀의 기억력이 실력을 발휘하고 있었다.

거실에서 은우를 달래던 숙영은 그 광경을 유심히 지켜보며 즐거워하고 있었다. 그녀는 잠이 들듯 하다가 다시 칭얼거리는 은우를 품에 안고 자장가를 불러 주던 참이었다.

조용히 안방으로 들어간 숙영은 은우의 등을 토닥이며 말했다.

"은우야, 네 이모에게 봄이 왔구나. 남자 복이 터진 모양이다."

3장
흐르는 눈물

토요일 오전, 환기를 하려고 거실 문을 활짝 연 숙영이 하늘을 올려다봤다. 구름이 낀다던 일기 예보가 무색하게 하늘은 맑기만 했다.

숙영의 시선이 놀이동산에 가는 것에 들떠 있는 은우를 붙잡아 옷을 입히고 있는 혜원에게 머물렀다. 새삼 딸이 결혼 적령기에 접어들었다는 생각이 들자 자연스럽게 그녀는 태혁과 재현을 떠올렸다.

숙영이 생각에 잠긴 사이 혜원은 빨리 밖으로 나가고 싶어 바둥거리는 은우에게 마지막으로 양말을 신기면서 물었다.

"은우야, 놀이동산에 가는 게 그렇게 좋아?"

"응, 삼촌이랑 가짜 삼촌이 재미있는 거 보여 준다고 했단 말이야."

"가짜 삼촌?"

"응, 가짜 삼촌. 근데 자꾸 삼촌이라고 부르라고 해."

"그냥 삼촌이라고 부르면 안 돼?"

"안 돼! 은우 삼촌은 한 명이잖아. 이모가 말해 줬으면서."

"이름이 뭐였더라."

딴청을 피우는 혜원의 귀에 은우가 속삭였다.

"한태혁. 자꾸 전화해서 이모가 저녁에 언제 들어오는지 물어보는 삼촌이야."

비밀이라며 입에 손가락을 대는 은우에게 혜원은 약속을 지키겠다 말하며 미소 지었다.

혜원은 은우의 짐을 챙기면서 낮은 소리로 웃었다. 요즘 절친인 태혁과 재현은 경쟁하듯이 이곳을 드나들며 은우뿐만 아니라 숙영에게 잘 보이려 애를 쓰고 있었다.

오늘 놀이공원에 가는 것도 예정에 없던 일이었다. 아빠와 놀이공원에 갔다 온 친구가 내심 부러웠는지 은우가 태혁을 졸라서 가게 된 것이었다.

그런데 그 소식을 들은 재현도 따라가겠다고 나섰다. 재현이 함께 가는 것에 불만스러운 얼굴을 하던 태혁이 떠오르자 혜원은 속으로 웃음을 삼키면서 재빨리 은우의 짐을 마저 챙겨 넣었다.

혹시라도 은우에게 필요할지 몰라 가방에 물건을 하나씩 더 넣다 보니 결국 툭 치면 터질 것 같은 배불뚝이 가방이 되고 말았다.

그 모습에 숙영이 가방을 열어서 들여다봤다.

"몇 개는 빼라. 어차피 거기서 음식도 사 먹을 거라며?"

"여름이라 가져가는 것보다 거기서 사 먹는 게 안전하니까요."

"그런데 뭔 간식거리가 이리 많아. 게다가 물놀이를 가는 것도 아닌데 은우 티셔츠에, 바지에…… 에구, 이런 건 빼도 되겠다."

"혹시 음식이 은우 입맛에 안 맞으면 간식이라도 먹으려고요. 또 아이스크림을 먹다가 옷에 흘릴지도 모르니까 여벌이 있어야 해요."

"그래도 짐 좀 줄여야겠어. 가방이 너무 빵빵하다."

혜원은 다시 짐 정리를 하다가 숙영에게 말했다.

"엄마도 같이 가는 거죠?"

"그냥 젊은 사람들끼리 가서 재밌게 놀다 와."

"이상할 것 같아요. 어째 그림이……."

"이상할 것 없어. 어차피 남들은 신경 안 써. 그리고 난 신 여사님이 만나자고 해서 나가 봐야 해."

"알았어요."

혜원이 은우의 가방을 들고 정원으로 나올 때쯤 태혁과 재현 또한 경쟁이라도 하듯이 나란히 집 앞에 도착했다.

놀이공원은 집과 멀지 않는 곳에 있었다. 다행히 일기 예보대로 구름이 많이 끼어서인지 예상했던 것만큼 덥지는 않다.

은우는 놀이공원에 들어섰을 때부터 뭐가 그리 좋은지 연신 까르르 웃음을 터트렸다. 그 모습에 혜원의 입가에서 미소가 떠나지 않았다.

태혁과 재현의 손을 잡은 은우는 깡충깡충 그들을 이리저리로 끌고 다녔다. 어린아이들을 위한 라이브 홀로그램 시어터, 3D 어드벤처에서 즐거운 시간을 보낸 은우는 행복해 보였다.

매직 쿠키 하우스 쪽으로 걸어가는 도중 삼촌들이 팔을 들어 높이 올려 줄 때마다 환호성을 질렀다. 그런 은우의 모습에 혜원은 흐뭇하면서도 왠지 모르게 서운했다. 봄에 그녀의 가족만 왔을 때와는 많이 달라 보였다.

이래서 아빠가 있어야 하나 봐. 외할머니와 이모만으로는 다 채워 줄 수 없었을 테니까.

"이모! 빨리 와!"

은우가 생각에 잠겨 걸음이 느려진 그녀를 불렀다. 태혁과 재현도 동시에 그녀를 돌아봤다.

"혜원 씨, 이쪽으로 오세요."

"그래, 혜원아. 이 오빠 옆으로 와라."

"그러면 다른 사람들이 다니기 불편해요."

"그럼 앞으로 와."

"난 그냥 이게 편해."

적당히 대답을 둘러댄 혜원은 두 남자의 시선을 피하며 속으로 중얼거렸다. 누구 좋으라고 앞에서 걷겠어. 뒤에서 걷는 것도 쉽지 않은데.

아무리 은우에게 집중하려고 해도 시선이 저절로 두 남자의 뒷모습에 쏠렸다. 뒤태가 저러는 건 반칙이지. 게다가 저렇게 큰 키도 확실히 반칙이야.

제일 문제는 앞모습 같았다. 지나가는 여자들의 시선이 두 남자를 그냥 스쳐 가지 못하니.

"혜원 씨."

갑자기 태혁의 목소리가 바로 앞에서 들리자 혜원은 무의식적으로 한 걸음 물러나며 대답했다.

"왜요?"

"아이스크림 먹으러 가자고요. 은우가 먹고 싶대요."

"아, 네. 가요."

아이스크림 가게로 가 각자 취향대로 주문한 걸 먹으면서 이런저런 얘기를 나누자 분위기는 처음보다 많이 편안해졌다. 아이스크림이 묻은 은우의 입술을 닦아 준 혜원은 한결 느긋한 얼굴로 상큼한 레인보우 셔벗을 조금씩 떠먹었다. 그런 혜원의 모습에 재현이 빙그레 웃었다.

"아직도 셔벗 좋아하네."

"상큼하잖아."

"넌 망고 스무디도 잘 먹었는데."

"지금도 좋아해."

"정혜원, 예전이랑 똑같네. 안 변했어."

"오빠도 여전히 껄렁한 모습 그대로야."

"하하, 넌 이 오빠가 얼마나 바른 생활 사나이인 줄 몰라서 그러는 거야."

"바른 생활 사나이가 아니라 바람둥이겠지."

"그럼 넌 여전히 고집쟁이겠구나."

혜원이 소리 내어 웃었다. 예전이나 지금이나 재현을 놀려 먹는 건 재미있었다. 그에게 억지를 쓴 적이 참 많았다. 그럴 때마다 재현이 일부러 당해 준 걸 모르지 않았다.

"오빠, 그거 기억나?"

"어떤 거?"

"중학교 1학년 때였나? 오빠가 눈을 뭉쳐서 내 옷에 넣었잖아."

"으으, 그 일은 생각하기도 싫다."

두 사람의 대화를 조용히 듣고 있던 태혁이 재현에게 물었다.

"어떻게 됐는데?"

"지칠 때까지 몇 시간을 도망 다녔어. 결국은 혜원이가 내 옷에 어마무시하게 큰 눈덩이를 집어넣는 걸로 끝이 났지."

재현의 대답에 태혁이 혜원에게 엄지를 치켜들며 웃었다. 덩달아 은우도 까르르 웃었다.

웃고 있는 네 사람에게 사람들의 시선이 일제히 쏠렸다. 하지만 재현은 개의치 않고 혜원에 대한 얘기를 몇 가지 더 털어났다. 덕분에 혜원은 어릴 적으로 돌아간 듯 즐겁게 웃을 수 있었다.

아이스크림 가게에서 나온 일행은 매직 쿠키 하우스를 구경하고 동물원 사파리 투어를 하려다 줄이 너무 길어서 포기했다.

그 대신 사진을 찍고 탱글탱글한 햄이 박혀 있는 핫도그를 먹으면서 느긋한 시간을 보냈다. 무엇보다 태혁과 재현의 어깨에 번갈아 목말을 타며 바글거리는 사람 구경을 하던 은우가 너무 행복해 보여서 혜원의 입가에도 웃음이 끊이지 않았다.

두 명의 남자 덕분에 어색할 것 같았던 시간이 의외로 좋았다.

집까지 따라오겠다는 재현을 돌려보낸 혜원은 은우와 태혁의 차를 탔다. 뒷좌석에 앉아 졸고 있는 은우를 품에 안아 등을 토닥였다.

"은우야, 오늘 재밌었어?"

"엄청 재미있었어."

"애니메이션도?"

듣기만 해도 기분이 좋은지 방실거리면서도 은우의 눈은 스르르 감겼다.

"은우야, 졸리면 자."

"응, 이모."

금세 가슴에 얼굴을 묻고 잠이 든 은우를 끌어안은 그녀에게 태혁이 말했다.

"은우가 오늘 많이 피곤할 거예요."

"신나게 놀았으니까요. 태혁 씨."

"네."

"고마워요."

"나도 고마워요."

혜원은 운전 중인 태혁의 모습을 물끄러미 바라봤다. 참 반듯하고 따뜻한 사람이란 생각이 들었다. 처음 만난 날부터 그의 눈빛은 따뜻했었다. 대부분의 남자들이 그녀를 바라보는 열기 어린 눈빛이 아닌 담백하면서도 맑아 신뢰가 느껴지는 눈빛이었다. 이런 남자가 은우의 삼촌이라 얼마나 다행인지.

혜원은 운전대를 잡은 그의 손과 넓은 어깨를 바라보며 은우 삼촌이라고 몇 번이나 되뇌었다.

어느새 차가 집 앞에 이르렀을 때였다. 휴대폰이 울렸다. 발신자를 확인하기도 전에 혜원은 불길한 느낌이 들어 몸을 움츠렸다. 그녀는 은우가 깰까 봐 바로 전화를 받았다.

목이 잠긴 김 집사의 목소리가 흘러나왔다. 어째서 불길한 예감은 틀린 적이 없을까. 할머니께서 오늘을 넘기지 못할 것 같다는 말에 혜원은 누군가 심장을 움켜쥐고 흔드는 것처럼 숨을 쉬기가 힘들어졌다. 빨리 와 달라는 김 집사의 간절한 목소리에 소리를 쥐어짜 내듯 간신히 대답을 하고 전화를 끊었다.

차를 세운 태혁은 뒷문을 열고 은우를 안으려다가 멈칫했다. 휴대폰을 손에 꽉 쥔 혜원의 얼굴이 백짓장처럼 창백했다.

"혜원 씨, 무슨 전화입니까?"

태혁에게 은우를 넘겨준 혜원은 비틀거리며 차 밖으로 나왔다.

"우리 은우 좀 엄마한테 데려다주고 갈래요?"

"혜원 씨, 무슨 일인지……."

"그냥 피곤해요."

혜원은 근심 어린 표정의 태혁을 뒤로하고 대문으로 향했다. 하지만 의지와 상관없이 할머니의 주름진 얼굴과 가시 같은 손이 떠오르자 눈물 한 방울이 툭 떨어져 내렸다.

이럴 때가 아니라며, 할머니의 마지막 가는 모습은 봐야 하지 않겠냐며 제 자신을 재촉하고 나서야 겨우 정신을 차릴 수 있었다.

태혁은 위태로워 보이는 혜원의 등에 손을 뻗었다가 다시 거둬들이고 조용히 그녀를 따라 집으로 들어갔다.

마침 외출에서 돌아와 물을 마시고 있던 숙영에게 은우를 안겨 주고 근심 어린 얼굴로 밖으로 나왔다. 이대로 그냥 갈 수가 없었다.

무슨 전화였을까. 안 좋은 일이 있는 걸까.

한참이 지나고 나서야 옷을 갈아입은 혜원이 나오는 게 보였다. 태혁은 차 문을 열었다.

"혜원 씨, 타세요. 어딘지는 모르겠지만 데려다줄게요."

혜원은 힘없이 보조석에 앉으며 말했다.

"대영 병원이요."

그녀는 빠르게 스쳐 지나가는 차창 밖의 세상을 바라봤다. 흐릿해진 시야로 할머니의 얼굴이 떠올랐다. 김 집사의 침통한 목소리가 공기 중을 부유하는 것 같았다.

—오늘 밤을 넘기지 못하실 겁니다. 큰 사모님은 아가씨가 보고 싶어서 눈을 감지 못하고 계십니다. 부탁드립니다, 아가씨. 지금 빨리 와 주십시오.

질긴 인연의 끈. 긴 세월이 흘러도, 원망이 가슴을 칭칭 감고 있어도, 마음이 쓰린 걸 보면 아직도 잊지 못했나 보다.

병원에 도착한 혜원은 마중 나온 김 집사를 따라 병실로 들어갔다. 몇 사람이 할머니의 곁을 지키고 있었다.

"혜원아."

다시는 듣고 싶지 않았던 목소리가 그녀를 불렀다. 혜원은 할머니에게만 시선을 고정시켰다. 아버지란 사람도, 그 옆에 서 있는 유란과 두 사람의 자식들도 쳐다보지 않았다.

"혜원아, 혜원아……."

그리움이 가득한 아버지의 목소리가 귓속으로 파고들었다. 혜원은 끝까지 눈길을 돌리지 않았다.

유란이 비웃듯이 말했다.

"어떻게 된 애가 아버지가 부르시는데 쳐다보지도 않네."

"엄마, 저 사람 누구야?"

저 목소리들. 귀를 막아 버리고 싶다.

그녀의 마음이 전해진 건지 힘겹게 숨을 몰아쉰 손 여사가 모두에게 나가라는 손짓을 했다. 둘만 남게 되자 손 여사의 앙상한 손이 혜원의 손을 잡았다.

"아가, 고맙다."

"할머니."

"네가 좋은 사람을 만나…… 허헉, 결혼하는 것을 보고 싶었는데……."

"할머니, 보여 드릴게요. 그런 사람 보여 드릴 테니 제발 일어나세요."

"고맙……구나."

할머니의 생명이 꺼져 가는 게 보였다. 금세라도 숨이 멎을 것 같았다. 혜원은 할머니의 손에 뺨을 댔다. 마르고 앙상한 손에서 뼈만 느껴졌다.

할머니와 함께한 행복했던 시간들이 심장을 두드리며 소리 질렀다. 네 할머니라고, 손녀인 네가 너무 예뻐서 어쩔 줄 모르던 그 할머니라고.

"흑, 흐흑."

혜원은 울음이 터지는 입을 손으로 틀어막았다. 눈물이 그녀의 창백한 뺨을 타고 하염없이 흘러내렸다.

"울지 마라, 혜원아. 내가…… 하아, 널 다시 돌려……."

"알고 있어요. 할머니의 마음을 알고 있다고요."

혜원은 끊어질 듯 힘겹게 이어지는 할머니의 숨소리에 두려움이 몰려왔다. 늙고 주름진 얼굴을 손으로 쓰다듬으며 다시 확인시켜 주듯이 한 글자씩 또박또박 얘기했다.

"원망 안 할게요. 그러니 편안하게……."

할머니의 얼굴에 희미한 미소가 어렸다. 그 순간 호흡기와 연결된 기계에서 경고음이 들렸다. 그와 동시에 밖에서 기다리던 가족들이 급하게 뛰어 들어왔다.

"어머니! 어머니!"

"할머니!"

그들의 울음소리가 병실에 퍼졌다. 하지만 생명의 빛이 사그라져 가는 할머니의 눈은 여전히 혜원을 향해 있었다. 입가엔 희미한 미소를 띤 채로.

꽤나 시간이 흐른 것 같았다. 하지만 자신을 둘러싼 모든 것에 대한 감각이 없었다. 사망 진단이 내려지고 흰 천으로 가려진 할머니가 영안실로 들어갔던 게 길고 긴 영상처럼 느리게 이어졌다.

아버지가 발길을 돌리는 그녀를 붙잡았던 것 같다. 유란의 번뜩이는 눈도 본 듯했다. 소리를 지른 것도 같은데…….

더운 여름의 열기에 그녀가 정신이 들었을 때는 이미 병원 밖이었다. 지나가는 사람들이 눈물을 쏟고 있는 그녀를 흘끔거렸다.

"혜원 씨!"

혜원은 목소리가 들리는 곳으로 눈길을 돌렸다. 차 앞에서 서성이고 있던 태혁이 그녀를 향해 급하게 걸어오는 게 보였다. 혜원은 무의식적으로 그를 향해 걸어갔다.

"혜원 씨, 무슨 일이에요?"

걱정이 가득한 목소리에 혜원은 저도 모르게 가까이 다가온 태혁의 품에 쓰러지듯이 안겼다. 따뜻하고 편안했다. 그의 몸에서 전해지는 기분 좋은 열기가 시리고 아픈 그녀의 심장을 덥히고 있었다. 얼떨결에 그녀를 안은 태혁이 흐느끼는 혜원을 꽉 끌어안아 줬다.

혜원은 그의 셔츠를 적시며 한참을 울었다. 15년을 참았던 원망이, 피를 흘리면서도 이를 악물고 참았던 눈물이 한없이 쏟아져 나왔다. 등을 쓸어 주는 그의 손길이, 귓가에 속삭여 주는 목소리가 너무 다정해서 마음껏 울어 버렸다.

한참이 지나 혜원은 눈물에 젖은 얼굴을 들었다. 손가락으로 그녀의 눈물을 닦아 주던 태혁에게 고백하듯이 말했다.

"할머니께서 돌아……가셨어요. 미워했는데, 원망만 했는데……."

"말하지 않아도 혜원 씨의 마음을 아셨을 거예요. 그래도 마지막 가시는 길에 혜원 씨를 보고 가셨으니 편안하게 눈감으셨을 거예요."

혜원은 그제야 주변 상황이 눈에 들어왔다. 태혁의 품에 안겨 있다는 것도, 사람들이 쳐다보고 있다는 것도. 혜원은 태혁의 허리를 꽉 끌어안고 있던 팔을 풀었다.

"미안해요. 나도 모르게 그만……."

"다른 데로 가요."

망설이지 않고 혜원의 손을 잡은 태혁이 차가 있는 곳으로 걸어갔다. 멍하니 보조석에 앉은 그녀의 안전벨트를 매어 주며 말했다.

"좀 쉬어요."

"집으로 갈래요."

"바로 집으로요?"

"집에 가서 쉬어야겠어요. 너무 피곤해요."

"그럼 가는 동안만이라도 눈 좀 붙여요."

혜원의 좌석을 뒤로 더 젖힌 태혁은 위로하듯이 어깨를 다독여 주었다. 잠시 혜원의 얼굴을 바라보던 그는 조용히 차를 몰면서 오른손으로 심장을 눌렀다.

창백한 얼굴로 눈을 감고 있는 혜원의 모습에 욱신거리던 심장이 부서질 것처럼 아팠다. 문득 재현에게 들었던 얘기가 떠올랐다.

"그 할머니가 손녀를 끔찍이 사랑했어."

재현이 사적인 부분이라며 얘기해 주지 않았지만 이혼 사유가 아버지의 부정이란 걸 쉽게 짐작할 수 있었다. 그것이 얼마나 가족의 가슴에 못을 박고 아내를 비참하게 하는지를 모르는 걸까.

돈과 권력만큼 무서운 게 없다. 그 두 가지에는 수많은 사람들의 눈물과 한이 들어 있으니.

어느새 차는 혜원의 집 앞에 도착했다. 태혁은 비틀거리며 내리는 혜원의 어깨를 감싸 안았다.

"같이 들어가요."

"아니요. 괜찮아요. 태혁 씨, 고마웠어요."

"힘들면 언제든지 내게 말해요. 한밤중이라도 전화해요. 바로 달려올게요."

태혁은 그의 마음을 전하듯이 혜원을 다정하게 안아 주었다. 한참 동안 따뜻한 가슴에 안겨 있던 혜원은 퉁퉁 부은 눈으로 그를 올려다봤다. 보기 흉하게 부은 눈을 태혁이 엄지손가락으로 다정하게 쓸어 주자 정신을 차린 듯 그에게서 떨어져 집 안으로 들어갔다.

거실로 들어온 혜원은 이미 불이 꺼진 숙영의 방문을 소리 없이 열었다. 숙영에게는 집 근처에 온 친구를 만나러 나간다는 핑계를 대고 나온 터였다. 희미한 불빛 속에서 은우를 안고 평화롭게 잠이 든 숙영의 모습이 보였다. 태혁의 품에서 가라앉았던 눈물이 다시 뺨을 타고 흘러내렸다.

엄마, 할머니께서 돌아가셨어……

팀원들의 얘기가 생각에 잠긴 혜원의 귓가를 스쳐 지나갔다. 누군가 이 세상에서 없어져도 여전히 세상은 아무렇지도 않게 잘 돌아간다는 말이 맞았다. 설령 그 사람이 몹시 사랑하는 사람이었다 할지라도. 할머니가 돌아가신 후에도 일을 하겠다고 회사에 앉아 있으니 말이다.

하지만 멀쩡해 보이는 몸과 달리 마음은 사막을 걷고 있었다. 모래뿐인 황량한 사막을 걷다가 갈증을 견디지 못하고 쓰러지는 것처럼 그녀는 요즘 눈을 번연히 뜬 채로 정신을 놓기 일쑤였다.

"팀장님! 팀장님!"

제우의 목소리에 정신을 차린 혜원은 테이블에 둘러앉은 팀원들에게 사과했다.

"미안해요. 내가 잠시 다른 생각을 하고 있었네요."

"팀장님, 무슨 일 있으세요?"

"아니요. 하던 얘기 계속해요."

혜원은 팀원들과 며칠째 늦게까지 일하면서 정원의 콘셉트를 잡고 스케치 작업을 했다. 이제 준비한 정원 디자인 설계도들 중에서 하나를 선정한 후 세부적인 작업을 끝내 기한 내에 제출하는 일만 남았다. 그동안 함께 작업했던 세 가지의 정원 디자인 설계도를 보면서 혜원은 팀원들과 얘기를 나눴다. 그녀와 눈이 마주친 은혜에게 먼저 의견을 물었다.

"조 대리부터 얘기해 봐요."

"사실 처음엔 첫 번째 디자인 설계도가 눈에 들어왔습니다. 가장 눈에 띄니까요. 어쨌든 세계적으로 유명한 가든 디자이너들이 대부분 참여를 할 텐데, 조금이라도 눈에 띄어야 수상으로 이어지지 않을까 하는 생각 때문이었죠."

114

"그런데요? 생각이 바뀐 건가요?"

"네, 기본적으로 우리가 참여하는 부문은 자연식 공원이니까 주변의 배경에 녹아드는 게 다른 것보다 중요하겠다 싶어서요."

다른 팀원들의 의견을 더 수렴해 혜원은 세 번째 설계도로 결정을 내렸다. 신입들에게 세부 작업을 지시한 후 커피를 들고 휴게실로 갔다. 창가에 섰을 뿐인데도 밖의 뜨거운 열기가 느껴지는 듯했다. 커피를 한 모금 마신 그녀는 태양이 이글거리는 하늘로 시선을 돌렸다. 이젠 같은 하늘 아래에 할머니가 안 계시다는 사실을 떠올리자 입안에 머금은 커피가 쓰게 느껴졌다. 할머니의 발인을 멀리서 지켜보던 그날처럼.

혜원은 남은 커피를 마저 마셨다. 할머니가 없는 세상에서도 그녀는 살아간다. 지금처럼 커피를 마시고 밥을 먹고 잠을 자고 일에 매달리면서 그녀의 시간을 충실하게 채우고 있다.

누군가를 미워한다는 게 얼마나 힘든지 알고 있다. 이제 그 미움들 중의 하나를 내려놨으니 살아갈 인생이 조금은 수월해질까.

혜원은 한숨을 내쉬며 고개를 가로저었다.

퇴근을 한 혜원에게 은우가 뛰어왔다. 늦은 시간까지 자지 않고 뭘 했는지 동그란 얼굴에 땀이 배어 있었다. 혜원은 외할머니가 짐 싸는 걸 도와 드렸다며 자랑스러운 얼굴을 하는 은우를 영차 소리를 내며 안아 올렸다. 통통한 뺨에 쪽 소리가 나게 뽀뽀를 해 주자 오히려 은우가 몇 번이나 그녀의 뺨에 뽀뽀를 돌려주었다.

혜원은 은우의 토실토실한 엉덩이를 두드렸다. 내일이 오면 은우를 보내야 한다. 이미 거실에는 은우의 짐이 쌓여 있었다.

2층에서 상자를 들고 내려오던 숙영이 딸을 보며 말했다.

"생각보다 짐이 많네. 그쪽에서 싫어하면 어쩌지? 다 새것들로 사 주고 싶으실 텐데 말이야."

"그래도 은우가 좋아하는 장난감과 물건들은 조금이라도 가져가야죠. 그래야 적응을 잘 할 테니까요."

"그렇지."

대답과는 달리 손수 기저귀를 갈아 주며 분유를 먹여 키운 아이를 보내야 하는 숙영의 표정은 심란함 그 자체였다. 혜원은 숙영의 손을 말없이 잡았다. 그녀 또한 숙영과 마찬가지였지만 한숨을 속으로 삭인 모녀는 마저 은우의 짐을 챙기면서 허전하고 아픈 서로의 마음을 달래 주려 애를 썼다.

밤이 깊어지자 혜원은 오랜만에 안방 바닥에 이불을 폈다. 은우를 사이에 두고 모녀가 누웠다. 아직 눈이 총총한 은우의 머리를 쓰다듬며 혜원이 물었다.

"은우야, 다시 복습해 보자. 엄마 이름은?"

"김소진."

"외할머니와 이모 이름은?"

"외할머니는 김숙영, 이모는 정혜원."

"우리가 사는 곳은?"

며칠 동안 암기시킨 보람이 있었는지 은우는 어려운 질문에도 막힘없이 답을 했다. 혜원은 은우의 손목에 채워 준 팔찌를 만졌다. 은우의 이름과 연락처가 적힌 팔찌였다.

"은우야, 네 가방에 이모가 수첩을 넣었어. 거기에 엄마 이름부터 중요한 건 다 적어 놨으니까 잃어버리지 말고 꼭 간직해야 해."

"응. 그런데 이모랑 외할머니는 삼촌 집에 언제 올 거야?"

"외할머니는 낮에 함께 계실 거고 이모는 요즘 너무 바빠서 나중에 갈게. 대신 매일 영상 통화 하자."

"싫어, 싫어."

울먹이는 은우를 간신히 달래 재운 혜원은 조용히 눈을 감았다. 하지만 잠이 오지 않았다. 뒤척이는 그녀에게 역시 잠을 못 이루고 있던 숙영이 말했다.

"걱정하지 마. 은우가 그 집에 적응할 때까지 엄마가 매일 가 있을 테니까."

"걱정 안 해요. 다들 좋으신 분들이잖아요. 또 자주 왕래하게 해 주신다고 했으니까 완전히 헤어지는 것도 아니고요."

"그건 그렇고, 왜 은우 삼촌과 재현일 집에 못 오게 했어?"

"남은 시간 동안 은우하고만 시간을 보내고 싶었어요."

"그래, 그만 자자."

"네, 주무세요."

눈을 감았지만 잠이 오지 않았다. 밤늦게까지 뒤척이던 혜원은 역시나 잠을 이루지 못하는 숙영의 등을 바라보다가 결국 밤을 새우고 말았다.

아침 일찍 은우는 할아버지 집으로 들어갔다. 짐만 정리해 주고 나오려던 두 사람은 은우가 울며 매달리는 바람에 저녁까지 머물러 있었다. 혜원의 품에서 떨어지려 하지 않는 은우의 모습에 최 여사는 안절부절못했다.

혜원은 다리를 잡고 놔주지 않으려는 은우의 머리카락을 쓸어 주면서 끈기 있게 달랬다. 한참이 지나 눈물을 멈춘 은우를 데리고 방으로 들어갔다. 내내 혜원에게서 눈을 떼지 않고 있던 태혁이 그녀를 따라 방으로 들어오더니 문을 닫았다. 울어서 지친 은우를 침대에 눕히고 가슴을 토닥여 주는 혜원에게 나직하게 말했다.

"혜원 씨, 은우 재우고 얘기 좀 해요."

"나중에요. 그리고 태혁 씨, 부탁이 있어요."

"어떤 부탁이요?"

"내일부터 얼마 동안이라도 우리 은우가 잠들 때까지 옆에 있어 주세요. 동화책을 읽어 주면 잘 자요."

"그럴게요."

혜원은 은우가 안고 있는 작고 낡은 모포와 곰 인형을 가리키며 말했다.

"아이들은 대부분 애착물이 있는데 은우는 이거예요. 이게 없으면 잠들지 못해요."

"알았어요."

혜원은 은우가 좋아하는 동화책을 다정한 목소리로 읽었다.

중간 정도 읽을 즈음 졸음이 오는지 하품을 한 은우가 입술을 쭉 내밀었다.

"이모, 뽀뽀."

혜원은 앙증맞은 은우의 입술에 뽀뽀를 했다. 내일 일찍 외할머니가 오실 거라는 혜원의 말에 기분이 좋아진 은우가 방실방실 웃으며 태혁에게도 입술을 내밀었다. 그 순간 혜원과 태혁의 눈이 마주쳤다. 계속 뽀뽀를 해 달라는 은우에게 결국 뽀뽀를 한 태혁이 혜원을 바라봤다. 열기가 배어 있는 그의 눈에는 걱정이 담겨 있었다. 그녀가 무엇을 생각하고 있는지, 정말로 괜찮은 건지 알고 싶었다.

그날 이후로 혜원은 그를 멀리했다. 그녀와 간단하게라도 얘기를 나누고 싶었지만 기회를 주지 않았다.

은우가 잠들자 조용히 일어나는 혜원에게 태혁이 다가갔다.

"혜원 씨, 우리……."

"나중에 얘기해요."

혜원은 바짝 다가온 그의 가슴을 밀어내고 도망치듯이 방을 나가 버렸다. 한숨을 내쉰 태혁이 혜원을 따라 나갔다. 아직은 돌아가신 할머니에 대한 슬픔으로 그와의 관계에 대해 진지하게 생각할 여유가 없을 거라고 애써 자위하면서도 하루라도 빨리 그녀에게 다가가고 싶었다. 그의 어깨에 기대어 쉬게 해 주고 싶었다. 아픈 마음도 달래 주고 싶었다.

태혁은 혜원이 최 여사에게 은우가 좋아하는 동화책과 애착물에 대해 알려 주는 걸 들으면서 그녀에게서 눈길을 떼지 않았다.

숙영과 집으로 돌아온 혜원은 씻고 나와 휴대폰의 메시지를 열었다. 깜박이던 불빛은 태혁이 보낸 짧은 메시지 알림이었다.

〈혜원 씨, 더 이상 달아나지 말아요.〉

✿   ✿   ✿

모처럼 한가한 토요일이었다.

단풍나무의 제일 높은 가지를 유심히 바라보던 혜원은 채소 화단에서 오이를 따는 숙영에게 고개를 돌렸다.

"엄마, 여러 번 검색했는데 확실해요."

채소 바구니를 내려놓은 숙영이 혜원의 옆으로 다가오며 물었다.

"새 이름이 뭐라고 했지?"

"할미새사촌이요."

"할미새사촌, 할미새사촌이라."

혜원은 새 이름을 되뇌는 숙영에게 설명을 덧붙였다.

"그리고 저 새는 암컷이에요."

"그래? 수컷과 뭐가 다른데?"

"암컷은 머리 꼭대기와 뒷목이 회색이고, 수컷은 검정색이래요."

모녀는 단풍나무 가지 위에서 지저귀는 새를 신기한 눈으로 바라봤다. 이 근처에서 본 적이 없던 새가 얼마 전부터 정원을 제집처럼 드나들기 시작하면서 은우가 없는 집의 쓸쓸함을 잠시나마 잊게 해 주었다.

한참 동안 새의 지저귐을 듣고 있던 두 사람은 화단에서 딴 싱싱한 오이와 가지, 풋고추를 재료로 점심 준비를 했다.

풋고추를 넣은 감자조림과 가지구이, 오이 무침으로 그럴싸한 점심상이 차려졌다.

모녀는 편백나무 테이블에 앉아 점심을 먹으며 도란도란 얘기를 나눴다. 혜원은 숙영이 들려주는 은우 얘기에 함박웃음을 지었다.

"정말요? 우리 은우가 가족들에게 동화책을 읽어 줬어요?"

"그렇다니까. 그 집 식구들과 나까지 앉혀 놓고 뭐였더라, 물고기가 나오는 거였는데……. 하여튼 그 책을 몇 번이나 읽어 줬어."

"잘 읽었어요?"

"그럼, 누구 손주인데. 또랑또랑한 목소리로 책을 읽는데 어찌나 예쁘던지. 괜히 내가 우쭐해지더라."

"아기 때부터 엄마가 책을 많이 읽어 줬잖아요. 그게 도움이 됐나 봐요."

혜원의 말에 숙영이 빙그레 웃었다.

"다들 은우가 언어 영재인 것 같다면서 좋아하셨어."

"다행이에요. 은우가 잘 적응하고 있어서요. 이게 다 엄마 덕분이에요. 저녁엔 안 계셔도 다음 날 또 오신다는 걸 아니까 요."

그녀의 얘기에 숙영이 고개를 끄덕였다.

점심을 먹은 후, 설거지를 마친 혜원은 숙영이 카모마일 차를 우려내는 동안 양치를 하고 나왔다. 따뜻한 차를 들고 일어나는 그녀에게 숙영이 물었다.

"옥상에서 마시려고?"

"네, 일광욕도 좀 하고요."

"햇볕이 강하니까 그냥 어닝 안에서 해."

"그럴 생각이었어요."

옥상으로 올라온 혜원은 따뜻한 차를 마시며 주위를 둘러봤다. 이 집을 리모델링할 때 그녀가 직접 디자인한 곳이었다.

다른 집들과는 달리 그녀는 이곳에 테라스를 만들었다. 개폐가 가능한 대형 접이식 루프 어닝*을 설치해서 차양 효과와 프라이버시를 확보했다. 어닝 아래의 공간은 데크로 시공을 하고 테이블과 의자를 적절히 배치해 노천카페 느낌이 나게 했다. 계절에 따라 선베드를 놓거나 해먹을 달아 옥상에서 색다른 여유를 즐길 수도 있었다.

또한 겨울에는 이 구조에 폴딩 도어를 추가하고 난방 기기를 넣어 아늑한 공간으로 활용했다. 옥상의 나머지 공간은 나무와 그라스로 적절히 식재를 해서 초록빛이 가득한 정원으로

---

*루프 어닝(Roof awning):지붕 차양.

꾸몄다. 그래서인지 가족들과 이웃들 모두 이 공간을 무척이나 좋아했다.

"우리 은우도 정말 좋아했는데, 소진이도 그렇고."

이곳에서 마음껏 뛰놀던 은우의 모습이 보이는 듯했다. 은우를 안고 해먹에 누워 음악을 듣다가 잠이 들곤 했었다. 그런 그녀에게 숙영이 혹시라도 은우를 떨어뜨리면 어떡하냐며 잔소리를 했었고.

은우와는 매일 영상 통화를 했다. 다행이도 태혁의 집이 회사와 그다지 멀지 않아 점심시간을 이용해서 두세 번 짧게 은우를 보고 올 수 있었다. 그런데도 집에 들어오면 너무 허전했다. 쿵쾅거리며 뛰어다니던 작은 아이가 없는 집은 왜 그리도 쓸쓸한지 밤중에 몇 번이나 눈물을 쏟아 내곤 했다. 그러면서도 계속 은우를 위해서라고 되뇌며 허전한 마음을 달랬다.

깊게 한숨을 내쉰 혜원은 차를 마시며 하늘을 올려다봤다. 파란 하늘에 점점이 떠 있는 구름을 바라보는 그녀의 눈시울이 붉어졌다.

그래도 은우는 만날 수 있어. 하지만 할머니는 이제…….

할머니가 돌아가시고 나서야 알았다. 미워하려고 했는데도 할머니에 대한 사랑이 그녀의 가슴속에서 사라지지 않았다는 걸. 또 그 사랑이 미움과 원망을 훨씬 넘어섰다는 걸.

오랜 세월 동안 할머니가 얼마나 그녀를 그리워했을까. 손녀에 대한 할머니의 사랑이 아직도 느껴지는 것 같아 심장이 아렸다.

할머니가 돌아가시고 얼마 되지 않아 새 한 마리가 정원을 드나들기 시작했다. 낯선 새의 이름이 궁금해 검색을 했었다.

할미새사촌.

새 이름을 안 순간 눈물이 왈칵 쏟아졌었다. 마치 할머니가 그녀를 찾아온 것 같아서.

혜원은 하늘을 향해 낮은 목소리로 말했다.

"할머니, 이제 그곳에서 편안히 쉬세요. 제 걱정은 마시고요. 잘 살아갈게요. 씩씩하고 행복하게 살아갈게요."

혜원은 선베드에 누워 마음의 안식을 느끼며 옥상 정원을 둘러봤다.

이 집도 사실 할머니 덕분이란 걸 안다. 어렸을 때 그녀에게 상속해 준 강남의 아파트를 팔아 이 집을 사서 리모델링을 했으니.

할머니가 돌아가신 후 유언장이 공개되자 유란이 입에 거품을 물며 난리를 쳤다고 전해 들었다. 할머니가 모든 유산을 혜원에게 남긴 것이다.

거기에는 서울 중심가의 상가들과 아버지 회사의 주식이 포함되어 있었다. 하지만 유란의 불만에도 아버지는 이의를 제기하지 않았다.

그 후, 혜원은 김 집사에게 상가 관리를 맡겼다. 그는 할머니가 돌아가시자마자 바로 아버지의 집을 나왔다.

이 모든 일이 너무 순식간에 이루어져 가끔은 현실처럼 느껴지지 않을 때가 있었다. 더군다나 지금처럼 편안한 시간을 보낼 때는 더더욱.

혜원은 선베드에서 다리를 쭉 폈다. 민소매 원피스 속의 뽀얗고 흰 다리가 어닝 아래 일렁이는 햇살에 드러났다. 그녀는 휴대폰에 저장한 조용한 노래를 듣다가 스르르 잠이 들었다.

꿈결에 옥상 문이 열리는 소리를 들은 것 같았다.

숙영이 타 준 커피를 손에 든 태혁이 옥상 문을 열고 들어와 작은 소리로 그녀를 불렀다.

"혜원 씨."

그의 소리에 혜원은 몸을 동그랗게 말아 옆으로 누웠지만 깨어나진 않았다. 태혁은 테이블 의자에 앉아 커피를 마셨다. 팬이 없는 선풍기가 여러 대 틀어져 있어서인지 어닝 안은 그리 덥지 않았다. 그의 눈길이 혜원의 얼굴에 머물다가 새하얗게 빛나는 팔과 다리, 그리고 단정하게 다듬어진 발톱에까지 이어졌다.

머리에서 발끝까지 안 예쁜 데가 없네.

태혁은 혜원에게서 눈을 떼지 못한 채 바라보다 한숨을 쉬었다. 은우가 그의 집에 들어온 후에도 그는 매일 이곳을 드나들었다.

어떤 핑계를 대서라도 혜원과 마주치려 노력했다. 그녀가 늦게 퇴근을 하면 차에서 기다렸다가 함께 골목길을 걸어올 정도였다.

할머니가 돌아가시고 은우마저 그의 집으로 들어왔으니 혜원이 얼마나 힘들지 짐작이 됐다. 조금이나마 위로를 해 주고 싶어 더 그녀의 주위를 서성였다. 물론 그것이 전부는 아니었다.

한태혁, 솔직해지자.

커피를 마저 마신 태혁은 혜원의 옆에 놓인 선베드에 앉아 물끄러미 그녀의 얼굴을 들여다봤다. 화장기 하나 없는 맑고 매끄러운 얼굴, 동그란 이마, 오뚝한 코, 약한 숨소리가 흘러나오는 입술. 그리고 그 흔한 귀고리조차 하지 않은 귓불도 너무 예뻐서 눈이 부시다.

"혜원 씨, 보고 싶었어요."

그는 잠든 혜원에게 고백을 했다. 어제 봤는데도 못 견디게 보고 싶었다고. 그래서 만나기로 한 시간보다 두 시간이나 빨리 올 수밖에 없었다고.

얼마간 시간이 지나고 나서야 눈을 뜬 혜원이 그를 발견하곤 놀란 얼굴로 물었다.

"태혁 씨, 왜 이렇게 빨리 왔어요? 3시에 백화점에서 만나기로 한 거 아니에요?"

"혜원 씨 태우고 가려고 빨리 왔어요."

"은우는요?"

"은우는 어머니와 함께 백화점으로 바로 갈 거예요."

혜원은 휴대폰으로 몇 시인지 확인했다. 아직 시간은 충분했지만 태혁이 왔으니 서둘러 준비를 하고 나가는 게 나을 것 같았다.

"더운데 들어가요. 빨리 준비할게요."

태혁이 숙영과 얘기를 나누는 동안 혜원은 준비를 서둘렀다.

땀 냄새가 날까 싶어 다시 샤워를 하고 드라이기로 머리카락을 말렸다. 옅게 화장을 하고 립스틱을 바르면서 거울을 들여다봤다. 코랄 립스틱이 뽀얀 피부의 그녀의 얼굴을 더 사랑스럽게 보이게 했다.

카키색 포켓 원피스를 입고 그레이 백을 멘 그녀가 방에서 나오자 숙영이 빙그레 웃으며 말했다.

"우리 딸, 예쁘네."

숙영의 칭찬에 얼굴이 붉어진 혜원이 태혁을 힐끗 본 후 그녀에게 물었다.

"엄마는요?"

"난 그냥 집에서 푹 쉬고 싶다. 최 여사님과 신 여사님께는 내가 연락할 테니까 둘이 다녀와."

"어디 편찮으신 거 아니에요?"

"아니, 좀 느긋하게 쉬려고. 둘이 갔다 와."

"빨리 올게요."

"아니, 늦게 와도 돼. 난 어차피 이따 옆집 사람들 만나기로 했으니까 신경 쓰지 말고."

"알았어요."

숙영은 태혁을 따라 나가는 딸을 보며 흐뭇한 미소를 지었다.

재현이가 아깝긴 하지만 우리 딸이 잘 골랐어. 요즘 저런 남자 드물지. 그런데 내일은 무슨 핑계를 대고 또 우리 집에 오려나 모르겠네.

밖을 내다보고 있던 숙영은 먼저 나가도록 혜원에게 대문을 열어 주는 태혁의 모습에 입꼬리가 더 올라갔다.

쪽쪽쪽.

백화점에서 양팔로 은우를 꽉 끌어안은 혜원은 걸어가면서 연신 보드라운 뺨에 뽀뽀를 했다.

근래 부쩍 묵직해진 은우의 몸무게 때문에 등에서 땀이 삐질 흘러나왔지만 지금 이 순간이 너무 행복했다. 아마 오랜만이라서 더 그럴지도.

"이모, 간지러워."

"그럼 그만할까?"

"아니, 더 해 줘."

"요 귀염둥이, 더 토실토실해졌네. 좀 있으면 이모가 힘들어서 못 들겠다."

혜원의 말에 은우가 얼굴을 찡그리며 떼를 썼다.

"싫어, 싫어. 계속 안아 줘."

"알았어. 이모가 열심히 운동해서 힘을 기르면 되겠지?"

"응."

혜원의 가슴에 얼굴을 비비던 은우가 활짝 웃었다. 그 모습에 혜원의 얼굴에도 웃음이 번져 나갔다. 품에 바짝 안은 아이를 보니 지금까지 힘들었던 게 다 사라지고 힘이 솟아나는 것 같았다.

친구의 아이가 어찌 이리도 예쁠까. 병실에서 소진의 품에 안겨 젖을 먹는 은우를 봤을 때가 아직도 생생하다. 그 작은 손과 발이 신기하기도 하고 너무 예뻐서 조물조물 손에서 놓지 못했다. 묘한 감동에 눈물까지 흘렸으니, 이렇게 인연이 이어지려고 그랬나 보다.

혜원은 입가에 웃음을 매단 채 카페 쪽으로 눈길을 돌렸다. 통화를 하러 나간 태혁이 곧 돌아올 것이다. 오늘은 최 여사와 신 여사까지 함께 보기로 했다. 아마 재현도 껄렁거리는 걸음으로 나타날 것 같았다.

혜원은 그녀의 뺨을 만지며 방실거리는 은우를 사랑스러운 눈으로 바라봤다.

이 작은 아이가 맺어 준 인연들.

어제 저녁에 최 여사가 몇 주 사이에 부쩍 통통해진 은우의 옷과 신발을 사러 가자고 숙영과 그녀에게 부탁을 해 왔다.

그 얘기를 전해 들은 태혁과 신 여사, 재현이 빠질 리가 없었다.

오랜 친구인 아들들 덕분에 이미 신 여사와 최 여사는 서로 왕래를 하던 사이였고 여기에 은우 외할머니 자격으로 숙영까지 합세하다 보니 요즘 셋은 어디를 가나 함께 움직였다. 그 사이에서 은우는 온갖 예쁨을 다 받고 있었다.

은우가 싱글거리는 혜원을 불렀다.

"이모!"

"왜?"

"할머니는 어디 갔어?"

"응, 왕할머니가 뭐 좀 봐 달라고 하셔서 1층으로 가셨어. 금방 오실 거야."

"외할머니는?"

"외할머니는 오늘 집에서 쉬신대."

"재현 삼촌은?"

"응? 이제 가짜 삼촌이 아니야?"

"응."

"재현 삼촌이 엄청 좋아하겠네."

방실거리는 은우의 앞머리를 쓸어 넘기려던 혜원은 그녀 앞에서 딱 멈춘 발걸음에 고개를 들었다. 유란이 못마땅한 표정으로 서 있었다.

혜원이 무시하고 지나가려 하자 앞을 가로막았다.

"할머니의 유산을 다 받더니 신수가 훤하네."

시비조로 나오는 유란에게 혜원이 말했다.

"가던 길이나 가시죠."

"아무리 할머니의 유언장이 그렇더라도 양심이 있다면 적어도 네 동생들에게는 분배해 줘야 하는 거 아니야?"

"양심? 동생? 그런 말이 나와요? 정말 구제불능이군요."

"원래 다 네 아버지 거였어."

"그래서요?"

"우리 아이들도 받을 자격이 있다는 얘기지. 네 아버지가 물려받았으면 어차피 우리 아이들에게도 왔을 거니까."

"따지고 싶으면 변호사한테 찾아가서 하세요."

상대를 하려 하지 않는 혜원을 노려보던 유란이 그녀를 빤히 쳐다보는 은우에게 시선을 돌렸다.

"이런, 결혼했다는 얘기는 못 들었는데 이 아이는 누굴까. 도도하신 아가씨께서 미혼모라도 되셨나?"

기가 막혀 대답을 못 하는 혜원의 모습에 은우가 그녀의 어깨를 흔들며 물었다.

"이모, 이 할머니는 누구야?"

"뭐, 할머니?"

유란의 얼굴이 시뻘개졌다.

"어디서 조그만 게 버릇없이!"

유란이 소리를 지르자 은우가 울음을 터트렸다. 멀리서 둘의 모습을 발견한 태혁이 순식간에 달려왔다.

"무슨 일이에요?"

"삼촌, 이 할머니가 이모를 괴롭혔어."

어느새 뒤따라온 재현이 굳은 얼굴로 나서려는 태혁을 밀어내고 앞으로 나섰다.

"아이구, 이거 누구십니까? 우리 옆집에 사시는 김 비서님이 아니십니까? 그런데 왜 샤인 그룹의 금쪽같은 손주를 울리십니까?"

"샤인 그룹의 손주?"

"한 회장님의 하나밖에 없는 손주랍니다."

재현의 말에 유란이 낭패한 얼굴로 주위를 둘러봤다. 지나가던 사람들의 호기심 어린 눈빛을 느끼곤 재빨리 그 자리를 피했다.

쇼핑백을 잔뜩 든 비서가 그녀 뒤를 종종거리며 따라가자 재현이 더 소리 높여 말했다.

"김 비서님, 천천히 가세요. 뒤의 비서분이 못 따라가시잖아요."

유란은 황급히 계단으로 내려가며 이를 빠드득 갈았다. 재수가 없어도 너무 없었다. 시어머니의 재산이 혜원에게 전부 상속되어 속이 뒤집어질 것 같아 쇼핑으로 달래려고 나온 길이었다.

요새 그녀는 남편이 무슨 조치를 취하기는커녕 재산이 혜원에게 가도록 내버려두자 더 분통이 터져 갑갑하던 차였다. 혜원이 부자가 된다는 것은 숙영 또한 부자가 된다는 얘기였다. 그녀가 오랫동안 사모님으로 모시던 남편의 전 부인이.

몇 년을 공들여 어렵게 차지한 남편은 그녀에게 무심했다. 무엇보다 그가 혜원에게 가진 애정의 10분의 1도 제 아이들에게는 느끼는 것 같지 않아서 더 불안했다.

기분이라도 풀려고 나왔는데, 되는 일이 하나도 없네.

언제나 그녀를 눈엣가시처럼 여기는 신 여사를 1층에서 만난 것도 모자라 그 유들거리는 아들까지 만났으니.

능구렁이 신 여사를 피해 카페에서 커피나 마실까 하던 참에 혜원을 보자 그냥 지나칠 수가 없었다. 결국 망신만 당하고 본전도 찾지 못했다.

그 엄마야 착하다 못해 순해 빠졌지만 저 계집애는 보통이 아닌데…… 이젠 신 여사네 집 사람들과도 왕래한단 얘기잖아. 게다가 그 어린놈이 샤인 그룹의 손주라니. 어떻게 혜원이 그 아이를 안고 있는 것일까.

아무리 생각을 해 봐도 연결이 되지 않았다. 유란은 굳은 얼굴로 그녀 앞으로 나서려던 훤칠한 남자를 떠올렸다. 그 남자가 혜원과 관련이 있는 게 틀림없다. 그 남자가 혹시 샤인 그룹의 아들이라도 되는 건가?

유란은 양손에 쇼핑백을 들고 뒤따라오는 비서를 돌아보며 말했다.

"조사해 봐. 정혜원과 샤인 그룹이 무슨 관계인지."

"네, 사모님."

태혁과 재현은 쇼핑을 끝낸 후에도 여전히 우울해 보이는 혜원을 술집으로 데리고 갔다. 우울한 기분을 떨쳐 내려는 듯 독한 양주를 억지로 몇 모금 마신 혜원은 두 사람에게 상속에 관련된 일을 털어놨다. 유란의 불쾌한 얼굴이 떠오르자 술잔을 꽉 쥐면서 말했다.

"아무리 난리를 쳐도 그 여자에겐 한 푼도 주지 않을 거야."

"당연히 그래야지. 그리고 신경 쓸 필요도 없어. 최고의 복수는 네가 행복하게 사는 거야."

"나도 그렇게 생각해."

혜원은 점차 기분이 좋아졌다. 재현의 위로도 좋았지만 다정하게 손등을 토닥여 주는 태혁 덕이었다. 어느새 싱글거리는 얼굴을 한 그녀가 평상시의 주량보다 더 마셨다. 쉼 없이 비는 잔에 술을 부으며 재현이 말했다.

"마시자, 마셔. 내일은 일요일이니까 실컷 마셔 보자."

셋은 풀어진 상태로 얘기를 나누며 술을 마셨다. 결국 술기운을 이기지 못한 혜원이 옆에 앉아 있는 태혁의 어깨에 머리를 기대고 잠이 들었다. 그 모습에 재현이 잔이 넘치도록 술을 따라 한입에 털어 넣었다. 태혁이 혜원을 품에 끌어안으며 말했다.

"이제 포기해라."

"하아, 네 말을 완전히 믿지는 않았는데 사실이구나."

재현은 편안한 얼굴로 태혁의 가슴에 얼굴을 기댄 혜원을 봤다. 얼마 전에 태혁이 그에게 선전포고하듯이 말했었다. 혜원이 제 여자라고, 그러니 그만 포기하라고.

그 얘기를 듣고 며칠 동안 고민했던 재현은 태혁의 잔에 술을 따라 주며 말했다.

"잘해 줘라. 너라서 물러나는 거다. 네가 아닌 다른 놈이었다면 절대 물러나지 않았을 거야."

"고맙다."

"평생 고마워해라. 그래도 내게서 옆집 오빠 자리는 뺏으면 안 된다."

"그 정도는 이해해야지."

"그 정도? 하아, 참 어쩌다 내 꼴이 이렇게 된 거야. 혜원이, 이 녀석 내가 한 말을 잊은 거야?"

"무슨 말?"

"전에 말했었잖아. 발코니에서 혜원이에게 마지막으로 했던 말. 예쁘게 크면서 날 기다리라고, 다른 놈에게 눈 돌리지 말라고. 기억나지?"

태혁이 짧게 대답했다.

"기억난다."

"다른 놈에게 눈 돌리지 말라고 했더니 네게 눈을 돌릴 줄이야."

"그땐 어렸을 때인데 그 말을 기억이나 하겠어?"

"그건 그렇지. 하긴, 내게 빨리 뉴욕으로 가서 얼굴 보이지 말라고 했으니까. 혜원인 그때도 내겐 전혀 관심이 없었나 보다."

"그냥 넌 옆집 오빠라니까."

"흑, 옆집 오빠라는 말이 이렇게 슬플 줄이야."

재현이 과장되게 우는 소리를 내더니 태혁의 어깨를 탁 쳤다.

"혜원이 많이 취했나 보다. 데려다줘."

술집에서 나온 태혁은 대리 기사에게 차 키를 건네준 뒤 취해서 비틀거리는 혜원을 뒷좌석에 조심스럽게 태우고 옆에 앉았다. 고개가 자꾸 떨어지는 혜원을 품에 안아 다정하게 등을 쓸어 주었다.

혜원이 가물거리는 눈으로 그를 올려다보며 방긋 웃었다. 혀가 꼬부라진 소리로 그의 이름을 부르더니 얼굴로 손을 뻗었다.

혜원의 돌발적인 행동에 애써 감정을 자제하고 있던 태혁이 몸을 부르르 떨었다. 부드러운 손길이 확인을 하듯이 반듯한 이마와 진한 눈썹을 더듬으며 내려오자 태혁은 저도 모르게 신음을 흘리고 말았다.

둘 다 마찬가지였지만 술이 약한 혜원이 훨씬 더 취해 있는 상태라는 걸 알고 있었다. 태혁은 그녀의 숨겨진 마음이 드러난 것 같아 좋아서 벌어진 입이 다물어지지 않았다.

더 해 달라고 그가 귓가에 속삭이자 혜원이 몽롱한 상태에서 고개를 끄덕였다. 황홀한 눈으로 그를 올려다보며 가는 손가락으로 입술을 만지더니 양팔로 목덜미를 껴안았다. 점점 다가오는 혜원의 얼굴에 심장이 터질 듯이 빨라진 태혁은 결국 참지 못하고 그녀를 확 끌어당겼다.

혜원은 두통이 밀려오는 머리를 부여잡으며 일어나 숙영이 끓여 준 시원한 해장국을 먹었다.

"엄마, 어젯밤에 저 언제 들어왔어요?"

"12시가 다 돼서 왔어."

"누가 데려다줬어요?"

"은우 삼촌이. 잠든 널 안고 들어와서 침대에 눕혔지."

"헉! 정말요?"

"그렇다니까. 왜 그렇게 술을 많이 마셨어? 다른 사람과 있을 때는 그러면 안 된다."

"네, 조심할게요."

혜원은 밥만 먹고 재빨리 방으로 들어왔다. 태혁이 안고 왔다는 말이 머릿속에서 빙글빙글 돌아다녔다. 한숨을 내쉰 그녀는 테이블에서 깜박이는 휴대폰을 들여다봤다. 두 통의 메시지가 와 있었다.

혜원은 먼저 태혁의 메시지를 열었다.

〈혜원 씨, 속은 괜찮아요? 조금 이따가 숙취에 좋은 약을 사 가지고 갈게요. 그리고 하나 부탁이 있어요. 앞으론 옆집 오빠 외에는 앞집 오빠든, 뒷집 오빠든 안 됩니다.〉

"이게 뭔 소리야? 무슨 오빠가 안 된다는 거야?"

혜원은 마저 재현의 메시지를 확인했다.

〈축하한다. 내 친구라서가 아니라, 객관적으로 봐도 태혁인 참 괜찮은 녀석이다. 그래도 혹시나 네 눈에서 눈물 나게 하면 친구고 우정이고 필요 없다. 옆집 오빠의 권리로 녹신하게 때려눕혀 줄게. 하여튼 정혜원, 축하한다.〉

"이건 또 뭔 소리래? 무슨 축하? 이 남자들이 아침부터 뭘 잘못 먹었나."

혜원은 눈동자를 굴리며 어젯밤에 무슨 일이 있었는지를 기억해 내려고 애를 썼다.

4장
하나도 생각이 안 납니다

이게 뭔 일이래?

주방 테이블에 강제로 앉혀진 혜원은 황당한 얼굴로 태혁의
모습을 바라보고 있었다.

보온 도시락에서 죽을 꺼내던 태혁이 숙영 몰래 그녀에게
윙크를 했다. 그 모습에 귓불까지 빨개진 혜원은 재빨리 고개
를 돌렸다.

분명 어젯밤에 무슨 일이 있었음이 분명했다. 그렇지 않고
서야 젠틀맨이라고 이마에 써 붙이고 다니는 남자가 저런 닭
살 돋는 행동을 할 리가 없을 테니.

하지만 아무리 머리를 쥐어짜도 생각이 나지 않는다는 게
문제였다.

죽은 왜 가져온 걸까. 감기 몸살도 아니고 단지 숙취일 뿐

인데.

혜원은 두통이 가시지 않는 머리를 부여잡고 식탁에 엎드렸다. 하지만 순식간에 다가온 태혁이 얼굴을 들이밀자 얼른 몸을 일으켰다.

"혜원 씨, 힘들어요?"

"아니요, 많이 좋아졌어요."

"잠깐만."

태혁이 손으로 이마를 짚자 몸을 뒤로 빼면서 말했다.

"저기, 저는 열이 나는 게 아닌데요."

"미열이 있는 것 같아요. 게다가 얼마나 힘들었으면 다크서클이 여기까지……."

혜원은 제 뺨을 슬며시 만지는 태혁의 얼굴을 쳐다보며 숨쉬는 걸 잊었다. 너무 가까웠다. 숨소리가 들릴 만큼.

"흠흠."

두 사람을 지켜보던 숙영이 헛기침 소리를 내자 태혁이 머쓱한 얼굴로 혜원에게서 떨어졌다. 숙영은 이상해진 분위기를 바꿔 보려는 듯 보온 도시락 가방을 가리키며 물었다.

"그러니까 이걸 집에서 가져왔다는 건가요? 사 온 게 아니라?"

"네, 어머님. 저희 어머니께서 직접 만드신 겁니다. 물론 제가 부탁을 드렸습니다."

"은우 할머니께서 직접?"

"네, 어머님."

갑작스러운 어머님이란 호칭에 숙영은 무슨 일인지 묻는 얼굴로 혜원을 바라봤다. 혜원은 고개를 가로저었다. 태혁이 마치 남자 친구라도 되는 듯이 다정하고 친밀하게 구는 이유를 그녀 역시 몰랐다.

"먹어요. 그래야 약을 먹죠."

"아침을 먹어서……."

"그래도 저희 어머니의 정성이 들어 있으니 한 숟가락이라도 떠요."

"알았어요."

"그리고 여기 동치미도요."

혜원은 은우 할머니를 생각해 억지로 죽을 다 먹었다. 그리고 태혁이 내민 약을 먹고 일어서며 말했다.

"잠깐 얘기 좀 해요."

혜원은 태혁과 옥상으로 올라갔다. 8월의 찌는 듯한 열기에 어닝 아래가 찜통이었다. 두 사람의 이마에서 금방 땀이 돋아났다. 혜원은 어닝 안에 설치해 둔 선풍기를 모두 틀어 놓고 호스와 연결된 수도꼭지를 틀었다.

"뭐하려고요."

"여기에 물을 뿌리면 열기가 빨리 식어요."

"이리 줘요. 내가 할게요."

태혁이 초록이 선명한 나무들과 그라스, 그리고 바닥에 물을 가득 뿌리자 몇 분 지나지 않아 서늘한 기운이 돌았다. 혜원의 옆에 앉으며 그가 물었다.

"혜원 씨, 할 얘기가 있어요?"

"저기, 갑자기 태혁 씨가 너무……."

"잠시만요. 땀이 나네요."

혜원은 당연하다는 듯이 그녀의 얼굴을 들어 올리고 손수건으로 땀을 닦아 주는 태혁에게 어떻게 반응을 해야 할지 몰라 커다란 눈만 깜박거렸다. 그녀의 모습에 태혁이 싱긋 웃었다.

"설마 잊은 건 아니죠? 어젯밤에 무슨 일이 있었는지."

"기억이 안 나요."

"이거 서운한데요. 나만 기억하고 있다니."

"무슨 일이 있었는데요?"

"그게 말이죠. 혜원 씨가 취해서 이렇게……."

태혁이 그녀의 손을 그의 얼굴로 가져가자 혜원은 재빨리 손을 떼어 냈다. 하지만 행동과는 달리 그의 얼굴을 만져 보고 싶은 충동이 거세게 일어났다. 제 감정에 놀란 혜원은 태혁에게서 한 걸음 물러나면서 말했다.

"……하지 마요."

"기억나게 해 줄게요."

"기억 안 나도 돼요."

혜원은 손사래를 쳤으나 방금 전의 상황이 낯설지 않았다. 태혁의 얼굴을 만진 것도 같고 그의 머리카락을 쓸어 넘겨 준 것도 같다.

정혜원, 너 뭔 짓을 한 거냐. 혹시 고백이라도 한 거 아니야?

"깜박했어요. 오늘 중요한 발표가 있는데, 빨리 회사에 가 봐야 해요."

당혹스러움을 견디지 못하고 혜원이 벌떡 일어났다. 뺨이 홍시가 돼서 달아나려는 혜원의 허리를 태혁이 잡았다.

"혜원 씨, 오늘은 일요일이에요."

"발표가 오늘이라 팀원끼리 모이기로 했어요. 우리 디자인 설계가 통과하면 바로 해야 할 일이 있거든요."

"그럼 태워다 줄게요."

"아니요, 가다가 동료를 싣고 가야 해서요."

태혁이 아쉬운 얼굴로 허리에서 손을 떼자 혜원은 잽싸게 옥상 문을 열고 달려 나갔다. 허둥지둥 방으로 돌아온 그녀는 의자에 털썩 주저앉아 달아오른 뺨을 양손으로 감쌌다. 아무래도 술에 취해서 태혁에게 실수를 한 것 같았다. 점점 붉게 물드는 얼굴로 '정혜원, 너 무슨 짓을 한 거야?'를 연신 중얼거리다가 벌떡 일어났다.

혜원은 부랴부랴 옷을 갈아입고 회사로 차를 몰았다. 태혁은 아직 집에 있을 것이다. 마치 제집인 것처럼 조심해서 다녀오라며 그녀를 배웅하고 숙영에게 할 일이 없냐고 물었으니. 지하실의 전구가 나갔다는 엄마의 말에 그런 게 자기 전문이라는 엉뚱한 대답을 하는 것까지 어렴풋이 들었다.

전문은 무슨 전문이야. 재벌가 도련님이.

혜원은 음악을 크게 틀었다. 강렬한 록 사운드가 귀청을 찢을 듯이 밀려오자 어느 정도 정신이 들었다. 차츰 희미하던 기억이 한 가닥씩 살아날수록 그녀의 얼굴은 점점 붉게 물들어 갔다.

어젯밤은 평소와 달리 마음이 편했었다. 든든한 태혁과 재현이 양쪽에 떡하니 앉아 있었으니. 그래서 평소보다 더 많은 양의 술을 마셨고 한마디로 잠깐 동안 블랙아웃 상태가 됐다.

기억을 되감아 가다 대리 기사를 부른 태혁에게 안겨 뒷좌석에 탔던 게 떠오르자 혜원은 소리를 질렀다.

"안 돼! 하아, 나 어떡해!"

혜원은 운전대를 세차게 내리쳤다. 점차 모든 게 선명하게 떠올랐다. 태혁의 따뜻한 목소리도, 그의 숨소리도.

확실히 그의 얼굴을 만졌다. 그녀를 안고 내려다보는 눈빛이 너무 다정해서, 그녀의 뺨을 쓸어 주며 괜찮냐고 물어보는 목소리가 너무 섹시해서.

섹시.

머릿속에 불쑥 떠오른 단어에 혜원은 아연해졌다. 더 이상의 기억을 거부하듯 머리를 세차게 흔들고 운전에만 집중했다. 기억이 안 난다, 하나도 기억이 안 난다를 되풀이하면서.

동료가 아닌 이성으로서 다가오는 남자에 대한 거부감이 강했던 그녀였다. 아마 아버지 때문이리라. 그래서인지 사랑을 운운하며 따라다니는 남자들에게 한 치의 틈도 주지 않았다. 사실이든 아니든 그 남자들의 눈에서 보이는 건 사랑이 아닌 욕망이라고 느꼈으니까.

그런 그녀를, 고슴도치처럼 가시로 방어벽을 치고 자신도 그 가시에 찔려 상처투성이인 그녀를 태혁이 변화시켰다. 하긴 할머니가 돌아가신 날 그의 가슴에 안겨 운 것도 저였으니 이렇게 될 수밖에 없었는지도 모른다.

하지만……

"기억이 안 납니다. 아무것도 기억이 안 납니다."

엘리베이터를 누르면서도 그 말을 중얼거렸나 보다. 갑자기 뒤에서 장난기가 가득한 제우의 목소리가 들렸다.

"팀장님, 어디 청문회라도 나가세요? 뭐가 기억이 안 나시는데요?"

"아, 아니에요."

"그런데 얼굴은 왜 빨개지셨어요?"

"하하, 회사에 오기 전에 운동을 했더니……"

"그렇군요."

엘리베이터에서 내린 혜원과 제우가 사무실에 들어서자 기다리고 있던 정희와 은혜가 환호성을 질렀다.

"해냈어요, 팀장님! 지금 막 발표가 났어요."

"정말요?"

"싱가포르 가든 페스티벌에 우리 팀이 나간다고요!"

정희의 말에 혜원은 은혜가 들여다보고 있던 컴퓨터에서 다시 확인을 했다. 명단에 그녀의 이름이 있었다. 자연식 농원 부문 합격자에 정혜원이란 이름이.

혜원은 기뻐하는 팀원들을 얼싸안았다. 정작 가장 중요한 것은 정원의 시공이지만 이 단계를 통과해야 가능한 것이니 오늘은 얼마든지 기뻐해도 좋았다. 혜원은 팀원들과 커피로 축배를 들면서 말했다.

"일단 식재할 식물을 현지에서 얼마나 구입 가능한지 알아 보고 나서 그동안 미뤘던 저녁을 함께할까요? 술은 나중으로 미루고요. 다들 시간이 괜찮아요?"

"전 좋아요. 두 사람은요?"

제우의 말에 정희와 은혜도 찬성을 했다. 혜원은 신입들에 게 싱가포르 자연 식물원을 살펴보게 한 다음 은혜와 식재 식 물의 배치도를 들여다봤다. 은혜가 먼저 얘기를 시작했다.

"팀장님, 보라와 핑크색을 바탕으로 식재를 하면 확실히 부 드러우면서도 신비롭겠어요."

"그렇죠. 그래서 여기에 진한 청보라색의 델피늄을 넣을 거 예요. 그리고 라임색으로 싱그러움을 더하고요."

"라임색을 가진 식물도 참 많은데, 어떤 걸로 하는 게 효과 가 뛰어날까요?"

"알케밀라몰리스가 좋죠. 만약 이걸 구할 수 없으면 여러 가지 색의 서양톱풀을 식재한다거나 아예 색감을 바꿔서 흰꼬 리풀을 쓸 수도 있어요."

"버들마편초로 흐리기 효과를 주실 거죠?"

은혜의 질문에 혜원이 손가락으로 데스크를 톡톡 치며 말했 다.

"생각 중이에요. 그라스로 하는 게 더 좋을 것 같아서요. 일단은 다음 주에 싱가포르에 직접 다녀와야겠어요. 시공할 공간을 눈으로 봐야 더 정확한 배치도가 나올 것 같네요. 햇볕, 바람, 소리도 고려해야 하니까. 아무래도 컴퓨터로만 봐서는 감을 잡기가 어렵고요."

"식물원에도 가실 건가요?"

"어차피 식재 식물을 주문해야 하니까 빠르면 빠를수록 좋죠. 다른 나라의 가든 디자이너들도 아마 올 거예요. 조 대리도 같이 가요. 결정해야 할 것도 많고 또 적당한 돌과 바위를 찾는 작업도 해야 해요. 거기 있는 것들이 아니다 싶으면 어차피 여기서 구해서 가져가야 하니까 서두르는 게 좋겠어요."

"내일 가려고요?"

"티켓이 있으면요. 빨리 진행할수록 좋잖아요."

"그럼 지금 당장 알아볼까요?"

혜원은 고개를 끄덕였다. 싱가포르에서 미리 준비해야 할 일이 많았다. 어쩌면 식재할 식물을 바꿔야 하는 상황이 올 수도 있었다. 그렇기에 더욱 철저히 준비를 해 놔야 9월에 바로 시공을 시작할 수 있을 것이다.

지금까지의 싱가포르 가든 페스티벌 기간은 거의 7월 중순에서 8월 중순까지였다. 10월 초에 열리는 일본 세계 가드닝 월드컵과 시기가 겹치지 않도록 하기 위한 조치였다.

그런데 올해는 주최 측의 일정에 차질이 생기는 바람에 전시가 10월 초로 정해졌다. 상반기의 빽빽한 일정 때문에 틈을 내기 힘들었던 그녀에게도 기회가 생긴 것이다.

몇 시간 동안 시공에 관한 회의를 하던 일행은 이른 저녁을 먹으러 식당으로 향했다. 혜원은 술뿐만 아니라 고기에도 목말라 있는 팀원들을 배부르게 먹인 후 헤어졌다.

　그때까지만 해도 얌전히 있던 은혜의 눈에 혜원이 고민이 있어 보였는지 술을 한잔 사겠다고 했다. 그녀는 혜원과 영국의 위틀 칼리지(Writtle College)에서 몇 달간 가드닝 연수를 하면서 친해진 사이였다. 비록 회사에서는 직급이 달랐지만 둘만 있을 때는 허물없는 친구 사이로 지냈다.

　칵테일 바에서 블랙 러시안을 주문한 혜원에게 은혜가 무슨 일이 있냐고 물었다. 혜원은 바텐더가 건넨 칵테일을 한 모금 마시다가 한숨을 쉬었다.

　"이건 내 친구 얘긴데, 그 친구가 지금까지 한 번도 남자 친구를 사귄 적이 없었거든. 그런데 어떤 남자가 예기치 않게 마음에 훅 들어왔대. 엄청 잘생긴 데다 부자야. 근데 그것 때문에 끌리는 건 아니래."

　"그럼 뭐 때문이었대?"

　"아주 다정하고 젠틀한 사람이래. 웃는 모습과 목소리가 굉장히 좋아서 더 신뢰감이 느껴진다더라. 또 가슴이 넓고 단단해서 안기면 몹시 안정감이 든다고. 아, 그리고 허벅지도 엄청 튼실하대."

　"좀 더 자세하게 얘기해 봐."

　은혜의 재촉에 혜원은 친구 얘기라는 걸 강조하면서 태혁과의 일을 털어놨다. 눈을 가늘게 뜨고 얘기를 듣던 은혜가 고개를 갸웃하며 물었다.

"뭐가 문제야? 서로 좋아하는 거면 사귀면 되지 않아?"

"일단 그 친구와 그 남자가 좀 복잡하게 얽혀 있어. 또 다른 문제는 한 번도 그런 감정을 느껴 본 적이 없어서 헷갈린다나 봐. 진짜인지, 그냥 지나가는 바람 같은 건지. 게다가 혹시라도 둘이 사귀다가 헤어지면 정말 이상해 질 수도 있는 상황이래. 안 볼 수도 없는 사이라서 말이야."

혜원의 말에 한참 동안 생각에 잠겼던 은혜가 입을 열었다.

"그것까지 생각할 필요는 없을 것 같은데. 사실 사귀다가 헤어지는 커플들이 수두룩하잖아. 물론 결혼까지 가는 사람들도 있지만, 사귀기도 전에 두려워서 그만둔다는 건 좀 그렇다. 내 생각엔 현재의 감정에 충실한 게 가장 중요한 것 같아."

"그래도 될까?"

"그게 나중에 후회가 없을 것 같아. 설령 잘못되더라도 말이야."

혜원은 블랙 러시안을 천천히 음미하면서 생각에 잠겼다. 정말 그래도 되는 걸까. 은우의 삼촌인 태혁에게 다가가도 되는 걸까. 생각이 길어질수록 태혁이 보고 싶어졌다.

알고 있었다. 태혁을 향해 커지는 마음의 한구석에는 상처투성이인 과거가 어두운 그림자가 되어 그녀를 붙잡고 있다는 걸.

혜원은 열이 오르는 것 같은 이마를 손으로 짚으며 속으로 한숨을 쉬었다. 그러다가 문득 태혁이 아직 집에 있을지도 모른다는 생각이 들자 술을 더 마시고 싶다는 은혜를 뒤로하고 먼저 바를 나왔다.

집 근처 공용 주차장에 도착해 대리 기사에게 돈을 지불한 혜원은 먼저 편의점에 들렀다. 더운 날씨여도 걷고 싶었다. 아이스커피를 들고 나온 그녀의 눈에 태혁이 보였다. 이젠 헛것도 보이나 싶어 혜원은 손등으로 눈을 문질렀다.

"나도 한 잔 사 줘요."

목소리까지 들리는 걸 보니 진짜 한태혁이다.

"왜 여기 있어요? 아직 집에 안 갔어요?"

"갔다가 다시 왔어요. 혜원 씨가 집에 들어가는 거 보고 가려고요."

속으로 한숨을 삭인 혜원은 다시 편의점으로 들어가 아이스커피를 사 가지고 나왔다. 커피를 받은 태혁이 싱그럽게 웃으며 말했다.

"이번엔 혜원 씨가 샀으니까 다음엔 내가 살게요."

밤 10시가 넘은 골목길은 한적했다. 혜원은 태혁과 천천히 걸었다. 공기 중에 더운 기가 배어 있지만 산자락 밑의 동네라 그런지 참을 만했다. 게다가 시원한 커피가 열기를 식혀 주어 기분이 좋았다.

혜원은 제 발걸음에 맞춰 걷는 태혁의 옆모습을 올려다봤다. 그녀의 시선과 마주친 눈빛이 따뜻하다. 그 속에는 그녀가 원하는 아늑함과 신뢰가 들어 있는 듯했다. 그가 제 옆을 함께 걷고 있다는 것만으로도 가슴속에 충족감이 차올랐다.

"혜원 씨."

"네."

멈춰 선 태혁이 혜원의 앞머리를 쓸어 넘겨 주며 말했다.

"불편하지 않죠? 나와 있는 것이요."

"불편하지 않아요."

"다행이에요. 나도 혜원 씨와 있는 게 참 좋아요. 그런데 혜원 씨."

"네."

"정말 아무것도 기억나지 않아요?"

"……하나도 기억이 안 나요. 혹시 제가 실수한 거라도 있어요?"

"실수요? 아니요, 그런 거 없었어요. 기억이 안 나도 괜찮아요. 천천히, 느리게 가도 좋아요."

오전에 그녀에게 윙크를 한 남자라고는 도저히 생각되지 않을 만큼 태혁은 다시 점잖아졌다. 그래서 더 좋았다. 선을 지키는 모습과 그녀에게만 풀어지고 다정해질 수 있는 남자란 것이 더더욱.

희미하던 어젯밤의 일이 선명히 떠올랐다. 술에 취해 있었지만 감각은 생생했다. 그와의 키스가 얼마나 달콤했는지. 이 남자의 뜨거운 숨소리, 입술, 그리고 얼굴을 만지는 손의 떨림까지도.

어느새 둘은 혜원의 집 앞에 서 있었다. 대문의 비밀번호를 누르려는 그녀에게 태혁이 말했다.

"우리 조금 더 걸어요."

그날 밤 둘은 달빛과 가로등이 어우러진 골목길을 몇 번이나 오갔다. 아이스커피 속의 얼음이 다 녹아 없어지고 나서도 돌고 또 돌았다. 몸에서 땀이 배어 나왔지만 둘의 소곤거림과 낮은 웃음소리는 계속 이어졌다.

❀ ❀ ❀

며칠 후, 태혁은 샤인 화학의 회계 조사 자료를 들고 회장실로 들어갔다. 그와 마주 앉은 한 회장의 얼굴은 어두웠다. 샤인 화학은 몇 년 전에 주혁이 대표로 있던 곳이었다. 지금은 전문 경영인이 맡고 있지만 주혁이 돌아오면 다시 그곳을 맡게 할 생각이었다. 한참 서류를 들여다보던 한 회장이 태혁에게 물었다.

"네 생각은 어떠냐? 회계 장부 조작과 횡령이 어느 선에서 이루어진 거라고 생각하는지 알고 싶구나."

"천 상무 라인이 확실합니다. 그때 잘라 내지 못한 게 큰 실수였습니다."

"음, 그렇구나."

태혁에게서 짐작했던 대로의 대답이 나오자 한 회장은 소파 팔걸이를 잡고 일어나면서 말했다.

"네가 알아서 해결하려무나. 다 잘라 내고 다른 건들도 마무리 짓고."

"전문 경영인은 그대로 두시려고요?"

"그래야지."

"그럼 형님은요?"

"여기서 일하게 해야지. 달라졌다고 하니, 이번에는 제대로 할 거라 믿는다."

한 회장은 가볍게 인사한 후 집무실을 나가는 태혁의 뒷모습을 바라봤다. 어찌 같은 부모 밑에서 태어난 자식인데 이렇게 다를까. 한 회장은 한숨을 내쉬며 중얼거렸다.

"네가 있어서 얼마나 다행인지. 제발 첫째 놈이 이번에는 정신을 차려야 할 텐데. 자식도 있는데 정신이 들겠지. 암, 틀림없이 정신을 차릴 거야."

주혁이 예정보다 빨리 들어오기로 한 상태였다. 재활 치료로 많이 좋아졌다니 이번에는 믿어도 좋을 것 같았다. 한 회장은 손으로 마른 얼굴을 쓸어내렸다.

두 녀석 사이에 분명히 뭔가가 있었어.

대학을 졸업한 뒤 회사에서 처음 일을 배우기 시작했을 때의 주혁의 모습이 떠올랐다. 그때는 정말 아무런 문제가 없었다. 그러던 아들이 어느 순간부터 제 인생을 놔 버린 것처럼 달라졌다.

늘 성실하고 차분하던 아들이었다. 회사 일 또한 빠르게 익혀 차기 후계자로서의 입지를 잘 다져 나가고 있었다. 그런데 어느 날부터 술에 빠지더니 결국 도박에도 손을 대어 예전의 모습을 잃어버리고 방황하기 시작했다. 게다가 무엇 때문인지 태혁과도 멀어졌다.

한 회장은 물을 마시면서 마음을 달랬다.

제대로 된 짝을 찾으면 훨씬 안정이 될 거야. 또 은우, 그
녀석을 보면 다른 생각은 못 하겠지. 그 귀여운 녀석, 눈에 선
하네. 뭐 하고 있으려나.

큰아들 때문에 근심이 가득하던 그의 얼굴이 귀염둥이 손주
생각에 환해졌다.

한 회장에게 샤인 화학의 일을 일임받은 후로 태혁은 며칠
동안 그 문제를 처리하느라 바빴다. 언론에 알려지면 그룹 전
체 이미지에 타격을 입게 될 것이 분명해 조심스레 일을 진행
시켰다. 소리 없이 천 상무 라인에 있던 임원들을 쳐내고 잡음
이 없는 사람들을 그 자리에 앉혔다. 그 후에 본사의 직원을
파견했다.

한 회장이 아직 건재했지만 후계자 수업의 일환으로 중요한
일들은 거의 그가 도맡아서 하고 있는 실정이라 늘 바쁠 수밖
에 없었다.

하지만 급한 일을 대충 마무리 지었는데도 그의 얼굴은 밝
지 못했다. 싱가포르에 있다는 혜원이 너무 그리웠다. 일 때문
이란 걸 알면서도 조용한 휴대폰에 괜스레 서운해지는 마음은
왜인지. 태혁은 한쪽에 밀어 둔 휴대폰을 집어 혜원이 보냈던
메시지를 다시 읽었다.

〈싱가포르로 출장 가요. 며칠 걸릴 거예요.〉

며칠 걸린다더니 벌써 5일째다.

태혁은 은우와 함께 찍은 혜원의 사진을 찾아 한참을 들여다보다가 속삭였다.

"보고 싶다, 정혜원. 너무 보고 싶다."

❀　　　❀　　　❀

혜원은 노천카페에서 은혜와 커피를 마시며 체크리스트에 표시를 하고 있었다. 며칠 동안 식물원을 돌아다니면서 식물 상태를 파악하고 주문을 넣었다. 그리고 정원을 시공할 장소를 돌면서 아침부터 저녁까지 빛의 방향을 관찰하고 바람 소리에 귀를 기울이며 분석했다.

설계 도면 속의 아름다운 정원이 머릿속에 그려졌다. 꽃과 그라스, 시내와 작은 통나무가 어우러진 정원. 허리까지 올라오는 그라스들이 바람에 살랑거리는 모습, 그 속을 사람들이 걸어 다니면서 몽글몽글 무리 지어 핀 서양톱풀의 아름다운 색상을 들여다보는 모습, 델피늄 화단 속에 놓인 작은 통나무와 평평한 돌 위에 느긋하게 앉아 있는 사람들.

그리고 다정하게 손을 잡고 그 정원을 걷는 한태혁과 정혜원.

저도 모르게 입꼬리가 한없이 올라가던 혜원에게 은혜가 말을 걸었다.

"혜원아? 무슨 생각해?"

"응? 아, 우리 정원."

"그건 그렇고, 다른 팀들의 테마들은 독특한 게 많더라."

"그건 그래. 하지만 난 독특한 것보다 편안함과 아늑함이 더 좋은 거 같아. 사람들이 우리 정원을 찾고 안식을 느낀다면 그게 더 낫지 않을까. 사실 독특한 콘셉트는 쇼 가든이 어울릴 테니까."

"맞네, 아늑함. 그걸 표현해 내는 게 네 재능 중의 하나지."

"내가 아니라 우리 팀이 같이 하는 거야."

은혜는 커피를 마시는 혜원의 모습을 물끄러미 바라봤다. 한 폭의 그림처럼 아름답고 조용한 모습. 하지만 그 누구보다 열정적인 사람이라는 걸 알고 있다. 혜원의 정원에는 그녀의 고요함과 몽환적인 아름다움, 그리고 열정이 그대로 드러나 있다.

사람들은 혜원이 디자인한 정원을 좋아했다. 몇 년 전 나가사키 현에서 열린 일본 세계 가드닝 월드컵에서 그녀가 시공한 정원은 마치 엄마의 품처럼 아늑했었다. 군락을 이룬 브라치트리차새풀의 솜털처럼 부드럽고 풍성한 연보라색 꽃이 바람에 물결치듯이 흔들리는 게 압권이었다. 아늑함과 몽환적이란 표현에 어울리는 몹시 아름다운 정원이었다.

그 정원에 취해 사람들은 시간도 잊은 채 그곳에 앉아 있곤 했다.

"커피 식는다."

"이미 식었어. 그런데 혜원아, 이번에 피에트 가든 디자이너도 참가한다던데."

"알고 있어."

네덜란드 출신 디자이너인 피에트의 정원은 그라스로 유명했다. 그만큼 그라스를 사랑하는 세계적인 가든 디자이너였다. 그라스에 관심이 많은 혜원이 우러러보는 디자이너이기도 했다.

"이번엔 어떤 정원을 보여 주실까? 정말 기대된다."

"이번에도 그분의 정원은 말할 수 없이 아름다울 거야."

기대감으로 가득 차 눈을 빛내던 혜원은 갑자기 쏟아지는 스콜*로 시선을 돌렸다.

시원하게 쏟아지는 스콜에 잠시나마 싱가포르의 열기가 사라지는 듯했다.

일요일 오후, 태혁의 집엔 웃음이 넘쳐났다. 출장에서 돌아온 혜원이 최 여사에게 저녁 초대를 받아 숙영과 함께 와 있었다. 숙영과 얘기를 나누던 최 여사가 혜원과 은우의 모습에 결국 참았던 웃음을 터트렸다.

"호호, 일주일이 아니라 몇 년 만에 만난 사이 같네요."

"그러게요."

---

*스콜(Squall):열대 지방의 세찬 소나기.

최 여사의 말에 동의를 하듯 숙영의 입가에도 웃음이 번졌다. 정말 모자 상봉 같았다. 한참 동안 뽀뽀를 하며 좋아 어쩔 줄 모르는 둘의 모습에 얼마나 웃었는지. 언제나처럼 은우는 혜원에게 찰싹 달라붙어 있었다.

은우의 머리 모양을 요리조리 살펴보던 혜원이 물었다.

"머리 스타일이 달라졌네."

"응, 할머니와 외할머니랑 미용실에 갔어."

"네가 이렇게 잘라 주세요, 했어?"

은우가 고개를 가로저었다.

"아니, 거기 누나가 이렇게 자르면 예쁠 거랬어."

"그랬구나."

늘 예쁘다고 칭찬을 해 주던 이모의 다음 말이 이어지지 않자 은우가 까만 눈동자를 빛내며 물었다.

"이모, 나 예뻐?"

"으응, 엄청 예쁘고 귀여워."

혜원은 은우의 머리를 쓰다듬었다. 통통한 뺨, 동그란 얼굴, 반짝반짝 빛나는 눈, 게다가 이젠 바가지 머리까지. 예쁘다. 세상의 그 어떤 아이보다도 그녀의 눈엔 가장 예쁘다. 바가지 머리를 하고 있어도 곱슬머리라 드라이를 한 것처럼 자연스러운 모양이 잡힌다. 마치 태혁의 머리카락처럼.

그녀의 생각이 자연스럽게 태혁에게로 이어졌다. 혜원은 어제 한국에 돌아왔으나 그에게 따로 연락을 하지 않았다. 은혜와 함께여서 그런 것도 있었지만 사실 놀라게 해 주고 싶은 마음이 컸다.

그녀 역시 싱가포르에 있는 동안 그가 그리웠다. 일을 하면서도 불쑥불쑥 태혁이 머릿속을 헤집고 다녔다. 그녀의 생각을 읽은 듯 휴대폰에 메시지 알림창이 떴다. 살짝 확인을 한 혜원이 빙그레 웃었다.

〈가고 있어요.〉

"이모! 이모!"

"응."

"삼촌이 장난감 사 줬어."

"그래? 보러 갈까?"

최 여사의 눈길이 은우를 안은 혜원의 뒷모습을 따라갔다.

"우리 은우가 이모를 엄마처럼 생각하나 봐요."

최 여사의 목소리에 물기가 어렸다. 숙영이 고개를 끄덕였다.

"그럴 거예요. 젊은 엄마들이 아이들과 모이는 자리에는 늘 우리 애도 따라다녔죠. 어린 녀석이 시무룩해 있다가도 혜원이가 오면 의기양양해서 방방 뛰었어요."

"정말 너무 감사해요. 은우를 사랑으로 키워 주셔서요. 또 은우 엄마를 돌봐 주신 것도 말할 수 없이 감사해요."

"저희도 감사해요. 우리 은우가 여기서 얼마나 사랑을 받고 있는지 알고 있어요."

숙영이 흐뭇한 미소를 짓다 시선을 현관으로 향했다. 아침부터 보이지 않는 한 회장과 태혁이 궁금해서였다.

"그런데 회장님과 은우 삼촌은 많이 바쁜가 봐요."

"오전에 임원들과 골프 모임이 있었어요. 얼추 올 시간이 다 됐네요."

두 어머니가 다정하게 거실에서 얘기를 나누는 동안 혜원은 은우와 블록 놀이를 하는 중이었다. 딸깍하고 문을 여는 소리에 은우가 발딱 일어났다.

"삼촌! 삼촌!"

"이모랑 블록 놀이하고 있었어?"

"응."

은우를 안아 올린 태혁이 한 팔로 혜원을 끌어당겨 입술로 살짝 귓불을 건드리며 속삭였다.

"혜원 씨, 많이 보고 싶었어요."

"……보고 싶었어요."

들릴 듯 말 듯한 작은 목소리에 태혁이 다시 말해 달라며 그녀의 입에 귀를 가져다 댔다. 혜원이 머뭇거리다가 다시 속삭여 주자 태혁의 눈가에 웃음이 가득해졌다.

태혁의 가슴에 안겨 두 사람을 말똥말똥 쳐다보고 있던 은우가 그의 귀를 잡아당겨 보고 싶었다는 혜원의 말을 그대로 따라 했다.

은우의 통통한 뺨에 뽀뽀를 한 태혁은 긴 팔로 두 사람을 꼭 끌어안았다. 이렇게 있으니 마치 한 가족 같았다. 사랑하는 아내와 아이가 있는, 행복이 넘치는 가정의 느낌이었다. 주춤하다가 그의 허리를 끌어안은 혜원이 사랑스러워 팔에 힘이 더 들어갔다.

은우를 안은 태혁의 뒤를 따라 혜원이 방에서 나오자 메이드가 차와 과일을 내왔다. 향기롭게 퍼지는 차의 향과 은우의 책 읽는 소리, 노래 소리까지 겹쳐져 분위기가 한층 더 흥겨워지다 보니 어느새 시간이 훌쩍 지나가 버렸다.

두 가족은 맛있는 냄새를 풍기는 식탁에 앉아 이른 저녁을 먹기 시작했다. 간간이 이어지는 웃음소리와 얘기 소리에 귀를 기울이던 한 회장은 흐뭇한 얼굴로 식탁을 둘러봤다. 늘그막에 이런 복이 올 줄이야.

혜원이 은우의 수저에 생선살을 발라 올려 주는 모습, 아내와 숙영이 음식에 관한 이야기를 나누는 모습, 평소와 달리 싱글싱글 웃고 있는 아들이 있는 식탁의 풍경이 왜 이리 좋은지. 이 정겨운 풍경 속에 큰아들만 들어오면 완벽해질 것 같았다. 그 모습이 그려지자 그의 얼굴 가득 웃음이 번졌다.

"할아버지! 할아버지!"

은우가 부르는 소리에 그의 생각이 끊어졌다.

"우리 손주가 왜 할아버지를 불렀나?"

"할아버지, 생선을 먹어야 튼튼해지고 예뻐진대요."

"누가 알려 줬을까?"

"우리 이모가요. 이모, 그렇지?"

고개를 끄덕인 혜원이 다시 수저에 생선살을 올려 주자 은우가 양쪽 뺨이 볼록해지도록 야무지게 수저질을 했다. 한 회장의 입가에 흐뭇한 웃음이 맺혔다.

저녁을 먹고 난 후에 차를 마시며 담소를 나누던 숙영과 혜원이 일어섰다. 혜원이 같이 가겠다며 다리를 붙잡는 은우를 달랬다.

"내일 아침에 또 외할머니가 오시잖아. 그리고 이모가 나중에 전화할게."

"이모도 내일 올 거야?"

"이모가 요즘 너무 바빠서 힘들어. 그래도 수요일 점심때 보러 올 테니까 그때까지 잘 놀고 있어. 알았지?"

"응."

혜원은 은우가 내민 작은 손가락에 제 손가락을 걸고 태혁의 집을 나왔다. 두 사람을 따라 나온 태혁이 숙영에게 정중하게 말했다.

"어머니, 혜원 씨를 나중에 들여보내도 되겠습니까?"

태혁의 물음에 숙영이 짧게 대답했다.

"너무 늦게는 말고요."

"10시까지는 꼭 들여보내겠습니다."

"그래요. 혜원이 차는 내가 타고 갈 테니."

차에 오른 숙영은 시동을 걸면서 혜원에게 차 문을 열어 주는 태혁의 모습을 사이드미러로 지켜봤다.

역시 괜찮은 사람이야. 진중하면서 넉살도 좋고.

일주일 전 혜원이 급한 일이 있다며 도망치듯이 회사로 간

후에 그녀는 태혁과 단둘이 몇 시간을 보냈었다. 그때 태혁은 마치 제집처럼 지하실의 전구를 갈더니 그 더운 날씨에 정원을 청소하겠다며 나섰다. 땀을 뻘뻘 흘리면서 일거리를 찾아 정리를 하고 호스로 나무에 물을 주는 모습에 더 믿음이 갔다.

그동안 혜원이 다른 아가씨들처럼 남자를 만나는 모습을 본적이 없었다. 그녀가 먼저 말을 꺼낼 때마다 바쁘다는 핑계를 대며 피해 갔었다.

모든 게 제 탓인 것만 같아 얼마나 속이 상했는지 모른다. 어린 나이에 부모의 이혼을 겪은 것도 모자라 무엇으로도 끊을 수 없을 것처럼 끈끈했던 부녀간의 관계가 한순간에 무너졌으니 딸이 받았을 충격이 얼마나 컸을까 짐작조차 할 수 없었다. 못난 부모가 딸의 가슴에 뺄낼 수 없는 커다란 못을 박아 버린 것 같아 한없이 미안했다.

그런 딸이 태혁에게 천천히 마음을 여는 게 보였다. 기쁘면서도 가슴 언저리에 걱정이 스며드는 건 어쩔 수 없었다. 혹시나 또 상처를 받게 된다면 딸이 영영 마음을 닫아 버릴 것만 같아서였다.

숙영은 한적한 길을 빠져나와 복잡한 도로로 접어들 때쯤 중얼거렸다.

"다 잘 될 거야. 은우 삼촌이라면 믿어도 될 거야."

태혁은 혜원과 술집의 아늑한 룸에서 와인을 마셨다. 우아하게 와인을 마시는 혜원의 모습에 그의 입꼬리가 저절로 올라갔다. 눈가에 가득 웃음을 머금은 혜원이 물었다.

"왜요?"

"그 목걸이요."

태혁은 혜원이 하고 있는 목걸이를 만졌다. 그가 은우에 대한 감사의 마음을 담아 혜원에게 선물한 목걸이였다.

"처음이에요. 혜원 씨가 그 목걸이를 한 것이요."

"앞으로 하고 다닐게요."

태혁은 혜원의 옆으로 다가와 앉았다. 제 마음을 받아 준 그녀의 어깨를 감싸 안으며 말했다.

"고마워요, 혜원 씨. 고마워요."

혜원은 태혁의 넓은 품에 안겼다. 하염없이 눈물을 흘리며 안겼던 그날처럼 여전히 그의 품은 따뜻하고 안정감을 느끼게 했다.

태혁 씨, 고마워요. 내 옆에 있어 줘서, 차가운 내 가슴속에 부드럽게 스며들어 줘서 고마워요.

어느 때보다도 마음이 편안하고 느긋해졌다. 그래서였을까. 가슴속에 억눌러 둔 얘기들이 저절로 흘러나왔다.

"재현 오빠한테 어느 정도는 들었을 거예요."

"아주 일부만 알고 있어요. 사적인 일이라 혜원 씨가 말할 부분이라고 하더군요."

"이혼하셨어요. 저희 부모님이요. 중학교 2학년 때였어요."

태혁은 무릎에 얌전히 놓여 있는 혜원의 손을 잡아 제 손안에 넣고 다독였다. 그녀의 얘기가 이어지자 그의 이마에 그늘이 졌다.

"부모님은 평소에 사이가 좋았어요. 그래서 그런 일이 벌어질 거라곤 생각도 못 했죠. 아마 엄마가 가장 큰 충격을 받으셨을 거예요. 김 비서와 아버지 사이에 이미 네 살짜리 남자애가 있었으니까요. 게다가 김 비서는 둘째까지 임신 중이었죠."

"어떻게 그런 일이……."

"지금도 모르겠어요. 아버지가 왜 그러셨는지. 할머니와 아버지 두 분 모두 아들을 원했던 건 알아요. 아버지가 4대 독자였으니 할머니의 입장에서도 손자가 생기기를 바라신 게 당연하셨을 거예요. 그래서 엄마도 병원까지 다니면서 노력하셨어요. 하지만 뜻대로 되지 않았죠."

혜원의 얘기에 태혁의 한숨이 깊어졌다. 그날 햇살 가득한 정원에 있던 여자애에게 그런 일이 있었으리라곤 상상도 하지 못했다.

대학생이 된 후에 다시 들른 재현의 발코니에서 바라본 그 집의 정원이 너무 달라져 있어 의아했었다. 재현에게 여자애에 대해 물었지만 제대로 된 대답을 듣지 못했었다. 그렇게 긴 시간을 돌고 돌아 다시 만났다.

큰 고통을 겪고도 강하고 선하게 살아가고 있는 정혜원을.

"혜원 씨."

저보다 더 고통스러워하는 태혁의 모습에 혜원은 그의 뺨에 손을 대며 말했다.

"괜찮아요. 이젠 엄마와 행복하게 살고 있잖아요. 그리고 태혁 씨가 곁에 있고요."

태혁은 혜원의 등을 다정하게 쓸어 주었다.

"그래요. 이젠 내가 있잖아요. 혜원 씨와 어머니 곁에는 언제든지 내가 있다는 거 잊지 말아요."

태혁은 고개를 끄덕이는 혜원의 왼손을 잡아서 폈다. 숙영에게 가기 위해 혜원이 자해를 했다던 손바닥. 실금처럼 길게 이어져 있는 상처를 손가락으로 쓸었다.

"얼마나 아프고 힘들었을까."

"이 방법밖에는 없었어요. 어린 내가 할 수 있는 건 이것뿐이었어요. 엄마에게 가야 했으니까. 어떻게든 울고 있을 엄마에게 가야……."

당시의 심정이 되살아나자 혜원은 말을 이을 수가 없었다. 대신 굵은 눈물이 방울져 흘러내렸다. 더 울고 싶지 않은데 이상하게 태혁의 앞에서는 조절이 되지 않았다. 혜원은 흐려진 시야 사이로 태혁을 올려다봤다. 그의 눈에서도 굵은 눈물방울이 툭툭 떨어져 내리고 있었다.

"태혁 씨, 울지 마요. 왜 나 때문에……."

혜원은 손가락으로 태혁의 눈물을 닦아 냈다. 대신 아파하는 그의 모습에 제 아픔이 사라져 갔다. 이젠 어린 날의 정혜원을 보내 줄 수 있을 것 같았다. 이 남자와 행복한 시간들로 채워질 미래가 더 중요할 테니.

눈물에 젖은 그녀의 입가에 미소가 어렸다. 혜원을 끌어당긴 태혁이 입술로 그녀의 눈물을 닦아 주었다. 마음이 전해지는 행동에 진정이 된 혜원은 태혁의 어깨에 기대 와인을 마시면서 편안하게 얘기를 나눴다. 그의 넓은 어깨와 가슴이 왜 이리 편한지.

원래부터 내 것이었나 봐.

혜원은 슬금슬금 태혁의 날렵한 허리에 한 팔을 둘렀다.

여기도 참 좋다.

입꼬리가 한없이 올라가던 태혁도 혜원의 날씬한 허리에 팔을 둘러 바짝 끌어당겼다. 얼굴에 웃음이 가득한 둘의 시선이 맞닿았다. 천천히 내려오는 태혁의 얼굴에 혜원은 눈을 살짝 감았다.

하지만 요란한 진동이 계속 이어지는 바람에 혜원은 그에게서 떨어졌다. 혹시 회사 일과 관련이 있을지 몰라서 백에서 휴대폰을 꺼내 확인했다.

태혁이 몸을 기울여 중요한 순간을 방해한 사람이 누군지 들여다봤다.

"재현 오빠예요."

얼굴을 찡그리는 태혁에게 발신자를 말해 준 혜원은 톡 내용을 보다가 피식 웃음을 흘렸다.

〈옆집 오빠다. 지금 그 룸에 들어가려고. 너와 태혁이 있는 룸 말이야.〉

톡의 내용을 확인한 태혁이 혜원에게 적극적으로 안 된다는 표시를 했다. 혜원이 막 답장을 보내려는 순간 다시 톡이 왔다.

〈할 만한 일은 다 했을 것 같으니까 바로 들어간다.〉

읽자마자 동시에 룸의 문이 벌컥 열렸다. 재현이 못마땅한 표정을 짓고 있는 태혁에게 와인병을 흔들었다.

"고급 와인을 사 왔으니까 그런 표정 짓지 마라."

"넌 할 일도 없냐?"

"그러니까 왜 우리 단골 술집에서 데이트를 해서 내 눈에 띄는 거야? 몇 잔만 마시고 갈 테니까 도끼눈은 하지 말지 그래. 밉보이면 혜원이에게 다 까발릴 거야."

"뭘?"

"네 과거."

"내 과거가 뭐?"

혜원이 티격태격하는 두 사람의 얘기에 끼어들었다.

"오빠, 와인 한 잔 따라 줘. 일요일이라 많이 마시진 못해. 기분 좋게 몇 잔만 마시자."

"역시 우리 혜원이밖에 없다니까."

이어지는 재현의 수다에 분위기는 금세 화기애애해졌다. 혜원은 와인을 마시면서 몇 번이나 웃음을 터트렸다. 재현을 째려보던 태혁도 얼마 지나지 않아 웃고 말았다. 둘의 모습에 한껏 기분이 좋아진 재현이 한참 말을 이어 나가다가 한숨을 푹 쉬었다.

"정혜원, 내가 너 기다리느라 폭삭 늙은 거야. 그것도 모르고 태혁이한테 홀라당 넘어가다니."

"하여튼 말로는 오빠를 못 당하지."

두 사람의 친근한 모습에 태혁은 은근 샘이 났다. 재현에게 오빠, 오빠하면서 말을 놓는 혜원이나 농담에 섭섭함을 섞어 토로하는 재현의 모습에도.

화제를 돌리려던 태혁은 혜원이 멋쩍은 표정으로 얘기를 꺼내자 귀를 기울였다.

"1년 전에 지겹도록 따라다닌 남자가 있었는데……."

두 남자가 심각한 표정으로 귀를 쫑긋 기울이는 모습에 혜원은 속으로 웃음을 삼켰다.

"분명히 난 아니라는 의사를 밝혔는데도 참 지겹게 따라다녔어. 퇴근하면 늘 기다리고 있었고. 그래서 어떻게 떼어 낼까 고심을 했는데."

"그래서 어떻게 됐어?"

"그날도 끈질기게 따라와서 카페에 들어갔지. 말이 통하지 않는 사람이라 어떻게 할까 하다가 은우 사진을 보여 줬어."

"하하, 은우 사진을요? 그래서요?"

기분이 좋아졌는지 태혁의 목소리에 힘이 실렸다. 혜원은 그런 태혁을 보며 생긋 웃었다.

"은우와 찍은 사진을 보여 주면서 세 살짜리 아이가 있다고 했죠. 그리고 엄마를 모시고 살아야 되는데 괜찮겠냐고요. 우리 집은 데릴사위가 필요하다고 진지하게 말했어요."

"그랬더니요?"

"뒤도 안 돌아보고 도망가던데요."

셋은 큰 소리로 한참을 웃었다.

재현과 술을 몇 잔 더 마신 태혁이 시간을 확인하더니 서둘러 자리에서 일어났다.

"구재현, 넌 그만 가라. 난 혜원 씨를 데려다줘야 해."

"둘이서만 뭐하려고?"

"어머니께 10시까지는 혜원 씨를 들여보내겠다고 했어."

"아, 어머니도 아시는구나. 두 사람이 사귀는 거."

"당연하지."

"알았다. 나 먼저 간다. 사실 일행이 기다리고 있거든."

재현이 나가면서 혜원을 보며 웃었다.

"혜원아, 오빠 간다. 나중에 보자."

재현에게 손을 들어 인사를 한 혜원이 태혁을 따라 기사가 대기하고 있는 차에 올랐다. 혜원의 손을 잡은 태혁이 물었다.

"많이 마셨는데 괜찮겠어요?"

"와인이라 괜찮을 거예요."

"아침에 해장국 가지고 갈까요?"

"아니요. 정말 괜찮아요."

"그럼 죽이라도."

혜원은 손사래를 치며 몇 번이나 괜찮다고 말했다. 태혁이 그녀의 손에 깍지를 꼈을 때 휴대폰에서 알림음이 울렸다.

"하여간 구재현."

투덜거리던 태혁은 톡의 내용에 실소를 했다.

〈한태혁, 너 좀 맞자.〉

〈이유를 대.〉

〈두 사람이 너무 잘 어울려서 배가 아프다.〉

〈할 일 없으면 집에 가서 잠이나 자.〉

〈그렇지 않아도 너 몇 대 때리고 나서 잘 생각이야.〉

태혁의 얼굴에 장난기가 어렸다.

〈때릴 수 있으면 어디 해 보든지. 아마 내 팔다리가 더 길 텐데.〉

〈그래, 길어서 좋겠다. 아무튼 잘 부탁한다, 우리 혜원이.〉

〈우리라는 말은 빼라.〉

〈질투냐? 알았다. 이젠 방해 안 할 테니까 하던 일 마저 하든가.〉

휴대폰을 넣는 태혁에게 혜원이 말했다.

"두 사람, 정말 친한가 봐요."

"중학교 때부터 지겹도록 봤으니 친할 수밖에 없죠. 참 괜찮은 녀석이에요."

어느덧 차는 혜원의 집 근처에 이르렀다. 둘은 골목길 앞에서 내려 걸었다. 조금이라도 더 같이 있고 싶은 마음에 걸음이 점점 느려졌다.

참 좋다.

입가에 미소를 머금은 혜원은 가까워지는 집을 바라보다가 천천히 옆을 지나가는 검은색 차에 시선이 닿았다. 이 주변에서 본 적이 없는 차였다.

누구지? 호기심에 절로 고개를 돌리자 차가 정지했다.

"혜원 씨, 왜요?"

태혁의 물음에 혜원은 고개를 갸웃하며 말했다.

"처음 보는 차가 있어서요."

태혁이 뒤를 돌자 정차해 있던 차가 다시 움직여 그의 시선에서 벗어나 사라졌다.

"집에 손님이 왔다 가나 보네요."

"그런가 봐요."

아무리 천천히 걸어도 결국 혜원의 집에 이르렀다.

"들어갈게요."

"혜원 씨."

혜원의 허리를 잡아당긴 태혁이 가로등 불빛에 드러난 얼굴을 내려다봤다.

예쁘다, 너무 예쁘다.

그는 천천히 혜원의 이마에 입술을 댔다. 그의 입술이 혜원의 감긴 눈에 닿았다가 뺨을 쓸며 내려갔다.

하아.

살짝 벌어진 혜원의 말랑한 입술에 닿자 절로 신음이 흘러
나왔다.

　부드럽고 달콤한 키스가 이어졌다. 혜원은 팔로 태혁의 목
을 감으면서 더 깊게 받아들였다.

5장
살랑살랑 부는 바람

혜원은 정원에서 점점 멀어지는 태혁의 발걸음 소리에 귀를 기울였다.

저벅저벅.

보폭이 크다. 하지만 함께 걸을 때면 늘 그녀의 보폭에 맞춰 주던 발걸음. 이젠 이런 사소한 것까지도 좋다.

혜원은 빨개져 있을 것 같은 뺨을 양손으로 감싸며 단풍나무 꼭대기를 올려다봤다. 새도 밤에는 제집으로 가는 걸까. 아침부터 맑은 소리로 지저귀던 할미새사촌이 보이지 않는다. 혜원의 시선이 달빛이 쏟아지는 정원을 훑었다.

새 이름 때문인지 뼈밖에 남지 않았던 할머니의 마지막 모습이 떠올랐다. 그녀를 보자 주름진 얼굴로 환히 웃던 할머니.

"세상에서 제일 예쁜 내 손녀, 우리 혜원이, 우리 혜원이."

할머니의 말이 소용돌이처럼 머릿속에서 퍼져 나가자 혜원은 고개를 숙였다.

할머니, 사랑하는 사람이 생겼어요. 이름은 한태혁. 서른네 살, 샤인 그룹의 둘째 아들이고요. 우리 예쁜 은우의 삼촌인데 따뜻하고 좋은 사람이에요. 제게 딱 맞는 그런 사람이요. 그러니까 이제 여기에 오지 않으셔도 돼요. 저 하늘 높이 훨훨 날아가세요. 제 걱정은 마시고요.

"혜원아, 안 들어오고 거기서 뭐해?"

숙영이 부르는 소리에 집 안으로 들어간 혜원은 골목을 빠져나가던 차가 떠올라 숙영에게 물었다.

"엄마, 혹시 누가 왔어요?"

"아니. 이 시간에 올 사람이 누가 있겠어. 그런데 그건 왜?"

"못 보던 차가 지나가서요."

"다른 집에 온 손님이었겠지. 뭐 좀 먹을래?"

"아니요. 씻고 내려올게요."

숙영은 TV 음악 프로에서 흘러나오는 노래를 따라 흥얼거리며 딸을 기다렸다. 딸이 행복하니 그녀 또한 행복했다. 게다가 이젠 태혁이 혜원의 곁에 있으니 얼마나 든든한지. 둘이 잘된다면 은우를 위해서도 더할 나위 없이 좋은 일일 것이다. 물론 그녀에게도 마찬가지일 테고.

방문이 열리는 소리에 숙영은 TV를 껐다. 혜원이 다가와 통장을 내밀었다.

"엄마 입출금 통장을 잠시 가져갔었어요. 그리고 이건 생활비 통장으로 하나 더 만든 거고요."

"왜? 무슨 일이 있는 거야?"

"할머니가 유산으로 남겨 주신 상가 건물들의 월세를 엄마와 내 통장으로 들어오게 했어요. 생활비 통장으로도 일정한 금액이 입금될 거고요."

"내가 뭔 돈이 필요하다고. 그리고 그건 어머니께서 네게 물려주신 거잖아. 네가 가지고 있는 걸 더 좋아하실 거야."

혜원은 거절하는 숙영의 손에 통장을 쥐여 주며 얘기를 이어 나갔다.

"엄마에게 상가 건물 두 채를 증여하려고 김 집사님과 의논을 했는데요. 김 집사님이 나중에 엄마가 어차피 제게 상속을 다시 할 텐데 그러면 상속세만 더 나가는 셈이니 건물의 월세를 엄마에게 드리는 게 나을 것 같다고 하셔서요."

"혜원아, 엄마는……."

숙영의 눈시울이 붉어졌다. 이혼을 할 때 남편에게 위자료를 많이 받았었다. 상처투성인 마음으로 미국에 건너간 그녀는 지인에게 사기를 당해 그 돈을 고스란히 빼앗기고 말았다. 세상 물정을 몰라도 너무 몰랐으니 좋은 사냥감이었을 것이다.

힘들게 엄마를 찾아온 딸을 최고로 키우고자 했던 꿈은 그 돈과 함께 사라져 버렸다. 그때 남편이나 시어머니에게 손을

176

내밀었으면 분명히 혜원을 위해서라도 돈을 줬을 것이다. 하지만 알량한 자존심이 그것을 허락하지 않았다. 자존심보다는 딸이 우선이라고 밤새 되뇌며 울었지만 결국 손을 벌리지 못했다.

혜원이 어렸을 때 시어머니가 증여해 준 강남의 아파트가 없었더라면 모녀는 지금처럼 살지 못했을 것이다.

"엄마, 무슨 생각해요?"

"혜원아, 엄마가 미안하다. 사기만 당하지 않았어도 널 그곳에서……."

"엄마, 그런 생각하지 마요. 그때 엄마가 얼마나 힘들어했는지 알고 있어요. 우리 지나간 일은 다 잊고 이제 좋은 일만 생각해요."

"고맙다, 내 딸."

숙영은 딸의 손을 잡아 토닥였다. 그녀와 달리 야무지고 강한 딸이다. 제 꿈을 향해 나아가는 모습이 얼마나 예쁜지. 가끔은 저런 딸이 어떻게 제게서 나왔을까 싶을 때도 있었다.

생각에 잠긴 숙영에게 혜원이 말했다.

"엄마, 이젠 하고 싶은 거 다 하면서 사세요. 신 여사님이랑 백화점에서 뭐든 마음껏 사고, 크루즈 여행도 가시고요. 예전처럼 피부 관리도 받고요."

"그러지 않아도 돼. 엄마는 지금도 행복하니까."

"할머니도 원하실 거예요. 그리고 그 반지요."

"그게 말이다……."

"그 보석들 다 엄마 거예요. 할머니를 용서하기 힘들겠지만…… 그래도 그 마음을, 엄마도 아시죠?"

"알고 있어."

시어머니의 잘못이 아니란 걸 알면서도 사람 마음이란 게 참 요상했다. 남편과 시어머니가 동일시됐으니. 그래서 많이 원망했었다.

시어머니는 그녀에게 모든 보석을 남겼다. 너무 값비싼 것들이라 대부분을 은행 금고에 넣어 두고 몇 개만 집에서 보관 중이었다. 그 보석들을 사용한다는 건 시어머니에 대한 원망을 내려놓는다는 의미와 같았다.

숙영은 한숨을 쉬었다. 돌아가신 시어머니는 아직도 손녀를 잊지 못하신 게 아닐까. 그래서 지금의 며느리가 낳은 자식들에게는 한 푼도 물려주지 않으신 건지도. 비록 그토록 바랐던 손주일지라도.

숙영은 딸의 손등을 두드리며 말했다.

"다음 주에 신 여사님과 백화점에 가야겠다. 반지 사이즈를 조절해야 하니까."

혜원이 환하게 웃었다. 그 모습에 숙영의 얼굴에도 웃음이 퍼져 나갔다.

❖　　　❖　　　❖

집으로 돌아온 근호는 호들갑스럽게 맞이하는 유란을 뒤로

하고 곧장 서재로 들어갔다. 잠시 후 노크 소리와 함께 유란이 들어와 물었다.

"식사는요?"

"먹었어."

"마실 거라도 가져올까요?"

"됐어."

근호는 나가라는 의미로 노트북을 열었다. 하지만 유란은 아이들에 대한 얘기를 쏟아 냈다.

"저번에 학원에 갔더니 학원 선생님들이 우리 수민이와 수영이 칭찬을 얼마나 하는지."

근호가 손으로 피곤한 얼굴을 쓸어내리는데도 유란의 얘기는 끝없이 이어졌다. 10분 넘게 아이들 칭찬을 하던 유란은 무표정한 근호에게 강조했다.

"그러니까 당신도 애들 교육에 관심을 좀 가져요."

"알았으니까 그만 나가 봐."

"말만 하지 말고요!"

"알았다니까."

나가려던 유란은 뒤돌아섰다가 사진을 쓰다듬고 있는 근호의 모습을 보게 됐다. 그녀의 눈에 시퍼런 불이 번쩍였다가 사라졌다. 또 그 사진이리라. 바이올린을 켜고 있는 어린 혜원과 좋아 죽겠다는 표정으로 웃고 있는 시어머니의 사진. 유란은 사진을 갈가리 찢어 버리고 싶은 충동을 애써 누르며 평상시와 같은 말투로 물었다.

"여기서 주무실 거예요?"

"그럴 거야."

"도대체 언제까지 이럴 거예요?"

"할 일이 많아."

"그렇겠죠. 그놈의 일, 일. 지겹도록 들었어요. 어쩌면 일이 아니라…… 아니에요, 그만 나갈게요."

근호가 불만스런 표정으로 나가는 유란을 불렀다.

"당신."

"왜요?"

"혹시라도 우리 혜원이 근처에 가지 마. 혜원이 엄마에게도 안 돼."

"우리 혜원이, 우리 혜원이! 도대체 언제까지 그 애 생각만 할 거예요? 우리 애들은요? 우리 애들이 당신 머릿속에 있기는 해요?"

"큰소리를 칠 입장이 아닐 텐데."

근호의 말에 유란이 분통을 터트렸다.

"왜요? 내가 왜 큰소리를 못 쳐요! 아들을 낳아 줬는데, 4대 독자인 당신에게 아들을 낳아 줬는데! 그런데도 당신이나 어머니나 어디 우리 애들이 안중에 있기나 했어요?"

"다시 말하지. 우리 혜원이나, 혜원이 엄마에게 접근하지 마."

"안 해요, 안 한다고요! 그 이름조차 듣기 싫은데 왜 만나겠 어요."

유란이 문을 쾅 닫으며 나가자 근호는 어두운 창밖을 바라봤다. 보고 싶고, 알고 싶었다. 어떻게 살고 있는지, 힘든 일은 없는지. 밖에서 바라본 집은 아늑해 보였다. 담 위로 올라온 나무를 보자 숙영이 사랑했던 정원이 떠올랐다.

수많은 꽃들, 그 향기들. 그 속에서 뛰어다니던 어린 딸과 젊은 아내의 모습, 행여나 손녀가 다칠까 봐 전전긍긍하며 뒤따라 뛰던 어머니, 세 사람을 보며 웃음을 참지 못하던 자신의 모습까지. 기억 속 어린 혜원의 모습이 조금 전에 본 모습과 겹쳐졌다.

이제 우리 딸이 완전한 아가씨가 됐어. 남자와 함께 골목길을 걸어오던 딸의 모습이 떠오르자 근호의 얼굴에 미소가 피어올랐다. 병실에서 그에게 눈길 한 번 주지 않던 딸이 환하게 웃고 있었다. 몹시 행복한 얼굴로 그 남자를 바라보면서.

여전히 입가에 미소를 머금은 채로 근호는 서재에 놓인 침대에 몸을 뉘었다. 힘들고 피곤했다. 몸이 점점 바닥으로 가라앉는 느낌이었다. 그날 이후, 늘 이랬다. 몸과 마음이 끝없이 지쳐 갔다.

✿　　　✿　　　✿

아침 일찍 출근한 혜원은 제우와 정희가 조사한 파일을 들여다봤다. 토양과 기후가 달라서일까. 싱가포르 식물원에서 마음에 드는 식재 식물을 찾지 못한 게 생각보다 많았다. 어쩔 수 없이 이곳에서 구해 가져가야 한다.

사무실의 문이 열리는 소리가 들리더니 제우가 들어오며 인사를 했다.

"팀장님, 싱가포르는 잘 다녀오셨어요?"

"그럭저럭요. 그런데 제우 씨도 출근이 빠르네요."

"차 막히는 시간을 피하려고요. 집에서 10분쯤 일찍 나오면 편하게 올 수 있어요."

제우의 손에 든 커피를 바라보던 혜원이 일어섰다. 아이스 커피가 마시고 싶어졌다.

밖으로 나온 혜원은 옆 건물의 카페에서 커피를 사 들고 근처 공원으로 갔다. 출근하는 사람들이 하나둘 늘어나는 모습을 바라보며 여유 있게 커피를 마셨다. 문득 그녀의 눈에 깔끔한 정장 차림의 남자가 차에서 내리는 모습이 들어왔다. 무심결에 태혁이 떠올랐다.

태혁 씨도 정장이 정말 잘 어울리는데.

은우 삼촌이 아니었더라도 어쩌면 이렇게 연결됐을지도 모른다. 발코니에 있던 그를 올려다보며 얼굴을 붉힌 이래로 둘의 인연은 끈질기게 서로를 향해 가고 있었는지도.

혜원의 생각이 어젯밤 태혁과의 키스로 이어지자 절로 뺨이 붉어졌다. 남들이 들으면 웃을지도 모르지만 첫 키스였다. 얼마 전 술에 취해 차 안에서 태혁과 키스를 하긴 했지만.

그건 취중 키스였어. 그러니까 어제가 처음인 거야.

혜원은 커피를 몇 모금 더 마시다가 무슨 소리가 들리는 것 같아 고개를 돌렸다. 은혜가 다가오며 손을 흔드는 게 보였다. 휴대폰의 시간을 확인한 혜원은 은혜가 있는 쪽으로 걸어갔다. 나란히 걷던 은혜가 불쑥 물었다.

"했어?"

"뭘?"

"그거."

"그게 뭔데?"

의미심장한 미소를 짓는 은혜의 눈꼬리에 궁금증이 가득 매달린 걸 보니 대충 짐작이 갔다. 혜원은 일단 시치미를 뗐다.

"내 친구 얘기를 말하는 거야?"

"그렇다고 치자. 어떻게 됐대? 그 허벅지 튼실한 남자랑 말이야."

"이번엔 맨 정신에 키스를 했다고 하더라."

"일주일이나 떨어져 있었는데 고작 키스? 성인 남녀가 그걸로 성이 차려나."

"일주일? 조은혜! 너 무슨 말을 하는 거야? 분명히 내가 친구 얘기라고 했지?"

발끈하는 혜원의 모습에 은혜는 항복하듯이 양손을 들었다.

"알았어, 알았다고. 하여튼 그 친구에게 잘해 보라고 해라. 그렇게 느낌이 좋은 남자를 만나기도 힘들 테니까. 편안함, 안정감, 또 뭐였더라. 아, 생각났다. 허벅……."

"야, 그만해!"

"알았다. 너무 좋아서 이러는 건데 몰라주네."

"네가 왜 좋아?"

"네가 좋은 사람을 만난 거 같아서. 뭐든 얘기해. 내가 도울 수 있는 게 있으면 언제든지."

은혜는 빨간 얼굴로 친구 얘기라며 발뺌하는 혜원의 모습에 애써 웃음을 참았다. 평소 오로지 일에만 매달렸던 혜원이기에 지금까지 남자 친구가 없었다는 걸 누구보다 잘 알고 있었다. 열정과 순수함을 동시에 가지고 있는 혜원의 마음을 차지한 남자가 누구인지 몹시 궁금해졌다.

사무실에 돌아와 업무에 집중하다 보니 시간이 순식간에 지나갔다. 혜원은 출장 건에 대해 준성에게 보고를 하고 팀원들과 여러 차례 회의를 했다.

오후엔 은혜와 정희를 식물원에 보낸 후 컴퓨터에 정원의 설계도를 띄워 놓고 개울에 놓을 돌들을 들여다봤다. 동글동글한 돌과 뾰족한 돌들을 엇갈리게 놔서 물소리를 조절할 생각이었다. 식재 식물 사이사이에 놓을 바위들과 개울에 사용할 중간 정도의 돌은 이미 싱가포르에서 구해 놓은 상태였다.

자연스러움을 표현하기 위해 이끼가 낀 바위들과 사람들이 앉을 수 있는 넓적한 바위를 선택했다. 또한 개울 옆에 의자로 사용할 적당한 크기의 통나무들도 이미 구입을 마쳤다. 하지만 이번 정원의 제목인 'Sitting on logs by Creek'을 제대로 표현하려면 졸졸 흐르는 물소리가 중요했다. 그래서 그라스와 꽃들의 아름다움을 받쳐 줄 물소리를 위해 시뮬레이션을 해 볼 생각이었다.

일에 몰두해 있는 동안 어느새 퇴근 시간이 다가왔다. 혜원은 뭉친 어깨를 두드리며 백을 들고 화장실로 갔다. 하나로 대충 묶은 머리를 풀어 정돈하고 화장을 수정했다. 윤기 흐르는 뽀얀 피부와 선명한 골든 로즈색의 립스틱이 어우러져 지금까지와는 다른 도발적인 이미지로 보이자 잠시 고민을 했다. 하지만 태혁에게 예쁘게 보이고 싶다는 마음이 더 컸다. 혜원은 파우치를 뒤져 아이라이너를 꺼냈다.

그녀는 조심스럽게 아이라인을 그리고 몇 번이나 거울을 들여다보다가 빌딩 밖으로 나왔다. 태혁과 만나기로 한 시간에 늦지 않을까 조바심이 났다.

시간을 확인하려고 휴대폰을 백에서 꺼내다 이상한 느낌에 고개를 들었다. 역시나 시선이 닿은 곳에 자신을 다정한 눈빛으로 쳐다보고 있는 태혁이 서 있었다. 상의를 차에 벗어 두었는지 흰색 드레스 셔츠 차림이었다.

하아. 혜원은 저도 모르게 숨을 몰아쉬었다. 두근두근. 심장의 두근거림이 점점 커졌다.

태혁은 비율이 좋은 서구적 체형과 큰 키로 주위의 남자들을 압도하고 있었다. 지나가는 사람들의 시선이 그에게 닿았다가 떨어질 줄을 몰랐다.

혜원은 다시 숨을 크게 내쉬었다. 싱가포르로 출장을 가기 전부터 이미 느끼고 있었다. 그가 마음속에 들어와 있다는 걸. 하지만 마음을 완전히 인정하고 제대로 키스를 나눈 게 불과 어제였다. 하루 사이에 이렇게 달라질 수가 있을까.

남녀 사이란 게 이래서 무서운가 보다. 작은 접촉으로도 서로를 향해 가는 속도가 빨라질 수 있으니.

혜원은 태혁을 향해 걸어갔다. 가까이 다가가니 늘 싱그럽게 웃던 그의 얼굴에 초조함이 배어 있는 게 보였다.

혜원은 가만히 서 있는 태혁을 올려다봤다. 검은색의 눈동자가 오늘따라 더 짙어 보였다.

"태혁 씨, 무슨 일이 있어요?"

꽉 다물고 있던 태혁의 입이 열렸다. 그 목소리에서 고통이 느껴졌다.

"혜원 씨."

"무슨 일이에요? 네?"

태혁이 그녀를 와락 껴안았다. 그의 허리를 안은 혜원이 손으로 등을 쓸어 주며 물었다.

"안 좋은 일이 생긴 건 아니죠? 태혁 씨, 말 좀 해 봐요. 설마 우리 은우에게 사고가……."

"아니에요. 가족들한테는 아무 일도 없어요."

"그럼 왜요?"

죽을 것 같았어요. 어제 헤어진 순간부터 혜원 씨가 너무 보고 싶어서. 이러고 싶지 않았는데, 혜원 씨에게 멋있는 모습만 보여 주고 싶었는데.

태혁은 쏟아져 나오는 말을 꾹꾹 누르고 짧게 대답했다.

"보고 싶었어요. 혜원 씨, 잠시만 이대로 있어요."

태혁은 한참 만에 혜원을 품에서 풀어 주었다. 그제야 주위 사람들의 소곤거림이 귀에 들어왔다.

"어머머, 여기서 영화 찍나 보다. 그런데 저 배우들 이름이 뭐지?"

"어디 카메라가 숨겨져 있나? 웹 드라마 같은 건가?"

수군거리는 소리에 태혁은 재빨리 혜원을 차에 태웠다. 여전히 호기심이 가득한 눈들이 차로 쏠리자 두 사람은 마주 보며 웃고 말았다.

태혁은 혜원의 손에 깍지를 끼고 차를 몰았다. 그녀의 손을 잡고 있으니 널뛰던 가슴이 진정됐다.

늘 이성적이던 자신이다. 때문에 혜원에게 빠져들면서도 그 모습을 유지할 수 있을 줄 알았다. 그런데 아니었다. 여느 남자들과 똑같았다. 어쩌면 더한 모습이 숨겨져 있었는지도 모르겠다. 그게 어젯밤의 키스로 깨어난 건지도.

부드럽고 달콤한 키스였다. 하지만 혜원이 그의 목을 껴안고 매달린 순간 몸에서 솟구치는 열기를 감당하기 힘들었다. 처음인 것처럼 서툰 혜원의 키스였지만 그녀가 그의 입술을 깨물었을 때 완전히 넘어가 버렸다.

집에 와서도 흥분을 주체할 수가 없어 혜원에게 돌아가고 싶었다. 손을 잡고 밤새 골목길을 걷더라고 그녀와 함께 있고 싶었다.

태혁은 혜원의 손을 더 세게 잡으면서 한숨을 쉬었다. 하루가 이토록 긴 줄 미처 몰랐다. 그녀가 옆에 있으니 이제야 모든 게 정상으로 돌아온 것 같았다. 애타던 심장도 평온을 되찾았다.

"태혁 씨, 손 아파요. 조금만 살살 잡아요."

태혁은 손에서 힘을 빼며 물었다.

"이제 괜찮아요?"

"네."

"배고프죠? 조금만 기다려요."

차는 복잡한 도심을 지나 한적한 곳에 자리한 레스토랑으로 들어갔다. 미리 예약해 둔 자리에 착석한 두 사람은 음식을 맛있게 먹으면서 얘기를 나눴다.

태혁은 혜원의 정원 얘기에 자꾸 웃음이 났다. 개울에 들어갈 돌멩이 얘기마저 왜 이리 재미있는지 모르겠다. 배롱나무를 교목으로 한다는 말에 너무 웃었나 보다. 혜원이 째려보며 그게 뭐가 우습냐고 물었으니.

"태혁 씨, 말해 봐요. 왜 자꾸 웃는데요?"

좋아서요. 혜원 씨의 목소리, 그 목소리가 흘러나오는 예쁜 입술, 그리고 내가 준 목걸이를 하고 있는 모습도. 모든 게 너무 좋아서요.

혜원이 다시 눈을 흘기자 태혁은 웃음을 거두고 말했다.

"혜원 씨, 은우 생일날이요. 그때 우리 둘이 배롱나무의 양초 병에 불을 붙였죠."

"그랬죠."

"그때 저도 소원을 빌었어요. 불이 켜진 그 아름다운 나무를 바라보면서요."

"무슨 소원을 빌었는데요?"

"정혜원."

"네?"

"정혜원 씨의 남자가 되고 싶다고요."

"네에?"

태혁은 놀람과 기쁨으로 반짝이는 혜원의 눈에 시선을 모았다. 그의 끈질긴 시선에 살짝 고개를 숙인 그녀의 눈부시게 흰 목덜미가 붉게 물드는 게 보였다.

하아, 미치겠네.

태혁은 물을 벌컥벌컥 마셨다. 갈증이 났다. 하지만 물로 해결될 갈증이 아니었다. 저를 세뇌시키듯 속으로 중얼거렸다. 느리더라도 기다려야 한다고.

레스토랑에서 나온 태혁은 대리 기사에게 운전을 맡기고 혜원의 집 근처로 향했다. 약속 드린 시간이 다 되었음에도 헤어지기가 싫었다.

두 사람은 약속이나 한 듯이 손을 잡고 집 주위를 빙빙 돌면서 아쉬움을 달랬다. 아쉬워하는 만큼 시간은 연인들을 뒤로하고 빠르게 흘러가 버렸나 보다.

"이제 정말 들어가야 해요."

"괜히 어머니께 10시까지 데려다준다고 했나 봐요. 12시 전까지라고 할걸."

아쉬운 표정의 태혁이 혜원을 품으로 끌어당기며 속삭였다.

"남은 방을 세놓는 게 어때요?"

"금남의 집이에요."

"하하, 은우가 쓰던 방이면 돼요. 월세는 많이 낼게요."

"그 정도로는 안 돼요."

"매일 혜원 씨의 얼굴을 볼 수 있고 어머니께서 해 주시는 맛있는 밥도 먹을 수 있으니 포기하기 싫은데요."

"은우 옆에 태혁 씨가 있어 줘야죠. 곧 은우 아빠가 오시겠지만 우리 은우는 삼촌을 너무 좋아하니까요."

혜원은 태혁의 허리를 안으면서 가슴에 얼굴을 묻었다. 정말 이 집에서 태혁과 은우까지 함께 살게 될 날이 온다면 얼마나 좋을까 생각하면서.

8월 말의 엷어진 열기 속에는 어느새 선선한 가을 공기가 점점이 박혀 있었다.

혜원은 그 공기를 깊숙이 들이마시며 정원을 둘러봤다. 7월 초에 시공을 끝낸 빌딩의 옥상 정원이었다. 더운 날씨에 식재를 한 터라 식물이 잘 자랄 수 있을까 우려했던 것과는 달리 구슬땀을 흘리며 완성한 덕분인지 무더위를 이겨 내고 잘 적응한 상태였다.

혜원은 정원의 한편에 무리 지어 심어져 있는 조팝나무들과 히어리(Korean winter hazel)의 가지들을 쓰다듬었다. 내년 봄이면 조팝나무의 흰색 꽃들과 작은 종들이 무수히 매달려 있는 모습의 노란 히어리 꽃잎들, 그 꽃잎 끝에 맺히는 빨간 꽃술들로 절정을 이룰 것이다.

혜원은 교목을 선택할 때 주로 우리나라에서 자생하는 나무들을 골랐다. 우리나라가 원산지이지만 지금은 오히려 역수입을 해야 하는 식물들이 많은 게 안타까워서였다.

때문에 그녀가 만든 정원에는 가장 아름다운 단풍이 드는 복자기(Korean-flowered Maple)부터 우리나라 자생식물인 솔송나무, 댕강나무 등이 아름다움을 뽐내는 경우가 많았다.

혜원은 그라스와 꽃들을 마저 살핀 후 정원을 떠났다. 다음 주에는 싱가포르에서 새로운 정원을 시공할 것이다. 세계적인 가든 디자이너들 속에서 그녀와 팀원들이 조성할 정원을 상상하는 것만으로도 가슴이 뛰었다.

차로 빌딩 주차장을 빠져나오던 혜원은 제우에게 온 전화를 블루투스로 연결해 받았다.

―팀장님, 실장님이 3시에 부서 전체 회의를 소집하셨어요.

"알았어요. 30분이면 도착할 거예요."

회사에 도착한 혜원은 두 시간이 넘는 미팅을 끝낸 후 자료를 정리하고 책상을 말끔하게 치웠다. 정원 시공과 전시까지 한 달쯤 걸린다. 월요일 날 그녀의 팀이 싱가포르로 떠나고 다른 팀까지 일본으로 떠나면 에너지 넘치던 이 사무실도 다소 썰렁해질 것이다. 사무실을 둘러보고 있는 혜원을 팀원들이 재촉했다.

"팀장님, 우리도 빨리 나가요."

"다들 먼저 나가세요. 휴대폰만 확인하고 금방 따라갈게요."

오늘 저녁에는 오랜만에 부서 전체 회식이 잡혀 있었다. 직원들과 나가던 중에 혜원은 휴대폰을 확인했다. 회식이 있다고 미리 얘기를 했는데도 태혁에게 메시지가 와 있었다. 메시지를 들여다보는 혜원의 입가가 절로 벌어졌다.

〈혜원 씨, 끝날 때쯤 연락해요. 데리러 갈게요.〉
〈같은 방향의 직원을 태워서 가야 해요.〉
〈남자 직원은 안 돼요.〉

혜원은 그의 반응에 짧게 웃음을 흘렸다.

〈신입 여자 직원이에요.〉
〈집에 도착하면 메시지 보내요.〉
〈그럴게요. 그리고 대리운전으로 갈 거니까 걱정하지 말아요. 내일 봐요.〉

휴대폰을 닫고 혜원은 사무실을 나와 회사 근처의 회식 장소로 향했다.

발걸음은 무거웠다. 주말이 지나면 엄마와 은우, 태혁과 떨어져 있어야 한다고 생각하니 온몸에 힘이 쭉 빠져나가는 기분이었다.

특히 회사 일로 몹시 바쁜 와중에도 거의 매일 그녀를 만나러 오는 태혁에게 미안했다. 더군다나 갈수록 헤어지는 시간이 힘들어지고 있으니.

그나마 떠나기 전 마지막으로 함께할 수 있을 주말에 최 여사가 숙영과 그녀를 집에 초대했다. 큰아들이 온다는 소식에 기뻐하는 최 여사의 목소리를 들으니 초대를 받아들일 수밖에 없었다. 하긴 그녀도 주혁을 직접 만나 보고 싶었으니 오히려 잘된 건지도 몰랐다.

회식 장소에 다다른 혜원은 밖에서 기다리고 있던 은혜와 함께 안으로 들어갔다.

혜원과의 데이트가 없어서 모처럼 가족들과 저녁을 먹은 태혁은 한참을 은우와 놀아 주다가 2층으로 올라왔다.

허전하고 쓸쓸했다. 하루를 보지 못해도 이렇게나 허전한데 혜원과 한 달 넘게 떨어져 있어야 한다니. 심장이 쿵 내려앉았다.

일 때문이니까 어쩔 수 없어. 그리고 혜원 씨가 그 일을 얼마나 좋아하는지 알잖아.

정원 얘기를 할 때마다 반짝이던 혜원의 눈빛이 떠오르자 태혁은 한숨을 내쉬며 옷을 벗고 욕실로 들어갔다.

태혁이 샤워를 하는 동안 최 여사의 자장가 소리에 눈을 감고 있던 은우는 그녀가 나가자 살며시 침대에서 내려왔다. 살짝 열린 문을 밀치고 거실로 나와 2층으로 가는 계단을 하나씩 올라갔다.

주방에서 물을 마시고 나오던 최 여사는 그런 은우의 모습에 손으로 입을 가리고 소리 죽여 웃었다. 잠옷을 입은 모습만으로도 너무 깜찍하고 귀여운데 잘 때마다 항상 안고 자는 곰 인형을 품에 안고 한 손으로 모포를 끌고 가는 모습까지 더해지자 얼마나 사랑스러운지.

은우가 2층으로 가는 이유는 뻔했다. 삼촌과 함께 자겠다고 떼를 쓰러 가는 것일 테지. 할머니와 할아버지한테 미안한지 그런 날은 억지로 눈을 꼭 감고 잠자는 척을 해 모를 수가 없었다.

최 여사는 자꾸 터져 나오려는 웃음을 꾹 참으면서 한 계단, 한 계단 씩씩하게 올라가는 은우의 모습이 보이지 않을 때까지 서서 지켜봤다.

자식보다 손주가 예쁘다는 말에는 하나도 틀린 것이 없었다. 그녀뿐만 아니라 한 회장도 조잘조잘 말도 잘하고 예쁜 짓을 하는 은우에게 푹 빠졌다.

그사이에 우리 은우가 많이 컸어.

이제 은우를 돌봐 줄 전담 보모와 선생님을 구할 생각이었다. 서서히 유치원도 알아봐야 할 것이다. 이미 숙영과는 의논을 마쳤다. 그래서 혜원과 같이 알아볼 생각이었는데 아무래도 출장으로 오랫동안 자리를 비운다니 당분간은 미뤄야 했다.

최 여사는 잠시 2층을 바라보고 있다가 안방으로 들어갔다.

"삼촌! 삼촌!"

몰래 올라온 것이 무색하게도 은우는 태혁의 방문을 쾅쾅
두드렸다. 허리에 목욕 타월을 두른 태혁이 수건으로 머리를
털면서 문을 열었다.

"은우야, 왜 올라왔어?"

"삼촌, 나 여기서 자도 돼?"

새까만 눈망울을 빛내며 말을 하는 은우의 모습에 태혁이
싱긋 웃었다.

"삼촌이랑 자고 싶어?"

"응."

"들어와."

태혁은 방으로 들어와 소파에 앉은 은우의 머리를 쓰다듬으
며 말했다.

"잠깐만 기다려."

화장대 앞에서 드라이기로 머리를 말리고 목욕 타월을 벗으
려던 태혁이 움직임을 멈췄다. 어느새 옆에 온 은우가 그를 빤
히 올려다보고 있었다. 태혁은 다시 허리에 타월을 두르며 말
했다.

"네 이모도 못 봤는데 네게 보일 순 없지."

"이모?"

"그래, 네 이모. 이모가 먼저야. 그러니까 한은우 군, 나가
주세요. 저번에 놓고 간 동화책이 소파에 있으니까 그걸 읽고
있어요."

"응."

은우가 순순히 나가자 태혁은 편한 옷으로 갈아입고 나왔다. 은우가 발을 까닥이며 소파에서 동화책을 읽는 동안 그는 요즘 잠자기 전의 일과가 되어 버린 팔굽혀펴기를 했다. 그 모습이 신기했는지 은우가 물었다.

"삼촌, 그거 뭐하는 거야?"

"운동하는 거야."

"운동? 왜?"

"만반의 준비를 하고 있어야지."

고개를 갸웃하는 은우의 모습에 태혁의 입가에 웃음이 맺혔다.

요즘 그는 다른 운동량도 늘렸다. 아침 일찍 회사 근처의 헬스장에 들렀다가 출근을 했고 집에서도 틈틈이 운동을 했다. 그런데도 넘치는 에너지는 줄어들지 않는 것 같았다.

하지만 힘들어도 기다릴 생각이었다. 이 문제의 열쇠를 쥔 혜원이 원할 때까지.

한차례 운동을 마친 태혁은 은우를 무릎에 앉히고 동화책을 읽어 주었다. 땡글땡글한 눈으로 몰입하고 있던 은우가 잠이 오는지 하품을 하기 시작하자 안아서 침대에 눕혔다.

"더 읽어 줄까?"

"응. 많이 읽어 줘."

"그래."

"삼촌!"

"응."

"곰돌이가 없어."

태혁은 소파에 있는 곰돌이 인형을 은우에게 안겨 주고 낡고 해진 모포를 덮어 주려다가 물었다.

"은우야, 이거 많이 낡았으니까 다른 이불을 덮자."

"싫어! 싫어!"

"알았어. 그냥 이걸로 덮어 줄게."

태혁은 낡은 모포를 끌어당기며 만족스러운 미소를 짓는 은우의 뺨에 뽀뽀를 했다.

"삼촌이 책을 읽어 줄 테니까 자는 거다."

"응."

낮은 소리로 동화책을 읽어 주던 태혁은 문득 은우의 애착물에 대한 혜원의 말이 떠올랐다.

나중에야 혜원에게 그 이유를 들을 수 있었다. 소진이 남긴 거란 걸. 엄마와 보낸 짧은 시간을 기억하지 못할 텐데도 은우는 본능적으로 느끼는 것 같다고 했다.

태혁은 모포를 만졌다. 낡았지만 부드럽고 포근했다. 더 일찍 소진과 은우의 존재를 알았더라면 사고를 막을 수 있었을까. 혜원과 숙영이 없었다면 은우는 어떻게 됐을까.

동화책을 내려놓은 태혁은 은우의 작은 가슴을 토닥여 줬다. 어렴풋이 기억하고 있는 자장가를 부르면서.

품으로 파고드는 은우의 등을 쓸어 주던 태혁은 곤란한 얼굴로 내려다봤다. 은우가 습관처럼 또 그의 가슴을 만지며 자고 있었다.

슬쩍 밀어낸 작은 손이 다시 가슴을 만지자 태혁은 은우의
바가지 머리를 흩트리며 낮게 웃었다. 은우의 말이 생각나서
였다. 이모의 가슴은 말랑말랑한데 삼촌의 가슴은 딱딱하다는
말이.

태혁은 은우의 엉덩이를 살짝 때렸다.

한은우, 아무리 어리다고 하지만 삼촌이 못 만져 본 데를
네가 만졌단 말이지?

❖　　　❖　　　❖

혜원은 숙영과 함께 태혁의 집을 방문했다. 숙영은 큰아들
을 위해 직접 음식 준비를 하겠다고 나선 최 여사를 도우러 주
방으로 갔다.

혜원은 은우의 옷을 여러 벌 골라 놓고 고심하다가 결국 편
안한 옷을 선택했다. 곰돌이 인형이 그려진 맨투맨 티셔츠와
움직이기 편안한 청바지를 입히고 바가지 머리를 단정하게 정
리해 줬다. 그리고서 아빠가 온다는 사실에 들떠 있는 은우에
게 교육을 시켰다.

"은우야, 아빠가 오시면 어떻게 해야 해?"

"인사해야지!"

"어떻게?"

은우는 배꼽 인사를 하면서 까르르 웃었다.

"이름도 말할 거야."

"한은우입니다."

"그래. 이젠 한은우야."

혜원은 은우의 부드러운 뺨에 제 뺨을 댔다. 이상하게 눈물이 나려 했다.

은우는 이제 한은우라는 이름으로 샤인 그룹의 하나뿐인 손주로 살아갈 것이다. 혜원은 제 품에 안기는 은우를 꽉 끌어안으며 되뇌었다. 한은우든 김은우든 그녀에겐 언제까지나 사랑스럽고 귀여운 은우라고.

은우의 손을 잡은 태혁과 혜원은 정원으로 나왔다. 한 회장의 지시로 정원은 은우가 놀기 좋게 꾸며져 있었다.

혜원은 그네 의자에 앉아 두 사람을 지켜봤다. 장난감 자동차를 타려는 은우를 도와주던 태혁과 눈이 마주치자 손을 흔들었다.

파란 하늘, 가을로 접어드는 바람, 은우와 태혁의 웃음소리. 모든 게 한 폭의 그림처럼 아름다운 광경이었다. 혜원은 아이처럼 발을 구르며 그네를 움직였다. 흔들거리는 그네에서 올려다본 하늘은 몹시 아름다웠다.

저곳에서 소진이 은우를 내려다보고 있을까. 행복하게 잘 자라고 있는 은우를 보며 웃고 있을까.

만삭의 배로 자책하며 울던 소진의 모습이 떠올랐다. 하지만 오랜 시간의 진통 끝에 은우를 품에 안은 소진은 누구보다도 씩씩하고 행복한 엄마가 됐다. 옹알이를 하는 은우가 예뻐서 어쩔 줄 몰랐고 배로 밀고 다니던 은우가 TV를 잡고 일어서려 하자 사람들을 붙잡고 자랑하느라 여념이 없었다. 그 모습들이 마치 어제의 일처럼 선명해 혜원의 눈가에 이슬이 맺혔다.

소진아, 보고 있어? 우리 은우는 여기서 잘 지내고 있어. 엄청 사랑받으면서 예쁘게 크고 있어. 그리고 오늘 드디어 아빠를 만날 거야.

저벅저벅.

점차 가까워지는 발걸음 소리에 하늘에 닿아 있던 혜원의 시선이 내려왔다.

창백한 얼굴의 남자가 걸어오고 있었다. 태혁과 닮아 있어 생김새만으로도 누군지 알 수 있었다. 은우 아빠인 한주혁이었다.

주혁이 다가오자 은우가 뛰어와 혜원의 다리를 붙잡았다.

"이모!"

"은우야, 아빠 오셨네. 인사해야지."

은우가 배꼽 인사를 하고 이름을 말하자 은우와 눈높이를 맞춘 주혁이 물었다.

"누굴 닮았을까?"

"엄마, 아빠를 닮았어요."

"누가 그런 말을 했어?"

"우리 이모가요."

"그래?"

주혁은 은우를 찬찬히 들여다봤다. 하지만 피곤이 담겨 있는 그의 얼굴은 무표정했다. 그 모습에 방실거리던 은우가 혜원에게 달라붙었다. 혜원은 은우를 안으며 주혁에게 인사를 했다.

"정혜원입니다."

"어머니께 얘기 들었습니다."

멀찍이 떨어져 있던 태혁이 혜원의 옆으로 오면서 말했다.

"형님! 안에서 다들 기다리실 텐데, 들어가서 얘기하시죠."

주혁은 알은체를 하는 태혁에게 잠시 시선을 줬다가 바로 고개를 돌렸다. 그런 형제의 모습에 혜원은 자신도 모르게 은우를 세게 껴안았다.

두 가족이 모인 점심 식탁은 풍성했다. 아침부터 준비한 갖가지 요리들이 먹음직스럽게 놓여 있었다. 갈빗살을 먹기 좋게 발라 은우의 수저에 올려 주던 혜원은 대화에 귀를 기울였다.

주혁이 어떤 사람인지 파악하고 싶었다. 외모는 태혁과 비슷하지만 눈빛이 달랐다. 그의 눈빛에는 차가움과 공허함, 그리고 외로움이 배어 있는 것 같았다.

한 회장의 말에 차분하게 대답을 하는 주혁을 바라보던 혜원이 팔을 잡아당기는 은우에게로 시선을 돌렸다.

"은우야, 왜?"

"이모, 고기."

"더 먹을 거야?"

"응."

"골고루 먹어야지. 그래야 키가 크고 예뻐지는 거야."

예뻐진다는 말에 약한 은우는 혜원이 집어 주는 다른 반찬을 다 받아먹었다. 그 모습을 지켜보던 주혁의 입가에 희미한 미소가 어렸다.

식사를 마친 후 모두가 거실에 둘러앉아 차를 마시며 얘기를 나눴다. 혜원은 어른들의 얘기가 계속 이어지자 지루해하는 은우를 데리고 정원으로 나갔다.

잠시 동안 자전거를 타는 은우의 뒤를 따라다니다가 그네에 앉았다.

그녀는 기분이 별로 좋지 않았다. 주혁은 숙영과 그녀에게 고마움을 표하면서도 은우를 한 번도 안아 주지 않았다.

아니야, 처음 만나서 그럴 거야. 곧 괜찮아질 거야.

혜원은 한숨을 내쉬며 고개를 가로저었다.

"이모! 이모!"

혜원은 그녀에게 달려온 은우를 품에 안고 물었다.

"은우야, 아빠가 오시니까 좋아?"

"응. 이모, 졸려."

혜원은 하품을 하는 은우의 등을 토닥였다.

그녀의 가슴에 얼굴을 묻은 은우는 금세 잠이 들었다. 곱슬머리를 쓸어 주던 혜원은 은우가 주혁을 싫어하지 않아서 그나마 다행이란 생각을 했다. 가슴에 안긴 은우의 등을 쓸어내리며 조용히 노래를 불렀다.

"……머리 위로 바람이 분다."

소진이 좋아했던 노래였다. 이 노래를 부르며 소진은 무슨 생각을 했을까. 주혁을 생각했을까.

생각에 잠겨 있던 혜원은 앞에 기다란 그림자가 드리워지자 고개를 들었다.

주혁이었다.

"혜원 씨, 잠시 앉아도 되겠습니까?"

"네."

나무 밑 의자에 앉아 주혁은 잠든 은우의 모습을 물끄러미 바라보다가 입을 열었다.

"잘 모르겠습니다. 어떻게 해야 할지. 아이와 친해지는 방법도 모르고, 아이를 안아 본 적도 없습니다."

주혁의 솔직한 말에 혜원은 안도했다. 그녀는 잠든 은우의 머리를 쓸어 넘기며 말했다.

"그냥 마음이 가는 대로 하시면 될 거예요."

"무심한 아빠가 될지도 모르겠습니다."

혜원은 자신 없어 하는 주혁을 조심스럽게 관찰했다. 냉정한 듯 보이는 눈빛이 어쩐지 슬퍼 보였다. 하지만 신기하게도, 단단해 보이는 턱 선과 고집스러워 보이는 입매가 왠지 모르게 은우와 많이 닮았다. 그 모습에 안심이 됐다. 무심한 아빠가 될까 봐 걱정하는 사람이라면 어느 정도는 믿어도 되지 않을까 싶어서였다.

혜원의 시선에 주혁이 그녀를 바라봤다. 그와 눈이 마주친 혜원이 웃으며 말했다.

"닮았어요."

"네? 뭐가요?"

"우리 은우가 아빠를 많이 닮았어요. 머리카락과 눈이 비슷해요."

"그런가요?"

"입매는 엄마를 닮았거든요. 웃는 모습도 그렇고요."

"그렇군요."

잠시 침묵이 내려앉았다. 주혁은 천천히 말을 이어 나갔다.

"언제 시간이 되시면 은우 엄마의 얘기를 해 주실 수 있을까요? 이미 아시겠지만 그 당시 저는 제정신으로 살지 못했습니다. 그래서 은우 엄마와 은우를 힘들게 했지요."

"은우가 있다는 걸 몰랐다고 들었어요."

"몰랐습니다."

혜원은 주혁에게 말해 주었다. 은우 방에 앨범이 있다는 것과 그 속에 소진과 은우의 시간이 다 들어 있다는 걸.

잠시 주혁과 얘기를 나누던 혜원이 일어서며 말했다.

"은우를 방에서 재워야겠어요."

"제가 안고 가겠습니다."

"괜찮아요."

"이리 주세요."

혜원은 갈수록 묵직해지는 은우를 주혁의 품에 안겨 주었다. 은우가 알면 참 좋아할 텐데. 아빠에게 안긴 은우를 보자 그녀의 눈가가 촉촉해졌다.

집으로 걸어가는 두 사람의 앞으로 태혁이 성큼성큼 다가왔다.

"혜원 씨, 잠시만요."

"은우, 낮잠부터 재우고요."

태혁은 주혁을 따라가려는 혜원의 어깨를 잡았다. 묻는 듯한 혜원의 눈빛에 그는 그녀의 손에 깍지를 꼈다. 형과 함께 있는 그녀의 모습이 보이자 질투 비슷한 묘한 기분이 들어 불안해졌다.

혜원은 주혁이 집 안으로 들어가고 나자 초조해 보이는 태혁을 올려다봤다.

"태혁 씨, 무슨 일이라도 생긴 거예요?"

그녀와 마주한 태혁의 눈빛이 불안해 보였다.

"당장 부모님께 말씀드려야겠어요."

"뭘요?"

"우리 사귀는 거요."

태혁의 목소리에서 조급증이 묻어났다. 집을 흘끗 쳐다본 그는 혜원을 팔 안에 가두고 대답을 기다렸다. 하지만 조금만 더 시간을 달라는 혜원의 대답에 힘이 빠졌다.

"혜원 씨, 시간이 더 필요해요?"

"싱가포르 다녀와서 차분하게 인사드리고 싶어요."

"……."

"그리고 오늘은 은우 아버지가 온 것 때문에 두 분도 정신이 없으시잖아요. 우리 얘기는 나중에 해요. 네?"

잠시 말이 없던 태혁이 혜원의 목걸이를 만지며 말했다.

"어떠한 경우에도 잊지 마요."

"어떤 것을요?"

"혜원 씨가 내 여자라는 사실을요."

6장
정혜원의 남자

일요일 오전, 거실에 앉아 은우의 또랑또랑한 목소리에 귀를 기울이고 있던 최 여사가 앨범 속의 사진을 가리키며 물었다.

"은우야, 그럼 이 사진은?"

"엄마랑 은우야."

소진이 백일 정도 된 것 같은 은우의 기저귀를 갈아 주는 사진이었다. 최 여사는 사진 속에서 활짝 웃고 있는 소진을 안쓰럽게 바라봤다. 진작 알았다면 어떻게든 주혁과 결혼시켰을 것이다. 그랬다면 소진은 그녀의 며느리로 은우와 행복하게 살고 있지 않았을까.

사실 손자가 있다는 걸 처음 알았을 땐 은우만 보였다. 자동차 사고로 죽은 소진을 안타깝게 여기긴 했지만 은우와 행복한 일상을 보내는 모습을 사진으로나마 직접 보게 되니 가슴이 더 아파 왔다. 혼자 얼마나 힘들었을지, 어디에서도 주혁을 찾을 수 없었을 테니 얼마나 애를 태웠을지 짐작이 갔다. 너무 늦게 알게 된 것이 더 미안해졌다.

옆에서 같이 사진을 들여다보고 있던 주혁의 얼굴도 밝지 않았다. 그저 스쳐 지나갈 여자라 생각했었다. 그래서 그의 기억 속에서 사라졌던 여자였다. 그런데 이렇게 연결될 줄이야.

"아빠! 아빠!"

"응."

"아빠, 이 사진. 여기도 엄마가 있어."

주혁은 은우가 가리키는 사진을 들여다봤다. 병실에서 소진이 은우를 품에 안고 있는 사진이었다. 행복해 보이는 소진의 옆에서 혜원과 숙영이 웃고 있었다.

"은우야, 어떻게 알아?"

"우리 이모가 사진을 보여 주면서 매일매일 얘기해 줬어. 그리고 다른 것은 노래로 알려 줬어."

"어떤 노래?"

"우리 엄마는 김소진, 이모는 정혜원, 외할머니는 김숙영, 외할머니의 집은 용인시……."

은우의 노래 소리가 거실에 울려 퍼지자 주혁은 은우를 바라봤다. 반짝반짝 빛나는 눈을 가진 예쁜 아이였다. 아침에 그가 거실로 내려오자마자 아빠라고 부르며 달려왔었다.

처음엔 아이가 있다는 걸 전해 듣고도 믿을 수가 없었다.

그럼에도 부모님이 수시로 보내 오는 아이의 사진을 무의식적으로 자꾸 들여다보았다.

주혁은 저를 그대로 닮은 은우의 곱슬머리를 쓰다듬으며 생각했다. 이런 것이 핏줄의 힘이라고. 그런 그의 팔을 은우가 세차게 흔들었다.

"아빠, 이건 생일 파티 사진이야. 친구들이 많이 왔었어. 할머니랑 삼촌도 왔어."

참새처럼 쉬지 않고 조잘거리는 은우의 얘기를 들으며 주혁은 생일 사진들을 들여다봤다. 아이들은 토스트를 베어 먹으며 뛰어다니고 어른들은 정원에서 바비큐 파티를 즐기고 있었다. 사진 속에 바비큐 그릴 앞에서 웃고 있는 태혁이 보였다.

그가 앨범을 천천히 넘기고 있을 때 말끔하게 차려입은 태혁이 계단을 내려왔다. 태혁을 본 은우가 큰소리로 물었다.

"삼촌! 어디 가는 거야?"

"응. 약속이 있어. 은우야, 다음에 놀아 줄게. 어머니, 다녀오겠습니다."

"너무 늦진 마라."

"네."

태혁이 나가는 모습을 본 최 여사는 입꼬리가 올라갔다.

"요즘 태혁이가 데이트하느라 매일 늦는다."

"여자가 있어요?"

"사귀는 사람이 있다더구나."

"그렇군요."

"너도 마음에 드는 사람을 빨리 찾아야 할 텐데."

"제가 알아서 하겠습니다."

주혁의 대답에 최 여사는 속으로 빌었다. 쓸쓸해 보이는 큰아들이 따뜻한 여자를 만나 행복한 가정을 꾸리기를.

태혁은 차에 올라탔다. 하루 종일 혜원을 독차지해도 부족한데 그게 제 뜻대로 되지 않았다. 어제 헤어질 때 혜원이 머뭇거리며 말했었다.

"나 없는 동안 엄마가 혼자 지내셔야 하잖아요. 그래서 엄마랑 백화점에 가려고요. 뭔가를 사 드리고 싶어요."

그것만이 아니었다. 저녁은 신 여사님이 초대를 해서 어쩔 수 없다고 했다. 그 후에나 그를 만날 수 있다는 혜원에게 그만 섭섭함을 토로하고 말았다. 순위에서 밀려도 너무 밀린 것 같아서.

하지만 태혁은 백화점 방향으로 차를 몰며 웃었다.

"그렇다고 포기할 내가 아니지. 나도 끼면 되는 거야."

한참을 달려 백화점 주차장에 차를 세운 태혁은 생각에 잠겼다. 혜원을 만난 게 5월 말이었다. 그사이 저도 모르게 그녀에게 끌렸고 제대로 사귄 건 얼마 되지 않았다. 하지만 그 짧은 시간에 헤어 나올 수 없을 정도로 혜원에게 빠져 버렸다.

그 마음을 더 확실히 깨달은 것은 어제의 일 때문이었다.

혜원이 은우를 데리고 정원으로 나가는 모습을 확인한 그가 잠시 방으로 올라갔다 내려오자 형이 보이지 않았다. 그때 창가에서 밖을 내다보던 부모님의 두런거리는 소리가 들렸다. 둘이 참 잘 어울린다며 흐뭇해하시는 모습에 반사적으로 밖으로 뛰어나갔다. 잠든 은우를 안은 주혁과 나란히 서 있는 혜원의 모습에 심장 박동이 미친 듯이 빨라지고 가슴은 타들어 갔다.

"하아."

내가 너무 서둘렀나. 사귄 시간이 짧기에 혜원 씨가 뒤로 늦추자고 했을까. 하지만 어떻게든 미리 부모님께 언질이라도 해 둬야겠어. 은우 때문에 혜원 씨가 형과 만나기를 바라시는 눈치신데 그건 절대 안 되지.

태혁은 차 문을 열고 나오며 숨을 길게 내쉬었다. 어제 부모님께 혜원을 제대로 소개시키지 못한 게 마음에 걸렸다.

그는 엘리베이터로 가면서 혜원에게 메시지를 보냈다.

〈몇 층에 있어요?〉

기다렸다는 듯이 바로 답장이 왔다.

〈정말 왔어요?〉
〈당연하죠. 혜원 씨가 있는 곳이라면 어디든 따라다닐 겁니다.〉
〈여성복 매장에 있어요. 엘리베이터에서 내려서 쭉 걸어오면

보일 거예요.〉

〈알았어요. 금방 가요.〉

혜원은 탈의실에 들어간 숙영이 나오기를 기다리고 있었다. 하지만 그녀의 시선은 자꾸 태혁이 올 방향으로 향했다. 발걸음 소리가 들렸다. 여러 사람들의 소리에 묻혀 있는데도 태혁의 발걸음만은 귀에 선명하게 구분되어 들어왔다. 혜원은 그녀를 향해 걸어오는 태혁을 발견했다. 슬림한 셔츠를 입어서인지 넓은 어깨와 탄탄한 가슴 근육이 두드러져 보였다.

그의 시선 역시 그녀에게 박혀 있었다. 혜원은 하이힐을 신은 다리에 힘을 주면서 어색하게 웃었다. 제 몸이 의지와 상관없이 태혁의 품으로 뛰어갈 것만 같아서였다.

"태혁 씨, 여기요."

"어머님은요?"

"탈의실에요."

바짝 다가온 태혁이 혜원의 손을 꽉 잡았다가 놨을 때 옷을 갈아입은 숙영이 나왔다.

"어머님, 저 왔습니다."

인사하는 그를 발견한 숙영이 의외라는 반응을 보였다.

"남자들은 쇼핑을 지루해한다던데."

"혜원 씨와 어머님과 함께 있는데 지루할 수가 없지요."

그의 말에 숙영이 빙그레 웃으며 혜원에게 옷이 어떠냐는 눈짓을 했다.

"잘 어울려요. 그걸로 해요."

"그럴까."

"어머니, 정말 아름다우십니다."

연이은 칭찬에 숙영은 더욱 기분이 좋아졌다. 그 후에도 쇼핑은 계속됐다. 사지 않아도 된다는 숙영의 손을 잡아끌면서 혜원은 명품 구두부터 백까지 여러 개를 구매했다. 계산하려는 태혁을 밀어낸 혜원은 엄마에게 해 주는 선물을 막지 말라며 제 카드로 결제를 했다.

그들은 마지막으로 미용실에 들렀다. 셋은 나란히 앉아 각자 머리 손질을 받았다. 두 여자 사이에 앉은 태혁의 넉살에 숙영이 연신 웃음을 터트렸다.

혜원은 스스럼없이 숙영에게 다가가는 태혁이 고마웠다. 서로 의지하고 살아온 모녀의 조용했던 일상에 그가 들어오니 얼마나 든든한지 몰랐다.

웃고 있는 숙영을 바라보던 혜원은 코끝이 시큰해졌다. 대학생이 되고 나서야 철이 들었는지 혼자 나이 들어가는 엄마의 인생이 안타까웠다. 엄마이기 전에 여자로서 행복하게 살기를 바라는 마음에 몇 번이나 재혼을 권했었다. 그때마다 숙영은 단호하게 거절했다. 겉으로는 웃으며 살아왔지만 모녀의 가슴에는 여전히 상처가 깊게 남아 있었다.

하지만 태혁은 부드럽게 다가와 차츰 혜원의 가슴에 스며들었다. 혜원은 거울 속에 비친 태혁을 바라봤다. 그녀와 시선이 마주친 그가 슬쩍 윙크를 하자 주위를 살핀 혜원이 입술을 오므려 키스를 날렸다.

"헉."

생각하지 못한 그녀의 행동에 태혁의 입에서 순간적으로 헉 소리가 튀어나왔다. 그 모습을 들켰는지 숙영과 헤어드레서들이 소리 내어 웃었다. 혜원의 담당이 간신히 웃음을 참으며 농담을 했다.

"손님, 여기서 이러시면 안 됩니다."

그 소리에 다들 웃음이 터졌다. 얼굴이 빨개진 혜원도 결국 따라 웃고 말았다.

머리 손질을 마치고 나온 일행은 신 여사가 예약한 식당으로 가기 위해 주차장으로 향했다. 혜원은 앞서 걸어가는 엄마의 모습에 그만 울컥했다. 숙영은 예전의 우아한 사모님의 모습으로 돌아가 있었다. 그 모습이 너무 좋아서 뒤돌아서서 몰래 눈물을 훔쳤다.

지난 시간들이 떠올랐다. 할머니가 물려주신 아파트를 팔아 용인에 낡은 주택을 사서 리모델링하고 남은 돈으로 생활을 했었다. 대학을 졸업하고는 그녀의 월급으로 살았다. 넉넉하지는 않았지만 함께여서 행복했다. 그 행복은 귀염둥이 은우로 인해 더 커졌었다. 그럼에도 거칠어진 엄마의 손을 볼 때마다 마음이 아팠었다.

할머니, 고마워요. 할머니가 저만 생각해서 유산을 다 주신 게 아니란 걸 알고 있어요. 엄마에게 전해질 거라는 걸 알고 계셨다는 것도요.

그녀가 혹시 결혼을 해서 떨어져 살게 되더라고 숙영이 넉넉하게 살 수 있는 토대를 마련해 주셨으니 생각할수록 감사했다.

"혜원 씨."

눈가가 촉촉해진 그녀의 모습을 발견한 태혁이 가만히 등을 토닥여 줬다. 그가 미리 연락을 했는지 기사가 혜원의 차 앞에서 기다리고 있었다. 은우를 보러 여러 번 방문하다 보니 혜원도 낯이 익었다. 묵례를 하는 기사에게 태혁이 정중히 말했다.

"혜원 씨의 차를 용인의 집으로 대신 가져다 놔주십시오."

"네, 본부장님."

혜원은 기사에게 차 키를 넘겨주고 숙영과 태혁의 차에 올랐다.

얼마 지나지 않아 세 사람은 신 여사가 예약한 한식집에 도착해 종업원의 안내를 받아 들어갔다. 룸으로 들어가자마자 재현의 목소리가 유쾌하게 퍼졌다.

"어이, 옆집 소녀! 혹도 달고 왔네."

"내가 어째서 혹인데? 그러는 넌 도대체 왜 온 거야?"

만나자마자 티격태격하는 재현과 태혁의 모습에 빙그레 웃던 신 여사는 갑자기 생각났다는 듯이 재현의 등을 퍽 소리가 나게 후려쳤다.

"이 녀석아, 그러니까 왜 꾸물거렸어?"

"어머니, 아들 등뼈 부러지는 소리가 안 들리세요? 그나저나 어머니는 여전히 미인이시고 힘도 좋으십니다."

재현이 다시 올라오는 신 여사의 손을 막으며 아부를 했다. 걸걸한 여장부인 그의 어머니에게는 이런 아부가 최선이란 걸 어릴 때부터 체득하고 있었다. 다들 신 여사의 성격을 아는지라 다소 과한 그의 모습에도 그러려니 하는 표정이었다.

종업원이 가져온 따뜻한 물을 한 모금 마신 숙영이 궁금한 얼굴로 신 여사에게 재현이 뭘 꾸물거렸냐고 물었다.

"동생, 내가 혜원일 며느릿감으로 욕심내고 있었는데 이 녀석이 태혁이한테 확 밀렸지, 뭐. 며칠 전에 서두르라고 닦달했더니 이미 혜원이가 태혁이랑 사귄다는 얘기를 하더라고."

숙영과 혜원의 황당해하는 얼굴을 본 재현이 오해라며 상황을 수습하려고 나섰다. 하지만 신 여사는 매주 선을 보게 하겠다며 재현을 구박했다. 제 암담한 미래를 예견했는지 재현이 혜원에게 도와 달라는 눈치를 보냈다. 입가에 웃음을 머금은 그녀가 구원 투수로 나섰다.

"전혀 걱정하지 않아도 될 거예요. 재현 오빠가 워낙 남자답고 멋있잖아요. 아마 여자들이 줄을 설걸요. 오빠, 그렇지?"

"그럼, 그럼. 줄이 너무 길어서 안 보일 정도지."

"100m도 넘을 것 같아."

"네가 그걸 어떻게 알았냐?"

눈짓을 주고받는 둘의 모습에 어이가 없었는지 신 여사가 웃고 말았다.

"아주 죽이 척척 맞는구나. 하긴 어릴 때부터 둘이 싸우면서도 서로를 챙기더니 그건 여전하네."

식사 자리는 유쾌했다. 코스로 나오는 한식을 먹으면서 얘기꽃을 피웠다. 혜원은 형님 동생하며 서로를 위하는 신 여사와 엄마의 모습에 가슴이 찡해졌다. 15년이 흘러 만났는데도 정다운 모습은 변하지 않은 듯했다. 도리어 더 애틋해진 것 같았다. 숙영의 불행을 누구보다 가슴 아파한 신 여사였으니 당연하리라. 두 사람의 소곤거림 속에 크루즈란 말이 들리자 혜원은 귀를 기울였다.

"동생, 혜원이가 싱가포르에 한 달이 넘게 있어야 한다는데 뭘 망설여? 이참에 여행을 갔다 오자니까."

"우리 은우는 어쩌고요? 조금 더 돌봐 줘야 해요."

"그 집에 사람이 없는 것도 아니고 고 녀석이야 어차피 거기서도 생글거리며 잘 지내잖아. 이제 은우 아빠도 왔다면서. 괜찮을 거야. 또 든든한 태혁이도 있고 말이야."

혜원이 망설이는 숙영에게 말했다.

"엄마, 그래요. 여행 가서 즐겁게 지내다 와요."

"어머니, 그렇게 하세요."

혜원과 태혁의 권유에 숙영이 결론을 내리듯이 신 여사에게 말했다.

"형님, 그럼 2주 후에 가요."

"좋지, 좋아. 우리 둘이 신나게 놀다 오세나."

"이럴 줄 알았으면 미리 준비를 해 놨을 텐데. 엄마, 어쩌죠?"

혜원의 걱정스러운 목소리에 신 여사가 호탕하게 말했다.

"걱정할 필요 없어. 네 엄마랑 함께 준비하는 것도 재미있을 거야. 그래도 이럴 때 강연 씨가 있으면 참 좋을 텐데."

처음 듣는 이름이라 혜원이 물었다.

"강연 씨요?"

"백화점 전담 퍼스널 쇼퍼였는데 지금은 그만뒀어. 아기를 가졌거든. 잠깐, 지금쯤이면 아이를 낳았겠네. 나중에 가게를 낸다고 했는데 그땐 내가 친구들을 다 몰고 갈 생각이야."

"능력이 있나 봐요."

"뛰어나지. 너구리 같은 나도 우아한 사모님으로 바로 변신시킬 정도니까. 또 얼마나 싹싹하고 미인인지 보고만 있어도 절로 기분이 좋아지고 말이야."

계속 언급되는 연의 이름에 긴장을 했는지 태혁의 손바닥에서 땀이 났다. 한영 건설 본부장인 서인우의 아내, 강연. 그가 잠시 마음에 품었었던 사람이었다. 오랫동안 오빠 동생으로 지내던 인우와 연이 서로만을 바라본다는 걸 알고 나서 바로 마음을 접었다.

심지어 강연은 그가 좋아했다는 사실조차 몰랐다. 그녀에게 태혁은 그저 고객에 지나지 않았다. 애초에 아무런 관계가 아니었지만 태혁은 자꾸 앞에 앉아 있는 혜원의 눈치를 보게 됐다.

그런 사정을 알고 있는 재현이 더 부채질을 했다.

"어머니, 강연 씨의 남편이 한영 건설 본부장이잖아요. 저와 태혁이도 아는 사람이에요. 모임에서 계속 만나니까요."

"오, 그래? 잘됐네. 나중에 강연 씨가…… 그 뭐라더라, 스타일링 메이크 오버 매장이라던가? 하여튼 그 가게를 내면 다들 가 보자고. 강연 씨가 완벽하게 변신을 시켜 줄 테니까."

계속 이어지는 대화에 속이 탄 태혁은 연거푸 물을 마셨다. 그러면서도 혜원에게서 눈을 떼지 않았다. 혜원이 그의 끈질긴 시선에 아름다운 미소로 답하자 태혁의 얼굴에도 그제야 환한 웃음이 번져 나갔다.

저녁 식사가 끝나고 혜원은 태혁의 차를 타고 함께 집으로 돌아왔다. 벌써 10시가 다 되어 둘은 옥상에서 얘기를 나누기로 했다. 혜원은 태혁과 선베드에 나란히 누워 하늘을 올려다봤다. 산자락 밑의 마을이라 그런지 공기 중에서 초가을의 서늘함이 느껴졌다.

바짝 붙인 두 개의 의자 때문에 두 사람은 서로의 숨소리가 들릴 만큼 가까이 있었다. 혜원은 자신에게 닿아 있는 태혁의 어깨 근육을 고스란히 느껴야 했다.

"혜원 씨."

고개를 돌리자 태혁이 그녀의 머리를 다정하게 쓸어내렸다. 말하지 않아도 눈에 가득 찬 사랑이 보였다. 그의 손끝이 얼굴에 닿자 혜원은 가만히 눈을 감았다. 이마를 쓸어내려 간 손길이 감긴 눈을 지나 콧대를 쭉 따라 내려가다가 그림처럼 아름다운 입술에서 한참 동안 머무르자 살며시 눈을 떴다.

태혁이 달빛 속에서 붉어진 것 같은 도톰한 귓불을 만지며 속삭였다.

"너무 예뻐요."

태혁 씨도요.

혜원은 목덜미로 내려간 그의 손에서 전해지는 열기에 태혁을 올려다봤다. 은혜에게 말했듯이 그녀가 태혁에게 훅 빠진 건 사실이었다.

하지만 너무 빨랐다. 그에게 빠져든 것도, 마음이 한없이 깊어져 가는 것도. 그래서 가슴 깊은 곳에 억눌러 두었던 두려움이 서서히 떠오른 건지 모른다. 그게 남녀 간의 사랑이든 가족 간의 사랑이든 사랑의 깊이만큼 처절히 무너져 내리고 아플 수 있다는 걸 이미 경험한 심장은 태혁을 원하고 사랑하면서도 다시 아프게 될까 봐 지레 겁을 먹고 자꾸 움츠러들려 했다.

혜원은 태혁의 뺨에 손바닥을 댔다. 이 남자가 좋았다. 다정하고 따뜻한 이 남자가 한없이 좋았다.

그런데 왜? 정혜원, 뭐가 두려운 거니? 이 사람은 다른 남자들과 달라. 아빠와도 달라. 너무 좋은 사람이야. 평생 마음이 변하지 않을 사람이야.

자신을 세뇌시키듯 되뇌는 혜원의 뺨으로 눈물이 방울방울 떨어져 내렸다. 놀라서 상체를 벌떡 일으킨 태혁이 그녀를 끌어안고 손가락으로 눈물을 닦아 주었다. 혜원이 다시 눈물을 흘리자 젖은 눈에 입을 맞추며 나직하게 말했다.

"무슨 일이든지 다 내게 말해요. 이제 혜원 씨는 혼자가 아니에요."

"태혁 씨, 잠시만 가만히 있어 줘요."

"우리가 떨어져 있어야 하는 것 때문이에요?"

혜원은 대답 없이 그의 가슴에 얼굴을 묻었다. 태혁에게 더 가까이 다가가고 싶은데 뭔가가 가로막는 것처럼 더 이상 발걸음을 뗄 수가 없었다.

혜원을 으스러지게 끌어안은 태혁이 귓가에 속삭였다.

"주말마다 갈게요. 싱가포르까지 여섯 시간 반이면 충분히 가요. 혜원 씨가 주말에 시공을 해야 한다면 당신을 도우며 곁에 있을게요."

"미안해요."

"뭐가요? 일 때문인데 뭐가 미안해요?"

"태혁 씨에게 미안해요."

"괜찮아요. 떨어져 있어도 우린 마음으로 연결돼 있잖아요. 혜원 씨, 그렇죠?"

"네, 그래요."

태혁은 조심스레 양손으로 혜원의 얼굴을 들어 올렸다. 눈물에 젖은 눈 속에 다른 뭔가가 있는 것 같아 더 마음이 쓰였다. 손가락으로 눈물을 닦아 주던 태혁은 그를 올려다보는 자그마한 얼굴이 너무 예뻐서 이상하게 가슴이 서걱거렸다.

"태혁 씨."

태혁은 그의 목덜미에 팔을 감으며 다가오는 눈물로 젖은 입술에 다정하게 제 입술을 겹쳤다. 혜원을 위로하듯 부드럽고 달콤한 키스가 계속 이어졌다.

✿   ✿   ✿

태혁은 외근을 나갔다 온 뒤로 내내 집무실에서 밀린 일을 처리하느라 바빴다. 뻐근한 목을 주무르다가 휴대폰으로 시간을 확인했다. 어느새 퇴근 시간이 지나가고 있었다. 하던 일을 마저 정리하고 나오는 그에게 퇴근 준비를 하고 있던 윤정이 물었다.

"본부장님, 퇴근하십니까?"

"네, 서 비서도 퇴근하세요."

등 뒤로 들려오는 인사에 가볍게 대꾸한 그는 바쁜 걸음을 옮겨 주차장으로 내려갔다. 시야에 주혁의 모습이 들어오자 다가가며 물었다.

"형님, 바로 집으로 들어가세요?"

"그럴 생각이야."

이어지는 태혁의 말에 주혁은 건성으로 대답했다. 그의 눈빛은 차가웠다.

"그만 가 봐야겠다."

그대로 차를 타고 사라져 버린 형의 모습에 태혁은 허탈한 표정을 지었다. 예전처럼 사이좋은 형제의 모습은 추억 속에만 존재한다는 건 알고 있다. 하지만 얼굴조차 마주치기 싫어하다니.

"하아."

한숨이 터져 나왔다. 이젠 잊을 때도 된 것 같은데 여전히 과거에서 벗어나지 못하는 형이 안타까웠다.

그때 조용하던 휴대폰이 울렸다. 태혁은 발신자에 숙영의 이름이 뜨자 재빨리 전화를 받았다.

"네, 어머니."

—외식하지 말고 그냥 집에서 먹었으면 해서.

"저야 그게 더 좋지만 저녁을 하시려면 번거로우실 텐데요."

—나도 그게 더 편해. 뭐 먹고 싶은 거 있나?

"어머니, 된장찌개도 됩니까?"

—그건 너무 흔한 건데…….

"어머님의 된장찌개는 다른 곳에서는 먹을 수 없는 최고의 맛입니다."

그의 말에 기분이 좋은지 숙영의 낮은 웃음소리가 들렸다. 조심해서 오라는 당부에 답하며 통화를 마친 태혁은 차에 시동을 걸면서 싱긋 웃었다.

며칠 사이에 숙영과 부쩍 친해진 기분이었다. 딸의 남자 친구로 인정을 한 건지 숙영의 말투가 달라져 있었다. 그게 은근히 기분이 좋았다.

그는 혜원이 출장을 간 월요일 저녁부터 부지런히 숙영의 집을 드나들었다. 예비 사윗감으로 완전히 인정받고 싶은 마음도 있었고 또 혼자 계시는 게 마음에 걸렸기 때문이다.

혜원의 집에 도착한 태혁은 맛있는 냄새가 솔솔 풍기는 식탁에 앉아 숙영과 정원을 바라보며 식사를 했다. 언제나처럼 숙영이 만든 음식은 맛있었다. 채소 화단에서 따 온 신선한 재료들로 만든 반찬들과 된장찌개에 삼치구이가 놓인, 소박하지만 정성이 가득한 밥상이었다.

태혁은 수저 가득 된장찌개를 떠서 맛을 봤다.

"어머니, 정말 맛있습니다."

"말이라도 고맙네."

맛있게 밥을 먹는 태혁의 모습에 숙영은 몹시 기분이 좋았다. 재벌가의 도련님으로 가장 좋은 것을 먹고 누리며 살았을 텐데도 그녀의 눈에 비친 태혁에게선 그런 이질감이 느껴지지 않았다. 볼수록 괜찮았다. 혜원의 짝으로도, 은우 삼촌으로도. 또 오랫동안 태혁을 봐 온 신 여사가 입이 닳도록 칭찬을 하는 걸 듣고 나선 더 믿음이 갔다.

어느새 밥 한 공기를 다 비운 태혁이 아쉬운 표정으로 된장찌개를 바라보는 모습에 숙영은 재빨리 밥을 더 가져왔다.

"입에 맞으면 더 먹게."

너무 먹다가 살이 쪄서 혜원이 몰라보면 어떡하냐며 농담을 하는 태혁에게 숙영은 삼치구이를 밀어 주며 웃었다.

그녀의 음식 솜씨는 탁월한 편이다. 우아한 사모님으로 살때도 가족의 식사만은 거의 그녀가 준비했다. 이 집으로 이사를 온 후로는 아예 된장까지 담가 먹었다. 이웃들이 자주 얻으러 오던 된장을 몇 번 맛본 최 여사와 더불어 신 여사까지 눈독을 들이기 시작했다. 주변에 넉넉히 나눠 주고 나니 얼마 남지 않았다.

숙영은 달빛이 가득 내려앉은 단풍나무를 바라보며 생각했다. 이번엔 된장을 더 맛있게 담가서 많이 나눠 줘야겠다고.

식사를 마치고 설거지를 하겠다며 나선 태혁을 말리던 숙영은 결국 밀려나 차를 우려내다 장난스럽게 물었다.

"자네 어머니가 아시면 뭐라 하시겠어. 귀한 아들을 부려 먹은 셈이니 이를 어쩐다."

"하하, 아마 저희 어머니께선 잘했다고 하실 겁니다."

숙영의 입가에 웃음이 맺혔다. 붙임성 좋은 태혁이 마음에 들었다. 또 자신에게 마음을 쓰는 걸 보니 딸에게는 얼마나 더 잘할까 싶어서 더욱더 예뻐 보일 수밖에 없었다.

주방에 국화 향이 가득 퍼졌다. 그녀가 직접 따 말려서 우린 국화차였다.

숙영은 설거지를 마친 태혁과 차를 마셨다. 안 지 오래되진 않았지만 그가 전혀 불편하지 않았다. 우리 딸과 인연이 되려고 그랬나 보다.

태혁이 생각에 잠긴 그녀에게 말을 건넸다.

"어머니, 이번 주말에는 다녀올 곳이 있어 뵙지 못할 것 같습니다."

"내 걱정은 말고 조심히 다녀오게나."

소소한 담소를 나누며 차를 마신 태혁이 재현의 전화를 받고 일어섰다. 숙영에게 정중히 인사를 한 후 재현이 말한 장소로 향했다. 약속 장소는 언제나 만나는 술집이었다.

조용한 룸에서 재현이 태혁의 잔에 양주를 따라 주며 물었다.

"주혁 형님이 오셨다면서? 어떠셔?"

"좋아진 것 같아."

"은우를 귀찮아하지는 않아?"

"은우가 아빠, 아빠 하면서 잘 따르니까 그럭저럭 지내는 모양이야."

"다행이다."

서로 집을 왕래하며 지낸 터라 재현은 주혁과도 친분이 있었다. 그래서 두 형제간의 일을 누구보다도 잘 알고 있었다. 재현은 태혁의 심란해하는 눈빛에 머뭇거리다가 물었다.

"네게는…… 여전하냐?"

"여전하네. 변할 때가 된 것 같은데 말이야."

"난 도대체 이해가 안 간다. 아무 잘못도 없는 네게 왜 그러는지 말이야. 사실 너도 피해자잖아. 정작 형이 화를 내고 물고 늘어질 사람은 그 여자인데."

재현은 연거푸 술잔을 비우는 태혁의 모습에 길게 한숨을 내쉬었다. 다시 잔을 채우던 태혁이 흘끔거리는 재현에게 물었다.

"왜?"

"그 여자는 어떻게 살고 있대?"

"모르지. 관심도 없고. 그 문제는 생각하고 싶지도 않다. 그냥 술이나 마시자."

"혜원인 알아?"

"아직. 곧 얘기해야지. 아마 말은 안 해도 궁금해할 거야. 왜 형과 내 사이가 냉랭한지 말이야."

"혜원이 성격에 궁금하다고 바로 물어보진 않을 거야. 네가 말해 주기를 기다리겠지."

재현의 말에 태혁은 말없이 술잔을 비웠다. 혜원에게 곧 얘기해야 할 것이다. 하지만 혹시라도 오해하지는 않을지, 기분 나빠하지는 않을지 걱정이 되는 건 어쩔 수 없었다. 우울해진 분위기를 바꾸려는 듯 재현이 화제를 돌렸다.

"그런데 혜원인 자주 연락해? 나한테는 메시지 하나 안 보내더라."

"매일 통화하고 있어."

"이 녀석이 남자 친구라고 너만 특별 대우해 준단 말이지."

"엄연히 남자 친구와 옆집 오빠는 급이 다르니까."

재현이 억울한 표정을 지었다.

"하아, 정말 이러기야? 말은 바로 해야지. 두 사람은 내 덕에 만난 거야."

"그때가 아니더라도 우린 어차피 만나게 되어 있었어. 결국 은우 문제로 만났으니까."

"내가 물러나 준 걸 평생 감사해라."

"하하, 그래야겠네."

재현과 얘기를 나누던 태혁은 천천히 술잔을 기울이며 혜원을 생각했다. 매일 혜원을 만나는 걸로도 갈증이 가시지 않았던 만큼 그녀와 떨어져 있는 시간이 갈수록 견디기 힘들어지고 있었다.

술자리를 마친 태혁은 11시가 다 돼서야 집에 도착했다. 조용히 은우의 방문을 열고 들어갔지만 녀석이 보이지 않았다. 마침 아버지의 서재에서 쟁반을 들고 나오는 어머니가 보였다.

"어머니, 은우는요? 어머니 방에서 자요?"

최 여사가 눈으로 2층을 가리켰다.

"어디? 형님 방이요?"

"네가 없어서 주혁이한테 갔나 봐."

"잘됐네요. 형님이 좀 무뚝뚝하긴 하지만 은우를 어떻게 이기겠어요? 아빠와 아들 사이니 앞으론 더 좋아질 거예요."

안도하는 태혁의 모습에 최 여사의 얼굴에 언뜻 그늘이 졌다. 사실 주혁이 내켜하지 않는 걸 그녀가 나서서 도와줬던 것이다. 아빠가 얼마나 그리웠으면 그러겠냐며 오늘만이라도 데리고 자라고 권했다.

주방으로 가려는 최 여사를 태혁이 불러 세웠다.

"어머니."

"왜, 마실 거라도 줄까?"

"몇 주 있다가 여자 친구를 데려오려고요."

"오, 그래? 언제든지 데려와라. 네가 고른 아가씨라면 우리는 무조건 찬성이다."

"어머니도 아는 사람이에요."

"누군데?"

"나중에 말씀드릴게요."

"알았다. 어쨌든 난 너무 좋구나. 네가 여자를 소개시켜 주다니."

최 여사는 2층으로 올라가는 태혁을 바라보며 연신 싱글벙글 웃었다.

✿　　　✿　　　✿

싱가포르의 9월은 더웠다. 가끔 쏟아지는 스콜에도 습하고 더운 기운은 사라지지 않았다. 개울을 만들기 위해 파낸 흙으로 화단의 마운딩 작업을 하고 있던 제우가 손부채질을 하며 불평을 했다.

"이 놈의 날씨가 사람을 죽이네. 그냥 덥기만 하면 그나마 나을 텐데."

그의 옆에서 땀을 흘리며 작업을 하고 있던 정희가 맞장구를 쳤다.

"그러게요. 차라리 우리나라의 여름이 나은 것 같아요. 습하니까 정말 축축 처지네요."

"사실 가든 디자이너는 편하게 사무실 작업만 하는 줄 알았어요."

제우의 말에 정희가 고개를 끄덕였다.

"그나마 국내에서는 힘든 야외 작업을 해 주는 사람들이 있으니까 낫죠. 하지만 이런 대회는 중노동일 수밖에요. 아무래도 설계한 대로 제대로 식재를 하려면 우리가 직접 하는 게 나을 테니까요. 어렵게 구한 식물들인데 혹시라도 문제가 생기면 지금까지의 모든 노력이 수포로 돌아가지 않겠어요?"

"그건 그래요. 그라스 하나도 직접 심어야 한다는 팀장님이 계시니……. 하여튼 고생한 만큼 수상이라도 하면 좋겠는데."

제우는 개울 바닥을 정리하며 구슬땀을 흘리는 혜원의 모습에 불평을 그만두었다. 이 팀에서 유일하게 남자인 그도 덥고 짜증이 올라올 만큼 견디기 힘든데 다른 사람들은 오죽할까 싶어서였다.

어쨌든 오늘까지 터를 제대로 다지고 마운딩 작업을 마쳐야 다음 주부터 순차적으로 교목부터 하나씩 작업을 해 나갈 수 있을 테니 힘들어도 어쩔 수 없었다.

혜원의 옆에서 작업하던 은혜가 허리를 펴며 말했다.

"아구구, 자동으로 소리가 나네. 팀장님, 이러다가 정말 허리라도 나가면 어떡해요?"

"조금만 참아요. 이 작업만 끝내면 더 수월해질 거예요."

혜원의 말에 은혜는 다른 곳으로 시선을 돌렸다. 조금 과장을 보태 산처럼 쌓여 있는 자갈과 돌멩이들을 놓는 작업이 지금보다 쉽겠냐는 표정을 지으며.

"저기, 팀장님. 개울 바닥에 깔 돌멩이 작업은 도움을 받는 게 어떨까요?"

"네, 어느 정도는요. 식재 식물들 사이사이에 바위를 놔야 하니까 그때 장비 팀의 도움을 좀 받아야죠."

"아, 그나마 살겠네요."

다시 땀을 흘리며 작업에 몰두하다 보니 서너 시간이 훌쩍 지나갔다. 작업을 대충 마친 혜원은 팀원들을 불렀다.

"좀 쉬었다가 마무리 작업하세요."

모두들 임시 휴식처로 사용하고 있는 파라솔 아래의 의자에 철퍼덕 주저앉았다. 혜원은 냉장 박스에서 생수병을 꺼내 돌렸다. 벌컥벌컥 물을 들이켜던 제우가 살겠다는 표정으로 주위를 둘러보다가 의기양양한 표정을 지었다.

"저기 홍콩 팀 좀 보세요. 거의 죽어 가는데요."

"이 더위에 저런 바지를 입으니 더할걸요."

"역시 뭐니 뭐니 해도 우리 바지가 최고죠, 하하. 시원하고 달라붙지도 않고 심지어 얇고. 얼마나 좋아요."

제우의 말에 모두들 웃음을 터트렸다. 네 사람은 홈쇼핑에서 여름마다 불티나게 팔린다는, 일명 냉장고 바지라 불리는 걸 입고 있었다. 모두 제우가 챙겨 온 것이었다. 처음에는 안 입겠다던 세 사람도 이틀 후에는 결국 입고 말았다. 멋을 포기하고 편함을 택할 만큼 일이 고됐기 때문이다.

지친 팀원들이 잠시 휴식을 취하는 동안 혜원은 휴대용 선풍기를 들고 높은 지대로 올라갔다. 야트막한 산과 맞닿아 있는 넓은 공간에 여러 나라에서 온 가든 디자이너들이 구슬땀을 흘리며 작업을 하고 있는 게 보였다. 자신들이 디자인한 정원을 머릿속으로 그리며 더위 속에서도 일에 매달리고 있는 것이리라.

다들 깔끔하고 화려한 모습을 버리고 작업화에 모자를 쓴 채로 땀에 젖어 있었다. 그 모습들이 참 보기 좋았다.

혜원은 넓은 부지를 전체적으로 훑어봤다. 그녀의 팀이 시공하는 공간은 중심과 많이 떨어져 있었다. 하지만 물을 끌어들이는 작업을 하기에는 그게 더 편해서 불만은 없었다.

혜원의 시선이 그라스 정원으로 유명한 피에트 가든 디자이너가 있는 곳으로 향했다. 그의 옆에는 유명한 네덜란드의 식재 디자이너가 서 있었다.

저 팀은 편하겠다.

한국에서는 일반인들에게 가든 디자이너란 직업이 생소할 뿐만 아니라 다른 선진국들만큼 대우도 못 받는 게 현실이었다. 또한 해외 유명 가든 디자이너들은 그들이 디자인한 대로 제대로 식재가 이루어지는지만 확인하면 될 테지만 그녀와 같은 일반 디자이너들의 사정은 달랐다. 아무리 후원을 받는다 해도 기본적인 것뿐이라 직접 몸으로 많은 것을 해야 했다.

혜원은 그래도 이 일을 사랑했다. 거기엔 그녀의 성격도 한 몫한 듯했다. 식재 디자이너를 따로 두는 것보다 제 손으로 모든 것을 해야 만족스러웠으니.

혜원은 손을 흔들며 올라오는 은혜를 지나 널브러져 있는 신입들에게로 눈길을 돌렸다.

이 고생이 나중에 많은 도움이 될 거야. 단순히 정원을 디자인하는 걸로는 알 수 없는 것들을 배울 수 있으니까.

마음속으로 위로 아닌 위로를 보내던 그녀 곁으로 어느새 올라온 은혜가 앉으며 다리를 탕탕 쳤다.

"안 피곤해?"

"피곤하지. 넌?"

"죽겠다. 강제 다이어트를 하는 것 같아. 아마 시공이 끝날 때쯤이면 몇 킬로그램은 빠질걸. 그래서 말인데."

은혜가 바짝 다가앉으며 말했다.

"혹시 오늘 작업을 다 못 끝내도 내일은 쉬는 게 나을 것 같아."

"나도 그 생각을 하고 있었어. 팀원들 체력이 방전된 것 같아서 말이야."

"야호, 잘됐다. 그럼 오늘 밤에 싱가포르 리버에 가자. 레스토랑에서 근사한 저녁을 먹고 바를 가든지 클럽을 가든지 하자."

"피곤하다며?"

"그러니까 더 가야지. 거기서 피곤을 확 날리고 남자를 만나서…… 오, 생각만으로도 황홀하다."

은혜는 벌써 칵테일을 몇 잔 마신 얼굴로 상상의 나래를 펴고 있었다.

혜원이 그런 그녀에게 물었다.

"남자를 만나서 뭐하려고?"

"할 거야 많지. 이게 싱글의 좋은 점 아니겠어. 어디서든 자유로울 수 있다는 거 말이야. 그러니 결혼 전까진 즐겁게 살아야지."

혜원은 상상만으로도 즐거운지 싱글거리는 은혜를 놔두고 생각에 잠겼다. 싱글의 자유로움, 즐거움. 그게 남자와 관련된 거라면 그녀는 누린 적이 없다.

왜 그동안 움츠리며 살았을까.

남자라. 그 단어와 함께 태혁이 떠올랐다. 처음으로 섹시하다는 단어를 떠올리게 한 남자였다.

보고 싶다.

혜원은 양팔로 무릎을 감쌌다. 태혁이 많이 보고 싶었다. 은혜가 말한 대로 싱글의 자유 중에 남자가 있다면 태혁과 함께 누리고 싶었다.

움츠리지 않고 자유롭게, 마음이 가는 대로. 혜원은 '자유롭게'란 단어를 몇 번이나 중얼거렸다.

다행히 저녁때까지 작업을 일정대로 마칠 수 있었다. 네 사람은 홀가분한 기분으로 숙소에 들러 준비를 하고 리버 사이드로 향했다. 레스토랑에서 근사한 저녁을 먹고 바에서 술을 마시며 얘기를 나눴다.

혜원은 클럽에 가겠다는 일행들을 뒤로하고 홀로 나와 강을 따라 걸었다. 아름다운 불빛 속에 싱가포르의 밤이 황홀하게 빛나고 있었다.

적당히 취기가 올라와서인지 기분이 좋았다. 한낮의 더위가 사라진 강가에는 유독 연인들이 많았다.

말레이반도에 있는 나라이나 인구의 대부분이 중국인이어

서인지 중국계로 보이는 연인들과 여행객인 듯한 외국인들이 대다수였다. 드문드문 보이는 인도인들처럼 그들 사이로 말레이계 사람들도 보였다.

혜원은 그들 사이를 지나며 바람에 날리는 탐스러운 머리를 손가락으로 쓸어내렸다. 왠지 나른하고 몽롱해지는 느낌이었다.

느릿느릿 강가를 걷던 혜원은 숙소로 돌아와 편한 옷으로 갈아입었다. 창가에 앉아 요즘 관심이 있는 분야의 책을 읽고 있을 때 휴대폰이 울렸다. 태혁의 이름이 뜨자 혜원의 얼굴에 웃음이 퍼져 나갔다.

휴대폰 속에서 보고 싶다는 태혁의 목소리가 흘러나오자 코끝이 시큰해졌다. 너무 보고 싶어서 힘들다는 그의 말에 가슴이 미친 듯이 널뛰기 시작했다.

감정을 공유하는 상대에게 고백을 받는다는 건 생각보다 훨씬 크게 다가왔다. 감정이 격해져 말을 잇지 못하는 그녀에게 태혁이 위치를 물었다.

"룸에서 책을 읽고 있어요. 팀원들은 클럽에 갔는데 전 힘들어서 쉬려고요."

—많이 힘들어요?

"오늘 삽질을 너무 많이 했더니 온몸이 쑤셔요. 육체노동이 쉽지 않네요."

—그 육체노동…… 더 할까요?

"네?"

─혜원 씨, 문 열어 줘요.

　"그게 무슨……."

　─지금 룸 앞에 와 있어요.

　혜원은 휴대폰을 끄는 것도 잊은 채 급하게 문으로 달려갔
다.

7장
싱가포르의 밤

정신을 차려 보니 어느새 그가 묵고 있는 호텔의 객실로 올라가는 엘리베이터 안이었다. 긴장으로 입안이 바짝바짝 타들어 갔다. 깍지를 낀 태혁의 손 힘에 가느다란 손가락이 부러질 것만 같았다.

혜원은 어질어질한 머리를 그의 어깨에 기댔다.

"혜원 씨."

다정한 목소리가 좋다. 하지만 고개를 들 수 없었다. 점잖은 목소리와는 너무 다른 눈빛과 열기를 이미 경험한 터였다.

불과 30분 전이었다. 문을 열어 주자마자 보고 싶었다는 말이 채 끝나기도 전에 그의 혀가 입술을 밀고 들어왔다. 늘 부드럽고 달콤하던 키스가 아니었다. 타 버릴 듯한 열기와 욕망이 가득했다.

그 열기가 머뭇거리던 그녀의 심장을 뜨겁게 타오르게 했다.

띵.

엘리베이터가 멈췄다. 그녀의 손을 잡고 앞서 걸어가 객실 문을 연 태혁이 혜원을 돌아봤다. 돌아가고 싶느냐 묻는 듯한 눈길로. 태혁은 고개를 가로젓는 혜원의 어깨를 감싸며 룸으로 들어갔다. 창가 테이블에는 이미 주문한 와인이 세팅되어 있었다.

하아. 하아.

열기가 거친 숨에 섞여 나왔다. 태혁은 살짝 고개를 숙이고 있는 혜원의 얼굴을 손으로 감싸서 들어 올렸다. 화장기 하나 없는 맑고 윤기 흐르는 뽀얀 얼굴과 붉어진 뺨, 새까만 눈동자가 그의 시선을 옭아맸다.

태혁은 크게 숨을 들이켰다. 정혜원, 너무 소중해서 만지기도 아까운 여자.

그녀의 눈에 담긴 건 그에 대한 사랑과 신뢰였다. 그래서 더욱더 몸속을 미칠 듯이 질주하고 있는 욕구와 본능에 지고 싶지 않았다.

태혁은 혜원의 얼굴을 다정하게 만졌다.

예쁘다. 동그스름한 이마도 열기를 숨기고 있는 커다란 눈동자도, 쭉 뻗은 콧대와 부드럽게 솟아오른 콧방울도. 모든 게 너무 예뻐서 가슴이 시큰거렸다.

태혁은 긴 손가락으로 달콤한 즙이 배어 있는 것 같은 혜원의 입술을 지나 귓불을 만지며 말했다.

"사흘은 그런대로 버텼는데 더 이상은 견딜 수가 없었어요. 너무 보고 싶어서 일도 제대로 할 수가 없었어요."

"태혁 씨."

"불안했어요. 나만 미쳐 있는 건지. 내 마음만 너무 빠르게 내달리고 있는 건 아닌지."

그의 허리를 안은 혜원이 단단한 가슴에 머리를 기댔다. 그녀도 그가 너무 그리웠었다. 고된 작업 중에도 내내 머릿속을 가득 채우고 있던 사람이었다.

대답을 기다리는 얼굴로 내려다보고 있는 태혁에게 혜원은 제 마음을 전했다.

"태혁 씨가 처음이에요. 가슴이 시릴 정도로 좋고, 보고 있어도 욕심이 나는 사람은요."

혜원은 손으로 그의 얼굴을 어루만지며 덧붙였다.

"모든 게 좋아요. 태혁 씨의 모든 것이요. 숨소리도, 목소리도, 발걸음도, 이 얼굴도, 너무 좋아서……."

이어지던 혜원의 고백은 태혁의 입술에 막혔다. 둘의 혀가 갈급하게 얽혔다. 얽힌 혀를 타고 욕망에 젖은 그의 신음 소리가 흘러 들어왔다.

격렬한 키스에 심장이 터질 듯이 요동을 쳤다. 뜨거운 열기가 온몸을 달궜다.

혜원은 태혁의 목덜미를 양팔로 꽉 끌어안았다. 금방이라도 정신을 잃을 것만 같았다.

셔츠 속으로 들어간 그의 손이 척추를 타고 올라오자 혜원은 더 이상 견디지 못하고 태혁의 입술을 세차게 빨았다. 전율이 등줄기를 타고 쫘르르 흘렀다.

갖고 싶어. 이 남자를 갖고 싶어.

혜원은 본능적으로 태혁의 목덜미에 입술을 댔다. 목덜미를 입술로 더듬고 올라가 귓불을 깨물었다. 맞닿은 그의 몸이 불덩이처럼 뜨거워졌다.

"혜원 씨, 이러면…… 하아, 못 견뎌요."

욕망에 불타는 태혁의 목소리가 고통으로 일그러졌다. 혜원의 목소리도 갈라졌다.

"참지 마요. 견디지도 마요."

혜원의 말이 끝나기도 전에 태혁은 그녀를 안고 침대로 달렸다. 머리로 인식하기도 전에 셔츠와 브래지어가 벗겨졌다. 혜원은 그녀의 새하얀 가슴에 얼굴을 묻고 신음하는 태혁의 머리를 감쌌다. 그의 입속으로 빨려 들어간 가슴에서 올라오는 타는 듯한 감각에 벌어진 입술 사이로 참지 못한 신음이 새어 나왔다.

"하아, 태혁 씨."

태혁은 천천히 얼굴을 들었다. 지독한 열기를 뿜어내는 눈길이 그녀의 목덜미를 지나 봉긋한 가슴과 곡선을 그리며 골반으로 이어지는 허리 라인으로 향했다.

뽀얀 피부가 조명 아래서 더 눈부시게 빛났다. 새하얀 가슴 위로 그가 남긴 붉은 자국이 보이자 갈증이 더 심해졌다.

태혁은 하나가 되고 싶어 몸부림을 치는 아래의 욕구를 억누르며 혜원에게 키스했다. 몸도 마음도 하나로 엮이고 싶었다.

혜원의 입술을 음미하고 혀를 맛본 후에 그녀의 귓가에 속삭였다.

"사랑해요."

사랑한다고 다정하게 끊임없이 속삭였다. 그녀의 길고 흰 목덜미를 혀로 쓸어내리면서, 움푹 들어간 쇄골을 더듬으면서.

그의 입술이 점점 내려갔다. 탐스러운 가슴을 빨고 군살 하나 없는 복부를 입술로 핥아 내리다가 앙증맞은 배꼽을 머금었다.

태혁의 애무에 혜원의 눈가로 눈물 한 방울이 토르르 흘러내렸다. 그의 사랑이 쿵쿵거리는 심장을 적시고 눈물샘을 자극했다.

사랑해요, 태혁 씨.

그의 입술이 닿은 곳에 쌓인 열기가 점점 농밀해졌다. 어느새 혜원의 바지와 속옷이 벗겨져 있었다. 완전히 드러난 혜원의 눈부신 나신에 태혁의 손놀림이 빨라졌다. 자신의 셔츠를 벗어던지고 바지 버클을 풀었다. 바지마저 침대 밖으로 던져 버리고는 혜원의 몸 위로 제 몸을 겹쳤다. 매끄러운 살과 맞닿았을 뿐인데도 신음이 나왔다.

"하아."

다시 둘의 혀가 얽히고 신음 소리가 점차 높아졌다. 태혁의 것이 적극적으로 매달리는 혜원의 반응에 터질 듯이 부풀어 올라 그녀를 자극했다.

혜원이 몸을 틀며 그의 등허리를 끌어당기자 태혁은 천천히 자신을 밀어 넣었다.

순간 그녀의 입에서 고통스러운 목소리가 흘러나오자 태혁의 움직임이 멈췄다.

"혜원 씨."

"괜찮……아요."

"조금만 참아요."

태혁은 빨리 끝내 달라는 듯이 그를 끌어당기는 그녀를 쓰다듬으며 가장 깊숙한 곳까지 움직였다. 고통스러워하면서도 그를 받아들인 혜원에게 입을 맞추며 속삭였다.

"조금만, 참아요. 조금만."

서로를 꼭 안은 두 사람이 격렬히 흔들릴 때마다 아득한 쾌락이 몰려왔다.

혜원은 아픔을 잊으려고 그에게 더 매달렸다. 태혁은 그녀의 뜨겁고 좁은 속이 너무 좋아 미칠 것 같았다. 점점 그의 움직임이 빨라졌다.

혜원은 거친 숨을 몰아 내쉬며 태혁의 어깨에 이를 박은 채로 견뎠다. 살이 찢기는 고통이 잦아들면서 아릿한 통증 속에서 그가 생생하게 느껴졌다. 서서히 긴장이 풀어졌다.

묵직하게 실리는 체중이 좋았다. 황홀감에 젖은 그의 얼굴에 가슴이 벌렁거렸다. 처음이라 아픔은 어느 정도 예상했었다. 하지만 그 처음이 태혁이라서 정말 좋았다.

"아아, 혜원 씨."

신음처럼 그녀의 이름을 부르는 태혁을 끌어당겼다. 뜨거운 키스와 빨라지는 아래의 움직임에 그녀의 몸에서도 열꽃이 피어올랐다. 다리로 태혁의 등을 감싼 채 더 깊이 그를 받아들였다.

그런 그녀의 동작에 태혁이 죽을 듯이 신음을 흘렸다. 그의 허리에 더 힘이 가해졌다. 뜨거운 열기에 휩싸인 둘의 움직임이 격렬해졌다.

태혁이 격렬한 몸짓과 함께 속도를 높였다. 가슴과 아래에서부터 퍼진 쾌락이 머리끝까지 올라오자 혜원은 참을 수가 없어 신음을 내질렀다. 둘의 거친 숨소리에 섞여 이어지던 신음 소리가 뚝 끊겼다. 절정에 오른 둘은 틈 하나 없이 서로를 꽉 끌어안았다.

쪼르르.

태혁이 와인을 따랐다. 혜원은 그의 어깨에 기대 와인을 한 모금 마셨다.

창밖으로 싱가포르의 멋진 야경이 펼쳐져 있었다. 나른하면서도 기분이 몹시 좋았다.

"혜원 씨."

그녀의 허리를 끌어안고 다정하게 부르는 태혁의 목소리가 포만감에 부푼 것처럼 나른하다. 혜원은 이마에 입을 맞추는 태혁에게 입술을 내밀었다. 그의 입술에서 달콤한 와인 맛이 났다.

태혁이 머리카락을 쓸어 주며 싱긋 웃자 그녀의 입가에도 웃음이 맺혔다.

처음에 룸에 들어왔을 땐 태혁만 보였다. 몇 번이나 사랑을 나누고 나서야 둘러볼 여유가 생겼다.

태혁이 그녀를 위해 준비한 꽃들과 와인, 야경을 보며 즐길 수 있는 스파에 넓고 우아한 가구와 그림으로 장식된 거실, 여러 개의 아늑한 방, 그리고 수영장 같은 욕실까지 갖춰진 스위트룸이었다.

"우리의 첫날밤이니까요."

방 안을 둘러본 뒤 감동한 눈으로 그를 쳐다봤을 때 자신을 다정하게 바라보며 했던 태혁의 말에 왜 눈물이 났는지 모르겠다.

"혜원 씨, 한 잔 더 마실까요?"

"네."

둘은 마주 보며 와인을 마셨다. 서로의 눈동자에 오롯이 비친 제 모습을 들여다보면서. 잔을 내려놓은 태혁이 혜원의 부드러운 뺨을 쓰다듬으며 말했다.

"공원에 갔던 날 기억나요?"

"기억나요."

"그날 내가 좀 늦게 도착했는데 혜원 씨가 돗자리 위에서 자고 있었어요. 더운 날인데도 추운지 몸을 웅크리면서요."

"태혁 씨가 올 줄 몰랐어요. 그때 꿈을 꾸고 있었는데, 춥고 외로웠던 꿈이라 그랬나 봐요."

태혁은 위로하듯 혜원의 입술을 만지며 얘기를 이어 나갔다.

"은우와 공놀이를 하고 나서 다 같이 김밥을 먹는데, 은우가 너무 부러웠어요."

"왜요?"

"은우가 혜원 씨 무릎에 앉아서 김밥을 받아먹었거든요. 몹시 행복한 얼굴로요."

"……."

"그때 그런 생각이 들었죠. 혜원 씨가 먹여 주는 김밥을 먹고 싶다고요. 또 나만 바라봐 주면 좋겠다고요."

혜원의 동그래진 눈에 입을 맞추며 태혁이 웃었다.

"점점 더 혜원 씨에게 빠져들었어요. 매일 보고 싶어졌고 목소리라도 들어야 잠을 잘 수 있었죠."

태혁은 눈물을 글썽이는 혜원을 가슴에 끌어안으며 가운의 끈을 풀었다.

혜원은 그의 머리카락을 만지며 속으로 한숨을 삼켰다. 젠틀해 보이는 이 남자가 잠자리에서는 무서울 정도로 달려들었다.

그녀를 배려해 준다고 그동안 어떻게 참고 살았을까 싶을 정도로 놓아주지 않았으니 그가 더 하자던 게 이 육체노동을 말하는 거라면 정말 강도가 셌다. 그것도 그녀가 지쳐 나가떨어질 때까지.

혜원은 가슴을 더듬던 태혁의 입술이 점차 아래로 내려가자 포기한 듯이 눈을 감았다. 아직도 쓰라림이 다 가시지 않은 곳에 그의 뜨거운 입술이 닿자 저절로 신음이 흘러나왔다.

10시가 다 되도록 태혁의 품에서 곤히 자고 있던 혜원은 계속 울리는 전화 소리에 간신히 눈을 떴다. 더듬더듬 사이드 테이블로 손을 뻗어 겨우 휴대폰을 집어 들었다.

"여보세요?"

—혜원아, 어디야? 숙소에도 없네.

은혜의 목소리에 정신이 번쩍 들었다. 살며시 침대를 빠져나와 가운을 두르고 거실로 향하며 개인적인 일로 밖에 나와 있다고 얼버무렸다. 하지만 눈치를 챈 건지 음흉한 웃음소리를 내며 은혜의 질문이 이어졌다.

—점심이 안 되면 저녁은 같이 먹을 수 있어?

"그것도 어렵겠는데."

—오호. 이거 수상한 냄새가 풀풀 풍기는데, 너 혹시…….

"아니야, 하여튼 나중에 보자."

재빨리 종료 버튼을 누른 혜원은 어느새 다가와 허리를 껴안은 태혁에게 말했다.

"씻고 밥 먹으러 나가요."

"룸서비스로 먹는 게 어때요?"

"바깥바람이 쐬고 싶어요. 그리고 태혁 씨와 가고 싶은 곳도 있고요."

두 사람은 호텔 레스토랑에서 늦은 아침을 먹고 주룽 새 공원(Jurong Bird Park)에 갔다. 아시아 최대의 새 공원이자 다채로운 전시관이 있는 그곳에서 시간 가는 줄 모르고 구경을 했다.

그 후에도 그만 호텔로 돌아가자는 태혁의 손을 이끌고 가든스 바이 더 베이(Gardens by the Bay)로 갔다. 최고 16층 높이의 수직 정원과 열대 산악 지역, 고산 지대의 식물을 구경하고 플라워 돔에서 지중해와 남부 아프리카에서 자라는 꽃과 나무를 돌아봤다.

구경을 마친 둘은 노천카페에 앉아 아이스커피를 마셨다. 더운 날씨에도 사람들은 거리를 활보하고 있었고 여행객들은 느긋한 얼굴로 카페에서 그런 사람들을 바라보며 한가한 시간을 보내고 있었다. 아이스커피를 몇 모금 마신 태혁이 혜원에게 물었다.

"혜원 씨는 이곳이 마음에 들어요?"

"날씨가 좀 그렇긴 하지만 좋은 점이 많아요. 맛있는 음식, 깨끗한 거리. 그리고 무엇보다 싱가포르는 정원의 도시라서 그 점이 좋아요."

"그런가요?"

태혁이 새삼스런 얼굴로 거리를 내다보며 물었다. 정원이 있었던가 하는 표정이었다.

"도심에 작은 정원들이 많아요. 블록 사이, 건물 사이에도 사람들이 편하게 쉬었다가 갈 수 있는 생활형 정원들이요."

"아, 그런 작은 정원들은 봤어요."

"사실 정원은 구경하러 가는 게 아니라 생활의 일부가 되어야 제 기능을 발휘하는 거라고 생각해요. 그런 의미에서 보면 작은 텃밭이나 화단도 일종의 정원이죠."

"듣고 보니 그러네요."

커피를 마시는 태혁의 손가락에 걸린 커플링에 시선이 간 혜원은 절로 입꼬리가 한없이 올라갔다.

오늘 아침, 자고 일어나 보니 그녀의 손에 커플링이 끼워져 있었다. 한태혁의 여자라는 증표 같아서 얼마나 좋았는지 모른다.

생각할수록 신기했다. 마음이 서로에게 닿아 있을 때와 그 마음에 몸까지 합해진 것의 차이는 컸다. 이젠 태혁이 완전히 제 남자로 여겨졌다.

혜원의 시선에 태혁이 빙그레 웃으며 테이블 위로 손을 잡았다.

"그만 갈까요?"

"가요."

빠른 걸음으로 호텔 쪽을 향해 걷던 둘은 갑자기 스콜이 쏟아져 급히 근처 상가의 차양으로 피신했다. 발밑까지 차오른 빗물 때문에 바짝 붙어 있던 두 사람은 자연스럽게 서로를 끌어안았다. 저를 올려다보는 혜원의 입술에 태혁이 입을 맞췄다.

강하게 쏟아지던 스콜이 언제 그랬냐는 듯이 그치자 태혁은 혜원의 손을 잡고 호텔로 뛰었다.

✿　　　✿　　　✿

같은 시각, 은우는 장난감 자동차를 들고 거실을 뛰어다니며 입으로 붕붕 소리를 냈다.

신문을 읽고 있던 한 회장이 빙그레 웃으며 말했다.

"은우야, 그러다가 넘어진다."

"할아버지, 안 넘어져요."

"우리 예쁜 은우, 이리 온. 할아버지랑 과일 먹자."

"네에!"

예쁘다는 말에 냉큼 소파로 온 은우가 한 회장이 포크로 찍어 준 배를 와삭와삭 씹어 먹었다.

"잘도 먹네. 파인애플도 가져오라 할까?"

"그럴 줄 알고 가져오라 했어요."

메이드에게 과일 접시를 건네받은 최 여사가 먹음직스럽게 잘려진 파인애플을 은우에게 내밀었다. 야무지게 한입 베어 먹는 은우의 모습에 미소가 번졌다.

"맛있어?"

"새콤달콤 맛있어요."

"은우야, 이젠 할머니한테도 존댓말 하는 거야?"

"네, 이모가 어른들께는 존댓말을 해야 한다고 했어요."

"그렇구나. 우리 은우는 이모 말이면 뭐든 잘 듣네."

최 여사는 은우의 곱슬머리를 쓸어 주며 물었다.

"이모가 그렇게 좋아?"

"우리 이모가 제일 좋아요."

"아빠는?"

"아빠도 좋아요."

"삼촌은?"

"삼촌도 좋아요."

포크에 남은 배를 베어 먹던 은우가 갑자기 생각났다는 얼굴로 말했다.

"삼촌은 이모가 좋대요."

"뭐?"

"그게 무슨……?"

은우가 놀란 얼굴의 두 사람에게 방글거리며 설명했다.

"이모가 싱갈에서 왔을 때, 삼촌이 이모랑 나를 껴안으면서 말했어요. 보고 싶었다고요."

"그래서?"

"이모도 보고 싶었다고 했어요."

은우가 말한 싱갈이 싱가포르를 뜻한다는 걸 깨달은 한 회장과 최 여사는 길게 한숨을 내쉬었다.

　　　　✿　　　　✿　　　　✿

　혜원은 태혁과 싱가포르의 멋진 야경을 구경하기 위해 저녁
늦게 호텔을 나왔다. 야경을 감상하기 좋은 명소 중의 하나인
가든스 바이 더 베이에 다시 들렸다. 낮에 구경을 했던 베이
사우스의 수직 정원 조명이 환하게 밝혀져 있었다.

　"와아!"

　너무 아름다운 광경에 혜원은 저도 모르게 감탄사를 흘렸
다. 이미 팀원들과 와 본 곳이긴 했지만 태혁과 함께 보는 지
금의 야경은 그 어느 때보다도 아름다웠다. 수직 정원은 철근
과 콘크리트로 뼈대를 만들고 패널을 얹어 그 위에 식물을 심
은, 어마어마한 크기의 나무 모양으로 만들어진 슈퍼트리 그
로브(Supertree Grove)였다.

　낮에 올려다볼 때는 그 거대함에 놀랐지만 밤인 지금은 마
치 외계의 행성에 온 듯한 착각을 일게 했다.

　"너무 예쁘고 신비로워요."

　혜원의 말에 고개를 끄덕인 태혁이 그녀의 어깨를 더 바짝
끌어당겼다. 그 역시 이미 몇 번 본 광경이었지만 처음 본 것
처럼 신비롭게 느껴졌다. 태혁은 즐거워하는 혜원을 내려다봤
다. 은은한 조명 속에서 그녀는 그 무엇보다도 아름답게 빛나
고 있었다.

　그동안 함께 보낸 시간이 꿈만 같았다. 꿈결 같은 시간 속
에서 혜원의 남자가 됐다. 배롱나무 아래서 빌었던 소원대로

251

이루어졌다. 그것도 그녀의 소중한 처음을 가진 남자가.

태혁은 올려다보며 웃는 혜원의 얼굴 곳곳에 다정하게 입을 맞췄다. 혜원이 뺨을 붉히며 살짝 그의 가슴을 밀어냈다.

"태혁 씨, 사람들이 봐요."

"잠시만, 여기도요."

태혁이 달콤하고 말랑말랑한 혜원의 입술을 머금었다가 떨어지며 물었다.

"더 구경하고 싶어요?"

"아니요, 리버 사이드로 가요. 거기서 크루즈를 타고 야경을 구경하든지, 산책하든지 해요."

태혁은 혜원의 손에 깍지를 끼면서 생각에 잠겼다. 한시라도 빨리 호텔로 돌아가 사랑을 나누고 싶은 그와 달리 혜원은 함께 밥을 먹고 산책하면서 얘기를 하는 이런 소소한 데이트를 원했다. 잠시 고민하는 듯했지만 이내 그의 입가에 근사한 웃음이 맺혔다. 그녀와 함께라면 이런 데이트도 좋다.

리버 사이드에 도착한 두 사람은 여유롭게 걸으면서 얘기를 나누었다. 뭐가 그리 재미있는지 연신 나직한 웃음소리가 흘러나왔다. 한참 계속되던 대화가 은우 얘기로 이어졌다. 은우가 용인의 친구들을 보고 싶어 한다는 사실을 혜원이 털어놓자 그가 더 기쁜 소식을 전했다. 최 여사가 은우의 친구들을 저택으로 초대했다는 내용이었다. 즐거워할 은우의 모습이 떠오르자 혜원의 눈가가 금세 촉촉해졌다.

"우리 은우, 신났겠네요."

"아주 신이 났어요. 친구들에게 직접 초대장을 써서 이미 어머님 편에 보냈고요."

"쪼그만 게 벌써 글씨를 쓸 줄도 알고, 책도 읽고. 기저귀를 차고 아장아장 걸어 다니던 은우가 언제 이렇게 컸는지……."

"글씨 쓰는 건 내가 도와줬죠."

"고마워요."

"내 조카인데 당연하죠."

"내 조카이기도 해요."

"하하, 우린 조카를 나눠 가진 사이네요."

태혁이 싱긋 웃으며 혜원을 팔에 가뒀다. 별처럼 빛나는 눈으로 그를 올려다보는 혜원을 응시하다 그녀의 입술을 쓰다듬으며 말했다.

"그만 호텔로 돌아가요."

"이 시간에 가서 뭐하게요?"

"자야죠."

"……."

"스파하면서 야경을 보면 더 멋있을 거예요. 거기에 와인을 마시면 분위기도 좋을 텐데. 그러면서……."

태혁은 고개를 숙여 혜원의 귓불을 살짝 깨물며 속삭였다.

"사랑을 나누는 거예요."

주위를 둘러본 혜원이 그의 발을 살짝 밟았다. 그렇게 사랑을 나누고도 지치지 않다니. 하긴 벗은 몸이 대단……. 순간적으로 떠오른 생각에 뺨이 붉게 물든 혜원은 재빨리 노천카페로 고개를 돌리며 말했다.

"차 마시고 가요."

"그래요."

막 테이블에 앉으려던 혜원은 익숙한 목소리에 움찔했다. 반대편에서 산책을 하고 오던 팀원들이 그녀를 발견한 것이다. 눈이 튀어나올 듯이 커진 은혜가 제우보다 더 빠르게 달려왔다.

"팀장님!"

"누구……? 설마 남자 친구예요?"

"남자 친구라니!"

소란스럽게 이어지는 질문들에 태혁이 일어나 정중하게 인사를 했다.

"처음 뵙겠습니다. 한태혁이라고 합니다. 혜원 씨의 남자 친구입니다."

웅성거리던 팀원들의 인사가 끝나고 자리에 앉자마자 제우가 머리를 감싸며 외쳤다.

"이제 무슨 낙으로 회사를 다닙니까? 팀장님만 바라보는 다른 남자 직원들은 또 어떡하고요?"

"그게 무슨 말입니까?"

"오매불망 팀장님만 바라보는 우리 실장님은 또 어떡해요?"

"실장님?"

이런 제우의 행동이 익숙한 세 사람은 그의 호들갑을 웃으며 흘렸으나 태혁은 심각해졌다. 그러거나 말거나 사무실 남자들의 이름을 연이어 불러 대던 제우가 한숨을 푹 쉬었다.

"하아, 이젠 어쩔 수 없겠죠. 이미 우리 팀장님을 뺏겨 버렸으니."

"제우 씨, 그만해요. 태혁 씨가 진짜인 줄 알겠어요."

얼굴이 점점 굳어지던 태혁은 그제야 농담인 줄 알아차리고 어색하게 웃으며 테이블 밑으로 혜원의 손을 꽉 잡았다.

일행은 차를 마시며 얘기를 나눴다. 제우가 어젯밤 클럽에서 있었던 일을 신나게 얘기하는 동안 은혜는 태혁과 혜원을 관찰했다. 둘이 함께 있는 모습이 참 잘 어울렸다. 혜원을 바라보는 태혁의 눈빛이 하도 다정해서 옆에 있기가 미안해질 정도였다.

어디서 저런 남자를 찾았을까.

이름만 소개를 받았지만 대단한 집안의 아들임에 틀림없어 보였다. 훤칠한 키와 주위를 압도하는 뛰어난 외모 외에도 풍기는 분위기가 몹시 매력적이었다. 혜원을 향해 웃는 얼굴에서 시선을 떼기가 어려울 정도였다.

혜원이가 이제야 제 짝을 만났구나.

부러움이 가득한 그녀의 눈에 태혁의 시계가 들어왔다. 명품이라면 아기용품까지도 꿰차고 있는 그녀의 눈이 번뜩였다. 최고급 명품 시계가 아닌가. 심지어 셔츠마저도 혀를 내두를 만한 고가의 제품이었다.

은혜는 황홀한 눈으로 태혁을 바라보고 있는 정희의 팔을 슬쩍 치며 혜원에게 고개를 돌렸다.

"팀장님, 우린 어디 들릴 데가 있어서 먼저 일어날게요."

은혜의 눈치에 태혁과 얘기를 나누던 제우가 마지못해 따라 일어났다. 궁금증이 가시지 않은 얼굴로 미적거리다가 은혜의 재촉을 받고 나서야 걸음을 옮겼다. 점점 멀어지는 팀원들을 바라보던 태혁이 혜원의 손에 깍지를 끼며 물었다.

"우리도 그만 갈까요?"

"칵테일 한잔 마시고 싶어요."

"그럼 호텔 바에서 마셔요."

둘은 호텔 바에서 칵테일을 마시며 느긋하게 얘기를 나눴다.

두 잔을 연이어 마신 혜원의 뺨이 발그레해졌다. 사랑스러운 눈으로 그 모습을 바라보고 있던 태혁이 혜원의 커플링을 만지며 말했다.

"혜원 씨, 이번 일이 끝나고 서울로 돌아가면 우리 집에 정식으로 인사드리러 가요."

태혁의 말에 혜원이 걱정스러운 목소리로 입을 열었다.

"어떻게 생각하실지 걱정 돼요."

"아버지와 어머니, 두 분 모두 좋아하실 거예요."

"정말 그러실까요?"

"아무 걱정하지 말아요."

"우리 사귄 지도 얼마 되지 않았는데……."

"시간보다 중요한 게 서로의 마음이죠. 안 그래요?"

혜원은 고개를 끄덕이며 희미하게 웃었다. 하지만 태혁의 부모님이 은우 이모가 아닌 아들의 여자 친구로 그녀를 인정해 주실지 걱정이 됐다. 그의 집안 정도면 비슷한 집안의 며느리를 원하는 게 당연할 테니.

걱정이 담긴 눈빛에 태혁이 다정하게 말했다.

"혜원 씨, 걱정하지 말고 날 믿어요."

"믿을게요."

혜원이 그를 올려다보며 웃었다. 이 사람이라면 얼마든지 믿어도 될 거라 되뇌며.

태혁이 속으로 끙 소리를 냈다. 눈웃음에 심장 박동이 미칠 듯이 빨라졌다.

혜원 씨, 살살 눈웃음을 치는 건 다른 남자에게는 안 돼요. 내게만 해요.

남은 위스키를 쭉 들이켜는 그에게 혜원이 조심스럽게 말을 꺼냈다.

"태혁 씨, 앞으론 일정이 너무 바빠서 주말에도 제대로 못 쉴 거예요."

"나도 도울게요."

잠시 망설이던 혜원이 다시 입을 열었다.

"태혁 씨, 오해하지 말고 들어 줬으면 좋겠어요."

"무슨 오해요?"

"시공을 마칠 때까지는 이 일에만 매달려야 해요. 주말뿐만 아니라 저녁 늦게까지 현장에 있어야 될지도 모르고요."

이해할 수 없다는 얼굴로 태혁이 물었다.

"주말에 오지 말라는 얘기예요?"

"3주 정도면 끝나요. 시공을 마치고 시상식 파티까지 끝이 나면 바로 서울로 갈게요. 정원 전시 기간 동안의 일은 다른 직원들에게 맡기고요."

"3주나⋯⋯. 어떻게 3주 동안 안 보고 살아요?"

"원래 일에 매달리면 끝날 때까지 다른 생각을 못 하는 성격이에요."

"다른 생각이라⋯⋯. 그렇군요."

서운함이 가득한 목소리에 혜원은 미안해졌다. 그녀도 자신이 없기는 마찬가지였다. 하지만 어떻게든 이 일을 빨리 마무리 지어야 태혁과 편하게 많은 시간을 보낼 수 있으니 참을 수밖에.

"기분 상했어요?"

"일 때문이라는 데 어쩔 수 없죠."

"미안해요."

"그럴 필요 없어요. 하지만 한 가지는 약속을 받아야겠어요."

"어떤 거요?"

"그사이에 바람피우지 마요."

그의 말에 혜원이 낮은 소리로 웃었다. 그런 혜원을 끌어안은 태혁이 아쉬운 얼굴로 커플링을 끼고 있는 그녀의 손에 입을 맞췄다.

❀   ❀   ❀

수요일 오후, 태혁의 집은 몹시 부산스러웠다. 메이드들과 최 여사, 거기에 숙영까지 복작거리는 주방에서 맛있는 냄새가 솔솔 풍겨 나왔다.

오븐에서 쿠키를 꺼내는 숙영의 주위를 빙빙 돌던 은우가 입을 벌렸다.

"외할머니, 쿠키! 쿠키요!"

"뜨거우니까 조금만 있다가 먹자."

"지금 먹을래요."

"그럼 아, 해 봐."

숙영이 갓 구운 뜨거운 쿠키를 하나 집어 입김으로 식힌 다음 제비처럼 입을 쫙 벌리고 있는 은우의 입에 넣어 주었다. 이러고 있으니 은우와 함께 살았던 때로 돌아간 것 같았다.

은우와 함께 살 때는 동네 아이들이 수시로 드나들었다. 아이들이 떼로 몰려오면 쿠키를 굽거나 토스트를 만들어 주곤 했었다. 또 재료가 있을 때는 닭을 튀겨 주거나 피자를 만들어 내놓기도 했으니 더 발길이 끊이지 않았는지도 몰랐다.

그때가 참 좋았어. 저녁이면 우리 셋이 다락방에 나란히 누워 별 구경을 하다가 어느새 잠이 들기도 했었는데. 이제 우리 딸까지 결혼하면 나 혼자 남게 되겠구나.

어쩐지 마음이 허전해졌다. 하지만 그녀의 상념은 은우의 목소리에 흩어졌다.

"쿠키! 맛있는 쿠키!"

"하나만 더 먹는 거다."

"응!"

고소한 쿠키를 와삭 깨물며 은우가 거실로 뛰쳐나갔다. 숙영이 쿠키를 다시 구워 내고 있을 때 아이들을 태운 차가 도착했다.

소리를 지르며 밖으로 달려 나간 은우의 뒤를 따라가며 최 여사가 숙영에게 말했다.

"애들 손님이 가장 크다더니 정말 그런가 봐요. 왜 내가 긴장이 되는지 모르겠어요."

"처음이라 그러실 거예요. 몇 번 하다 보면 괜찮아져요."

"그럴까요?"

나란히 정원으로 나간 두 사람은 고만고만한 아이들이 은우를 둘러싸고 포석을 따라 걸어오는 모습을 바라봤다. 머릿수를 하나하나 세어 보니 모두 여덟이었다.

그 후 몇 시간이 정신없이 지나갔다. 거실을 점령한 아이들은 은우의 장난감을 갖고 놀다가 온 집 안을 헤집으며 뛰어다녔다. 또 정원으로 몰려가 자전거와 킥보드, 장난감 자동차, 그네를 타면서 즐거워했다.

그 와중에 연신 간식거리를 가져다주고, 혹시라도 아이들이 다칠까 봐 뒤따라 다니던 최 여사가 결국 소파에 털썩 주저앉으며 숙영에게 말했다.

"이것도 일이라고 땀이 나네요. 운동하는 것보다 더 힘든 것 같아요."

"애들이라 한시도 가만히 있지 못하죠. 종일 뛰어놀아도 에너지가 넘치니."

메이드가 가져온 시원한 차를 마시던 최 여사는 숙영에게 더 고마움을 느꼈다. 몇 시간 동안 아이들을 보는 것도 쉽지 않은데 숙영에겐 그게 일상이었을 것이 아닌가.

조용히 차를 마시는 숙영에게 최 여사가 마음을 전했다.

"정말 감사해요."

"네?"

"우리 은우 엄마를 받아 주시고 은우도 사랑으로 키워 주신 거요."

"오히려 혜원이와 제가 더 행복했지요. 소진이와 은우가 있어서요."

숙영은 창밖으로 시선을 돌렸다. 정원에서 아이들이 즐겁게 뛰어놀고 있었다. 집사와 다른 사람들이 나서서 아이들이 다치지 않도록 살피는 모습이 보였다. 조용하던 정원이 활기로 가득했다. 여전히 그 광경에 시선을 준 채 숙영이 혼잣말처럼 낮게 얘기했다.

"애들은 참 예뻐요. 내 아이든 남의 집 아이든 모두 귀하고 예뻐요."

숙영의 말에 고개를 끄덕인 최 여사는 주혁이 은우를 친자식처럼 품어 줄 여자와 결혼을 했으면 좋겠다는 바람을 얘기했다. 숙영 역시 최 여사의 말에 공감을 했다.

두 할머니의 걱정을 아는지 모르는지 은우의 해맑은 웃음소리가 열린 창문을 타고 흘러 들어왔다. 까르르 이어지는 아이들의 웃음소리에 최 여사도 덩달아 따라 웃었다. 그때 다가온 메이드가 신 여사의 도착 소식을 알렸다.

한참이 지나도 신 여사가 들어오지 않자 두 사람은 정원으로 나갔다. 아이들이 있는 데로 걸어가는 신 여사의 뒤로 박스를 가득 든 사람들이 따라가고 있었다. 선물 보따리였다.

와아 소리를 지르며 몰려드는 아이들에게 선물을 나눠 주던 신 여사가 덩치 큰 아이의 뒤에 숨어 있는 은우를 찾아내 안아서 뺨을 부비며 말했다.

"왕할머니 보고 싶었어?"

"네."

"왕할머니도 우리 귀염둥이가 너무 보고 싶었지."

"할머니, 그런데 저 상자에 뭐가 들었어요?"

"레고. 이런, 벌써 내릴 거야?"

레고란 말에 신 여사의 품에서 바르작거리며 내려온 은우가 선물 상자로 달려갔다. 선물 상자를 든 아이들과 은우가 집 안으로 우르르 몰려가는 모습이 보이자 할머니들의 입가에 흐뭇한 미소가 맺혔다.

세 사람은 다과와 차를 마시며 정원의 테이블에서 얘기꽃을 피웠다. 신 여사와 숙영의 크루즈 여행이 주된 화제였다. 한창 얘기 중일 때 메이드가 나와 최 여사를 불렀다.

"사모님, 회장님께서 전화를 주시랍니다."

"알았어요."

최 여사가 들어가고 나자 숙영이 한숨을 쉬었다. 주혁의 결혼에 대한 최 여사의 말이 떠올라서였다. 그런 숙영의 표정이 심상치 않았는지 신 여사가 찻잔을 내려놓으며 물었다.

"동생, 무슨 일이 있어?"

"우리 혜원이요."

"혜원이가 왜?"

"혜원이가 은우 삼촌과 사귀잖아요. 그런데 최 여사님은 아직 모르는 것 같네요."

"동생이 무슨 걱정을 하는지 알겠어. 내가 최 여사와 얘기를 해 볼까?"

"어떻게요?"

신 여사는 잠시 생각에 잠겼다. 아무래도 사회적 지위가 있다 보니 최 여사에게 선일 엔지니어링의 사장인 혜원의 아버지에 대해 얘기를 해 주는 게 좋을 것 같았다.

자식을 가진 부모의 마음이란 게 이기적이 될 수밖에 없으니 이 일은 자신이 나서서 도와야겠다 싶었다. 하지만 그녀의 설득에도 숙영의 기분이 풀리지 않는 것 같아 손을 토닥여 주며 말했다.

"어쨌든 은우를 키워 준 공을 봐서라도 혜원일 좋게 받아들이실 거야."

"정말 그랬으면 좋겠어요."

"일단 분위기를 봐서 내가 최 여사에게 운을 떼 볼게."

신 여사의 말에 숙영은 어느새 식어 버린 차를 마시며 가을 햇살이 내리쬐는 정원을 둘러봤다.

언젠가 그녀에게도 이곳처럼 크고 넓은 정원이 있었다. 그곳에서 남편의 사랑을 받으며 누구보다도 행복하게 살았었다. 더 이상 아이를 낳지 못한 것이 마음을 힘들게 했지만 지금 생각해 보면 온 가족이 함께 살았던 그 시간들이 어쩌면 그녀의 황금기였을지도.

만약 그 시간들이 그대로 이어졌다면 딸에 대해 아무런 걱정도 없었을 것이다. 늘 다정했던 근호의 모습에 김 비서가 겹쳐 떠오르자 숙영은 고개를 가로저었다.

생각할 필요도 없어. 다 부질없는 거야.

8장
그녀의 정원

한 시간째 트레드밀에서 뛰고 있는 태혁의 목덜미로 굵은 땀방울이 흘러내렸다. 옆자리에서 같이 뛰고 있던 재현이 정지 버튼을 누르고 물을 마시다가 물었다.

"더 뛸 거야?"

대답이 없었다. 분명히 몸은 트레드밀 위를 달리고 있는데 정신은 다른 곳을 헤매는 얼굴이었다. 그 모습에 재현이 구시렁거렸다.

"완전히 맛이 갔네, 갔어."

싱가포르에 다녀온 후 실실 웃고 다니던 친구가 시간이 갈수록 점점 말이 없어졌다. 재현은 태혁의 팔을 툭 쳤다.

"그만하고 나가자."

"너 먼저 가라."

"나가서 시원한 맥주 한잔하자."

"그럼 기다려. 30분만 더 뛸 테니까."

재현이 고개를 절레절레 흔들며 다른 기구가 있는 곳으로 가자 태혁은 트레드밀의 속도를 더 높였다.

2주, 혜원을 만나지 못한 지 2주가 지나고 있었다. 그리움이 목까지 차올랐다. 하지만 일에 집중해야 한다는 혜원을 방해할 수는 없었다.

혜원 씨는 이 정도의 마음까지는 아닌 걸까.

하루 종일 햇볕 속에서 땀을 흘리며 일하다가 저녁이면 그대로 뻗어 잠이 든다는 그녀가 안쓰러우면서도 서운한 마음이 드는 건 왜인지 모르겠다.

사랑한다는 말, 직접 듣고 싶다.

자꾸 커지는 욕심을 떨쳐 내려는 듯 태혁은 다시 속도를 높였다.

샤워 후 마시는 맥주는 역시나 꿀맛이었다. 시원하게 한 병을 들이켠 재현이 천천히 맥주를 마시고 있는 태혁을 바라봤다. 재현은 다른 맥주병을 따면서 염려가 섞인 목소리로 물었다.

"뭐가 문제인데?"

"문제? 그런 거 없어."

"그런데 왜 죽을상을 하고 있어? 솔직히 말해 봐."

"혜원 씨와 난 아무 문제가 없다니까."

"통화는 하지?"

"매일 영상 통화하고 있어."

재현이 한쪽 눈썹을 치켜 올렸다. 생각에 잠길 때 나오는 그의 버릇이었다.

그렇단 말이지. 매일 통화를 하는데도 부족하단 거네. 그래서 시들시들 말라 가고 말이야.

그의 입가가 슬며시 올라갔다. 한태혁이 을이라니. 하긴 더 많이 사랑하는 사람이 더 그리움에 목이 길어지겠지. 이상하게 기분이 좋아졌다.

꿀꺽꿀꺽, 맥주가 더 부드럽게 목을 타고 내려갔다. 단번에 비운 맥주병을 테이블에 탁 소리가 나게 내려놓으며 말했다.

"이제 일주일만 있으면 되는 거 아니야?"

"그렇지."

태혁이 휴대폰으로 시간을 확인하며 고개를 끄덕였다. 잠시 떨어져 있다고 무슨 문제가 생길 리는 없었다.

어쩌면 영상 통화가 문제인지도 모르겠다. 혜원의 다정한 목소리와 사랑스러운 얼굴에 갈증이 해소되기는커녕 점점 커져만 갔으니. 그에게 조금씩 스며들었던 혜원은 이젠 그의 심장을 온전히 장악해 버렸다.

혜원이 싱가포르에서 정원 시공의 막바지 작업으로 바쁜 만큼 그 또한 할 일이 많았다. 매일 빡빡한 일정에 시달렸고 해결해야 할 문제들이 쌓여 있는지라 쉴 수 있는 건 주말뿐이었다. 머리를 쓸어 넘기던 태혁은 갑자기 휴대폰이 울리자 얼굴이 환해졌다.

"혜원이야?"

궁금한 얼굴로 물어보는 재현을 무시하고 말했다.

"넌 좀 나가 있어라."

"그냥 통화해. 난 노래를 듣고 있을 테니까 관심 끄고."

"그럼 고개 돌려."

"참 가지가지 한다. 누군 연애 안 해 봤나. 이거야 서러워서
원⋯⋯."

재현이 이어폰을 끼는 걸 확인한 태혁은 휴대폰 화면을 터
치했다. 막 씻고 나왔는지 뽀얗고 말간 얼굴의 혜원이 나타났
다.

―태혁 씨, 오늘도 잘 지냈어요?

"그럭저럭요. 많이 더웠을 텐데, 혜원 씨는요?"

―일이 잘 진행돼서 더운 줄도 몰랐어요.

혜원이 행복하게 웃었다. 덩달아 그의 기분도 좋아졌다. 태
혁은 화면 속 혜원의 반달눈을 손가락으로 만지고 아쉬운 얼
굴로 윤기가 흐르는 입술을 쓰다듬었다.

"보고 싶었어요."

―나도요.

둘은 말없이 한참을 바라봤다. 그의 마음을 짐작한 듯 혜원
의 목소리가 더 다정해졌다.

―오늘 특별한 일은 없었어요?

"왜 없어요? 아침 6시에 일어나서⋯⋯."

이어지는 태혁의 얘기에 혜원이 고개를 끄덕이거나 호응을 했다.

슬쩍 볼륨을 줄여 둘의 대화를 몰래 듣고 있던 재현은 손발이 오그라드는 것 같았다. 아침부터 시간 단위로 뭘 했는지, 뭘 먹었는지, 심지어 어떤 커피를 마셨는지까지 얘기하는 태혁의 들뜬 목소리도 견디기 힘든 판에 혜원의 웃음소리와 나긋나긋한 대답까지 들리자 멀미가 날 것 같았다.

점심때 마신 아메리카노 얘기가 도대체 왜 재미있는 거야.

고개를 갸웃하는 그의 귀에 지금까지 들어 본 적이 없는 태혁의 달콤한 목소리가 들려왔다.

"혜원 씨는요? 오늘 작업은 많이 했어요? 그라스는 다 심었고요?"

혜원의 설명도 길었다. 개울의 졸졸거리는 물소리가 선명하지 않아서 조약돌의 배치를 다시 했다느니, 델피늄과 알케밀라몰리스인가 뭔가 하는 식물을 심었다느니. 재현은 궁금증을 이기지 못하고 슬쩍 고개를 돌렸다. 태혁의 관심이 온통 휴대폰 화면 속의 혜원에게 쏠려 있자 차분히 그를 관찰했다.

아주 좋아 죽네. 그런데 저 버터 바른 목소리는 뭐야?

그가 고개를 절레절레 흔들거나 말거나 태혁의 목소리에서 꿀물이 뚝뚝 떨어졌다.

"혜원 씨, 통나무는 다 놨어요? 아, 그럼 거의 작업을 마친 거네요."

—월요일까지는 완벽하게 끝내야 해요. 그다음 날부터 심

사 기간이어서요.

"사진 보내 줘요."

—알았어요.

둘의 통화가 계속되자 재현은 시간을 확인했다. 30분이 넘어가고 있었다. 그사이에 태혁이 휴대폰 속 혜원의 얼굴에 몇 번이나 입술을 대는 것까지 보고 말았다.

—보고 싶어요, 태혁 씨. 많이 보고 싶어요.

애써 견디던 재현이 혜원의 고백에 태혁의 숨이 멎는 소리까지 듣고는 벌떡 일어났다. 그때야 재현을 돌아본 태혁이 급하게 통화를 마치고 불만스러운 얼굴로 말했다.

"그러니까 나가 있으라고 했잖아."

다리에 힘이 풀렸는지 재현이 털썩 주저앉았다.

"너 정말 내가 알고 있는 그 한태혁 맞나?"

"부러우면 너도 연애를 하든지."

태혁의 시선이 다시 휴대폰으로 향했다. 혜원이 보낸 정원 사진들과 정원에 놓인 커다란 바위 위에 앉아 있는 그녀의 사진을 들여다보며 싱긋 웃었다. 정원 가득 쏟아져 내리는 햇살에 살짝 눈을 찡그리고 있는 모습마저 너무 고혹적이다.

"덥고 힘들 텐데도 많이 행복해 보이네."

"좋아하는 일이라서 그런 거야. 혜원 씬 이 일을 할 때 제일 평온하고 행복하대."

"하긴 어렸을 때부터 유독 정원을 좋아했으니까."

혜원의 사진에서 눈을 못 떼는 태혁의 모습에 재현은 속으로 한참을 웃었다.

정혜원, 대단하네. 완전히 태혁일 들었다 놨다 하는 거잖아. 이 녀석은 자신이 조련당하고 있다는 것도 모르고 말이야.

웃고 있던 재현은 제 여자를 그만 들여다보라며 휴대폰을 뺏어간 태혁의 행동에 실소를 했다. 한술 더 떠서 은우에게 밀리고 있다는 태혁의 한탄이 이어지자 모르는 척하며 물었다.

"뭐가 은우에게 밀린다는 거야?"

"혜원 씨가 나보다 은우랑 더 길게 통화를 한다. 게다가 둘이서 휴대폰에다 대고 얼마나 뽀뽀를 많이 하는지 몰라. 내 휴대폰인데 말이야."

"너, 조카도 질투하냐?"

"하하, 그 녀석이 커서 이모랑 결혼하겠대."

그런 은우의 모습이 그려지자 재현은 터져 나오려는 웃음을 간신히 참으며 물었다.

"그래서 혜원인 뭐래?"

"연하를 좋아하긴 하지만 스물여섯 살의 나이 차이는 극복하기가 힘들 것 같다면서 어찌나 웃어 대던지."

두 사람의 유쾌한 웃음소리가 룸에 퍼져 나갔다. 너무 웃어서 눈물까지 찔끔거린 재현이 태혁에게 맥주를 내밀며 말했다.

"제대로 강적을 만났네. 난 어쩐지 어리고 귀여운 강적의 손을 들어 주고 싶은걸."

　　　　✿　　　　✿　　　　✿

　일요일 오후, 느긋하게 점심을 먹은 태혁은 거실에서 가족과 차를 마셨다. 활짝 열린 창문으로 가을바람이 솔솔 들어왔다.

　찻잔을 내려놓은 태혁이 한 회장과 최 여사에게 따로 할 얘기가 있다는 말을 했다. 언뜻 부부의 얼굴에 심란한 표정이 스쳐 지나갔다.

　세 사람이 일어서자 레고에 몰입하고 있던 은우가 고개를 들었다. 그런 은우에게 미소를 띤 최 여사가 말했다.

　"은우야, 아빠랑 잠깐 놀고 있어."

　"네에!"

　안방으로 따라 들어간 태혁이 맞은편 의자에 앉자 최 여사가 물었다.

　"혹시 전에 말한 아가씨 얘기야?"

　"네, 아버지와 어머니도 아는 사람입니다. 사실 저 정혜원 씨와 사귀고 있습니다."

　작게 한숨을 쉬는 최 여사와 눈이 마주친 한 회장은 잠시 뜸을 들였다가 물었다.

　"꼭 은우 이모여야 하는 거냐?"

　"그 사람이 아니면 절대 안 됩니다."

　단호한 태혁의 대답에 한 회장이 언짢은 표정을 지었다. 그런 남편을 바라보던 최 여사가 확인할 게 있다며 2주 전 주말

272

의 일을 물었다. 혜원을 만나러 싱가포르에 다녀왔다고 하자 그녀의 표정이 어두워졌다. 갑자기 말이 없어진 부모님에 긴장한 태혁이 정중하게 말했다.

"혜원 씨가 돌아오면 같이 정식으로 인사드릴 생각입니다."

"……."

태혁은 선뜻 대답을 못 하는 부모님의 심중을 짐작할 수 있었다. 혜원을 주혁의 짝으로 생각했다는 걸. 은우를 위해서겠지만 태혁은 선뜻 받아들이지 못하는 부모님에게 혜원이 아니면 안 된다고 거듭 얘기를 했다. 한참 동안 침묵을 지키던 최 여사가 결국 입을 열었다.

"네 아버지나 나나 시간이 좀 필요하구나."

"네, 알겠습니다."

태혁이 나가고 나자 최 여사는 심란함을 감추지 못했다. 그들 부부는 혜원이 은우 엄마가 돼 주길 은근히 바랐다. 혜원이라면 주혁의 마음을 잡아 줄 거란 욕심이 있었던 것도 사실이었다.

"여보, 어쩌죠? 이미 둘이 꽤나 가까운 사이인 거 같은데요."

"우리 욕심이 지나쳤나 보오."

"그럼 허락하실 거예요?"

"우리의 허락이 중요해서 물어본 게 아니란 걸 알잖소. 저 녀석이 결심을 했으면 우리가 나서서 반대해도 아무 소용이 없을 거요."

"은우가 엄마처럼 따라서 더 욕심이 났었는데……."

얼마 전에 은우의 얘기를 듣고도 사실이 아니길 바랐었다. 이젠 어쩔 수 없는 걸까. 최 여사는 자신도 모르게 한숨을 쉬며 거실 쪽으로 시선을 돌렸다.

거실 가득히 은우의 책 읽는 소리가 낭랑하게 울렸다. 주혁은 제 무릎에서 책장을 넘기는 은우의 곱슬머리를 쓰다듬었다. 결혼도 하기 전에 아이를 얻어 의도치 않게 아빠가 되었다. 하지만 이 아이가 그의 메마른 가슴에 서서히 들어오고 있다. 아빠 역할을 어떻게 해야 할지 몰라 쩔쩔매고 있는 그에게 방실방실 웃으면서.

"아빠! 아빠!"

"응?"

"이 책 읽어 줘."

주혁은 은우가 내민 책을 받았다. 알록달록한 표지 속에 꽃과 풀들이 가득했다. 기대가 가득한 눈으로 올려다보고 있는 은우에게 물었다.

"이건 무슨 책이야? 보통 동화책은 아닌 거 같은데."

"응, 그건 꽃과 풀들이 얘기하는 책이야."

"꽃과 풀들이 얘기를 해?"

"우리 이모가 그랬어. 세상의 모든 것들은 얘기를 한다고. 우리 정원에 있는 돌들도 자기들끼리 소곤소곤 얘기를 하고 새들이 지저귀는 것도 얘기를 하는 거라고 했어."

"그렇구나."

주혁이 관심을 보이는 듯하자 은우가 신난 얼굴로 혜원의 정원에 있는 나무와 꽃들에 대해 얘기를 하기 시작했다. 주혁은 네 살짜리 입에서 나오는 식물의 이름들에 입을 딱 벌렸다. 그가 알지 못하는 나무와 꽃 이름이 은우의 입에서 술술 흘러나오고 있었다. 식물로 시작된 얘기가 점점 다른 얘기들로 이어졌다.

"우리 옆집에 찬우 형이 있는데……."

행복해 보였다. 새까만 눈동자를 반짝반짝 빛내며 얘기를 이어 가는 은우가. 주혁은 은우의 바가지 머리를 흩트리며 웃다가 흠칫했다. 얼마 만에 웃어 보는지 모르겠다.

그동안 그를 둘러싸고 있던 것은 메마른 시간, 쓰라린 추억, 무엇을 해도 채워지지 않던 가슴이었다. 그래서 인생을 방치하듯 살았다. 도박을 하고 술을 마시고 다가오는 여자들을 만나면서 제 인생을 부수고 있었다. 부질없는 짓이란 걸 알면서도.

"아빠."

"응."

"뽀뽀."

참 신기한 아이다. 그의 기분이 조금이라도 좋지 않아 보이면 뽀뽀를 해 준다. 주혁은 은우의 작은 손을 잡았다.

"아빠랑 자전거 탈까?"

은우의 얼굴에 함박웃음이 가득 담겼다. 그의 손을 잡아끌며 정원으로 나가다가 태혁을 발견하고 소리를 질렀다.

"삼촌! 아빠랑 자전거 탈 거야."

야외 테이블에서 커피를 마시고 있던 태혁이 손을 흔들었다. 주혁은 한참 동안 자전거를 타는 은우를 바라보았다. 틈을 보던 태혁이 주혁에게 걸어갔다.

"형님."

주혁의 차가운 눈이 그에게 향했다. 여전한 눈빛이었다. 그 일이 있은 후 지금까지 주혁은 그를 저런 눈빛으로 대했다. 차갑고 분노가 가득한 눈으로. 언제쯤 둘의 관계가 예전처럼 좋아질 수 있을지. 아니, 그럴 수 있기나 할까. 절로 나오는 한숨을 삭인 태혁이 가까이 다가오자 주혁이 단호하게 말했다.

"난 너와 할 얘기가 없어."

"언제까지 이러실 겁니까?"

"네 잘못이 아니라고? 아무 짓도 하지 않았다고? 하, 좋겠구나. 혼자 잘나서."

주혁의 높아진 목소리에 놀란 은우가 불안한 얼굴로 달려와서 태혁의 다리를 붙잡았다. 하지만 할머니에게 코코아를 달라고 하라는 태혁의 말에 기분이 좋아졌는지 폴짝거리며 안으로 들어갔다. 은우의 모습이 사라지자 태혁은 주혁에게 몸을 돌렸다.

"형님, 제가 잘못한 게 있다면 용서하십시오."

"하하, 그렇지. 문제는 나겠지. 얼마나 못났으면 제 여자를 남도 아닌 동생에게 빼앗겼을까."

"형님도 아시잖습니까? 전 그런 적이 없습니다."

"너도 여자가 생겼다지? 자신만만할 거야. 그 여자가 너만 바라볼 거라고. 절대 마음이 변하지 않을 거라고."

주혁의 말에 태혁의 얼굴이 하얘졌다.

"왜 그런 말을……."

"너도 당해 봐야 알 텐데. 그게 얼마나 피눈물을 쏟게 하는지. 얼마나 죽고 싶어지는지. 아니, 죽이고 싶어지는지 말이야."

"형님, 제발 이러지 마세요."

주혁은 팔을 붙잡는 태혁의 손을 뿌리치고 집 안으로 들어갔다. 그도 알고 있었다. 태혁의 잘못이 아니란 걸. 하지만 그 순간만 생각하면 괴로워서 견딜 수가 없었다. 생명처럼 사랑했던 여자가, 프러포즈를 하려고 했던 여자가 동생에게 빠질 줄이야.

주혁은 차 키를 가지고 나와 자동차에 올라탔다.

그날, 애원하며 매달리는 영인을 뿌리치던 태혁과 제 사랑에 겨워 서럽게 울던 그녀의 모습이 떠오르자 속으로 부르짖었다.

나쁜 년! 나쁜 년!

쉽게 잊지 못하는 자신이 더 미웠다. 이제 보내야 한다고 아무리 다짐을 해도 망가져 버린 심장은 아직 제대로 돌아오지 못했다. 태혁의 성격을 익히 알기에, 그가 어떤 빌미도 주지 않았다는 걸 알고 있어 더 비참했다.

그렇지만 용서가 되지 않았다. 그러면 안 된다는 걸 알면서도 태혁이 그처럼 상처를 받아 피눈물 흘리기를 바라기까지 했으니.

복잡한 도로에 들어선 주혁은 속도를 줄이면서 저도 모르게 은우를 불렀다.

"아빠가 많이 힘들다. 은우야, 아빠 좀 도와줄래."

✿　　　✿　　　✿

바람이 불었다. 후텁지근한 바람이 바위에 앉아 있는 혜원의 머리를 쓸고 지나갔다. 혜원은 가만히 눈을 감았다.

졸졸졸.

촘촘히 깔아 놓은 조약돌 사이를 지나는 물소리가 청량하다. 개울을 따라 장미를 심어 놓은 덕에 진한 향이 콧속으로 스며들었다. 장미의 이름들이 그녀의 머릿속을 맴돌았다.

메이드마리온, 레이디오브샬롯, 윌리엄모리스, 피스, 더블 딜라이트……

바람이 그녀의 정원을 거니는 게 느껴졌다. 진한 보라색의 델피늄 화단을 지나 네페타, 알케밀라몰리스, 서양톱풀을 거쳐 수많은 그라스들 사이에서 살랑거린다. 무더기로 식재한 브라치트리차새풀의 환상적인 몽롱함이 전해지는 듯하다.

"팀장님."

조심스러운 제우의 목소리에 혜원은 천천히 눈을 떴다. 그녀 앞에 팀원들이 서 있었다. 팀원들의 얼굴도 그녀처럼 행복해 보였다. 정원 작업을 할 때마다 불평과 푸념이 이어지기도 했지만 완성된 정원을 바라보니 모두 울컥해지나 보다.

은혜가 아이스커피를 내밀며 말했다.

"말레이시아 팀에서 돌렸어요."

혜원의 눈길이 완성한 정원 한가운데 서 있는 말레이시아 가든 디자이너에게 향했다. 그와 시선이 마주치자 그녀는 감사의 의미로 아이스커피를 높이 들었다.

혜원은 팀원들과 함께 바위에 앉아 커피를 마셨다. 그녀의 정원에는 크기가 다른 바위들이 식재 식물들 사이에 자연스럽게 놓여 있었다. 정원을 바라보는 팀원들은 감회에 젖었는지 다들 말이 없었다.

혜원은 허리 높이까지 오는 그라스들을 지나 개울가를 걸었다. 개울을 시공하면서 물을 끌어오느라 애를 먹었지만 완성을 하고 나니 얼마나 다행인가 싶었다. 혜원은 개울가의 통나무에 앉았다. 언제 따라왔는지 은혜가 그녀의 옆에 앉으며 말했다.

"정말 좋네요."

여전히 바위에 앉아 얘기를 나누고 있는 신입들을 돌아본 혜원이 은혜에게 말했다.

"신입들에게 안 들려. 편하게 말해."

"소리와 향기에 취할 것 같아. 장미 향은 그렇다 치더라도 참 이상해."

"뭐가?"

"그라스에서도 향이 나는 것 같아. 포근하면서도 몽롱한 향이랄까. 어떻게 표현해야 할지 모르겠는데 가슴으로 스며드는 그런 느낌이야."

은혜의 말에 혜원은 다시 정원을 둘러봤다. 그녀의 의도대로 정원은 엄마의 품처럼, 따뜻한 연인의 품처럼 포근하고 몽롱한 분위기를 풍기고 있었다. 혜원은 졸졸 흐르는 개울을 바라보고 있는 은혜를 툭 치며 말했다.

"너랑 제우 씨, 정희 씨 모두 정말 수고했어."

"네가 더 고생했지."

"어쨌든 끝나니까 참 좋다."

"다른 팀들도 거의 끝난 것 같아."

"그러네."

초화류가 가득한 맞은편의 정원을 바라보며 혜원은 아이스커피 속의 얼음을 혀로 굴렸다. 가슴이 탁 트이는 것 같았다. 그녀는 굴리던 얼음을 와삭 깨물며 싱긋 웃었다. 이제 곧 태혁과 은우, 엄마를 만날 수 있다는 생각에 가슴이 한없이 부풀어 올랐다. 통나무에 앉아 있는 그녀의 마음은 이미 서울로 향하고 있었다.

❀　　　❀　　　❀

"제길!"

주혁은 손으로 핸들을 세게 내리쳤다. 아무 생각 없이 차를 몰았는데 자신도 모르게 다시 이곳에 와 있었다.

하늘 추모관. 영인이 잠들어 있는 곳.

한국에 돌아오고 싶지 않았다. 한 줌의 가루로 잠들어 있는 영인이 여전히 그의 목덜미를 잡고 있는 곳에, 그녀가 스스로 목숨을 버릴 정도로 순식간에 빠져들었던 태혁이 있는 곳에 다시는.

마른 얼굴을 손으로 쓸어내린 주혁은 차에서 내려 추모관으로 들어갔다. 누가 다녀갔는지 영인의 자리엔 소담한 국화가 놓여 있었다. 영정 사진 속 영인의 얼굴은 여전했다. 부드럽고 따스한 눈빛, 사랑스러운 얼굴.

눈물 한 방울이 툭 떨어져 내렸다. 그녀의 목소리가 머릿속에 가득 찼다.

"주혁 씨, 미안해요. 아무리 되돌리려고 해도 안 돼요. 내 마음을 나도 어쩔 수가 없어요. 정말 미안해요."

괴로워했었다. 그가 괴로웠던 것만큼 영인도 제 마음대로 되지 않는 가슴을 치며 울었었다. 어쩔 수가 없다고, 의지대로 되지 않는다고.

그래서 미워할 수가 없었다. 그녀를 향한 제 마음을 어쩔 수 없듯이 그녀의 마음을 되돌리고 싶어도 불가능하다는 걸 알았기에.

주혁은 사진 속의 영인을 향해 말했다.

"영인아, 우리도 사랑이었지?"

사진 속 선한 눈매가 그렇다고 대답을 하는 것 같다.

"차라리 내 동생이 아닌 다른 남자였다면 널 보내 줄 수 있었을 텐데."

툭툭 떨어지던 눈물이 이내 왈칵 쏟아졌다. 도대체 어쩌다가 이렇게 됐을까. 어느 날 갑자기 찾아온 태혁에 대한 사랑으로 죽을 만큼 괴로워하던 영인이나 그녀가 죽은 줄조차 모르는 태혁, 그리고 연인과 동생을 잃은 자신. 누구를 저주해야 할까.

그저 운명이 장난을 친 거라고, 어쩌다 보니 재수 없게 셋이 그 운명의 자리에 있었던 것뿐이라고 여겨야 하는 걸까.

"영인아."

주혁은 억지로 입꼬리를 올리며 영인을 불렀다.

"네 목소리, 한 번이라도 들을 수 있다면 얼마나 좋을까. 널 한 번이라도 다시 볼 수 있다면 얼마나……."

주혁은 차가운 유리에 손을 댔다. 유리 너머의 영인을 만질 수 있을 것만 같았다. 한참이 지나고 나서야 유리에서 손을 뗐다. 꽉 다물고 있던 그의 입에서 낮고 가라앉은 목소리가 흘러나왔다.

"이제 오지 않을 거야. 그러니까 내 꿈속에 더 이상 나타나지 말고 하늘나라에서 행복하게 살아, 영인아. 그곳에서 행복하게 살아 줘. 나, 이런 부탁을 할 자격은 있잖아. 그렇지?"

주혁은 타는 듯한 가슴을 손바닥으로 쓸어내렸다. 손바닥의 온기에도 불구하고 가슴은 더 쓰라렸다. 그녀와 보냈던 시간들이 심장 속으로 파고들었다.

미워하려고 했었어. 하지만 난 그럴 수가 없어. 어떻게 내가 널 미워할 수가 있겠어? 이 세상에 없는 널, 죽음으로 사죄한 널 어떻게…….

함박눈이 펑펑 쏟아지던 거리에서 그녀를 만났다. 뜨거운 김이 올라오는 커피를 한 손에 들고 황홀한 얼굴로 하얗게 변한 세상을 올려다보던 아름다운 그녀를.

눈이 마주치자 그녀가 뺨에 보조개가 쏙 파일 정도로 웃었다. 그녀는 그의 가슴에 환한 웃음으로, 쏟아지던 눈으로, 아름다운 한영인으로 깊숙하게 들어왔다.

떨어지지 않는 발걸음을 억지로 떼어 내 차에 탄 주혁은 속으로 말했다.

영인아, 내게 아이가 있어. 나도 모르는 사이에 아빠가 됐어. 그래서 더는 이곳에 올 수가 없어.

영인에게서 멀어져 가는 주혁의 눈에서 눈물이 주르륵 흘러내렸다.

마지못해 꾸역꾸역 살아가던 그에게 이제 살아갈 이유가 생겼다. 동글동글한 얼굴, 새까만 눈동자에 곱슬머리가 사랑스러운 은우가. 시내로 차를 몰던 주혁은 간절한 술 생각을 뒤로하고 은우를 생각하며 집으로 방향을 돌렸다.

집에 돌아온 주혁은 다다닥 소리를 내며 뛰어온 은우를 번쩍 안았다.

"아빠!"

은우가 앙증맞은 입술을 쭉 내밀었다.

"아빠, 뽀뽀."

쪽쪽.

차갑게 식어 가던 심장이 은우 덕분에 다시 따듯해지기 시
작했다. 주혁은 은우의 입에 묻어 있는 과자 부스러기를 떼어
내며 물었다.

"뭐 먹었어?"

"쿠키."

"맛있어?"

예상과는 달리 고개를 가로저었다.

"맛이 없어?"

입꼬리를 올리며 웃는 그에게 은우가 귓속말을 했다.

"아빠, 이건 비밀인데 다른 사람이 만든 쿠키는 맛이 없어.
외할머니랑 이모가 만든 건 엄청 맛있는데."

"정말? 엄청 맛있어?"

"응, 백만 배는 맛있어."

"나중에 아빠도 먹어 봐야겠네."

주혁은 은우의 통통한 뺨에 얼굴을 부비며 웃었다. 은우와
놀아 주다 보니 금방 저녁이 됐다. 저녁을 먹은 후에도 태혁은
보이지 않았다. 2층으로 올라와 씻은 뒤 편한 옷으로 갈아입
었다. 물을 마시고 있을 때 쾅쾅 문소리가 났다. 그의 입꼬리

284

가 슬그머니 올라갔다.

문을 열어 주자 잠옷을 입은 은우가 어느 때처럼 곰 인형과 낡은 모포를 끌고 들어왔다.

"아빠!"

"아까 잠든 거 봤는데, 왜 일어났어?"

"아빠랑 잘 거야."

"삼촌하고는 안 자고?"

"삼촌은 아직 안 왔어."

"그래? 그럼 오늘은 내가 당첨된 건가."

주혁은 은우를 안아 올려 침대에 눕히고 옆에 누웠다. 은우는 가끔 제 방에서 잠든 척하다가 몰래 2층으로 올라와 태혁의 방으로 들어가곤 했다. 며칠 전에는 주방에 생수병을 가지러 갔다가 영차영차 소리를 내며 계단을 올라가는 은우의 모습을 발견했다. 살짝 뒤따라가 보니 2층 복도에 서서 태혁의 방과 그의 방을 번갈아 바라보며 고민 중이었다.

그 모습이 어찌나 귀여운지, 웃음을 삼키며 가만히 지켜봤다. 잠시 후에 모포를 질질 끌며 그의 방문을 두드리자 괜스레 가슴이 뿌듯했었다.

주혁은 은우의 작은 가슴을 토닥여 줬다. 한참을 꼼지락거리던 은우가 하품을 하더니 혜원에게 전화를 하겠다고 했다. 다음 날 하자고 아이를 달랬지만 잠이 오는 탓인지 울먹이며 떼를 쓰기 시작했다. 곧 울음을 터트릴 것 같은 은우의 표정에 주혁은 결국 혜원에게 전화를 걸었다.

─여보세요.

"늦은 시간에 죄송합니다. 은우가 통화하겠다고 고집을 부리는 바람에……."

─바꿔 주시겠어요?

"네, 잠시만이요."

영상 통화로 바꿔 은우에게 휴대폰을 내밀었다. 냉큼 받아든 은우가 화면 속의 혜원을 불렀다.

"이모!"

─우리 애기, 잘 지냈어?

"애기 아니야."

─그럼?

"한은우야."

─맞아, 한은우지. 자, 그럼 은우군. 혹시 오늘도 할머니께 떼를 썼나요?

은우가 혜원의 질문에 입을 오물거리며 쉽게 대답을 못 하자 웃음을 참고 있던 주혁이 대신 대답해 줬다. 말썽을 부리기는커녕 예쁜 짓을 많이 했다고. 주혁의 말에 영상 속 혜원의 얼굴이 환해졌다.

─은우야. 이모가 곧 갈 테니까 그때까지 할머니, 할아버지랑 즐겁게 지내고 있어.

"응, 이모. 그런데 언제 올 거야?"

─몇 밤만 자면 갈게. 뭐 사다 줄까? 장난감 로봇? 아니면 레고?

레고라는 말에 은우가 눈을 반짝이며 소리를 질렀다.

"레고! 레고!"

—알았어. 이모가 멋진 레고 블록을 사 가지고 갈게.

"응. 응."

—그리고 은우야, 예뻐지려면 일찍 자야해. 알았지?

"응."

주혁은 은우와 혜원의 다정한 모습을 지켜봤다. 화면 속 혜원에게 뽀뽀를 하는 은우가 그 어느 때보다도 행복해 보였다. 통화가 끝나자 주혁은 은우를 재우기 위해 가슴을 토닥여 주다가 물었다.

"이모가 그렇게 좋아?"

"응. 우리 이모가 세상에서 제일 좋아."

"그럼 아빠는?"

"아빠도 좋아."

"아빠와 이모 중에 누가 더 좋아?"

눈치가 빤한지 잠시 망설이던 은우가 낡은 모포를 끌어당기며 말했다.

"우리 이모가 더 좋은데……."

"괜찮아. 당연히 이모와 외할머니와 오래 살았으니까 더 좋지."

"그래도 돼?"

주혁이 고개를 끄덕이자 은우가 방실방실 웃었다. 그런 은우의 앞머리를 쓸어 올려 주며 말했다.

"이모 말처럼 예뻐지려면 이제 자야지."

"응."

눈을 꼭 감았던 은우가 살며시 눈을 뜨더니 가슴에 안기며 말했다.

"이모랑 삼촌이랑 뽀뽀했어."

"뭐?"

"삼촌이 휴대폰 속의 이모에게 뽀뽀했어."

"정말이야?"

"응, 삼촌이 많이많이 뽀뽀했어. 사랑해요, 하면서."

"……알았으니까 이제 그만 자자."

품에 안긴 은우는 등을 몇 번 토닥여 주자 금방 잠이 들었다. 은우의 새근거리는 숨소리를 들으며 주혁도 몸을 돌려 천장을 올려다봤다. 태혁이 사귀는 여자가 정혜원이었다니.

꼼짝하지 않고 계속 천장을 쳐다보던 주혁의 눈이 서서히 감겼다.

✿　　　✿　　　✿

혜원은 정원들이 한눈에 내려다보이는 곳에 앉아 이어폰을 끼고 음악을 듣고 있었다. 정원들을 돌며 심사를 하는 심사위원들이 보였다. 정원의 커다란 바위에 앉은 신입들이 목을 빼고 그 광경을 지켜보는 중이었다.

휴대폰의 볼륨을 조금 높인 혜원은 나지막이 가사를 따라

288

불렀다.

"꽃잎 흩날리던 늦봄의……."

애절하면서도 아름다운 가사와 가수의 목소리에 눈을 감았
다. 귓속으로 들어온 노래가 온몸으로 퍼져 나갔다. 흥얼흥얼
따라 부르던 그녀는 인기척에 눈을 떴다. 어느새 다가온 은혜
가 옆에 앉으며 왼쪽 귀의 이어폰을 제 귀에 대더니 책망하듯
이 말했다.

"또 이 노래야?"

"너무 아름다워서. 가수의 음색도 기가 막히고."

"그냥 들어도 될 거야. 저기까지는 소리가 안 들리니까. 하
지만 많이 듣지는 마. 가사가 너무 애절해."

이어폰을 뺀 혜원은 은혜와 나란히 앉아 공기 중을 부유하
듯 흩어지는 노래를 들었다. 가사를 따라 그녀 주위로 바람이
불었다. 비록 덥고 습한 바람이었지만 기분은 좋았다.

무한 반복되는 노래를 몇 번이나 같이 듣던 은혜가 물었다.

"걱정 안 돼?"

"뭐가?"

"심사 말이야. 유명한 가든 디자이너들이 생각보다 많잖
아."

혜원의 시선이 그쪽으로 향했다. 유명한 가든 디자이너든
이제 시작하는 신인 가든 디자이너든 그들이 만든 정원은 모
두 몹시 아름다웠다. 그 정원들 속에 그녀가 디자인한 정원이
있었다.

은혜가 신입들을 가리켰다. 제우와 정희를 가리키는 은혜의 생각을 알고 있었다. 수상을 하면 신입들에게 얼마나 좋은 경력이 되는지도. 뿐만 아니라 은혜에게도 정말 중요한 기회가 될 것이다. 수상을 하면 팀을 꾸릴 팀장 자리에 오를 수 있을 테니.

상에 그리 연연해하지 않은 그녀였지만 팀원들을 위해서라도 상을 받아야 한다는 중압감이 생기자 엉덩이를 털며 일어났다.

"신입들이랑 가서 같이 있자. 애 많이 탈 테니."

"그러자."

언덕을 내려온 혜원은 그녀가 만든 아늑하고 포근한 정원 속으로 걸어 들어갔다.

금요일 저녁, 파티가 열렸다. 아름다운 드레스와 턱시도 차림의 가든 디자이너들이 하나둘씩 모여들었다. 은은한 음악이 공간을 채우고 그들이 만든 정원이 한쪽 벽면을 다 차지한 대형 스크린에 차례차례 나타났다. 수상 여부를 떠나 모두 즐거워 보였다. 와인이나 칵테일을 마시면서 서로의 정원에 대한 얘기를 나누고 있었다.

다른 가든 디자이너와 얘기를 나누던 혜원은 칵테일을 마시고 있는 팀원들에게 다가갔다. 턱시도로 한껏 멋을 낸 제우와 우아한 드레스를 입은 은혜와 정희의 모습에 미소를 지었다. 그들은 바라던 대로 상을 받았다. 그것도 우수 작품상과 피플

즈 초이스 상을 받았으니 팀원들의 얼굴에 웃음이 떠나지 않을 수밖에.

칵테일 잔을 들고 우아하게 걸어오는 그녀를 발견한 제우가 손을 흔들었다. 냉장고 바지를 입고 시공할 때와는 딴판인 매력적인 모습이었다.

"다들 멋있네요. 그동안 정말 수고했어요."

"팀장님도요."

"팀장님, 우리 건배해요."

넷은 칵테일 잔을 들고 건배를 했다. 팀원들과 즐겁게 얘기를 나누다 보니 수상 작품의 콘셉트에 대해 설명하는 시간이 됐다. 혜원은 최고 우수 작품상을 수상한 가든 디자이너의 순서가 끝나자 무대에 올랐다.

이윽고 그녀의 정원이 스크린을 가득하게 채웠다. 테마인 'Sitting on logs by creek'이 화면 위에 떠 있었다. 스크린 위의 정원은 아름다웠다. 미리 준비한 대로 제우가 녹음해 온 소리를 틀고 영상을 회전시키자 여기저기서 탄성이 터져 나왔다.

혜원이 구구절절 설명하지 않아도 사람들은 그라스 사이를 지나는 바람 소리와 졸졸 흐르는 개울 물소리, 그 개울가를 따라 무리 지어 심어진 장미에 빠져들었다. 일부러 좁게 만든 구불구불한 길을 따라 다른 듯하면서도 전체적인 분위기와 조화를 이루는 화단들이 나타났다. 이끼가 낀 작은 바위들을 지나 배롱나무에 새가 앉아 있는 모습, 커다란 바위에 사람들이 앉아 아늑한 정원을 바라보는 모습이 마치 정원의 일부처럼 자연스러웠다.

혜원의 설명이 이어졌다.

「어렸을 때 부모님을 따라서 많은 정원을 구경하러 다녔습니다. 지금 이 정원은 우연히 들렸던 시골의 풍경에서 영감을 얻은 것입니다. 몹시 바람이 부는 날이었습니다. 어머니의 치마가 바람으로 빵빵해져서 날아갈지도 모른다며 아버지가 저와 어머니의 손을 꽉 잡으며 웃으셨죠. 개울가에는 썩어 가는 통나무가 놓여 있었고 당시에는 그저 풀이라고 생각했던 여러 그라스들이 바람에 흔들리며 춤을 췄습니다. 그 순간이 잊혀지지가 않았습니다. 자유롭고 평화로웠던 그 작은 개울과 바람에 휘날리던 그라스들이요. 그래서 그때 느꼈던 것처럼 자유롭고 평화로운 정원을 만들고 싶었습니다.」

짝짝짝, 소리가 요란히 울리며 박수가 이어졌다.

바에 기대 혜원을 바라보고 있던 태혁도 힘차게 박수를 쳤다. 무대 위의 혜원의 모습에서 눈을 뗄 수가 없었다. 어젯밤에 수상 소식을 전하며 일요일에 돌아오겠다는 얘기에 가만히 있을 수가 없었다. 그래서 연락도 없이 오후 일정을 미루고 날아왔다.

정혜원, 제 여자가 황홀하게 빛났다. 무릎 아래까지 오는 흰색의 단아한 드레스인데도 그 누구보다도 매력적이었다. 둥근 어깨가 드러나는 드레스와 등 뒤로 흘러내린 탐스러운 머리카락이 전에 비해 약간 타긴 했어도 여전히 희고 윤기 흐르는 피부를 더욱 돋보이게 했다.

혜원 씨.

태혁은 무대에서 내려온 혜원을 둘러싼 사람들의 모습에 미소를 지었다. 기뻐하는 팀원들의 모습도 눈에 들어왔다. 한 달이 넘는 시간 동안 더위 속에서 시달리며 작업을 하는 게 안쓰러웠지만 환하게 웃고 있는 그녀의 모습을 보자 절로 행복해졌다.

우연치 않게 실내를 쭉 돌아보던 혜원의 눈길이 그에게 딱 멈췄다. 혜원이 그를 향해 걸어왔다. 태혁도 걸음을 옮기려 했지만 순간 멈칫했다.

혜원이 입은 드레스에 몸의 곡선이 그대로 드러나는 트임이 있었다. 하이힐을 신은 그녀가 걸음을 내디딜 때마다 왼쪽 무릎 위의 허벅지가 보일 듯 말 듯 드러났다. 날씬한 종아리에서부터 드러난 허벅지까지 단번에 시선을 빼앗길 만큼 유혹적이어서 태혁은 숨을 들이켰다.

다가온 혜원이 믿기지 않는다는 얼굴로 그를 불렀다.

"태혁 씨."

말없이 혜원을 팔에 가둔 태혁은 그리웠던 얼굴을 내려다보며 말했다.

"축하해요. 그동안 수고했어요."

"올 줄 몰랐어요."

태혁은 부드럽게 벌어진 혜원의 입술을 손가락으로 쓰다듬으며 한없이 다정한 목소리로 말했다.

"보고 싶어서 참을 수가 없었어요. 설마 날 잊은 건 아니죠?"

"어떻게 잊어요? 매일 통화했으면서."

"나 몰래 바람을 피운 건 아니겠죠?"

"후후, 그랬으면 어떡할 건데요?"

태혁은 상큼한 웃음소리가 흘러나오는 혜원의 입술에 살짝 입을 맞췄다. 달콤한 혜원의 냄새가 났다. 더 맛보고 싶었다. 그녀가 허리를 세게 당기는 태혁을 슬쩍 밀어냈다.

"파티가 끝나면요."

아쉬운 얼굴로 입술을 뗀 태혁이 주위를 둘러보며 물었다.

"언제 끝나요?"

"30분 정도만 지나면 나가도 될 거예요."

"기다릴게요."

혜원이 다시 사람들 속으로 들어가자 태혁은 지나가는 메이드의 트레이에서 칵테일을 집어 들었다. 음미하듯 마시며 혜원에게서 눈을 떼지 않았다.

9장
과거의 그림자

파티장을 나온 혜원은 숙소에 들러 옷을 갈아입고 태혁을 따라 리버 사이드에 있는 레스토랑으로 갔다. 저녁 먹는 것보다 급한 게 있다는 그의 등을 밀어서 겨우 나오긴 했지만 실상 그리 배가 고프진 않았다.

스테이크를 먹기 좋게 썰어 앞에 놓아주는 태혁의 얼굴에 불만이 가득한 게 보였다. 그 모습마저 너무 멋있어 보이니 눈에 제대로 커다란 콩깍지가 박힌 모양이다.

손으로 슬쩍 입을 가리고 웃는 그녀에게 태혁이 말했다.

"자꾸 웃지 마요."

"좋아서 계속 웃음이 나와요."

그녀의 말에 피식 웃던 그가 일부러 모른 체하며 물었다.

"뭐가 좋아요? 이 스테이크요, 아니면 와인이요?"

"태혁 씨가요. 함께 밥을 먹는 시간도 정말 좋고요."

"그럼 조금만 용서해 줄게요."

"잘못한 거 없는데요."

"어서 먹어요, 배고플 텐데. 파티 가기 전에 뭐라도 좀 먹고 가지 그랬어요."

"거기서 먹을 생각이었는데 태혁 씨가 오는 바람에 칵테일만 마시고 나왔잖아요."

살짝 눈을 흘기는 혜원의 모습에 태혁의 입가에 근사한 미소가 맺혔다. 급하게 싱가포르로 온 건 목적이 있었기 때문이었다. 혜원의 수상을 축하해 주고 싶은 마음이 가장 컸으나 부모님에게 그의 입장을 확실히 보여 주려는 의도도 포함되어 있었다. 두 번이나 싱가포르에서 함께 지낸 성인 남녀가 아무 일이 없으리라곤 생각하지 않을 테니. 이제 두 분은 남은 미련을 버릴 수밖에 없을 것이다.

게다가 돌아가면 혜원 씨와 함께 있기 힘들 거야. 늦게 들여보낼 수도 없고.

태혁은 맛있게 스테이크를 먹는 혜원의 모습을 취한 듯 바라보다가 와인병을 들었다.

"혜원 씨, 수상을 축하해요. 우리 와인으로 축배를 들어요."

"고마워요."

오늘따라 와인이 더 부드럽게 넘어갔다. 다정함과 따스함, 열기가 느껴지는 혜원의 눈빛에 와인의 빛이 더 붉어 보였다. 그의 열기 어린 시선 때문이었을까. 어느새 와인 잔을 비운 혜원이 더 마시고 싶다며 잔을 내밀었다. 태혁은 혜원이 내민 잔에 와인을 따랐다.

"먹여 줄까요?"

"네?"

혜원이 제 귀를 의심하며 물었다. 어느새 옆으로 다가와 앉은 태혁이 그녀의 손에서 잔을 가져가더니 허리를 당겨 안고 입술에 잔을 댔다. 귓불이 빨개진 혜원은 그가 주는 와인을 조금씩 받아 마셨다.

쿵쿵, 쿵쿵.

커지는 심장의 박동 소리가 입술로 터져 나올 것만 같았다. 바짝 다가온 태혁에게서 상쾌한 향이 났다.

에르메스의 정원 시리즈 중 가장 인기 있는 나일의 정원 향이었다. 태혁은 어느 순간부터 이 향수만 사용하기 시작했다. 정원과 숲을 연상시키는 향이 꼭 혜원을 닮았기에.

잔을 내려놓은 태혁이 그녀의 얼굴을 양손으로 감쌌다.

"보고 싶어서 죽을 것 같았어요."

혜원이 없는 3주는 견딜 수 없을 만큼 길었다. 그동안의 그리움을 고스란히 담은 뜨거운 숨결과 입술이 붉은 와인이 묻어 있는 혜원의 입술을 더듬었다.

혜원은 태혁의 허리를 안으며 그의 키스를 받아들였다. 부드러운 키스와는 달리 팔과 가슴에 닿는 그의 몸이 뜨거웠다. 많이 자제하고 있다는 게 느껴졌다. 잠시 입술이 떨어지자 정신을 차린 혜원은 주위를 둘러봤다. 파티션으로 가려진 테이블인 게 천만다행이었다.

그녀는 태혁의 가슴에 붉게 달아오른 얼굴을 묻었다. 내심 그가 와 주기를 바랐는지도 모른다. 그래서 더 신경을 써서 드레스를 고르고 화장을 한 건지도. 게다가 속옷까지 샀지 않은가.

혜원이 고개를 들자 기다렸다는 듯이 태혁이 이마에 다정하게 입을 맞췄다.

둘은 저녁을 먹으며 내내 못 다한 얘기를 나눴다. 간간이 마시는 와인의 양이 늘어나자 혜원은 웃음이 더 많아졌다.

늦은 저녁을 먹고 강가로 나왔을 땐 9시가 넘어 있었다. 태혁이 예약한 호텔이 리버 사이드에 있는 터라 둘은 강가를 산책하는 연인들 사이에 섞여 천천히 걸었다.

태혁이 혜원의 손에 깍지를 끼면서 말했다.

"이곳은 이제 우리한테 소중한 추억의 장소가 됐네요."

"앞으론 싱가포르라는 말만 들어도 여기서 태혁 씨와 보낸 시간들이 떠오를 거예요."

강물에 비치는 도시의 화려한 불빛들을 바라보며 혜원이 말을 이어 나갔다.

"덥고 습기 때문에 짜증이 날 때도 있지만 시원하게 스콜이 쏟아질 때는 금세 잊어버려요. 그래서 깨끗하고 아름다운 정원의 도시라는 이미지로 기억되나 봐요."

"그리고 연인들의 도시죠."

"우리처럼요?"

"맞아요. 혜원 씨와 나처럼 사랑을 확인하고 더 깊은 사랑에 빠지는 그런 곳이요."

그의 말에 걸음이 느려진 혜원이 태혁을 올려다봤다. 그의 시선이 마주 닿자 궁금한 얼굴로 물었다.

"언제부터였어요?"

"뭐가요?"

"내게 관심을 가진 거요."

태혁은 그녀를 처음 봤던 날을 떠올렸다. 그 당시엔 몰랐지만 혜원에 대한 마음이 깊어지면서 알았다. 그날이 계기가 됐다는 걸. 태혁은 눈을 반짝이며 대답을 기다리는 혜원을 보며 어깨를 감싸 안았다.

"처음 카페에서 만나기 전에 당신을 확인하러 갔었어요. 커다란 가방을 멘 혜원 씨가 은우의 손을 잡은 채 커피를 들고 공원에 갔던 날이요. 동네의 몇몇 아이들과 엄마들도 있었죠. 알아보니 백화점에서 아이들이 참여하는 수업이 있었다더군요."

"아, 그때요."

"여유롭고 행복해 보였어요. 은우와 혜원 씨, 둘 다요."

혜원이 멋쩍은 표정으로 웃으며 그 상황을 설명했다. 그때 안아 달라고 조르는 은우를 커피를 마시고 싶다는 핑계로 달랜 후 손만 잡고 있었다. 이제 한 손으로 안기에는 은우가 점점 무거워지고 있었으니. 솔직한 말에 태혁이 웃음을 터트리자 혜원도 따라 웃었다.

마주 보며 한참을 웃던 둘은 옆을 지나가는 사람들을 피하며 다시 손을 잡고 걸었다. 호텔이 보일 때쯤 태혁이 물었다.

"혜원 씬 언제부터였어요?"

"어느 순간이라고 딱 잡아 말할 수 없을 것 같아요. 천천히 스며들었으니까요."

"그래도 아, 하는 순간이 있지 않았어요."

"할머니가 돌아가신 날 병원을 나오는데, 태혁 씨가 기다리고 있었어요. 그때 처음으로 목 놓아 울어 봤어요. 태혁 씨의 품이 너무 따뜻하고 편안해서, 마치 내 자리인 것처럼 아늑해서 하염없이 울었던 것 같아요."

할머니의 임종이 떠오른 혜원의 목소리에 물기가 어렸다. 혜원은 팔로 감싸 주는 태혁의 어깨에 머리를 기대며 말했다.

"그때 이 사람이면 좋겠다, 내 옆에 이 사람이 있었으면 참 좋겠다는 생각을 했어요. 제게 다가오려 했던 남자들과 다른 태혁 씨의 정중한 모습이 좋았고, 또 내 이름을 부르는 목소리마저 정말 좋았어요."

혜원의 드러난 속마음에 태혁은 가슴이 시큰해졌다. 그녀의 가슴속에 담겨 있을 아픔과 서러움을 모두 제게로 가져오고 싶었다.

계속 얘기를 하라는 듯 태혁이 다정하게 어깨를 다독여 주자 혜원은 편안하게 얘기를 이어 갔다.

"그전까진 무의식이 남자들의 접근을 막았나 봐요. 누군가를 사랑하게 될까 봐 무서웠으니까. 아니, 솔직히 말하면 그 사랑이 변할까 두려워했다는 게 맞을 거예요. 아버지도 엄마를 몹시 사랑하셨는데……."

"혜원 씨."

저도 모르게 눈물을 흘리고 있는 혜원을 태혁이 품에 끌어 안고 등을 쓸어내리며 속삭였다.

"이젠 괜찮아요. 혜원 씨 옆엔 내가 있어요."

태혁은 허리에 팔을 두르는 혜원을 꽉 안아 주었다. 상처와 두려움에도 불구하고 그를 받아들여 준 혜원에게 속으로 마음을 전했다.

혜원 씨, 이미 난 당신 거예요. 내 마음은 혜원 씨에게 매여 있어요. 어떤 걸로도 떼어 낼 수 없어요. 아프게 하지 않을게 요. 눈물 흘리게 하지 않을게요.

태혁의 따뜻한 품에서 안정을 찾은 혜원은 눈물에 젖은 눈으로 미소를 지었다. 힘차게 뛰는 그의 심장 소리를 듣고 있다가 태혁을 올려다봤다.

"저번처럼 호텔까지 뛰어가요."

"업혀요."

"네? 사람들이 봐요."

"하이힐을 신고 어떻게 뛰어요. 빨리 업혀요."

태혁은 차라리 빨리 걸어가겠다는 혜원을 양팔로 안고 뛰었 다. 주위 사람들의 호기심 어린 시선에 혜원이 그의 가슴을 밀 어냈다.

"내려 줘요."

"안 돼요. 급해요."

급하긴 어지간히 급했던 모양이다. 객실에 들어서자마자 침대에 눕혀진 혜원은 폭풍처럼 몰아치는 태혁을 몇 번이나 받아들이고 나서야 숨을 제대로 쉴 수 있었다.

땀과 열기가 가시지 않은 그의 가슴에 안겨 가쁜 숨을 몰아쉬다가 스르르 잠이 들었다. 깊고 행복한 잠이었다. 꿈속에서도 태혁의 품에 안겨 있었다. 그의 긴 손가락이 부드럽게 몸을 쓸어 주는 게 몹시 기분이 좋았다. 귓가를 간질이는 숨결에 입이 벙긋 벌어졌다.

"자면서도 웃네."

태혁은 살포시 벌어지는 혜원의 입술에 입을 맞췄다. 땀에 젖어 이마를 덮고 있는 머리카락을 뒤로 살짝 넘겨 주고 이마에 입술을 대며 마음을 전했다.

사랑해요, 혜원 씨. 말로 다 표현할 수 없을 만큼 사랑해요.

살짝 몸을 뗀 태혁은 손가락으로 혜원의 감긴 눈과 도톰한 귓불을 만졌다.

혜원 씨, 이 예쁜 눈으로 나만 보고 이 귀로는 내 목소리만 들어요.

살짝 벌어진 입술에 다정하게 제 입술을 겹쳤다가 떼어 냈다.

이 입술은 내게만 열어 줘요.

내색하지 않았지만 파티장에서 혜원이 남자들에게 둘러싸여 있는 모습을 보는 게 언짢았었다. 턱시도를 근사하게 차려

입은 남자들이 수상을 축하한다며 혜원을 껴안거나 볼 인사를 하는 모습에 온몸에서 불길이 치솟았으니.

태혁은 커플링을 낀 혜원의 손가락에 입을 맞췄다.

혜원 씬 평생 내 여자예요.

그의 손가락이 부드럽고 매끄러운 나신을 한참 쓰다듬고 있을 때 혜원이 눈을 떴다. 기다렸다는 듯 태혁이 그녀를 꽉 끌어당겼다.

"잘 잤어요?"

고개를 끄덕인 혜원은 여전히 잠이 가득한 눈으로 물었다.

"몇 시예요?"

"2시가 다 돼 가요."

"태혁 씨도 자야죠."

"혜원 씨."

태혁의 말이 이어지지 않자 혜원은 그녀에게 박혀 있는 검은 눈동자를 바라보며 말했다.

"할 얘기 있으면 해요."

"알면서도, 혜원 씨의 마음을 알면서도 직접 듣고 싶어요."

"어떤 말이요?"

"지금까지 혜원 씨가 내게 한 번도 해 주지 않은 말이요."

혜원은 땀이 배어 있는 그의 넓고 탄탄한 가슴에 입술을 댔다. 그녀의 입술이 목덜미를 타고 올라와 귓불을 지그시 베어 물자 태혁이 신음을 흘렸다.

"하아."

귓속으로 혜원의 뜨거운 숨결이 들어왔다.

"사랑해요."

혜원의 사랑한다는 말이 계속되었다.

"태혁 씨만 보여요. 태혁 씨만 원해요. 태혁 씨만 사랑할게요."

태혁은 쏟아지는 혜원의 사랑 고백에 정신이 혼미해졌다. 그토록 듣고 싶었던 말이 한 번으로 그치지 않았다. 그녀가 해주는 애무 또한 처음이었다. 혜원의 뜨거운 입술이 그의 얼굴을 지나 다시 목덜미로, 가슴으로, 복부로 이어지자 연신 신음을 흘렸다. 더 아래로 내려가는 혜원의 움직임에 침대 헤드로 팔을 뻗어 세게 움켜잡았다.

폭발할 것처럼 거세지는 몸의 열기를 참아 내느라 입을 꽉 다물었다.

하아, 하아.

아래에서 올라오는 열기에 눈이 뻘겋게 충혈됐다. 결국 더 이상 참지 못하고 몸을 일으켜 그의 배꼽을 혀로 애무하는 혜원을 그대로 덮쳤다. 뜨거운 둘의 몸이 더 뜨겁게 얽혀 들었다. 몸의 열기만큼 신음 소리도 타들어 갔다.

격렬하게 치고 들어오는 태혁의 움직임에 침대 헤드로 밀려가던 혜원은 그 와중에 콘돔이 떨어졌다는 걸 기억해 냈다.

하아, 어떡하지.

혜원은 팔을 뻗어 뜨거운 열기를 뿜어내는 태혁의 허리를 밀어냈다. 태혁이 그녀의 입속으로 거칠게 혀를 밀어 넣었다.

뜨거운 숨과 욕망이 넘나드는 키스에 정신이 아득해진 혜원은 결국 허리를 더 세게 끌어안으며 그의 격렬한 몸짓을 받아 냈다.

✿   ✿   ✿

"이모! 이모!"

"은우야!"

일요일 오후, 숙영은 얼싸안고 뽀뽀를 해 대는 혜원과 은우를 흐뭇하게 바라봤다. 그녀의 시선이 혜원의 캐리어를 방에 가져다 놓고 나오는 태혁에게로 이어지자 입꼬리가 한없이 올라갔다.

숙영은 혜원이 돌아오는 날에 맞춰 어제 은우를 집으로 데려왔다. 그때부터 계속 꼬맹이 손님들로 집이 가득 차 연신 먹거리를 해 대느라 정신이 없었다. 그러다가 손을 잡고 집 안으로 들어선 태혁과 딸을 보니 저도 모르게 눈물이 나왔다.

행복해 보이는 혜원의 얼굴과 듬직한 태혁의 모습이 얼마나 좋아 보이는지. 몰래 눈물을 훔쳐 내는 숙영에게 태혁이 다가왔다.

"어머니, 저녁 먹고 가도 됩니까?"

"언제든지 와서 먹고 가도 좋아."

"맛있는 냄새가 나는데요."

"은우 손님들이 많아서 음식은 몇 가지 못 했는데 어쩌지."

"전 어머님의 된장찌개만 있으면 몇 공기라도 먹을 수 있습니다."

태혁의 넉살에 숙영은 눈가에 주름이 지도록 환하게 웃었다. 요즘 들어 웃음이 많아졌다. 신 여사와 크루즈 여행을 하면서 그동안 쌓였던 서러움과 미움을 바다에 던져 버린 것이 큰 몫을 한 듯했다.

이젠 더 즐겁게 살아야지. 속으로 다짐하며 주방으로 들어간 숙영은 아이들에게 둘러싸여 쩔쩔매는 신 여사의 모습에 웃음을 터트렸다.

"형님, 제가 할게요."

"이거 미안해서 어쩌나. 도와주려고 왔는데 오히려 걸리적거리고 있으니."

신 여사는 머쓱한 얼굴로 브런치팬을 숙영에게 넘겼다. 토스트를 먹으려고 기다리고 있던 몇 명의 아이들이 신 여사의 말에 까르르 웃음을 터트렸다.

숙영이 빠른 솜씨로 토스트를 구워서 아이들에게 돌렸다. 신 여사는 음료수를 나눠 주는 역할을 맡았다. 여러 번 만난 적이 있어서인지 아이들도 그녀를 스스럼없이 은우처럼 왕할머니라고 불렀다. 아이들이 토스트를 베어 먹으며 우르르 정원으로 몰려 나가자 신 여사가 의자에 털썩 앉으며 말했다.

"나도 살을 좀 빼야겠어. 몸이 무거우니 움직임도 둔해."

"지금 모습도 참 좋은데요."

"아니야. 자네는 날씬해서 몰라. 늙은 것도 서러운데 뚱뚱

한 몸으로 살면 안 되지."

"절대 뚱뚱하지 않아요."

"은우 녀석이 뭐라고 했는 줄 아나? 내가 안으면 숨을 못 쉬겠대. 자네가 안으면 안 그렇다면서 고개를 갸웃하더라니까."

"그야 형님은 힘이 좋으시니까 그렇죠."

"후후, 그런가."

미소를 머금은 신 여사가 정원에서 뛰어노는 아이들에게로 시선을 돌렸다. 은우의 또래 친구들 외에도 초등학생들로 보이는 아이들까지 함께 어울리는 모습이 정말 보기 좋았다. 그녀의 눈에 은우와 혜원이 들어왔다. 둘의 모습이 어찌나 다정한지 보는 사람이 다 부러울 정도였다.

혜원은 신 여사가 바라보고 있다는 것도 모르고 가슴에 착 달라붙은 은우에게 연신 뽀뽀를 하고 있었다. 그녀의 옆으로 태혁이 와서 앉았다.

"어째 내게 한 것보다 더 많이 하는 것 같은데요."

그의 말소리가 들리지도 않는지 혜원은 은우의 얘기에 집중하고 있었다. 새로 사귄 친구인 한솔이와 싸웠는데 먼저 사과했다는 은우의 말에 혜원이 대견한 표정을 지었다.

"착한 우리 은우. 누굴 닮아서 이렇게 예쁘고 착할까?"

"이모랑 외할머니를 닮았어."

"엄마, 아빠도 닮았지?"

"응."

"은우야, 그 노래 잊지 않았지? 엄마 노래 말이야."

"응. 우리 엄마는 김소진……."

은우의 노래에 눈시울을 붉힌 혜원이 은우의 곱슬머리를 흩 트리며 말했다.

"이모 일주일 동안 휴가니까 몇 밤 자고 엄마한테 가자."

"응, 이모."

"이제 친구들이랑 가서 놀아."

은우가 뛰어가자 혜원은 태혁의 어깨에 기대 하늘을 올려다 봤다. 하늘에 노을이 붉게 물들고 있었다. 그녀의 시선이 다시 정원을 내달리고 있는 은우와 아이들에게로 향했다. 혜원의 허리를 다정하게 끌어안은 태혁도 소란스러운 아이들에게 시 선이 쏠렸다.

지칠 줄 모르고 뛰어놀던 아이들이 돌아가고 모두 뜨거운 김이 모락모락 올라오는 식탁에 앉았다. 신 여사까지 합세한 식탁은 여느 때보다 화기애애했다. 된장찌개를 한 수저 가득 떠서 입에 넣은 신 여사가 숙영의 음식 솜씨를 치켜세웠다. 내 친 김에 신 여사는 숙영에게 뭔가를 해 보지 않겠냐고 제안을 했다. 신 여사의 말에 태혁과 혜원까지 맞장구를 치자 숙영이 얘기를 꺼냈다.

"사실은 전에 차를 파는 가게를 본 적이 있었는데 그때 잠 간 나도 해 볼까 싶은 적이 있었어."

"어떤 차요?"

"꽃 차 말이야."

"엄마, 그럼 내일이라도 같이 보러 가요."

"어머니, 뭐든 저도 돕겠습니다."

"할머니, 은우도요."

무슨 말인지 모르는 은우까지 덩달아 동참을 하자 숙영은 생각해 보겠다고 대답했다.

식사를 마치고 차를 마시면서 도란도란 얘기를 나누다 보니 어느새 사위가 어둠으로 가득해졌다.

시간을 확인한 신 여사가 서둘러 돌아간 후에도 태혁은 미적거리며 남아 있었다.

별을 보고 싶다는 아이 손에 이끌려 두 사람은 다락방에서 은우를 사이에 두고 누워 천장으로 쏟아지는 별을 바라봤다. 예전처럼 은우가 노래를 부르기 시작했다.

"밤에는 별님이……."

소진이 어렸을 때 불러 줬던 노래들이었다. 그 노래를 잊지 않도록 혜원이 은우에게 늘 불러 줬었다. 또랑또랑한 목소리로 은우가 노래를 부르는 동안 태혁은 머리 위로 손을 뻗어 혜원의 손을 꽉 잡았다.

안방에서 나온 최 여사는 텅 빈 거실을 지나 은우의 방으로 들어갔다. 주인이 없는 그곳은 썰렁하니 비어 있었다. 한숨이 절로 나왔다. 은우가 혜원의 집에 일주일 정도 가 있게 되면서 저택엔 웃음소리가 사라졌다. 방방 뛰어다니며 퍼트리던 은우

의 맑은 웃음소리도, 그 모습을 보며 웃던 두 아들들과 남편의
모습마저 없어져 버렸으니.

태혁은 아예 혜원의 집으로 퇴근을 해 12시가 다 돼서야 들
어왔고, 요새는 주혁까지 덩달아 밤중에 들어오기 시작했다.
더군다나 손주를 보는 재미에 빠져 여러 모임들을 마다하고
일찍 퇴근을 하던 남편마저 귀가가 점점 늦어진 터라 이 넓은
집 안에는 일하는 사람들만 왔다 갔다 할 뿐이었다.

온 집이 텅 빈 것처럼 허전했다.

최 여사는 책장 속의 책을 무심코 훑어보다가 얼마 전에 은
우가 소진의 사진을 보여 줄 때 잠시 들여다봤던 앨범을 꺼냈
다. 침대에 앉아 앨범을 한 장씩 넘기는 최 여사의 입가가 점
점 호선을 그리며 올라갔다. 갓 태어난 은우가 젖병을 빠는 모
습, 기저귀를 갈아 주는 소진에게 방실방실 웃는 모습, 배로
밀고 다니다 소파를 잡고 일어서 한 발자국씩 걸음을 떼는 모
습들부터 점점 커 가는 은우의 모든 일상들이 빼곡하게 정리
되어 있었다. 그 사진들 아래에는 정성들여 쓴 글이 있었다.

최 여사는 넘어질 듯 위태롭게 걸음을 내딛는 은우와 응원
하는 소진, 혜원이 함께 찍은 사진 밑으로 시선을 옮겼다.

우리 은우가 첫걸음을 떼던 날. 은우야, 앞으로 네가 걸어갈
수많은 걸음들 중에 첫걸음을 우리 모두 함께 볼 수 있어서 얼
마나 기쁜지 몰라. 사랑한다, 우리 아기.

글 속에 담긴 소진의 마음이 고스란히 느껴져 최 여사는 눈시울이 붉어졌다. 엄마에게 자식이 어떤 존재인지 모를 수가 없었다. 하지만 때로는 제 자식이 너무 소중해서 남의 자식의 처지를 생각하지 못할 때도 있으니.

최 여사는 은우의 방을 나오면서 길게 한숨을 쉬었다. 지금까지 은우를 키워 온 숙영과 혜원의 마음이 어느 때보다도 절실하게 느껴졌다. 피 한 방울 섞이지 않았어도 사랑으로 애지중지 키운 아이를 보내야 했으니 얼마나 허전하고 힘들었을까. 그런데도 혜원과 숙영은 한 번도 그녀의 가족에게 티를 낸 적이 없었다. 겨우 며칠임에도 은우가 없는 게 이리도 힘드니 더욱더 미안해졌다.

넓은 거실에 홀로 앉은 최 여사에게 메이드가 다가와 물었다.

"사모님, 차를 드릴까요?"

"재스민 차로 줘요."

곧 뜨거운 재스민 차가 그녀 앞에 놓였다. 천천히 차를 마시며 고심하던 최 여사의 생각이 점차 태혁과 혜원에게로 이어졌다. 단정한 혜원의 모습이 떠올랐다.

둘이 참 잘 어울리긴 해. 게다가 태혁이 이 녀석이 두 번이나 싱가포르에 찾아가 같이 지낸 모양인데……. 이젠 욕심을 내려놔야겠지.

은우가 엄마처럼 따르는 혜원을 며느리로 들이는 건 괜찮았다. 단지 은우를 위해서 주혁의 짝이 됐으면 싶은 것이 어쩔 수 없는 부부의 속마음이었다.

최 여사는 미련을 버리듯 숨을 길게 내쉬었다.

하긴 은우 엄마가 아닌 작은 엄마가 된대도 혜원 씬 우리 은우를 지금처럼 변함없이 사랑할 거야. 그리고 어딘가에 은우까지 품어 줄 주혁의 짝도 있겠지.

최 여사는 벽에 걸린 시계로 시선을 돌렸다. 아직 돌아오지 않은 주혁이 걱정이 됐다. 많이 좋아졌다고는 하지만 여전히 주혁은 그녀에게 아픈 손가락이었다.

퇴근을 한 태혁이 혜원의 집으로 들어서자 분주하게 저녁을 준비하던 숙영이 반갑게 맞았다. 숙영에게 인사를 한 태혁의 시선이 혜원을 찾아 헤매 다녔다. 방을 다 뒤져도 보이지 않자 결국 숙영에게 물었다.

"어머니, 혜원 씨와 은우는요?"

"은우 목욕시키는 중. 얼추 다 했을 텐데."

그 소리가 신호라도 된 것처럼 욕실 문이 열리며 은우와 혜원의 웃음소리가 쏟아져 나왔다. 커다란 목욕 타월에 돌돌 말린 은우를 안은 혜원이 뺨에 얼굴을 비비자 아이가 타월 속에서 꼬물거리며 소리쳤다.

"이모, 간지러워."

"간지러워? 더 간질간질하게 해 줘야겠네."

행복한 은우의 웃음소리에 혜원의 웃음소리가 겹쳐져 하모니를 이뤘다. 그 모습을 흐뭇하게 바라보던 태혁이 헛기침을 했다.

"혜원 씨, 나 왔어요."

"잘 다녀왔어요?"

"삼촌!"

혜원의 품에서 재빨리 빠져나온 은우가 태혁에게 달려들었다. 둘둘 말고 있던 타월이 풀어진 줄도 모르고 홀라당 벗은 몸으로 태혁의 품에 안겨 재잘재잘 참새처럼 얘기를 시작했다.

"삼촌, 오늘 있잖아……."

태혁이 토실토실한 은우의 엉덩이를 두드리며 말했다.

"이 녀석아, 옷은 입어야지."

"응?"

"은우야, 이리 와. 그러다 감기 걸린다."

다가온 혜원이 타월로 은우를 감싸 안고 방으로 들어가자 태혁은 슈트 상의를 벗어서 소파에 걸쳐 놓고 욕실로 들어가 손을 씻으며 싱긋 웃었다.

참 좋다. 여기에 우리 아이만 있으면 더할 나위가 없을 텐데.

일요일에 혜원과 부모님을 찾아뵙고 인사를 드린 후 결혼을 서두를 생각이었다. 만난 시간으로 보면 많이 빠르긴 하지만 이젠 혜원과 떨어져 지내기가 너무 힘이 들었다. 매일 저녁마다 얼굴을 보는데도 만족은커녕 갈증만 더 커져 가니.

욕실에서 나온 태혁은 주방으로 갔다. 분주히 저녁을 차리고 있는 숙영에게 물었다.

"어머니, 전 뭘 할까요?"

"다 돼 가니까 거실에 잠깐 앉아 있어."

"아닙니다. 수저라도 놓을게요."

"어서 나가 있어."

등을 떠미는 숙영에 의해 거실로 나온 태혁은 소파에 느긋하게 앉아 혜원이 나오길 기다렸다. 곧 잠옷으로 갈아입은 은우를 데리고 혜원이 나왔다. 눈이 마주친 그녀가 웃으며 은우를 그에게 밀었다.

"잠시 은우 좀 데리고 있어요."

"혜원 씨."

"네."

"인사는 해 줘야죠."

주방을 흘끗거리며 다가온 혜원의 허리에 팔을 두른 태혁이 재빨리 입을 맞추고 떨어졌다.

"보고 싶었어요."

"나도요."

"삼촌! 나도 뽀뽀!"

입술을 내미는 은우에게 쪽 소리가 나게 뽀뽀를 한 태혁이 가지런히 빗겨진 곱슬머리를 흩트리며 미소를 지었다.

어쩐지 은우가 질투를 하는 것 같았다. 혜원과 둘이 있으면 사이를 비집고 들어오질 않나, 뽀뽀하는 것도 샘을 내는 것 같으니. 그래도 이해할 수 있었다. 은우에게 혜원은 엄마와 같은 존재였다. 태혁은 반달눈으로 웃고 있는 은우의 이마에 뽀뽀를 해 줬다.

저녁 준비가 다 됐다는 혜원의 말에 태혁은 주방으로 갔다. 이미 밥을 먹은 은우가 레고를 가지고 거실에서 노는 동안 세 사람은 저녁을 먹으며 도란도란 얘기를 나눴다.

맛있게 밥을 먹는 태혁을 흐뭇하게 바라보던 숙영이 고기가 담긴 접시를 밀어 주면서 말했다.

"자꾸 이리로 오면 어떡하나. 어머니께서 기다리실 텐데. 더군다나 은우도 없어서 혼자 쓸쓸하실 거야."

"일요일에 은우가 가면 전 안중에도 없을걸요."

"후후, 설마 그러기야 하겠나. 금쪽같은 아들인데."

"어머니와 아버지께서 은우에게 푹 빠지셨어요."

"하긴 자식보다 손주가 더 예쁘다는 말이 있으니까."

숙영은 고기를 집어서 혜원의 수저에 놔주는 태혁의 모습에 빙그레 웃다가 다른 반찬을 그에게 밀었다. 그가 딸에게 잘하는 모습을 보니 절로 배가 불렀다.

저녁을 먹고 설거지를 하려던 혜원은 태혁의 힘에 밀려나 후식을 준비했다. 셔츠 소매를 걷어 올리고 설거지를 하는 태혁을 바라보며 흐뭇한 미소를 짓던 숙영이 차를 타는 혜원에게 말했다.

"둘이 차 마셔. 난 드라마 보러 들어갈 테니까."

"엄마, 잠깐만. 모과차 가지고 들어가요."

숙영이 레고 조립에 빠져 있는 은우까지 데리고 안방으로 들어가자 주방엔 그녀와 태혁만이 남았다.

혜원은 물끄러미 태혁의 뒷모습을 바라봤다. 홀린 듯한 눈으로 넓은 등을 바라보던 혜원은 정신을 차리고 그의 옆으로 다가갔다.

"내가 할게요."

"혜원 씨는 가만있어요. 어머니께서 세상에서 가장 맛있는 저녁을 주셨는데 이 정도는 해야죠."

"그럼 같이해요."

혜원은 태혁이 닦은 그릇을 헹구기 시작했다. 흐르는 물소리와 정원에서 불어오는 바람 소리보다 태혁의 숨소리가 더 또렷하게 귓속으로 파고들었다. 태혁이 거품이 묻은 손으로 혜원의 손가락을 하나씩 꽉 잡았다가 놨다. 그 작은 접촉으로도 가슴이 뭉클해졌다.

설거지를 마친 둘은 식탁에 앉아 모과차를 마셨다. 따뜻하게 입안에서 퍼지는 모과의 향보다 그녀의 손을 잡고 있는 태혁의 손이 더 따뜻하게 느껴졌다. 두 사람의 시선이 은은한 조명에 파묻힌 정원으로 향했다. 가을빛으로 물들 채비를 마친 정원은 몹시 아름다웠다.

찻잔을 내려놓은 태혁이 혜원의 허리에 팔을 두르며 말했다.

"참 아름답네요. 아늑하고 포근하게 느껴져요. 마치 혜원 씨처럼요."

"이 정원은 엄마와 같이 만들었어요."

"그렇군요. 혜원 씨, 싱가포르에 혜원 씨가 만든 그 정원이요."

"네."

"이 정원처럼 자꾸 생각이 나요. 졸졸 흐르는 물소리를 들으며 통나무에 혜원 씨와 앉아 있던 그 순간을 평생 잊지 못할 거예요."

"고마워요."

혜원은 태혁의 어깨에 기대며 살짝 웃었다. 그녀는 한국으로 오기 전, 일요일 오후에 잠깐 그를 정원에 데려갔었다. 신기하게도 태혁은 수많은 정원들 속에서 그녀의 정원을 금방 찾아냈다. 혜원은 태혁의 허리에 팔을 두르며 물었다.

"어떻게 우리 팀이 만든 정원을 찾았어요?"

"그냥 정원을 보자마자 혜원 씨가 느껴졌어요."

태혁은 그때 느꼈던 감정을 떠올렸다. 혜원처럼 따뜻하고 포근하게 느껴지는 정원이었다. 통나무와 졸졸 흐르는 개울을 보자 그곳에 혜원과 앉아 머리를 기댄 채 바람 소리를 듣고 싶었다. 꽃과 그라스뿐만 아니라 나무와 개울의 돌멩이에까지 어쩐지 혜원의 향기가 배어 있는 것 같았다. 그가 보자마자 혜원의 정원이라고 생각할 수밖에 없었던 이유였다. 그를 올려다보는 혜원의 시선에 생각에서 벗어난 태혁이 물었다.

"내일은 뭐할 거예요?"

"은우랑 소진이에게 가려고요."

"늦어요?"

"엄마도 나갔다 오신다니까 아예 저녁 먹고 들어오려고요."

태혁은 작게 한숨을 내쉬었다. 함께 가고 싶었다. 하지만 내일은 회의가 몇 개나 잡혀 있어 시간을 낼 수가 없었다. 아쉬워하는 태혁에게 나중에 같이 가자고 얘기를 한 혜원은 휴대폰으로 시간을 확인했다.

"태혁 씨, 늦었어요. 이제 가야죠."

"떨어지기 싫어요. 여기서 재워 줘요."

"그러다가 인사도 드리기 전에 태혁 씨 어머니께 미움받으면 어떡해요."

한숨을 푹 내쉰 태혁은 혜원의 얼굴 곳곳에 입을 맞추며 아쉬움을 달랬다. 그의 입술이 혜원의 흰 목덜미에 막 닿았을 때 방문이 열리더니 은우가 뛰어오면서 소리쳤다.

"삼촌, 삼촌! 나도 뽀뽀!"

은우의 목소리에 숙영이 나올까 봐 화들짝 놀라 떨어진 태혁이 불만스러운 얼굴로 말했다.

"하아, 저 녀석은 뽀뽀를 너무 좋아해."

"아직 어려서 그래요. 나중엔 해 준대도 싫다고 도망갈 거예요."

❀   ❀   ❀

혜원은 은우를 데리고 소진이 잠들어 있는 추모관으로 향했다. 10월 초인데도 벌써 들과 산에는 가을 물이 스며들고 있었다. 주차장에 차를 세운 혜원은 파란 하늘을 올려다봤다.

소진에게 은우를 보여 주고 싶었다. 혜원은 주차장에서 천진하게 놀고 있는 은우를 바라보다가 눈물을 떨구었다. 사랑스럽고 예쁜 아이를 소진이 직접 품에 안을 수 있다면 얼마나 좋을까. 아이가 볼까 봐 재빨리 눈물을 닦아 낸 혜원은 차에서 국화를 꺼내고 은우를 부르듯 손짓을 했다.

혜원은 폴짝거리며 뛰어온 은우에게 눈높이를 맞춰 앉았다.

"은우야, 여기가 어디라고?"

"엄마가 잠들어 있는 곳이야."

"똑똑하네. 이제 엄마한테 가자."

"응, 이모. 그런데 아빠는?"

"곧 오실 거야. 우리 먼저 가서 엄마를 만나고 있을까?"

"응."

추모관의 계단을 오르려던 혜원은 급하게 들어오는 차 소리에 뒤를 돌아봤다. 주차를 한 차에서 주혁이 내렸다.

"제가 좀 늦었습니다."

"저희도 이제 막 왔어요."

"아빠!"

주혁은 은우를 품에 안고 혜원과 함께 추모관의 계단을 올랐다. 혜원이 은우와 소진에게 간다는 얘기를 듣고 그도 함께 가겠다고 미리 말을 해 놓은 상태였다. 하지만 이곳으로 오는 내내 마음이 무거웠다. 주혁은 품에서 방글방글 웃고 있는 은우를 내려다보며 생각에 잠겼다.

영인이 세상의 끈을 놓은 날, 사정을 모르는 그녀의 부모가 그에게 연락을 했었다. 어떻게 장례식장에 갔는지, 그 후로 어떻게 시간이 흘렀는지 감각이 없었다. 다만 영인이 한 줌의 재로 남았다는 것, 그리고 이젠 영원히 그녀를 볼 수 없다는 사실에 절망하고 또 절망했다. 그 괴로움을 잊으려고 술에 의지하다가 결국 도박에까지 손을 댔다.

그러다 강원랜드에서 소진을 만났다. 몇 번의 짧은 만남 이후 소진이 임신했다는 걸 알지 못한 채로 미국으로 떠났다.

주혁은 은우의 등을 쓰다듬었다. 은우와 소진에게 너무 미안했다. 제 아픔에 젖어 소진을 그저 잠시 스쳐 지나가는 여자로 여겼던 것도, 제 아이를 품은 후 막막하고 힘들었을 그 상황도, 모든 게 미안했다.

추모관으로 들어간 주혁과 혜원은 국화를 놓고 소진의 사진 앞에 섰다. 은우가 이름을 읽었다.

"김소진. 아빠! 우리 엄마야. 우리 엄마, 김,소,진."

"은우야, 우린 엄마에게 인사하고 나갈까? 아빠와 엄마 둘이서 얘기할 수 있게."

"응."

은우를 안은 혜원은 창백한 얼굴로 서 있는 주혁을 응시하다 밖으로 나왔다. 계단을 오르내리며 놀고 있는 은우를 보며 눈시울을 붉혔다.

"이모!"

혜원은 달려오는 은우를 안아 올리며 대답했다.

"왜?"

"아빠는 왜 안 나와?"

"아빠는 엄마랑 할 얘기가 많나 봐."

"응, 그렇구나."

한 시간이 지나서야 눈이 충혈된 주혁이 나왔다.

"기다리게 해서 죄송합니다."

"아니에요."

"저녁을 대접하고 싶습니다."

"그러지 않으셔도……."

"소진 씨와 우리 은우에게 해 주신 걸 갚으려면 평생 동안 밥을 사도 부족할 겁니다."

결국 혜원은 주혁을 따라 시내로 들어갔다. 식사를 하는 동안 아이들을 돌봐 주는 식당이었는데 그가 미리 예약을 해 놓은 것 같았다. 그곳의 정갈한 음식과 차분한 분위기에 혜원은 마음이 편해졌다. 고기, 고기를 외치는 은우에게 먼저 밥을 먹였다. 다 먹자마자 직원을 따라 나간 은우가 장난감을 가지고 노는 것을 보고 나서야 혜원과 주혁은 식사를 시작했다.

고슬고슬한 밥과 양념이 별로 들어가지 않은 나물 무침이 일품이었다. 몇 숟갈을 뜨던 주혁이 조용히 밥을 먹는 혜원에게 물었다.

"입에 맞습니까?"

"네, 아주 맛있어요. 그런데 정말 의외예요."

"뭐가요?"

"양식만 드실 분 같아 보이는데."

"오히려 이런 음식을 좋아합니다. 담백해서 속이 편하니까요."

그의 말에 혜원이 빙그레 웃었다. 생각과는 달리 주혁과의 식사 자리는 불편하지 않았다.

식사를 마치고 차를 마시며 더 얘기를 나눴다. 혜원은 소진에 대해 물어보는 주혁의 말에 아는 대로 대답을 했다. 다 듣고 난 주혁의 표정은 어두웠다.

"그동안 너무 제 생각만 했습니다. 그땐 망가질 대로 망가져서 다른 사람들을 돌아보지 못했습니다."

"……."

"소진 씨가 절 많이 원망했을 겁니다. 하지만 임신한 사실을 알았다면 절대 말없이 떠나지 않았을 겁니다."

"고마워요. 소진이도 하늘나라에서 들었을 거예요."

주혁이 혜원을 물끄러미 바라봤다. 참 마음을 편하게 해 주는 여자란 생각이 들었다. 짧은 만남이었지만 소진도 그랬다. 순한 인상에 따뜻한 성격을 가졌었다. 하지만 당시의 그는 제 슬픔에 겨워서 제대로 보지 못했다.

"혜원 씨."

"네."

"은우를 위해서 이젠 제대로 살아 보고 싶습니다."

침통한 목소리로 말하던 주혁은 은우를 떠올려서인지 다소 밝아졌다.

"처음에 어머님이 은우 사진을 보냈을 땐 실감이 나지 않았습니다. 제가 아빠가 됐다는 사실이요. 그런데 시간이 갈수록 자꾸 은우 사진에 눈길이 갔습니다. 그러면서도 걱정이 됐습니다. 아빠 역할을 제대로 할 수 있을지, 뭘 어떻게 해야 하는지도 모르겠고요."

주혁은 놀고 있는 은우를 바라봤다. 저 해맑은 아이가 그를 웃게 했다. 앙증맞은 입으로 아빠라고 부르며 뽀뽀를 해 주는 모습이 사랑스러웠다. 더 달라지고 싶었다. 아들을 위해서, 또 자신을 위해서도. 입가에 희미한 미소를 띤 주혁이 다시 혜원에게로 시선을 돌렸다.

"혜원 씨도 많이 원망하셨을 겁니다."

"네? 아니에요."

"변명 같겠지만 소진 씨를 만나기 훨씬 전에 사랑하는 사람이 있었습니다. 결혼까지 생각하고 있었죠."

잠시 가만히 있던 주혁이 말을 이어 나갔다.

"그런데 그 사람을 잃었습니다."

"어쩌다가요?"

"스스로 목숨을 끊었습니다. 다른 사람을 사랑하게 됐다면서 많이 괴로워했습니다. 상대방은 그 사람의 마음을 받아들이지 않았고요."

주혁의 말에 충격을 받은 혜원의 얼굴이 창백해졌다. 고통스러워하는 주혁을 보니 마음이 너무 아팠다.

어떻게 그런 일이 일어났을까. 결혼하려던 여자에게 무참히 배신을 당하다니.

결국 이 일이 발단이 되어 소진에게까지 영향이 간 거라는
데 생각이 미치자 머릿속이 혼란스러워졌다. 혜원은 간신히
마음을 진정시키고 주혁의 얘기에 집중하려 애를 썼다.

"견뎌 내려고 했지만 전 점점 망가져 갔습니다. 그러던 중,
술과 도박에 손을 대게 됐습니다. 그때 소진 씨를 알게 됐지
요. 그 이후 제 상태는 점점 심해져 결국 미국의 재활 병원으
로 가게 되었고, 소진 씨와도 연락이 끊어졌습니다. 그게 너무
후회가 됩니다. 혼자 아이를 갖고 힘들었을 걸 생각하니 왜 저
에 대해 이야기하지 않았는지 자책을 수없이 했습니다."

"힘든 얘기를 해 주셔서 감사합니다."

"은우를 잘 키우는 걸로 소진 씨에게 속죄하고 싶습니다."

혜원은 주혁의 창백한 얼굴을 바라봤다. 표정 없는 얼굴에
깊은 슬픔이 새겨져 있는 것 같았다. 그가 빨리 아픈 과거에서
벗어나기를 속으로 기도했다.

목이 타는지 물을 마신 주혁이 그런 혜원을 보며 말했다.

"혜원 씨."

"네."

"태혁이와 사귀신다고요?"

"……네."

"어머니께 들었습니다. 일요일에 정식으로 인사하러 오신다
고……."

"네."

"태혁이는 참 운이 좋군요."

주혁은 빈 잔에 다시 물을 따라 천천히 마시면서 장난감에 몰두해 있는 은우를 바라봤다.

10장
진실한 사랑

　8시가 넘어 혜원의 집에 들른 태혁은 숙영이 타 준 차를 마시면서 배롱나무 아래 놓인 의자에 앉아 혜원을 기다렸다. 초조한 듯 일어선 그는 담 너머를 바라보며 서성거렸다.

　은우와 추모관에 간다는 얘기는 들었지만 주혁이 함께 가는 줄은 몰랐다. 물론 그가 소진이 잠들어 있는 추모관에 가는 게 이상하진 않았다. 하지만 그 자리에 혜원이 함께한다는 것이 몹시 거슬렸다. 또한 그에게 감정이 좋지 않은 주혁이 영인에 대해 무슨 말을 할지 몰라서 걱정이 됐다.

　찻잔을 내려놓고 정원을 내내 왔다 갔다 하던 그는 결국 밖으로 나가 혜원을 기다렸다. 그와 혜원이 걷던 골목길엔 여전히 달빛이 가득했다. 헤어지기 싫어서 시간이 가는 줄 모르고 거닐던 길, 아이스커피의 마지막 얼음이 다 녹을 때까지 반복해서 걷던 길. 그곳에서 그녀의 손을 잡았고 달콤한 키스를 나눴다.

하아.

한숨을 내쉰 태혁은 휴대폰을 다시 확인했다. 혜원에게선 여전히 연락이 없었다.

추모관에 들어가면서 휴대폰을 꺼 놨을 거야. 그리고 다시 켜는 걸 잊은 걸 거야, 그런 거야.

불안감을 잠재우며 집 앞에서 한참을 서성거리던 그의 시선이 한곳에 고정됐다. 그 길을, 혜원과 그가 걸었던 그 길을 은우를 안은 주혁과 혜원이 나란히 걸어오고 있었다.

쿵 하고 내려앉은 심장에 통증이 가해졌다. 주혁의 목소리와 혜원의 낮은 웃음소리가 귀에 선명하게 들어왔다. 머릿속에 주혁이 저주처럼 했던 말이 하울링처럼 울렸다.

"너도 여자가 생겼다지? 자신만만할 거야. 그 여자가 너만 바라볼 거라고. 절대 마음이 변하지 않을 거라고."

그다음 말도 머릿속을 헤집고 다녔다.

"너도 당해 봐야 알 텐데. 그게 얼마나 피눈물을 쏟게 하는지. 얼마나 죽고 싶어지는지. 아니, 죽이고 싶어지는지 말이야."

그는 단호하게 고개를 가로저으며 되뇌었다. 아무 일도 아니라고, 단지 추모관에 함께 갔다 온 것뿐이라고.

태혁은 다가온 혜원을 애써 다정한 목소리로 불렀다.

"혜원 씨."

"태혁 씨, 언제 왔어요?"

혜원의 목소리에 담긴 반가움에 꽉 쥐고 있던 주먹이 스르륵 풀렸다. 그의 시선이 잠든 은우를 안고 있는 주혁에게로 향했다.

"형님도 함께 계셨네요."

고개를 끄덕인 주혁이 조금 전보다 편해 보이는 목소리로 말했다.

"전 그만 가 봐야겠군요."

"여기까지 오셨는데 차라도 한잔하고 가세요."

"아닙니다. 다음에 한 번 들르겠습니다. 그렇지 않아도 정식으로 찾아뵙고 소진 씨와 은우를 돌봐 주신 것에 대해 감사 인사를 드리고 싶었습니다."

"그래도……."

"시간이 늦었으니 다음에 들르겠습니다. 오늘 정말 감사했습니다."

"저도 감사했어요."

주혁은 다가온 태혁에게 은우를 안겨 주고 멀어져 갔다. 태혁은 그런 주혁을 불안한 눈으로 바라봤다. 혹시나 혜원에게 다른 마음을 품고 있는 것은 아닌가 생각을 하면서.

집으로 들어온 혜원이 은우를 깨워 씻기고 다시 재우는 동 안 태혁은 내내 그녀의 옆에 바짝 붙어 있었다. 눈이 가물가물 하던 은우가 금방 잠이 들자 혜원이 태혁에게 물었다.

"많이 기다렸어요?"

"아니요."

"저녁은요?"

"먹고 왔어요. 혜원 씨, 잠시 얘기 좀 해요."

숙영에게 허락을 받고서 태혁은 혜원과 술도 한잔할 겸 밖 으로 나왔다. 술집으로 향하는 표정이 어두워 보였는지 혜원 의 눈에 걱정이 어렸다. 양주를 잔에 따르던 태혁 역시 혜원의 표정을 살피며 물었다.

"형님도 함께 가는 줄 몰랐어요."

"은우가 아빠와 통화하고 싶다고 해서 휴대폰을 줬는데 그 때 얘기했나 봐요."

잠시 침묵하던 태혁이 걱정이 담긴 혜원의 눈길에 입을 열 었다.

"혜원 씨."

"네."

"형님에게 무슨 얘기 들은 거 있어요?"

"소진이, 그러니까 은우 엄마에 대해 얘기를 나눴어요. 그 래서인지 안심이 돼요."

그녀는 주혁을 오해했었다. 술과 도박에 빠져 제 인생을 팽 개친 사람이라고. 그래서 은우를 불행하게 할까 봐 두려울 수밖에 없었다. 다행히 주혁과 나눈 대화로 그의 마음을 알게 됐다. 혜원은 편한 얼굴로 태혁에게 솔직한 심정을 털어놨다.

"주혁 씨가 은우 아빠란 걸 알았을 때 여기저기를 통해 알아봤어요. 태혁 씨한테는 미안하지만 솔직히 걱정을 많이 했었죠. 우리 은우가 그런 아빠 밑에서 제대로 자랄 수 있을까 하고요."

은우를 잘 키우는 걸로 소진에게 속죄하고 싶다는 주혁의 말이 떠오르자 혜원의 목소리가 밝아졌다.

"주혁 씨가 은우를 위해서 제대로 살고 싶다고 했어요. 안심이 돼요. 게다가 힘들었던 당시의 상황에 대해서 말해 줬어요. 개인적인 아픔을 얘기한다는 게 쉽지 않았을 텐데도 말이에요."

"뭐라고 하던가요?"

"사랑하는 사람이 있었대요. 결혼을 할 사이였고요. 그런데 그 여자분이 다른 남자를 사랑하게 됐고 그래서 방황했대요. 마음을 잡지 못한 상태에서 소진과 잠깐 만났었고, 소진이가 임신한 사실을 모르고 치료를 하러 미국으로 갔다고요. 홀로 남아 힘들었을 소진에게 몹시 미안해했어요."

태혁은 양주잔을 들어 한입에 털어 넣었다. 독한 술이 목을 타고 넘어갔다. 다시 잔에 술을 따르며 혜원을 바라봤다.

주혁이 그 정도에서 얘기를 끝낸 건 동생인 그를 위해서일까. 아니면 은우를 사랑하는 혜원을 위해서일까.

갈등이 일었다. 그에게는 마음을 열었지만 아직 아버지에 대한 상처가 남아 있는 그녀였다. 자신이 형과 그 여자 사이에 있었다면 혜원이 어떻게 받아들일지, 혹시 오해를 하지는 않을지 걱정이 됐다.

"태혁 씨, 무슨 생각해요?"

태혁은 다정한 목소리로 물어보는 혜원을 팔 안에 가두고 아름다운 얼굴을 내려다봤다. 부드러운 것 같으면서도 강함이 내재되어 있는 새까만 눈동자가 그를 올려다보고 있었다. 붓으로 그린 듯 아름다운 입술에서 달콤한 목소리가 흘러나왔다.

"무슨 할 말 있어요?"

"잠시만 이대로 있어요."

혜원을 으스러지게 껴안은 태혁은 솜사탕 같은 입술을 머금었다가 부드럽게 혀를 차지했다. 달콤하다. 가빠지는 숨소리도, 그의 가슴에 닿은 몸도 부드럽고 달콤하게만 느껴졌다.

한참이 지나 태혁은 혜원에게서 입술을 뗐다. 하지만 팔을 풀지는 않았다. 혜원이 팔로 그의 허리를 안으며 말했다.

"정말 할 말이 있는 것 같은 얼굴인데요."

혜원의 말에 태혁은 진지한 표정으로 입을 열었다.

"혜원 씨, 오해하지 말고 들어 줘요."

"무슨 일인데요?"

"혜원 씨도 느꼈을 거예요. 나와 형님 사이가 원만하지 못하다는 걸요."

태혁은 혜원을 안은 팔에 더 힘을 주며 얘기를 시작했다.

"다 얘기할게요. 형님과 한영인 씨, 그리고 나에 대해서요."

태혁의 얘기가 이어질수록 혜원의 얼굴은 종잇장처럼 창백해져 갔다. 초롱초롱 빛나던 눈빛은 흐려지고 태혁의 허리를 안고 있던 팔에선 힘이 빠져나갔다.

혜원은 아득해지는 정신을 놓치지 않으려고 주먹을 세게 쥐었다. 그런데도 태혁의 목소리가 희미하게 들렸다.

"혜원 씨, 난 두 사람의 사이에 끼어든 적이 없어요. 형님이 결혼할 사람이라고 소개를 해서 예의상 함께 몇 번 어울렸던 것뿐이에요. 그런데 영인 씨가 그런 생각을 할 줄은……."

"영인 씨가 태혁 씨에게 어떻게 했는데요?"

태혁은 대답을 할 수가 없었다. 그에게 매달리면서 애절하게 울던 영인의 모습이 스쳐 지나갔다. 자신도 어쩔 수 없다면서 고통스러워하는 그녀에게 몹시 화를 냈다. 형의 여자가 동생에게 이러는 게 부끄럽지도 않냐고. 그의 얼음장 같은 태도에 그녀는 서럽게 울면서 돌아갔었다.

태혁은 그의 허리에서 혜원의 팔이 툭 떨어지자 다급하게 외쳤다.

"제발! 혜원 씨, 믿어 줘요. 난 아무런 잘못을 하지 않았어요."

"태혁 씨의 잘못이 아니라고 해도…… 형님을 생각해 보세요. 그 여자 때문에 주혁 씨의 인생이 망가졌어요. 가장 상처를 받은 건 주혁 씨예요. 사랑하는 여자에게 배신당하고 동생까지 미워해야 했던 심정이 오죽했겠어요. 죽고 싶었을 거예요. 그래서 술과 도박으로 자신을 죽이고 있었던 거였어요. 그 일로 소진이까지 영향을 받은 거고요. 아니, 은우까지라고 해야겠네요. 정확히 말하면 나와 우리 엄마의 인생까지군요."

"혜원 씨!"

혜원은 두려움이 일렁이는 태혁의 눈동자에 시선을 맞췄다.

"알고 있어요? 그 여자분이 어떻게 됐는지?"

"그 후로 만난 적이 없어요."

"목숨을 끊었대요."

"그게 무슨……?"

"자살했다고요. 주혁 씬 원망하고 미워해야 할 대상까지 없어져 버렸죠. 그래서 그 여자 대신 태혁 씨를 미워했을 거예요."

"죽었어요? 영인 씨가?"

태혁의 목소리에 충격이 고스란히 묻어 나왔다. 어딘가에서 조용히 살고 있을 거라 여겼다. 그의 평온하던 일상을 깨뜨리고 형의 인생을 망친 여자였지만 이런 결과를 바라진 않았다.

그래서 형님이……. 처절하게 울부짖던 주혁의 모습이 떠올랐다. 시들어 가던 그의 눈빛도.

태혁은 문득 떠오른 생각에 몸서리를 쳤다. 만약 제 품에 안겨 있던 혜원이 다른 남자를 사랑하게 된다면 어떻게 될까. 죽여 버릴 것 같았다. 그 남자를 죽이고 아마 자신마저 죽음을 택할지도. 하지만 혜원에게는 손가락 하나 대지 못할 것이다. 생명처럼 사랑한 여자이므로. 아무리 배신을 한다 하더라도.

이제야 주혁의 말이 이해가 됐다. '얼마나 죽고 싶은지. 아니, 얼마나 죽이고 싶은지'라고 했던 말이.

그가 의도한 건 아니지만 주혁의 상처가 얼마나 컸을지가 느껴져 가슴을 더 아프게 했다. 그것도 모르고 자신을 원망의 대상으로 삼은 주혁을 그 또한 원망했다. 주혁의 아픔을 위로하지 못했던 제 모습이 떠올라 죄책감이 차올랐다. 태혁의 귀에 혜원의 목소리가 들어왔다.

"태혁 씨, 팔 좀 풀어 줘요."

"안 돼요, 혜원 씨. 내 옆에 있어요."

혜원이 그의 가슴을 살짝 밀어내며 말했다.

"어디 안 가요."

팔을 푼 태혁은 다시 한 팔로 혜원의 어깨를 감싸 안았다.

혜원은 태혁이 따라 놓은 양주에 얼음을 넣어 한 모금씩 천천히 마셨다. 어깨를 감싼 태혁의 손에서 불안이 느껴졌다. 하지만 온몸에서 에너지가 다 빠져나가 버린 것 같았다. 독한 양주가 목을 넘어가는 데도 아무 느낌이 없었다.

"혜원 씨."

"피곤해요. 우리 그냥 이 잔만 마시고 나가요."

제 사랑이, 제 인생이 소중해서 다른 사람들의 인생을 구렁텅이로 몰아넣는 사람들. 그런 사람들을 증오했고 어떻게든 엮이지 않으려고 했었다. 그런 일은 한 번으로도 족했다. 그 한 번이 무엇으로도 메꿀 수 없는 상처를 남겼으니.

태혁이 한 말을 전부 믿었다. 그가 아무런 잘못이 없다는 것을.

그래서 상처받고 인생이 망가진 주혁이 더욱더 안타까웠다. 더군다나 한 사람이 저지른 잘못의 여파가 주혁을 넘어 태혁과 소진, 은우 그리고 그녀와 숙영에게까지 미쳤으니.

혜원은 잘 마시지도 못하는 양주를 쭉 들이켰다. 태혁이 혜원의 손을 잡아 끌어당겼다. 혜원은 늘 따듯했던 태혁의 손에서 제 손을 빼냈다.

"혜원 씨, 이러지 마요."

"그만 집에 가고 싶어요."

힘없이 일어난 혜원은 억지로 허리를 반듯하게 폈다. 대리기사에게 차 키를 넘긴 태혁과 뒷좌석에 앉았다. 단단한 팔에 갇히듯 안긴 혜원은 그의 가슴에 얼굴을 기대곤 눈을 감았다.

피곤이 한꺼번에 몰려왔다. 쉼 없이 달려온 인생의 피로가 온몸으로 퍼져 나갔다. 태혁을 만난 이후로 조금씩 엷어져 가던 심장의 상처마저 선명한 붉은색을 띠며 다시 쩍 벌어졌다. 그동안 힘들었을 태혁을 위로해 주고 싶은데 이상하게 몸이 한없이 가라앉았다.

쉬고 싶다. 내 정원에 앉아 바람 소리를 들으며. 할미새사촌이 위로하듯 지저귀는 소리를 들으면서.

"혜원 씨."

걱정이 담긴 태혁의 목소리, 그녀의 머리에 입을 맞추고 등을 쓸어 주는 부드러운 손을 느끼며 혜원은 잠이 들었다.

눈을 떴을 땐 이미 빛이 밝아 오는 아침이었다. 의아한 얼굴로 주변을 둘러보니 낯익은 제 방 풍경이 눈에 들어왔다. 어젯밤에 분명 태혁의 품에 안겨 있었는데. 잠이 들었던 걸까.

계단을 올라오는 발소리가 들리더니 문을 두드리는 소리와 동시에 은우가 문을 열고 들어왔다.

"이모!"

"응."

"술 마셨어?"

"응, 조금."

혜원은 침대 속으로 파고드는 은우를 가슴에 꽉 끌어안았다.

"우리 귀염둥이, 잘 잤어?"

"응."

은근슬쩍 그녀의 가슴을 만지는 은우를 토닥이던 혜원은 벽에 걸린 가족사진에 시선이 갔다. 참 행복했던 시절이었다. 사진 속에서 엄마와 소진, 그녀와 은우가 환하게 웃고 있었다.

저 때는 아무것도 부러운 게 없었지. 우리 넷이서 영원히 행복할 것만 같았어.

저도 모르게 눈물이 흘러나왔나 보다.

"이모, 울지 마."

은우의 작은 손이 그녀의 눈물을 닦아 주었다.

"우는 거 아니야. 눈에 뭐가 들어갔나 봐."

"호, 해 줄게."

혜원은 눈에 입김을 불어 주는 은우가 사랑스러워 통통한 뺨에 뽀뽀를 했다.

"우리 은우가 다 컸네. 이젠 이모를 다 위로해 주고."

"참, 이모. 외할머니가 아침 먹으라고 했어."

"먼저 내려가 있어. 외할머니께 이모는 금방 씻고 내려올 거라고 얘기해 줘."

"응."

품에서 빠져나간 은우가 나무 계단을 내려가는 소리를 들으며 혜원은 욕실로 들어갔다. 간단히 샤워를 하고 머리를 말리며 거울 속의 얼굴을 들여다봤다. 창백하고 활기가 없어 보였다. 혜원은 목걸이에 손을 뻗어 가만히 만져 보았다. 은우를 키워 준 고마움의 표시로 태혁이 준 목걸이. 은우가 아니었으면 그를 만날 수 있었을까. 혹여 스쳐 지나갔더라도 이런 관계로 발전하진 못했으리라.

그녀의 시선이 왼손 약지에 끼워진 커플링으로 내려갔다. 커플링을 만지자 사랑한다고 고백하던 태혁의 목소리가 들리는 것 같았다.

내려갈 준비를 마친 혜원은 알림이 뜬 휴대폰을 확인했다. 태혁과 재현, 그리고 은혜에게 톡이 와 있었다. 혜원은 먼저 은혜의 톡을 확인했다.

〈혜원아, 너무 기분이 좋아. 왜인지는 사진으로 확인해 봐. 여긴 알아서 잘 정리하고 갈 테니까 월요일 날 회사에서 보자.〉

은혜가 보낸 사진을 들여다본 혜원의 입가에 미소가 맺혔다. 그녀의 정원에서 사람들이 여유로운 시간을 보내고 있었다. 개울가의 통나무들과 작고 큰 바위들에 앉아 정원을 즐기는 사람들의 행복한 웃음소리가 들리는 것만 같았다.

　마저 다른 사진들을 확인한 혜원은 아래층으로 내려가 맛있는 냄새가 흘러나오는 주방으로 들어갔다. 콩나물국을 뜨던 숙영이 고개를 돌렸다.

　"어제 얼마나 마신 거야? 은우 삼촌이 안고 들어온 건 기억나니?"

　"그랬어요? 많이 마시진 않았어요. 그냥 피곤했나 봐요."

　"하긴 피곤하긴 하겠다. 싱가포르에서 힘들게 일하고 왔는데 제대로 쉬지도 못했으니."

　"잘 쉬었어요. 우리 은우가 피곤을 싹 날려 줬으니까요."

　그녀의 말에 얌전히 자리에 앉아 밥을 기다리고 있던 은우가 방긋 웃었다. 국을 가져온 숙영이 자리에 앉아 숟가락을 들었다. 혜원은 콩나물국을 한입 떠먹다가 숙영의 옆에 놓인 밥그릇을 봤다.

　"엄마, 그건?"

　숙영에게 물었는데 은우가 대답을 했다.

　"이모, 그건 삼촌 거야."

　"삼촌?"

　"응, 태혁이 삼촌. 손 씻으러 갔어."

은우의 말이 끝나자 태혁이 자연스럽게 주방으로 들어와 자리에 앉았다. 혜원은 하룻밤 사이에 핼쑥해진 것 같은 태혁의 얼굴을 보자 저 때문에 마음고생을 했나 싶어 미안해졌다. 눈이 마주치자 태혁이 먼저 말을 건넸다.

"잘 잤어요?"

"네, 그런데 언제 왔어요?"

"30분 전에요."

태혁이 혜원의 얼굴을 살피며 대답을 했다. 그는 어젯밤 깊이 잠든 혜원을 침대에 누이고 자는 모습을 한참 동안 들여다보다가 집으로 돌아갔다. 하지만 혜원이 그를 떠나 버릴 것만 같은 불안감이 엄습해서 제대로 자지 못했다. 밤새 뒤척이다 새벽에 이곳으로 돌아왔다. 차 안에서 시간을 보내고는 좀 전에 들어온 참이었다.

태혁은 조용히 밥을 먹는 혜원의 모습에 가슴이 아릿해졌다. 밤사이에 얼굴이 수척해져 있는 게 보였다. 그와 눈이 마주친 혜원의 얼굴은 평온했다. 하지만 그녀의 눈빛에서 뭔가가 사라진 것 같아 입안으로 들어가는 밥이 그의 마음처럼 까끌까끌하게 느껴졌다.

"자네, 입맛이 없나?"

"아닙니다, 어머니. 맛있습니다."

"이러다 회사에 늦는 것 아닌가?"

"괜찮습니다. 30분쯤 늦을 거라고 연락을 해 뒀습니다."

태혁이 숙영과 얘기를 나누며 억지로 밥을 먹는 동안 혜원은 은우의 수저에 반찬을 올려 주며 싱긋 웃었다.

"잘 먹네. 우리 은우는 정말 밥투정을 안 해. 뭐든 잘 먹고."

"고기가 제일 맛있어."

"그럼 고기 한 번, 다른 반찬 한 번."

"응."

야무지게 밥을 먹는 은우의 모습에 혜원의 눈가가 보기 좋게 휘어졌다.

아침을 먹은 후, 태혁은 혜원이 건네준 칫솔로 양치질을 하고 거실에서 놀고 있는 은우를 방패 삼아 안고서 2층으로 올라갔다. 양치를 하고 화장실에서 나오던 혜원은 태혁이 들어오자 주춤했다.

"여긴 왜요?"

"혜원 씨에게 부탁할 게 있어서요."

"뭘요?"

"주머니에 넥타이가 있는데 좀 매 줘요."

"……."

"은우를 안고 있어서 난 못 매겠어요."

혜원은 어리둥절한 눈으로 두 사람을 바라보는 은우에게 팔을 벌렸다.

"은우야, 이리 와."

"혜원 씨."

"알았으니까 은우 이리 줘요."

혜원은 품에 안긴 은우에게 말했다.

"금방 내려갈 테니까 외할머니께 커피 좀 내려 주세요, 해 줄래?"

"커피?"

"응, 삼촌도 마실 거야."

"알았어."

은우가 팔짝거리며 뛰어나가자 혜원은 태혁의 슈트 주머니에서 넥타이를 꺼냈다. 그가 왜 이런 행동을 하는지 모를 수가 없었다. 혜원은 그녀에게 못 박혀 있는 태혁의 눈동자에서 교차하는 불안과 사랑을 읽을 수 있었다. 괜스레 코끝이 찡해진 혜원은 일부러 퉁명스럽게 말했다.

"고개 좀 숙여 줘요."

그녀의 키도 작지 않았지만 태혁의 체격과 키가 보통 남자들을 훨씬 능가해 뒷꿈치를 들었는데도 버거웠다.

태혁은 넥타이를 매 주는 혜원의 허리에 팔을 둘렀다.

"혜원 씨, 나 좀 봐요."

"보면서 어떻게 넥타이를 매요?"

넥타이가 마음대로 매지지 않자 혜원은 머리를 갸웃하며 집중을 했다. 문득 아버지가 떠올랐다. 중학생 때 아버지의 넥타이를 매 준 적이 있었다. 물론 갖고 싶은 물건이 있을 때 하는 행동이었지만 아버지는 알면서도 몹시 좋아했다. 엄마의 설명을 들으면서 해도 삐뚤삐뚤했다. 모양새가 이상한 넥타이를 매고 출근을 한 아버지는 만나는 사람마다 딸 자랑을 했다고 들었다.

그런 서투른 솜씨로 태혁의 넥타이를 매던 혜원은 피식 웃었다. 여전히 삐뚤삐뚤, 그러다가 그만 잘못해서 넥타이를 조이는 바람에 태혁이 컥컥거리자 결국 두 손을 들었다.

"나중에 제대로 해 줄게요."

숨이 막히는지 넥타이를 느슨하게 풀어서 모양을 잡은 태혁이 그녀의 입술에 짧게 입맞춤을 했다. 숨이 막힐 뻔했지만 넥타이를 매 주는 게 어딘가. 혜원의 마음이 어느 정도는 풀어졌다는 의미일 테니.

"혜원 씨, 고마워요. 이제 용서해 주는 거죠?"

"무슨 용서요?"

"어젯밤부터 날 미워했잖아요."

"그러지 않았어요. 그냥 기분이 나빴을 뿐이에요."

"진짜죠?"

"네."

그제야 태혁의 얼굴에 미소가 번져 나갔다. 양손으로 혜원의 작은 얼굴을 감싸며 고백하듯이 말했다.

"혜원 씨가 없으면 난 살 수 없어요."

그의 입술이 막 혜원의 입술에 닿으려는 순간 문이 벌컥 열리며 은우가 뛰어들어 왔다.

"이모! 삼촌! 외할머니가 커피 다 됐대."

태혁은 은우의 말을 무시하고 혜원에게 입을 맞췄다. 그런 그의 다리를 잡으며 은우가 팔짝팔짝 뛰어올랐다.

"삼촌, 나도 뽀뽀! 히잉, 나도 뽀뽀할 거야!"

태혁이 은우를 번쩍 안아 들자 누가 먼저랄 것도 없이 두 사람은 은우의 양쪽 뺨에 얼굴을 밀착시켰다. 양쪽에서 공격을 받은 은우는 볼이 볼록해져서 소리를 질렀다.

"이러면 은우 얼굴이 안 예뻐지잖아!"

"하하. 은우야, 지금은 이모랑 얘기할 게 있으니까 외할머니께 가 있을래?"

"삼촌, 무슨 얘기?"

"그런 게 있어."

고개를 갸웃하는 은우에게 혜원이 말했다.

"은우야, 조금 있다가 삼촌이 출근하는 거 배웅하러 갈까? 그리고 동네 산책도 하고."

"응. 응."

"그럼 내려가서 외할머니께 옷 입혀 주세요, 해. 이모는 삼촌이랑 얘기하고 나서 같이 내려갈 테니까."

산책을 나간다는 말에 기분이 좋은지 은우가 헤벌쭉 웃으며 아래층으로 내려갔다. 은우가 사라지자 문을 닫은 태혁은 다시 혜원의 허리를 안았다.

"우린 하던 일을 마저 할까요?"

그의 말에 혜원은 태혁의 넥타이를 만지며 말했다.

"고마워요. 그리고 잘했어요."

"뭐가요?"

"내게 얘기해 준 거요. 그리고 그 상황에서도 중심을 잃지 않은 것도요."

"그렇게 말해 줘서 고마워요. 사실 혜원 씨의 마음을 상하게 할까 봐 얘기를 해야 하나 망설였어요. 어쨌든 그런 얘기를 듣고 기분이 좋을 사람은 없을 테니까요."

"미안해요."

"왜 혜원 씨가 미안해요?"

혜원은 그 얘기를 들었을 때의 마음을 털어놨다. 그 여자가 목숨을 끊었다는 얘기를 이미 들은 상태였지만 태혁이 그 얘기 속의 남자일 거라곤 생각조차 하지 못했기에 더 충격이 컸다고. 혜원의 솔직한 말에 태혁은 제 심정을 얘기했다.

"나도 이제야 형님이 더 이해가 돼요. 어제 혜원 씨가 말한 대로 형님은 미워할 대상이 사라져 버려서 결국은 자신을 망가뜨리면서 죽어 가고 있었다는 걸요. 차라리 영인 씨가 죽었다는 걸 나도 알았다면 어떻게든 형님을 도울 수 있었을 텐데요."

"사실은 태혁 씨에게 얘기를 듣는데 주혁 씨가 꼭 나 같은 거예요. 그 여자분 이름이 영인 씨라고 했죠?"

고개를 끄덕이는 태혁에게 혜원의 말이 이어졌다.

"주혁 씬 동생에게 마음을 뺏긴 영인 씨가 정말 미웠을 거예요. 하지만 그 미움보다 사랑이 더 커서 말할 수 없이 괴로웠을 거예요."

"혜원 씨."

"그래서 주혁 씨의 고통스러웠을 시간들이 내 시간들과 겹쳐 보였어요. 할머니와 아버지를 미워했는데, 그런데도 여전히 두 분을 사랑하고 그리워하고 있었으니까요. 그게 더 날 힘들게 했어요. 마치 15년 전의 행복했던 정혜원과 그 후의 정혜원이 모두 내 안에서 살고 있는 것처럼요."

태혁은 애써 눈물을 참고 있는 혜원의 눈에 다정하게 입을 맞췄다. 말하지 않아도 느낄 수 있었다. 강한 것 같지만 여린 혜원의 마음을. 괜스레 자신 때문에 상처가 덧난 것 같아서 안쓰러웠다. 또르르 떨어지는 눈물을 손가락으로 닦아 줬다. 그런 그를 말없이 올려다보던 혜원이 말했다.

"미안해요. 태혁 씨도 많이 힘들었을 텐데 위로해 주지 못하고 이런 모습을 보여서요."

"아니에요. 오히려 내가 더 미안해요. 형과의 일을 미리 해결하지 못하고 혜원 씨까지 아프게 했어요."

"많이 힘들었죠?"

"형님이 미워하는 게 좀 억울하긴 했죠. 하지만 내 생각만 해 왔다는 걸 어제 알았어요. 형님이 힘들어하는 데도 난 잘못한 게 없다는 생각만 하고 있었으니까요. 어떻게 보면 이기적이었던 거죠. 내가 형님의 입장이었다면 더 무너졌을지도 몰라요."

혜원은 위로하듯 그의 뺨을 어루만져 주었다. 태혁은 혜원의 검고 깊은 눈동자에 비친 제 모습을 들여다봤다. 만약 그가 형의 입장이었다면 어땠을까. 혜원이 다른 남자를 사랑하게 된다면 견딜 수 있을까. 그 또한 무너져 내렸을 것이다. 주혁보다 더 철저하게 바닥까지. 보고만 있어도 가슴이 아플 정도로 좋은 여자인데……. 상상조차 하고 싶지 않았다.

태혁은 목덜미로 내려온 혜원의 손을 잡아 손가락 하나하나에 입을 맞추며 말했다.

"사랑해요."

"태혁 씨, 사랑해요."

"앞으론 형님과도 잘 지낼게요. 형님이 은우를 위해 제대로 살겠다고 하셨다니 내게도 어느 정도는 마음을 열어 주겠죠. 물론 나도 더 노력할 거고요."

"고마워요."

"혜원 씨, 아까부터 자꾸 고맙다고 하는 거 알아요? 자꾸 고맙다고 하지 말아요."

"그럼 고마울 땐 뭐라고 해요?"

"사랑한다는 말. 혜원 씨에게 그 말을 많이 듣고 싶어요."

태혁의 말에 혜원의 얼굴에 환한 미소가 퍼져 나갔다.

이 남자가 좋다. 사려 깊고 다정한 이 남자가 너무 좋다.

"혜원 씨, 다시 말해 줘야죠."

"뭘요?"

"사랑한다고요."

혜원은 아이처럼 보채는 태혁의 허리를 안으며 말했다.

"아꼈다가 저녁에 많이 해 줄게요. 이러다 회사에 더 늦겠어요. 빨리 나가요."

서둘러 카디건을 걸친 혜원을 당겨 손을 잡은 태혁이 물었다.

"오늘은 은우랑 뭐할 거예요?"

"백화점에 가려고요. 유치원 보내기 전에 가을 옷과 신발을 사고 머리도 예쁘게 다듬어 주려고요."

"일요일 날 우리 집에 인사드리러 가는 거 잊지 않았죠?"

"안 잊었어요."

"이렇게 잘해 주고 나서 도망가면 안 돼요."

"후후, 도망 안 가요."

태혁의 손을 잡고 내려간 혜원은 좋아서 방실거리는 은우를 데리고 집 밖으로 나왔다. 은우를 한 팔로 안은 태혁의 다른 손을 잡고 공용 주차장까지 천천히 걸었다. 그녀 주위로 지나가던 이웃들이 알은체를 했다. 학교에 늦었는지 뛰어가던 학생들도 그녀와 은우에게 말을 걸었다. 그 모습을 지켜보던 은우가 혜원에게 물었다.

"이모, 형아들은 어디 가?"

"학교에 가는 거야."

"은우는 언제 학교에 가?"

"여덟 살이 되면 초등학교에 들어갈 거야. 그 전에는 유치원에 가는 거고."

유치원이란 말에 눈을 반짝이던 은우가 한솔이와 같은 유치원을 가고 싶다고 졸랐다. 입가에 가득 웃음을 머금은 혜원은 알겠다며 손가락을 걸고 약속을 했다.

두 사람의 대화를 듣던 태혁이 빙긋이 웃으며 물었다.

"혜원 씨, 은우가 다닐 유치원을 알아보려고요?"

"네, 전에 태혁 씨 어머님께서 제게 출장 갔다가 돌아오면 도와 달라고 하셨거든요. 은우 보모와 선생님을 면접할 때도 함께 봐 달라고 하셨고요."

"잘 됐어요."

태혁은 혜원의 손을 더 꽉 잡으며 한솔이와 유치원에 다닐 생각을 하는지 방실방실 웃고 있는 은우에게 말했다.

"은우는 좋겠다. 이모가 있어서."

"응, 우리 이모가 좋아. 세상에서 제일 예뻐."

"예쁜 말만 하네."

"이모랑 결혼할 거야."

"미안한데 이모는 삼촌이랑 결혼할 거야."

"싫어! 싫어! 내가 이모랑 결혼할 거야."

은우가 태혁의 품에서 버둥거리며 반항을 하자 혜원이 소리 내어 웃었다.

"은우야, 넌 한솔이가 좋다며? 그럼 한솔이랑 결혼하는 건 어때?"

생각도 해 본 적 없었는지 은우가 손가락을 빨며 한참 고민을 했다. 곧 언제 그랬냐는 듯이 한솔이와 결혼하겠다고 해 태혁과 혜원의 웃음소리가 높아졌다.

오손도손 발맞추어 걷자 주차장까지는 금방이었다. 시동을 걸어 차를 몰고 나온 태혁은 아쉬운 얼굴로 혜원을 바라봤다.

"다녀올게요."

"잘 다녀오세요. 운전 조심하고요."

은우가 혜원의 말을 앵무새처럼 따라 했다.

"잘 다녀오세요. 운전 조심하고요."

"하하, 그래. 잘 다녀올 테니까 이모와 외할머니랑 백화점에 가서 예쁜 거 많이 사."

"응!"

도로로 나온 태혁은 여전히 손을 흔들고 있는 혜원과 은우의 모습이 미러에 잡히자 코끝이 시큰해졌다. 문득 조금 더 자란 은우와 그의 아이를 품에 안은 혜원의 모습이 그려졌다. 생각만으로도 가슴속에서 뜨거운 뭔가가 훅 치고 올라와 눈가가 점점 붉어졌다.

백화점 근처에서 숙영과 은우와 느긋하게 점심을 먹은 혜원은 백화점의 아동 매장을 돌며 은우의 옷을 보러 다녔다. 어찌나 팔랑개비처럼 날아다니는지 순식간에 사라지는 은우를 붙잡아 옷을 입혀 보고 신발을 고르다 보니 어느새 두 시간이 훌쩍 지나 있었다. 또 가방을 찾아 몇 군데의 매장을 뱅뱅 돌기를 한참, 간신히 마음에 드는 걸 샀다.

쇼핑을 마치고 나서 카페에 들어가 시원한 음료를 주문했다. 숙영은 음료를 빨대로 맛있게 빨아 먹고 있는 은우를 흐뭇한 눈으로 바라보다가 아이스 카페 라테를 마시고 있는 혜원에게로 시선을 돌렸다.

그녀의 젊었을 때의 모습을 많이 닮은 딸의 얼굴이 행복해 보였다. 어젯밤, 태혁이 혜원을 안고 들어왔을 때는 직감적으로 둘 사이에 무슨 일이 있구나 싶었다. 그런데 태혁의 손을 잡고 2층에서 내려온 딸의 밝아진 얼굴을 보자 안심이 됐다.

뭔지 몰라도 잘 해결된 것 같네. 사랑싸움이라도 한 건가.

빨대를 빨다가 조금 흘린 은우의 입술을 닦아 주는 혜원을 보니 입가에 절로 웃음이 맺혔다.

우리 은우가 복덩이야. 은우 덕분에 혜원이가 태혁일 만난 거니까. 하긴 우리 소진이도 착하고 예뻤지. 엄마가 그러니 우리 은우가 저리 예쁠 수밖에.

요즘 그녀는 걱정이 없었다. 하나뿐인 딸이 행복했고 또 태혁이 있어서 얼마나 든든한지 몰랐다. 게다가 귀염둥이 은우까지 있으니. 은우와 혜원일 보내고 나면 어떻게 사나 싶었는데 신 여사가 있어 정말 다행이었다. 어쩐지 복이 한꺼번에 굴러들어 오는 느낌인 걸.

숙영은 크루즈 여행 얘기를 해 달라는 혜원의 목소리에 생각에서 벗어났다. 크루즈 여행이란 말만으로도 그녀의 얼굴에 생기가 돌았다. 이미 혜원이 본 사진이었지만 다시 휴대폰 속의 사진을 보여 주며 즐겁게 얘기를 나눴다.

행복한 얼굴로 얘기를 듣고 있는 딸의 모습에 웃음이 번져 가던 숙영의 얼굴은 호기심 어린 눈으로 사진을 들여다보는 은우로 인해 더 환해졌다.

한참이 지나 주차장으로 가려고 엘리베이터를 기다리고 있던 혜원은 연속으로 울리는 휴대폰을 받으러 구석으로 갔다.

김 집사에게서 온 전화였다.

"여보세요."

—아가씨, 시간 괜찮으시면 잠시 만날 수 있을까요?

"무슨 일 있으세요?"

—드릴 말씀이 있습니다.

"그럼 제가 사무실로 가겠습니다."

숙영과 은우를 먼저 보내고 나서 혜원은 할머니가 물려주신 상가 건물들이 있는 곳으로 갔다. 유산으로 받은 상가들은 모두 번화가에 위치해 있어서 매달 나오는 수익이 꽤 되었다. 숙영의 통장으로 넣어 주는 상가의 수익을 빼더라도 혜원에게 들어오는 금액 자체가 만만치 않았다.

사람들로 복작거리는 거리를 비집고 김 집사의 사무실이 있는 상가로 들어가면서 혜원은 사업 투자에 대한 얘기를 할 거라 예상했다. 그녀가 말끔한 사무실로 들어서자 일을 하고 있던 직원들과 김 비서가 일어나 맞았다.

"아가씨, 이쪽으로 오십시오."

김 비서의 사무실로 들어간 혜원은 직원이 가져온 커피 잔을 들면서 물었다.

"집사님…… 아, 죄송합니다. 집사님이란 말이 습관이 돼서 그만. 앞으론 조심하겠습니다."

"아닙니다. 부르셔도 됩니다."

"아래 직원들도 있는데 이젠 소장님이라고 불러야죠. 그런데 무슨 일로 부르셨어요?"

"실은 제가 큰 사모님께 부탁받은 일이 하나 더 있습니다."

"할머니에게요? 어떤⋯⋯."

"큰 사모님께서 돌아가신 후에 아가씨께서 어느 정도 안정이 되시면 전해 달라고 하셨습니다."

김 집사가 건넨 서류 봉투를 무심코 받으려던 혜원은 갑자기 등줄기가 서늘해지는 느낌이 들자 멈칫했다. 뭔가 중요하지만 그녀의 일상을 흔들 내용일 거란 걸 본능적으로 감지했다. 마음을 다잡은 혜원은 서류 봉투를 받으면서 물었다.

"이게 뭔가요?"

"내용은 모릅니다. 전해 주면 아가씨께서 알아서 하실 거라고 했습니다."

"할머니께서 언제 이걸 맡기셨어요?"

"병원에 입원하시기 전입니다. 반드시 아가씨께 직접 전하라고 당부하셨습니다."

혜원은 봉투를 만져 봤다. 서류 같은 게 들어 있는 것 같았다. 봉투를 만지작거리는 혜원에게 김 집사가 주식에 관한 제안을 했다. 할머니가 물려주신 상가의 수익으로 선일 엔지니어링의 주식을 사는 게 어떻겠냐는 얘기였다. 혜원은 아버지 회사의 주식을 매입하라는 말이 이유 없이 나온 게 아닐 거라고 생각했다. 이미 그녀가 받은 할머니의 유산에는 아버지 회사 주식의 지분이 상당했던 것이다. 이유를 묻는 혜원에게 김 집사가 대답을 했다.

"상가에서 나오는 수익의 절반 정도로 꾸준히 주식을 사들이신다면 아가씨는 올해 말쯤 주주 총회에 대주주 자격으로 참여하실 수 있을 겁니다. 큰 사모님의 지분이 많았으니까요."

"……."

"사실은 큰 사모님께서 몇 년 전부터 계속 주식을 매입하고 계셨습니다."

"무슨 이유가 있으셨나요? 예전에는 상가 건물에 투자하신 걸로 알고 있는데요."

"이유는 저도 모릅니다. 단지 아가씨를 위해서이리라 짐작하고 있습니다."

혜원은 식어 버린 커피를 마시면서 생각에 잠겼다.

아버지에게 힘이 되어 주라는 걸까. 아니면 아버지와 화해라도 하길 바라신 거였을까.

혜원은 김 집사의 목소리에 생각에서 벗어났다.

"아가씨, 주식 매입을 직접 하시겠습니까? 아니면……."

"며칠만 더 생각해 보고 결정하겠습니다."

"네, 알겠습니다."

"그럼 전 그만 가 보겠습니다."

혜원을 따라 일어난 김 집사가 망설이다가 돌아서는 혜원의 등 뒤에서 말을 했다.

"아가씨, 사장님께서 많이 아프십니다."

못 들은 척 문손잡이를 잡는 혜원의 모습에 김 집사가 쓸쓸한 표정으로 얘기를 했다.

"사장님은 그 후로…… 웃지 않으셨습니다. 갈수록 건강도 안 좋아지셨고요."

혜원은 대답 없이 문을 열고 나가 버렸다. 밖으로 나온 혜원은 인파에 휩쓸려 정처 없이 걸었다.

그래서 나보고 어쩌라고요. 용서라도 하라는 건가요. 나 말고도 자식들이 있잖아요. 그토록 원하던 아들이 있으면서 내게 왜 이러는 건데, 왜…….

혜원은 약해지려는 마음을 다잡으려 애를 썼다. 하지만 뜻대로 되지 않았다. 아버지가 아프다는 말이 왜 이리 그녀의 가슴을 아리게 하는지.

아프지나 말지, 왜 아픈 거야. 김 비서와 아이들을 선택했으면 아프지 말고 웃으면서 살아야 하잖아. 그러려고 엄마와 이혼한 거 아니야?

바보같이 자꾸 눈물이 흘러내렸다. 몰래 찾아갔던 그날이 떠올랐다. 미국에서 돌아와 맞은 그녀의 생일날 저녁이었다. 아침에 엄마가 정성 들여 끓여 준 미역국을 먹었음에도 그날따라 할머니와 아버지가 너무 그리워서 견딜 수가 없었다. 죽을 만큼 미움이 쌓여 있으나 발길은 저도 모르게 그 집 앞에서 멈춰 있었다. 대문이 굳게 닫힌 저택을 바라보며 바보처럼 한참을 울었다.

김 비서가 차지한 그 집을 빠져나와 엄마에게 가려고 손바닥을 긋고 뼈만 남을 때까지 먹지도 않고 죽을힘을 다해 버텼지만 마음이란 것이 마치 발이 달린 것처럼 할머니와 아버지를 향해 가곤 했었다.

혜원은 답답한 가슴을 쓸어내리며 숨을 크게 내쉬었다.

잊자. 다 잊고 태혁 씨와 엄마와 은우를 생각하면서 살자. 정혜원, 마음 약해지지 마. 최고의 복수는 엄마와 네가 행복하게 사는 거야.

손수건으로 눈물을 닦아 낸 혜원은 앞을 보고 당당하게 걸었다.

11장
드러난 진실

"이모!"

혜원이 문을 열자 은우가 뛰어나왔다. 깜찍하게 다듬은 바가지 머리를 자랑하고 싶어서 내내 혜원을 기다리고 있었던 모양이었다. 예쁘다는 말을 기대하는 속셈이 빤히 보이는 아이의 머리를 요리조리 보는 척하던 혜원은 엄지를 들어 올렸다.

"우리 은우, 너무 예쁘네."

"이모, 나 예뻐?"

"응, 천사 같아."

"외할머니, 외할머니! 이모가 천사 같대!"

천사 같다는 말에 함박웃음을 지은 은우가 자랑을 하려고 숙영에게 달려가는 모습을 보며 혜원은 방으로 올라왔다. 재킷을 벗어 걸어 놓고 백에서 서류 봉투를 꺼냈다. 하지만 엄두가 나지 않았다. 지금의 평온함을 삼킬 뭔가가 있을 것만 같았다.

꼼꼼하게 봉해진 봉투의 끝을 몇 번이나 만지작거리던 혜원은 서류를 화장대 서랍 깊숙한 곳에 집어넣었다. 내일 태혁의 집을 다녀온 후에 열어 보는 게 나을 것 같았다.

할머니께서 시간이 지난 후에 읽기를 원하실 정도면 뭔가 중요한 게 들어 있을 거야.

할머니를 생각하자 자연스럽게 아버지의 얼굴이 함께 떠올랐다. 할머니의 병실에서 애달프게 그녀를 부르던 아버지의 목소리가 김 집사의 목소리와 겹쳐졌다.

"사장님께서 많이 아프십니다."

혜원은 침대에 누워 천장을 올려다봤다. 아무리 외면하려고 해도 깊은 곳에 자리한 아버지가 느껴졌다. 이번에 싱가포르 가든 페스티벌에서 시공한 정원의 콘셉트 또한 어린 시절 부모님과 함께 갔던 여행지에서 우연히 들른 아늑한 개울가의 풍경이 모티브였다.

혜원은 옆으로 돌아누워 몸을 동그랗게 말았다. 아무 생각도 하고 싶지 않았다. 그냥 지금의 이 행복한 시간을 누리고 싶었다. 엄마와 은우가 있는 시간, 그 속에 사랑하는 태혁이 들어와 있는 시간을 방해받고 싶지 않았다. 피곤이 몰려왔다.

스르르 감기는 눈꺼풀을 외면하지 않던 혜원은 콩콩거리며 계단을 올라오는 은우의 발자국 소리에 몸을 일으켰다. 문을 열면서 은우가 외쳤다.

"이모! 외할머니가 갈비 먹으래."

"갈비?"

"응. 엄청 맛있어."

은우의 손을 잡고 주방으로 들어간 혜원에게 숙영이 갈비를 접시에 담아 내밀었다.

"양념이 잘 배어들었는지 모르겠다. 맛 좀 봐라."

"엄마가 만들면 뭐든 맛있잖아요. 일류 호텔의 수석 주방장보다 뛰어난걸요."

"그래도 먹어 봐. 괜찮으면 내일 은우 할머니에게 보낼 거니까."

"내일 가져갈 선물로요?"

"그 집엔 없는 게 없을 테니 차라리 이런 게 낫지 않을까 싶어서. 저번에 우리 집에 오셨을 때 맛있다고 잘 드셨거든. 이번엔 양념에 더 신경을 썼으니까 이것도 가져다드려."

"엄마."

"어서 맛부터 보라니까."

혜원은 접시에 소담하게 담긴 갈비를 한입 베어 먹었다. 부드러운 고기 맛과 그 속에 배어든 양념 맛이 기가 막혔다. 은연중에 태혁이 맛있게 먹을 것 같다는 생각을 한 혜원은 속으로 웃음을 삼켰다. 그러다 인사드리러 갈 때 가져가란 숙영의 말에 괜스레 미안해졌다. 어쩐지 엄마보다 남자 친구를 더 생각하는 같아서.

혜원은 숙영을 도와 저녁상을 차렸다. 잘 익은 갓김치와 시원한 동치미에 숙영이 막 무쳐 낸 배추 겉절이만으로도 어느새 근사한 상이 차려졌다.

"이모, 갈비! 맛있는 갈비!"

"잠깐만 기다려."

식탁 한가운데에 먹음직스런 갈비 접시가 놓이자 셋은 부지런히 밥을 먹었다. 입이 미어져라 갈비를 뜯어 먹는 은우의 모습에 혜원이 웃음을 터트렸다.

"은우야, 설마 할머니 집에서도 그렇게 먹는 건 아니겠지?"

"할머니 집 고기보다 외할머니 고기가 백배는 맛있어."

"그래? 그럼 많이 먹어. 밥이랑 채소 반찬도 같이 먹고."

"응."

은우는 보란 듯이 혜원이 집어 준 겉절이 한 조각을 날름 받아먹었다.

"맛있어. 외할머니가 만든 건 다 맛있어."

은우의 칭찬에 기분이 좋아진 숙영이 입가에 묻은 양념을 닦아 주며 말했다.

"은우야, 그럼 내일 갈 때 쿠키를 구워 줄 테니 가져가서 먹을래?"

"응, 한솔이랑 같이 먹을 거야. 아빠와 삼촌한테도 주고."

"할아버지와 할머니께는 안 드리고?"

"줄 거야."

혜원은 대답을 하면서도 오물거리며 부지런히 갈비를 먹는 은우의 모습에 입꼬리를 올려 웃다가 숙영의 모습까지 눈에 담았다. 욕심 같아서는 여기에서 은우와 태혁 씨랑 함께 살고 싶은데. 그녀의 시선이 가을바람에 흔들리고 있는 단풍나무로 이어졌다.

어렵겠지. 은우는 아빠와 살아야 하니까. 은우에게 새엄마가 생기고 어느 정도 적응할 때까지는 나도 거기서 함께 사는 게 좋을 텐데. 하지만 엄마는……

사랑하는 두 사람 중에서 어떻게 한 사람을 선택해야 하나 고민하던 혜원은 그만 피식 웃고 말았다. 아직 결혼을 허락받은 것도 아니고 태혁과 의논을 하지 않은 상태에서 혼자 김칫국을 마신 격이었으니.

갈비를 얼마나 먹었는지 배가 볼록해진 은우가 애니메이션 영화를 보겠다며 숙영과 안방으로 들어갔다. 혜원은 설거지를 마치고 커피 머신에서 커피를 내렸다. 머그잔 가득 든 커피에서 향긋한 향이 퍼져 나갔다.

참 좋다.

혜원은 식탁에 앉아 느긋하게 커피를 마시며 정원을 감상했다. 구상나무 옆에서 담을 타고 올라가던 으아리꽃이 어느새 시들어 버린 게 보였다.

내년에는 저 자리에 아라비안 재스민 화분을 놔야겠어. 흰 꽃은 재스민 차로 우려내 마시고.

그녀는 말리꽃, 모리화라고 불리는 아라비아 재스민을 몹시 좋아했다. 온 가족이 함께 살던 때엔 추워지면 집 안에 들여놓는 말리꽃 화분에서 늘 취할 듯한 향기가 퍼져 나왔었다.

말리꽃을 생각하자 문득 태혁을 처음 봤던 날이 떠올랐다. 흐드러지게 핀 잉글리쉬 장미와 하이브리드 티 장미, 플로리다분다 장미 화단을 지나 말리꽃 화분들이 무리 지어 놓여 있었다. 바람 속을 가득 채우고 있던 꽃향기에 몽롱하게 취해 있을 때 재현의 집 2층 발코니에 태혁이 나타났었다. 껄렁거리는 재현과 어울릴 것 같지 않던 남자. 깊고 검은 눈동자가 잠시 그녀에게 박혔다가 스쳐 지나갔었다.

열다섯 살 때의 짧은 만남과 인연. 그게 말리꽃의 꽃말처럼 행복으로 이어진 것일까. 아니면 필리핀 연인들이 이 꽃으로 나눈다던 사랑의 맹세였을까.

하지만 태혁을 처음 봤던 그날은 그녀의 가족이 깨진 날이기도 했다. 그래서 고통스러운 기억을 떠올리게 하는 이 꽃을 그 후론 집에 들이지 않았었다.

이젠 괜찮아. 태혁 씨가 곁에 있으니까.

마음이 통했나 보다. 때마침 그에게서 톡이 왔다.

〈회식 자리에서 빠져나왔어요. 지금 그리로 가고 있어요.〉

〈술 마셨어요?〉

〈조금요.〉

〈대리운전 불러서 와요.〉

〈박 비서가 와 있어요.〉

〈알았어요.〉

〈나 보고 싶어도 조금만 참고 있어요.〉

〈꾹 참고 있을게요.〉

단지 메시지만으로도 자신을 행복하게 하는 사람. 그가 있어서 그녀의 인생이 장밋빛으로 물들기 시작했다.

웃음을 삼킨 혜원은 재빨리 방으로 올라와 양치를 하고 화장대의 거울을 들여다봤다. 반짝거리는 눈, 발그레해진 뺨이 눈에 들어왔다.

등 뒤로 흘러내린 단정한 머리를 다시 매만지고 핑크빛이 가미된 립스틱을 발랐다. 아이라인으로 또렷하게 눈매를 강조하고 나서야 방에서 나왔다.

혜원은 정원의 나무 의자에 앉아 태혁을 기다렸다. 얼마 지나지 않아 익숙한 발소리가 들렸다. 한 걸음, 한 걸음 그녀를 향해 다가오는 발소리가 왜 이리 좋은지.

"혜원 씨."

초인종을 누르는 대신에 태혁이 조용히 그녀를 불렀다. 문을 열어 주자마자 그녀를 품 안에 꽉 끌어안았다. 그의 넓고 아늑한 품에 얼굴을 묻고 있던 혜원이 고개를 들었다. 둘의 검은 눈동자가 맞닿았다.

"잠시만 기다려요. 어머니께 인사드리고 나올게요."

거실의 문을 연 태혁이 숙영을 불렀다.

"어머니, 저 왔습니다."

방문이 조금 열리더니 숙영과 동그란 은우의 얼굴이 나란히 나타났다. 숙영이 어서 오라는 말을 하기도 전에 문을 활짝 열어젖힌 은우가 태혁에게 뛰어올랐다.

"삼촌!"

"오늘도 잘 놀았어? 어디 보자, 머리 모양이 달라졌나? 더 예뻐졌네."

역시나 예쁘다는 말에 약한 은우가 까르르 웃었다. 태혁이 뽀뽀를 해 주자 은우는 다른 때와 달리 고개를 도리도리 저었다.

"술 냄새 나. 뽀뽀 안 할 거야."

"알았어. 그럼 삼촌이 술을 안 마시면 뽀뽀해 줄 거지?"

"응."

숙영이 애니메이션을 더 보고 싶다는 은우를 방으로 데리고 들어가자 태혁은 정원으로 나와 혜원의 옆에 앉았다. 은우의 말이 거기까지 들렸는지 혜원이 그에게 물었다.

"술 많이 마신 거예요?"

"양주 한 병 정도요. 임원들이 한 잔씩 돌리는 바람에 마실 수밖에 없었어요."

"저녁은 제대로 먹었어요?"

"대충 먹었어요."

"차려 줄게요."

"혜원 씨."

태혁이 일어서려는 혜원을 끌어당기며 속삭였다.

"보고 싶었어요."

"아침에 봤는데……."

"혜원 씨."

태혁의 얼굴이 다가오자 혜원의 입술이 사르르 벌어졌다. 얽히는 혀 사이로 독한 양주 맛이 났다. 부드럽던 키스가 점점 뜨거워져 혜원은 태혁의 목덜미를 끌어안았다. 허리가 부러질 듯이 강하게 등을 끌어당기던 그의 손이 찰랑거리는 머리카락 사이를 헤집다가 날씬한 허리 라인을 쓰다듬었다. 태혁의 뜨거운 손이 바지 속에 들어간 셔츠를 끄집어내고 들어오자 혜원은 그에게서 몸을 떼려고 했다. 귓불로 옮겨간 태혁의 입술에서 거친 숨소리가 귓속으로 흘러들어 왔다.

"하아, 미칠 것 같아요."

"태혁 씨, 참아요."

태혁은 간신히 혜원에게서 떨어졌다. 타오르는 욕망을 억누르며 헝클어진 혜원의 머리카락을 쓸어서 정돈해 주다가 한숨을 쉬었다. 그를 올려다보고 있는 혜원의 얼굴에서 눈을 떼기가 힘들었다. 정원의 약한 조명과 어우러진 달빛 속에서 반짝이는 혜원의 눈동자, 아름다운 입술. 보기도 아깝고 만지기도 아까운 그녀가 그의 눈동자 속에 가득히 들어왔다.

태혁은 뻐근해지는 가슴에 손을 댄 채 슈트 주머니 속의 반지 케이스를 만졌다. 이미 결혼반지를 주문해서 받아 온 상태였다. 신부가 될 이 여자의 가는 손가락에 평생의 사랑을 맹세하며 끼워 줄 반지였다. 태혁은 따스한 혜원의 뺨을 만지며 말했다.

"퇴근하면 해 주기로 한 말은 언제 해 줄 거예요?"

혜원이 손으로 입을 가리고 쿡쿡 웃었다.

"저녁을 제대로 못 먹었다면서요. 일단 저녁부터 먹어요. 그러면 질리도록 해 줄게요."

"정말이죠?"

주방으로 들어간 태혁은 슈트 상의를 벗어 놓고 혜원이 차려 준 밥을 먹기 시작했다.

은우 못지않게 맛있게 갈비를 뜯는 그의 모습이 너무 좋았다. 갈수록 두꺼워지는 콩깍지 덕인지 먹는 모습마저 심장이 두근거릴 정도로 좋았다. 혜원은 순식간에 밥 한 공기를 다 먹은 태혁에게 따뜻한 물을 가져다주며 물었다.

"더 먹을래요?"

"아니요, 혜원 씨에게 사랑을 많이 받으려면 이 모습을 유지해야죠."

그의 말에 입가가 한없이 올라가던 혜원은 태혁에게 칫솔을 꺼내 주고 빠르게 설거지를 마쳤다. 둘은 다시 배롱나무 아래의 의자에 앉았다. 혜원의 어깨를 안은 태혁이 물었다.

"혜원 씨, 궁금한 게 있어요."

"뭔데요?"

"은우 생일날 여기서 빌었던 내 소원은 이미 말해 줬잖아요. 정혜원의 남자가 되게 해 달라던 소원이요."

"네."

"그때 혜원 씨는 무엇을 빌었는지 알고 싶어요."

얼굴이 붉어진 혜원이 대답을 망설이자 태혁이 재촉을 했다. 혹시 혜원도 그를 마음에 두고 있었던 건 아닌지 알고 싶은 마음이 굴뚝같았다.

"뭐였는데요?"

혜원은 태혁의 귓가에 고백하듯이 속삭였다.

"이 남자가 내 남자였으면 좋겠다고요. 욕심이 난다고 했어요."

"혜원 씨."

혜원을 끌어안은 태혁의 목소리에 물기가 어렸다.

"하아, 나중에 근사하게 프러포즈를 하려고 했는데 도저히 못 참겠어요."

"프……러포즈요?"

"또다시 하더라도 내 여자라는 표시를 해 놔야겠어요."

태혁은 주머니에서 반지 케이스를 꺼냈다.

"혜원 씨, 평생 당신만 바라보면서 사랑할게요. 그러니 평생 정혜원의 남자로 살아가게 해 줘요."

"그럴게요, 태혁 씨."

혜원의 눈에서 행복한 눈물이 흘러내렸다. 그녀의 손가락에 반지를 끼워 준 태혁이 혜원을 으스러지게 껴안았다. 목덜미를 껴안은 혜원이 눈물에 젖은 입술로 입을 맞춰 오자 태혁은 손으로 그녀의 뒷머리를 잡고 뜨겁게 키스를 했다.

❂　　　❂　　　❂

혜원은 태혁의 손을 잡고 저택의 계단을 오르고 있었다. 은우 때문에 자주 드나들던 곳이지만 긴장을 했는지 손바닥에서 엷게 땀이 배어 나왔다. 그녀가 긴장한 것을 알아차린 태혁이 손을 더 세게 잡아 주었다. 그래도 여전히 긴장이 풀리지 않아 혜원은 가다 서다를 반복하며 태혁을 바라보았다. 태혁이 다정하게 안아 주자 비로소 그의 넓고 따뜻한 품에서 안정을 찾았다.

태혁과 집 안으로 들어선 혜원은 가족들에게 차분하게 인사를 했다. 이미 기사의 차를 타고 오전에 돌아온 은우가 주혁의 무릎에 앉아 혜원을 보며 생글생글 웃었다.

메이드가 차를 내오자 한 회장이 입을 열었다.

"이미 알고 있는 사이니까 간단히 얘기할게요."

"네."

"우리 아들을 잘 부탁해요."

"네?"

"우리 태혁일 책임져 줘야겠어요."

"……."

예상과 너무 다른 말에 잠시 멍하게 있던 혜원은 한 회장의 말을 곱씹어 봤다. 혹시 잘못 들은 것은 아닐까. 당황한 그녀를 지켜보던 한 회장이 웃으며 태혁을 책임지지 않을 거냐고 다시 물었다. 그 말에 혜원의 얼굴이 빨개지자 최 여사가 나섰다.

"당신도 참, 여자에게 책임을 지라니요."

"빙빙 말을 돌릴 필요가 있나. 태혁이 이 녀석이 혜원 씨가 아니면 안 된다는 걸."

"그건 그렇지만…… 혜원 씨."

"네."

"혹시 내가 섭섭하게 한 게 있더라도 잊고 앞으로 우리 잘 지내요."

"감, 감사합니다."

"그리고 우리 은우와 은우 엄마에게 해 준 것 모두 다 너무 고마워요."

"아뇨, 제가 감사합니다."

당황한 혜원의 대답에 한 회장이 허허 웃었다. 내심 주혁의 짝으로 욕심을 냈건만 그 욕심을 내려놓으니 마음이 편해졌다. 태혁의 짝으로도 괜찮다 싶었다. 무엇보다 안정을 찾은 주혁의 모습에 더 안도했기 때문이리라. 그동안 봐 온 혜원의 모습이 믿음을 준 것도 사실이었다.

"혜원 씨, 축하합니다."

주혁의 말에 혜원은 정신을 차렸다. 감사하단 혜원의 대답에 은우가 주혁의 팔을 흔들며 물었다.

"아빠, 뭘 축하해?"

"삼촌이랑 네 이모가 결혼할 거야."

"응. 그렇구나. 이모는 삼촌이랑 결혼하고 은우는 한솔이랑 결혼하고. 이모, 그렇지?"

알겠다는 듯이 고개를 끄덕이는 은우의 모습에 모두들 웃음을 터트렸다. 그 후로 더 좋아진 분위기로 인해 긴장이 어느 정도 풀린 혜원은 그제야 가족들의 말에 제대로 대답을 할 수 있었다.

행복하게 웃고 있는 태혁을 바라보는 주혁의 눈빛은 복잡했다. 태혁의 잘못이 아니란 걸 알면서도 오랜 시간을 원망했던 동생이었다. 비겁한 행동이라 해도 그것은 자신이 살고자 하는 발버둥이었다. 원망할 대상마저 없었다면 이미 그는 영인을 따라갔을 테니.

하지만 이미 미워하며 살아온 세월이 길어 형제간의 우애를 회복하기란 쉽지 않을 것이다. 또한 태혁에게 매달리던 영인의 잔상이 쉽게 지워지지도 않을 것이다.

한숨을 내쉰 주혁은 나란히 앉은 혜원과 태혁의 모습을 잠시 바라봤다. 그의 시선을 느낀 혜원이 환하게 웃자 얼떨결에 미소를 마주 지었다. 그리고 깨달았다. 혜원과 있는 태혁에게서 더 이상 영인의 모습이 겹쳐 보이지 않는다는 것을.

혜원의 시선을 따라온 태혁과 딱 눈이 마주친 주혁은 어색한 목소리로 축하의 말을 건넸다. 그의 축하에 태혁의 얼굴이 활짝 밝아지자 주혁은 머쓱해져 은우에게로 시선을 돌렸다.

이런저런 얘기를 나누는 사이에 저녁이 됐다. 다이닝 룸의 넓은 식탁에서 태혁과 은우 사이에 앉은 혜원은 반짝반짝 빛이 났다. 특히 엄마가 보내 준 갈비를 연신 칭찬하면서 맛있게 먹는 가족들의 모습에 새삼 엄마에게 더 고마움을 느꼈다.

은우가 먹기 좋게 갈비를 발라 주던 혜원은 은우의 등을 부드럽게 쓰다듬었다.

"이모, 왜?"

"예뻐서."

그녀의 대답에 방실거리는 은우를 보며 혜원은 더 부지런히 고기를 발라 줬다.

은우야, 너와 네 엄마 덕분에 이모가 여기 있는 거야. 고맙다, 내 작은 천사.

식사를 마치고 느긋하게 차를 마신 후, 혜원은 태혁과 정원으로 나왔다. 손을 잡고 정원을 걷던 둘은 널찍한 그네 의자에 앉았다. 태혁의 어깨에 머리를 기댄 채 혜원은 숙영에게 전화를 걸었다. 기다리고 있었는지 바로 전화를 받은 숙영이 허락을 받았다는 말에 작은 소리로 흐느꼈다. 걱정했을 엄마의 마음이 느껴지자 덩달아 울컥했다.

전화를 끊은 혜원의 눈가에 눈물이 맺혔다. 엄마에 대한 고마움과 태혁에 대한 사랑을 담은 눈물이 툭 떨어져 내렸다. 그녀의 눈물을 닦아 준 태혁이 따뜻하게 안아 주면서 말했다.

"내가 어머니께 더 잘 할게요. 든든한 사위이자 아들 역할까지 할게요."

"고마워요."

혜원은 태혁의 넓은 가슴에 얼굴을 묻었다. 쿵쿵 뛰는 그의 심장 소리, 머리 위에서 느껴지는 숨소리, 등을 쓰다듬어 주는 손길. 모든 것이 너무 좋아서 행복한 눈물이 다시 한 방울 툭 떨어졌다.

저녁 늦게 집에 돌아온 혜원은 숙영과 얘기를 나누다가 방으로 올라왔다. 샤워를 마치고 편안한 옷으로 갈아입은 후 침대에 누워 정신없이 흘러간 하루를 되새기다가 손가락에서 반짝이는 반지를 들여다봤다.

한참을 이리저리 손을 움직이면서 반지를 들여다보던 혜원은 일어나 창문을 열고 하늘을 올려다봤다.

할머니, 저 청혼받았어요. 그날 말씀드렸죠. 좋은 사람이 있다고요. 축복해 주세요. 평생 사랑하며 행복하게 살아갈 수 있도록.

기뻐하는 할머니의 웃음소리가 들리는 듯했다. 혜원은 창문을 더 활짝 열고 배롱나무 꼭대기를 내려다봤다.

없다. 할미새사촌이 보이지 않는다. 할머니가 안심하고 하늘나라로 올라가신 것일까. 혜원은 돌아가시는 마지막 순간까지도 손녀에게서 눈길을 떼지 않던 할머니가 있을 하늘을 한참 동안 올려다봤다.

한 번 크게 심호흡을 한 혜원은 천천히 화장대로 다가갔다. 잠시 망설이다가 화장대 서랍에서 서류 봉투를 꺼낸 혜원은 가위로 봉투를 자르고 내용물을 꺼냈다.

할머니가 쓴 편지와 서류 뭉치였다.

혜원은 편지부터 읽었다. 정갈하던 할머니의 필체가 흐트러진 게 보였다. 병원에 입원하시기 전에 쓰셨다더니 할머니의 간절함이 느껴지는 것 같아 눈시울이 붉어졌다.

'세상에서 가장 귀한 내 손녀에게' 라고 쓰인 첫 구절부터 가슴이 먹먹해졌다. 첫 페이지에는 혜원에 대한 할머니의 절절한 사랑이 담겨 있었다. 한 자, 한 자 읽어 내려갈수록 혜원의 눈물은 점차 짙어졌다.

하염없이 눈물을 흘리던 혜원은 편지에 빼곡하게 쓰인 글자를 손으로 만졌다. 손녀에 대한 사랑만큼은 이 세상 그 누구에게도 뒤지지 않던 할머니. 그 마음이 고스란히 담긴 편지가 혜원의 눈물에 젖고 있었다.

"보고 싶어요, 할머니. 너무 보고 싶어요."

파도처럼 몰려드는 그리움에 혜원은 바닥에 주저앉았다.

왜 그랬을까. 돌아가시기 전에 더 찾아뵐 걸. 왜 자존심과 상처 속에 감정을 숨겼을까.

"정혜원! 자존심이 뭐라고. 도대체 그딴 게 뭐라고!"

혜원은 눈물을 닦아 내고 다시 처음부터 편지를 읽었다.

세상에서 가장 귀한 내 손녀에게.

우리 아가, 혜원아. 할머니가 아무리 미워도 이 편지만은 꼭 읽어다오.

죽을 날이 얼마 남지 않았다는 핑계로 네게 글로 내 마음을 전

한다.

혜원아, 네 엄마와 아빠가 보여 준 초음파 사진 속의 작은 점으로 처음 만났을 때부터 할머니는 너를 사랑했단다. 세상에 나온 어린 네가 얼마나 예뻤는지 모른다. 지금도 모든 게 눈에 선하구나. 아장아장 걷기 시작하던 모습, 내게 달려와 안기며 웃던 천사 같던 얼굴.

점점 자라는 널 보면서 얼마나 행복했는지 말로 표현할 수가 없구나. 때로는 네가 너무 사랑스럽고 대견해서 혼자 몰래 눈물을 훔치곤 했단다. 밥을 먹고, 시험 기간이라며 밤늦게까지 공부하고, 바이올린을 켜던 모습들마저 이루 말할 수 없이 좋았단다.

보고만 있어도 행복을 주던 내 손녀에게 이 할머니가 지울 수 없는 상처를 주고 말았다. 그래도 너를 엄마에게 보낼 수는 없었단다.

하지만 앙상하게 마른 네가 엄마에게 가려고 손바닥을 그었을 때 난 더 이상 너를 잡아 둘 수 없다는 걸 알았다.

너를 보내고 네 아빠와 난 오랜 세월 동안 그리움 속에서 서서히 말라 갔단다. 다시 눈앞에 나타나면 그 자리에서 죽어 버리겠다는 네 말이 빈말이 아니란 걸 알아 더 슬펐지.

혜원아, 네가 떠나고 난 뒤 너무나 보고 싶어서 결국 몇 년 전부터 할머니는 사람을 붙여 사진으로나마 지켜봐 왔단다.

죽기 전에 한 번이라도 네 목소리를 듣고, 네 손을 잡아 볼 수 있다면 얼마나 좋을까.

글자 속에 할머니의 온기가 있기라도 한 것처럼 글자를 쓸어내리던 혜원은 다음 장을 읽기 시작했다.

"도대체 이게 무슨 소리야?"

혜원은 눈물을 닦아 내고 집중했다. 분명히 눈으로는 읽었는데 머리로는 이해가 되지 않았다. 할머니의 편지 내용을 꼼꼼하게 다시 살폈다.

혜원아, 손자에 대한 내 욕심이 화근이었다. 그걸 안 김 비서가 일을 꾸민 거란다. 아들만 하나 낳으면 인생이 바뀔 거라고 생각한 거지.

하지만 네 아버진 네 엄마와 헤어질 생각이 없었어. 네 아버지는 그 아이만 데려와 키울 생각이었단다. 네 엄마에게 평생 동안 빌더라도 자신의 실수니 책임을 져야 한다고 여겼지.

그런데 김 비서가 그 아이를 내놓지 않았다. 원하는 돈을 받고도 계속 아이를 숨겼어. 그러면서 조건을 내세웠지. 네 살까지는 자신이 키우겠다고. 그때까지 비서로 일하겠다는 것도 걸었다는구나. 그것 또한 어떻게든 네 아빠의 발목을 잡으려던 속셈이었던 거야.

결국 참다못한 네 아빠가 엄마에게 모든 것을 털어놓자, 그날 그 모습으로 나타난 거야. 하지만 그 아이들은…….

그 뒤로 이어진 내용을 읽을수록 혜원의 얼굴은 더 새파래졌다. 방 안이 빙빙 도는 것 같았다. 글자들이 태풍처럼 머릿속을 헤집고 다니면서 상처를 냈다. 비틀거리며 일어난 혜원은 손으로 입을 막고 속으로 비명을 질렀다.

하지만 편지 속의 말들이 그녀의 비명마저 삼켜 버렸다.

두 사람은 부부로 살지 않았다. 네 아빠는 여전히 네 엄마를 사랑한단다. 혜원아, 모든 일의 빌미를 제공한 것은 손자에 대한 내 욕심이었으니 날 원망해라. 내내 괴로워하며 속죄하듯이 산 네 아빠가 아닌 나를 원망해다오.

아가, 제발, 한 달에 한 번이라도 아비를 만나 줄 수 없겠니? 그러면 네 아빠는 살 수 있을 게다. 나도 이 사실을 안 지 얼마 되지 않았다. 네 아빠도 의심은 했겠지만 그것마저도 자신의 죄라고 생각하며 살아가고 있는지도 모르겠구나.

입술을 깨문 채 끝까지 다 읽은 혜원의 손에서 툭 떨어진 편지가 방바닥에 흩어져 내렸다.

"엄마와 내가 어떻게 살아왔는데! 이제 와서, 15년이나 지나서 어쩌라고요!"

다리에 힘이 풀린 혜원은 방바닥에 쓰러지듯 드러누웠다. 서러웠던 세월, 할머니와 아빠를 그리워하면서도 미워했던 시간들, 지나가 버린 엄마의 젊은 시절. 그 모든 것들을 어디서 보상받아야 할까.

혜원은 입을 틀어막고 속으로 엄마를 부르며 울었다. 자신은 그렇다 치더라도 가엾은 엄마의 인생은 어떻게 하란 말인

가. 원망할 대상마저 사라지면 모녀가 의지하며 살아온 그 시간들은 뭐가 될까.

차라리 나쁜 아빠로, 욕심 많은 할머니로 남으란 말이야. 바보처럼 속아서 살았다고 하면 다 용서해 줄 거라 생각하는 거야?

눈물이 끝없이 쏟아졌다. 원망, 사랑, 그리움, 안타까움을 담은 눈물이.

너무 울어서 진이 빠진 혜원은 축 처진 채 한 시간이 넘도록 바닥에 누워 있었다. 눈을 감았다. 어지러워 견딜 수가 없었다.

정신을 잃고 그대로 잠이 들었나 보다. 서늘한 가을밤의 날씨에 서서히 잠에서 깨어나던 혜원은 흐느낌 소리에 급히 눈을 떴다.

언제 들어왔는지 바닥에 주저앉은 숙영의 손에는 편지와 서류가 들려 있었다.

"엄마……."

"혜원아, 이게 도대체 무슨……."

서류를 쥔 숙영이 몸을 떨었다. 분노인지 아니면 허망함인지 모를 수많은 감정들이 전신을 휩쓸고 있었다. 잠깐 정신을 놓던 것일까. 엄마를 부르며 울고 있는 혜원의 모습이 눈에 들어오자 딸을 끌어안았다.

모녀는 부둥켜안고 한참을 울었다. 먼저 정신을 차린 숙영이 딸의 어깨를 토닥여 주며 계속 괜찮아질 거라고 말했다. 엄마의 손길과 안정을 찾은 목소리에 혜원의 울음소리도 차츰 줄어들었다.

혜원은 여전히 고운 숙영의 얼굴에서 눈물을 닦아 주었다. 늘 힘든 일이 있을 때면 숙영이 입버릇처럼 하던 말이 생각났다.

"세상이 무너진 것도 아니잖니. 견딜 수 있을 거야. 이런 일도 다 지나가고, 언젠가 웃으면서 얘기할 날이 올 거란다."

혜원은 주문처럼 그 말을 되뇌었다.

괜찮아. 견딜 수 있을 거야. 다 지나갈 거야.

혜원과 숙영은 서로에게 기대어 밤을 새웠다. 시간이 흐르는 것도 느끼지 못하고 있다가 새벽을 맞이한 것이다. 어둠이 엷어지는 하늘을 바라본 숙영이 애써 담담한 얼굴로 입을 열었다.

"난 네 아빠의 등 뒤에서 편안하게 살았어. 내게는 우리 가족이 세상이었고 전부였지. 난 그 세상 속에서 무척 행복했단다."

"엄마."

혜원은 처음으로 속내를 털어놓는 숙영의 말에 귀를 기울였다.

"네 할머니와 아빠에게 미안했었다. 어머니께서 4대 독자인 아들의 손자를 원하는 건 당연한 일이었을 거야. 그런데 그게 마음대로 되지 않더구나."

잠시 생각에 잠겼던 숙영의 눈빛이 흐려졌다.

"김 비서가 아들을 앞세우고 우리 집으로 오기 며칠 전에 네 아빠가 괴로워하면서 사실을 털어놨단다. 어떻게 그런 실수를 한 건지 자신도 모르겠다고 하면서 말이야. 네 아빠가 그런 사람이 아니란 걸 알고 있었으니까 용서해 주려고 했지. 그런데 임신한 김 비서를 보니까 도저히 용서할 수가 없더라."

"엄마, 우리가 속은 거예요. 김 비서 때문에 우리 가족이 깨어지고 지금까지 그 여자의 손에 놀아난 거라고요."

숙영이 차가워진 혜원의 손을 잡으며 편지의 내용을 되새겼다.

혜원을 위해 회사 주식을 평상시보다 더 매입하기 시작한 시어머니가 자금의 흐름에 이상이 있다는 걸 감지하고 조사를 시켰다고 했다. 그리고 김 비서가 어떤 남자에게 오랫동안 돈을 보내고 있다는 것을 알아냈다. 그 사실에 의심을 품은 시어머니가 다행히도 쓰러지기 직전에 아이들이 친자가 아니라는 걸 확인했다고 쓰여 있었다.

시어머니가 바로 행동을 취하지 않은 이유를 곰곰이 생각하던 숙영의 눈길이 혜원에게 향했다. 이미 딸도 답을 알고 있을 거란 짐작이 들어서 조용히 물었다.

"혜원아, 할머니께서 왜 바로 네 아빠에게 알리지 않았을까?"

"아마 아빠의 건강 상태가 안 좋으셔서 더 충격을 주면 안 된다고 생각하셨겠죠. 그래서 제게 서류를 남기신 걸 거예요. 아빠의 건강이 좋아지려면 제가 곁에 있어야 한다고 생각하셨겠지요."

"그럴 거야. 널 보면 아빠는 곧 좋아지실 거다. 그리고 결국 이 일의 매듭은 네 아빠가 풀어야겠지."

"네. 고소를 하든, 이혼을 하든 아빠가 결정을 내려야 하니까요."

숙영은 제 어깨에 머리를 기대는 혜원의 등을 쓸어 주었다. 유란이 그런 일을 꾸민 것은 돈이 목적이었을 것이다. 재산과 회사를 차지할 욕심에 눈이 어두워 이 무서운 짓을 벌인 것일 테니. 하루라도 빨리 알려 줘야 하지 않을까.

숙영은 고민스러운 얼굴로 바닥에 흩어진 유전자 검사 서류를 집어 들었다. 그 서류를 숙영에게서 가져온 혜원이 편지와 함께 서류를 봉투에 넣으며 말했다.

"엄마, 아빠에게 알리는 건 제가 할게요."

"못난 엄마가 짐만 지워 주는구나."

"아니에요. 할머께서는 제가 아빠를 만나길 원하신 거예요. 그래서 임종하실 때 그런 말씀을 하셨나 봐요. 마지막 말씀이 절 제자리로 돌려놓겠다는 거였어요."

각자 생각에 잠긴 탓인지 얼마 동안 방 안에는 정적이 흘렀다. 창밖이 훤해지자 숙영은 자리를 털고 일어났다.

"혜원아, 회사에 하루 더 쉬겠다고 얘기하는 게 좋겠다."

"가야 해요. 팀장님께 보고할 게 있어요. 또 싱가포르에서 수고한 팀원들에게 저녁을 사야 하고요."

"잠 한숨 못 잤는데."

"일단 나갔다가 피곤하면 도중에 휴게실에서 눈을 붙이든지 할게요."

"그럼 씻고 나와. 아침 준비할 테니까."

"네."

숙영이 나가자 혜원은 거울 앞에서 얼굴을 들여다봤다. 퉁퉁 붓고 충혈된 눈, 창백한 얼굴. 하지만 그녀의 깊게 가라앉은 눈동자에는 의지가 담겨 있었다. 혜원은 욕실로 들어가면서 낮게 읊조렸다.

"철저히 갚아 줄 거야."

금세 씻고 나와 아이스팩으로 눈의 붓기를 가라앉히며 식탁에 앉은 혜원의 얼굴은 평상시와 같았다. 모녀는 여느 아침처럼 도란도란 얘기를 나누며 아침을 먹었다. 된장찌개에 밥 한 공기를 다 먹은 혜원이 숙영의 얼굴을 살피며 말했다.

"엄마, 그거 아세요?"

"뭘?"

"많이 달라지셨어요."

"그 세월이 날 더 강해지도록 단련시켰어. 예전처럼 쉽게 무너지진 않을 테니까 내 걱정은 하지 마."

"고마워요."

"그 말은 내가 해야지. 고맙다, 우리 딸."

혜원은 식탁 위로 뻗어 온 숙영의 손을 잡았다. 엄마가 있다는 게 얼마나 좋은지, 함께 살아 있다는 게 얼마나 고마운지가 새삼 더 깊게 느껴졌다.

회사에 출근한 혜원은 일상으로 돌아왔다. 총괄실장인 준성과 다른 팀원들의 축하 인사를 받느라 바빴지만 그 와중에도 보고서 작성에 공을 들이고 있었다.

얼추 보고서를 완성해 갈 즈음, 제우가 데스크를 톡톡 치더니 커피를 내밀었다.

"팀장님, 특별히 팀장님이 좋아하는 커피로 사 왔어요."

"고마워요. 잘 마실게요."

혜원은 계속 옆에서 미적거리는 제우를 올려다봤다.

"무슨 일이 있어요?"

"아니요, 너무 궁금해서……."

"정원에 관련된 건가요?"

"아니요, 그 싱가포르에 오셨던 남자분이요. 아, 죄송합니다. 궁금증을 참지 못하고 제가 그만……."

"결혼할 사람이에요. 이제 궁금증이 풀렸어요?"

"에엣? 결혼이요?"

제우의 목소리가 컸나 보다. 직원들이 우르르 혜원의 주위로 몰려들었다. 결국 무심코 한 대답에 혜원은 많은 직원들에 둘러싸여 그대로 축하 인사를 받을 수밖에 없었다.

퇴근 후 팀원들과 회식을 한 혜원은 감기 기운이 있다는 핑계로 먼저 빠져나와 김 집사의 사무실로 향했다. 연락을 받고

기다리고 있던 김 집사가 그녀를 반갑게 맞았다. 혜원은 단도 직입적으로 물었다.

"알고 계셨죠? 그 서류 봉투에 어떤 내용이 들어 있었는지요."

"알고 있었습니다. 큰 사모님의 부탁으로 친자 확인 의뢰를 제가 했으니까요."

"그렇군요. 그렇다면 다른 서류도 가지고 계시겠네요."

김 집사는 사무실의 금고에서 서류 봉투를 꺼내 혜원에게 건네주었다.

"이건 큰 사모님이 돌아가시고 나서 제가 직접 조사한 내용입니다."

혜원은 서류를 확인했다. 유란이 낳은 두 아이의 친부에 관한 내용이었다. 혜원은 이런 사실까지 대신 조사해 준 김 집사에게 고개를 숙였다.

"정말 감사합니다."

"아닙니다. 전 큰 사모님께 큰 은혜를 입은 사람입니다. 그래서 어떻게든 보답을 하고 싶었습니다. 아가씨, 제가 도울 일이 있다면 언제든지 말씀하십시오."

"그럼 전에 말씀하신 대로 주식을 매입하는 걸 도와주세요. 일부 생활비만 남기고 나머지 임대료로 아버지 회사의 주식을 매입하겠습니다. 필요하다면 상가 건물 중 하나를 팔아도 좋습니다."

"알겠습니다."

김 집사의 얼굴에 미소가 퍼져 나갔다. 어깨를 짓누르는 무거운 짐을 내려놓은 듯 그의 얼굴은 홀가분해 보였다. 무엇보다도 혜원의 강하고 의연한 태도가 그를 기쁘게 했다.

밖으로 나온 혜원은 줄줄이 늘어서 있는 상가 건물들을 올려다봤다. 최고의 노른자 땅 위의 상가들, 한마디로 할머니는 황금알을 낳는 거위를 통째로 그녀에게 안겨 준 것이었다.

혜원의 시선이 상가 건물 위 어두운 하늘로 올라갔다.

할머니, 걱정 마세요. 할머니가 마치지 못하고 가신 일, 제가 할게요. 할머니 말씀처럼 아빠를 만날게요. 건강도 좋아지시도록 돕고요.

혜원은 그녀를 기다리고 있을 태혁을 생각하며 서둘러 집으로 향했다. 조용히 대문을 열고 들어가 주방 쪽으로 가던 혜원은 얼굴이 환해졌다. 환하게 불이 밝혀진 주방에서 태혁과 숙영의 웃음소리가 흘러나왔다.

"호호, 그래서 어떻게 됐나?"

"하하, 아버지와 어머니께서 토라지셨어요. 저와 형님에겐 쿠키를 다섯 개나 줬는데 두 분에게는 한 개밖에 안 줬으니까요."

"쿠키를 넉넉하게 구워서 보냈는데 은우, 이 녀석이. 너무 웃어서 눈물이 나네."

주방으로 성큼 들어선 혜원이 배를 잡고 웃고 있는 두 사람의 웃음소리를 파고들었다.

"우리 은우가 어쨌는데요?"

"혜원 씨!"

"우리 딸, 어서 와."

혜원은 반갑게 맞이하는 두 사람 사이에 앉아 얘기를 들었다. 어제 숙영이 구워 준 쿠키를 병에 가득 담아 가지고 간 은우가 제 아빠와 태혁에게는 쿠키를 다섯 개나 주더니 한 회장과 최 여사에게는 딱 한 개만 줬다는 것이다. 그것도 한참을 망설이다가 건넸단다.

"나중에 은우에게 물어보니까 아껴 먹으려고 그랬다면서 방실방실 웃던데요. '나 잘했지'라는 표정으로요. 그 모습을 보고 다들 얼마나 웃었는지."

"그래서요?"

"결국 아버지와 어머니는 레고를 사 주겠다는 약속을 하고 나서야 하나 더 얻었어요."

세 사람의 웃음소리가 주방에 와르르 쏟아졌다. 너무 웃어서 눈물까지 찔끔 흘린 혜원의 손을 잡은 태혁이 숙영에게 물었다.

"어머니, 잠시 혜원 씨 방에 있다가 가도 될까요?"

"그러게나. 뭐 과일이라도 가져다줄까?"

"지금 가지고 올라가겠습니다."

당장에라도 따라올 것 같은 태혁에게 혜원이 말했다.

"씻어야 하니까 30분 뒤에 봐요."

아쉬워하는 태혁을 뒤로하고 방으로 돌아온 혜원은 빠르게 샤워를 했다. 세차게 쏟아지는 물줄기가 하루의 피곤을 씻어

내는 것처럼 사랑하는 두 사람의 웃음소리가 어젯밤의 눈물을 모두 씻어 주는 것 같았다. 한결 편안해진 숙영의 모습만으로도 기쁜데 든든한 태혁이 모녀의 뒤에서 버티고 있으니 무엇도 두렵지 않았다.

머리를 말린 혜원이 편한 옷으로 갈아입고 립글로스를 바르고 있을 때 태혁이 들어왔다.

"혜원 씨."

그가 팔을 벌렸다. 혜원은 바로 그의 품으로 뛰어들었다.

두 사람은 한참을 안고 있었다. 혜원은 태혁의 날렵한 허리를 안은 팔에 힘을 줬다. 아늑함, 행복감이 몰려왔다.

절로 미소가 지어졌다. 태혁이 머리에 입을 맞추자 혜원은 고개를 들었다. 그녀의 눈에 태혁의 얼굴이 가득 들어왔다. 선이 굵은 제 남자의 얼굴을 손가락으로 다정하게 쓰다듬었다.

"보고 싶었어요."

"나도 보고 싶었어요."

혜원은 감미롭게 들어오는 그의 혀를 받아들였다. 점점 거칠어지는 태혁의 숨소리를 빨아들이며 양팔로 목덜미를 감았다. 뜨거운 키스가 이어질수록 태혁은 힘들어졌다. 아래층에 숙영이 있으니 키스에서 끝나야 한다는 걸 알면서도 혜원을 갈망하는 몸은 미친 듯이 반응했다.

태혁은 힘겹게 입술을 떼어 내고 혜원의 귓가에 속삭였다.

"우리 하루라도 빨리 결혼해요. 난 당장 내일이라도 하고 싶어요."

"조금만 더 시간을 줘요. 끝내야 할 일이 있어요."

"우리 결혼보다 급한 게 뭐가 있어서요?"

혜원은 태혁에게 어젯밤의 얘기를 털어놨다. 그녀의 얘기를 차분히 들은 태혁이 혜원을 더 세게 끌어안으며 말했다.

"내게 맡겨요."

"고마워요. 하지만 아버지가 해결해야 해요. 나도 할 수 있는 일은 할 거고요. 만약 태혁 씨의 도움이 필요하면 얘기할게요."

"혜원 씨와 어머니에게는 내가 있다는 거, 잊지 말아요."

"잊지 않을게요."

12장
서약

다음 날 저녁, 퇴근을 한 혜원은 아버지의 집 앞에 섰다. 한 때는 세상의 그 어떤 가정보다도 단란하고 행복했던 가족의 추억이 있는 곳. 그곳에 다시 발을 들여놓을 생각을 하니 가슴 언저리가 아릿해졌다. 혜원은 가슴을 손으로 쓸어내리며 다짐하듯이 말했다.

"내 집이야. 우리 엄마의 정원이 있는 곳이고."

망설이지 않고 벨을 눌렀다. 인터폰에서 목소리가 흘러나왔다.

"누구세요?"

목소리만으로도 전에 일하던 메이드들 중 한 사람인 은정이란 걸 알 수 있었다. 왠지 제 편을 만난 것 같아 더 힘이 났다.

"저예요, 혜원이요."

"아가씨? 세상에! 정말 혜원 아가씨예요?"

"네, 맞아요."

웅장한 대문이 열렸다. 혜원은 돌계단을 따라 올라가다가 정원으로 시선을 돌렸다. 엄마의 아름다운 정원이 있던 자리에는 볼품없는 나무들이 자리를 하고 있었다.

갈아엎어 버리고 싹 바꿔야겠네. 식물이든 사람이든 다 제자리가 있는 법인데, 마구잡이로 심어 놓은 걸로도 모자라 방치하고 있다니. 저대로 계속 둘 순 없지.

혜원이 현관으로 들어서자 집사와 메이드들이 맞이했다. 제일 앞에서 기다리고 있던 은정이 눈물을 글썽이며 말했다.

"아가씨…… 정말 혜원 아가씨네요."

"잘 지내셨어요?"

"저희들이야 그런대로 지냈는데……."

반가움과 애잔함이 섞인 은정의 목소리에 미소를 짓던 혜원은 거실을 둘러봤다.

"아버지는요?"

"출발하셨다는 연락을 받았어요. 사장님께 아가씨가 오셨다고 연락을 드릴까요?"

"아니요. 그런데 다른 사람들은요?"

"아직……."

혜원은 말끝을 흐리는 은정에게 말했다.

"제 방에 올라가 볼게요."

"아가씨 방은 예전 그대로예요. 사장님께서 항상 깨끗하게 유지하라고 하셔서요."

혜원은 2층으로 올라가 방문을 열었다. 마치 시간이 멈춘 것처럼 모든 게 15년 전과 같았다.

책상에는 그녀가 읽던 책이 놓여 있었고 드레스 룸을 열자 교복과 옷들이 가지런히 걸려 있었다. 마치 방의 주인을 기다리는 있는 것처럼.

혜원은 침대에 놓여 있는 곰 인형을 가슴에 안았다. 그녀가 어렸을 때부터 아끼던 인형이었다.

부드러운 곰 인형의 털을 쓰다듬던 혜원의 시선이 아직도 제자리를 지키고 있는 바이올린 케이스에 가 닿았다. 케이스에서 바이올린을 꺼낸 혜원은 손가락으로 천천히 쓰다듬었다.

연주할 수 있을까. 예전처럼 연주해 보고 싶다는 생각이 강렬해졌다. 오랫동안 연주하지 않아서 굳었을 손가락을 바라보던 혜원의 눈길이 정원으로 향했다.

혜원은 바이올린을 들고 정원으로 나갔다. 전에 즐겨 연주하곤 했던 자리에서 천천히 바이올린을 켜기 시작했다. 손이 어느 정도는 기억하고 있었는지 얼마 지나지 않아 아름다운 연주 소리가 퍼져 나갔다.

"어이, 거기 고집쟁이!"

그날처럼 재현의 목소리가 머리 위에서 들렸다. 옆집의 2층 발코니를 올려다본 혜원의 입가에 미소가 번졌다.

"어이, 거기 바람둥이!"

"너 어떻게 된 거야? 기다려, 오빠가 그리 갈게."

"오빠, 나중에 얘기하자. 오늘은 아버지를 만나러 온 거니까."

"정말 혼자서 괜찮겠어?"

"내가 누군지 잊었어?"

"알지, 고집쟁이에 독종인 정혜원이지."

혜원은 뿌옇게 흐려지는 눈으로 재현을 보며 웃었다. 예전처럼 재현을 올려다보고 있으니 울컥 눈물이 차올랐다. 아웅다웅하면서도 참 친하게 지냈었다.

하지만 아버지와의 어색한 만남을 재현에게 보이고 싶지 않았다. 그런 마음을 짐작한 것인지 혜원이 들어가라는 시늉을 하자 곧 발코니에서 그의 모습이 사라졌다.

어두운 차창 밖을 말없이 바라보고 있던 근호는 피곤한 몸을 시트에 깊숙하게 기댔다. 누가 봐도 병색이 짙은 파리한 얼굴이었다. 마음에서 시작된 병이 몸을 잠식한 지 오래였다.

시각도 미각도 이상해졌는지 좋은 것을 봐도 좋은 줄 몰랐고 음식의 맛도 느껴지지 않았다.

"요양을 하시면서 심신을 안정시켜야 합니다. 그리고 제발 뭐든 좀 드십시오. 영양제와 주사로는 한계가 있습니다."

주치의의 말을 떠올린 근호는 눈을 감으며 생각에 잠겼다.

어떻게든 정리를 하고 우리 혜원이가 결혼하는 모습을 멀리서라도 보고 나서…….

혜원과 나란히 걸어오던 태혁이 떠오르자 그의 입가에 미소가 피어올랐다. 이미 태혁에 대해서는 조사를 마친 상태였다. 자신의 집안과는 비교도 안 되는 집안인 건 틀림없었다. 그의 밑에서 혜원이 자랐다 해도 선 자리를 넣기조차 힘들었을 상대라는 것도.

하지만 집안을 떠나서 당사자인 태혁에 대한 평판이 아주 좋았다. 무엇보다도 혜원을 행복하게 해 주는 사람이란 게 중요했다. 그와 나란히 걸으며 환하게 웃던 혜원의 모습이 떠오르자 몹시 기분이 좋아졌다.

이번 기회에 재산을 정리해 혜원에게 증여할 생각이었다. 가능하면 결혼 전에 하고 싶어 오늘도 고문 변호사를 만나고 오는 길이었다. 세 자녀에게 다 함께 증여하는 게 어떻겠냐는 변호사의 말이 떠오르자 근호는 고개를 저었다.

수민과 수영의 얼굴이 유란의 얼굴과 겹쳐지자 절로 인상이 찌푸려졌다. 과거에서 벗어날 수 없다는 걸 알면서도 그 그림자가 그의 목을 옥죌 때마다 너무 괴로웠다.

그게 유란의 유혹이었던, 커피에 약을 탄 것이던 핑계가 될 수 없다는 걸 알고 있었다. 무슨 이유로든 출장 중에 유란과 하룻밤을 보낸 건 자신이었으니 어떤 변명조차 할 수 없다는 것도.

그렇게 생긴 아들로 인해 그의 가정은 산산이 부서지고 말았다. 숨겨 두고 있던 아들을 보내겠다는 미끼로 그를 불러낸 유란의 속임수에 또다시 걸려들었으니.

술에 취하게 하고 날 속인 거야. 아무 일도 없었는데…….

몇 달 동안 병가를 내고 사라졌던 유란이 집으로 찾아왔던 날이 떠오르자 분노로 심장이 터질 것 같았다. 술에 취해 기억에도 없는 그날에 둘째 아이를 가졌다며 유란이 집으로 쳐들어오지만 않았어도 아니, 그 사실을 미리만 알았어도 일이 이 지경까지는 되지 않았을 것이다.

갑작스러운 상황에 숙영에게 해명할 시간을 놓쳐 버렸다. 유란이 그걸 노렸다는 걸 나중에야 깨달았다. 유란의 의도대로 그날 숙영이 바로 떠나 버렸으니. 아내를 잃고 얼마 지나지 않아 어린 딸마저 그를 떠났다.

결국 애타게 손자를 원하셨던 어머니를 위해 대를 이을 아들을 받아들인다는 심정으로 유란과 재혼하게 됐지만 둘째 아이에 대한 의심을 거두지는 않았다.

아이가 태어나고 얼마 되지 않아 친자 확인을 했다. 역시나 그의 아이가 아니었다. 하지만 죗값이라 생각했다. 아들에 대한 욕심과 어리석음에 대한 대가라고 생각하며 스스로를 고통스런 현실에 가두었다. 사랑하는 아내와 딸을 배신한 벌을 받는 거라고 생각하면서.

그런데 어쩐 일인지 제 아이인 아들에게조차 정이 생기지 않았다. 그건 아들도 마찬가지인지 부자는 늘 데면데면하게 지냈다.

"사장님, 도착했습니다."

기사의 말에 생각에서 벗어난 근호는 어금니를 꽉 깨물었다.

하지만 재산을 줄 순 없지. 특히 김유란, 당신에게는 한 푼도 줄 수 없어. 무슨 방법을 쓰더라도 수민이의 재산으로 살아가게 만들지 않을 거야.

저택의 계단을 오르던 그의 발걸음이 멈칫했다. 바이올린 소리가 들렸다.

다시 발걸음을 옮기려던 그는 재현의 집과 맞닿아 있는 쪽의 정원으로 시선을 돌렸다. 귓속으로 스며들어 오는 바이올린의 연주 소리에 눈물이 솟구쳤다. 어머니와 숙영, 그를 나란히 앉혀 놓고 혜원이 연주해 주던 곡이었다.

다리보다 마음이 앞섰나 보다. 허둥거리다가 넘어질 뻔한 그는 돌계단을 급하게 올라가 소리가 나는 곳으로 달려갔다.

그곳에 그토록 그리워하던 딸이 있었다.

"혜원아, 혜원아."

그의 목소리에 혜원이 바이올린을 내려놓고 몸을 돌렸다. 여전히 믿기지 않는다는 얼굴의 그가 혜원에게 다가갔다.

"아빠."

"혜원아."

아빠란 소리에 그는 무너졌다. 아빠라고, 우리 혜원이가 아빠라고 불렀어. 홀쭉하고 파리한 뺨으로 눈물이 흘러내렸다.

혜원은 본능적으로 금세라도 쓰러질 것 같은 아버지의 팔을 붙잡았다. 그녀를 번쩍번쩍 들어 올려 주던 예전의 강한 팔이 아니었다. 뼈와 가죽만 남은 듯 힘없이 늘어뜨린 팔에 훅하고 눈물이 쏟아졌다.

잘 먹고 잘 살았어야죠. 그래야 나쁜 아빠라고 더 원망이라도 하지. 왜 이렇게 말랐어. 또 얼굴은 왜 그런 거야.

"혜원아……. 미안하다, 아빠가 정말 미안하다."

근호는 딸이 사라지기라도 할까 봐 손을 꼭 붙잡으면서 연신 미안하다고 말했다.

혜원은 미움과 그리움이 섞인 눈으로 아버지를 바라봤다. 자신과 엄마가 떠난 세월 동안 아버지가 편하게 살아오지 못했다는 것이 눈에 보였다. 수척한 얼굴, 앙상하게 마른 몸. 마치 예전의 그녀처럼, 또 돌아가신 할머니처럼 그런 모습을 하고 있었다.

"아빠, 왜 이렇게 말랐어요?"

걱정이 담긴 딸의 목소리에 그는 말을 잇지 못했다. 홀쭉한 뺨 위로 눈물이 흘러내렸다. 나이 든 아버지의 눈에서 흐르는 아픈 눈물에 혜원은 가슴이 미어졌다.

용서를 한 건 아니었다. 하지만 자신이 할 수 있는 한 아버지를 돕고 싶었다. 유란과 가짜 자식들을 쳐내고 이 집을 예전으로 돌려놓을 수 있도록. 나머지는 그 후에 생각하고 싶었다.

"아빠, 들어가요."

"그래, 그래. 들어가서 저녁 먹자. 우리 딸 배고플 텐데."

근호는 주책없이 흐르는 눈물을 얼른 손수건으로 닦아 내고 앞장섰다.

집 안으로 들어가면서 혹시라도 딸이 사라질까 자꾸 뒤를 돌아 확인을 했다. 그 모습에 애써 눈물을 삼킨 혜원은 오랜만에 아버지와 함께 식탁에 앉았다. 은정이 신경을 쓴 것인지 식탁에는 그녀가 예전에 잘 먹었던 반찬들이 가득했다. 혜원은 조용히 밥을 먹었다. 소고기 뭇국을 떠서 먹고 그녀가 좋아하던 불고기 부추 샐러드를 집어 먹었다. 그 모습을 흐뭇한 얼굴로 바라보는 아버지에게 말했다.

"아빠도 드세요. 잘 드셔야 건강해지시죠."

"그래, 먹으마. 우리 딸이 말한 대로 잘 먹어야지."

근호는 수저로 국을 떠서 입에 넣었다. 점심까지만 해도 밥한 숟가락을 먹는 것마저 고역이었는데 이상하게 껄끄럽지 않았다. 쓰디쓴 맛만 감돌던 입안에 들어간 국이 시원하게 느껴졌다. 근호는 딸을 바라보며 천천히 밥을 먹었다. 딸이 먹는 반찬을 집어 먹으면서 그 속도에 맞춰 젓가락질을 하다 보니 어느새 밥 한 공기를 다 비웠다.

물을 가져다 놓던 은정이 그 모습을 보며 눈시울을 붉혔다. 식탁에서 웃음이 떠나지 않던 시절이 떠올라서였다. 숙영이 차린 구수한 된장찌개와 신선한 샐러드와 나물에 양념이 잘 배어들어 윤기가 자르르 흐르던 갈비가 마치 눈앞에 있는 것처럼 생생했다.

은정은 감정을 삭이면서 물었다.

"사장님, 밥을 더 드릴까요?"

"아니, 됐어요. 거실로 과일과 차를 내와요."

"네, 바로 준비하겠습니다."

거실에서 혜원과 차를 마시던 근호는 이게 꿈인가 생시인가 싶었다. 병원에서 눈길조차 주지 않던 딸이 집에까지 왔다는 게 믿기지가 않았다.

"혜원아, 고맙다. 정말 고맙다."

그의 진심 어린 목소리에 잠시 말이 없던 혜원이 입을 열었다.

"건강은 어떠세요?"

"아직은 견딜 만하다."

아버지의 말을 믿을 수 없었다. 당장 쓰러진다고 해도 이상하지 않을 정도로 보였다. 혜원은 한숨을 삭이며 말했다.

"앞으로 자주 올게요. 저와 같이 식사해요."

"정말이냐? 혜원아, 정말이야?"

"네, 자주 오려고 노력할게요."

목이 메어 말을 잇지 못하는 아버지의 모습에 속으로 한숨을 내쉰 혜원이 일어났다.

"내일 저녁에 퇴근하고 올게요."

"벌써 가려고?"

"네, 약속이 있어요."

"내일 꼭 와야 한다."

"네."

정원까지 따라 나온 근호는 그만 들어가라는 혜원의 손짓에도 묵묵히 딸의 뒷모습을 바라보았다.

계단을 내려가던 혜원은 뒤를 돌아봤다. 여전히 그 자리에 붙박인 듯이 서 있는 아버지에게 손을 흔들어 주고 빠른 걸음으로 계단을 내려섰을 때쯤 대문이 열리는 소리가 들렸다. 양손 가득 쇼핑백을 든 비서를 대동한 유란이 소란스럽게 들어서다가 혜원과 눈이 마주쳤다.

"네가 여긴 무슨 일이야?"

"왜요? 내 집에 내가 오는데 무슨 문제라도 있나요?"

"할머니 재산을 꿀꺽했으면 됐지, 이젠 아버지 재산까지 어떻게 해 보려고?"

"재산요? 아, 그렇군요. 하긴 나도 물려받겠죠. 아버지 재산을요. 그것도 아주 많이요."

얼굴이 굳어진 유란이 흘끗 계단 위를 올려다봤다. 나무가 계단의 끝부분을 가리고 있어서인지 근호의 모습은 보이지 않았다.

"정말 네 아버지를 만나러 왔단 말이야?"

"그럼 왜 왔겠어요? 설마 김 비서님이 보고 싶어서 왔겠어요?"

"버릇없는 건 여전하구나. 아무리 그래도 새엄마인데 아직도 그런 호칭으로 부르다니."

"아, 이런 게 버릇없는 거였군요. 난 남의 등에 칼을 꽂는 게 그런 건 줄 알았거든요."

혜원의 말에 유란이 가소롭다는 표정을 지었다. 이제 와서 날뛴다 한들 소용없을 거라는 뜻이었다.

"전에도 말했을 텐데, 당한 사람이 바보라고. 그것도 능력이 돼야 하는 거니까."

"그런가요? 그 능력이 어디까지 갈지 몹시 궁금하네요. 그럼 전 이만, 내일 또 뵙죠."

"내일도 온다고? 네 아버지를 만나려거든 밖에서 만나. 내 집에서 만나지 말고."

"내가 오고 싶으면 언제든 올 수 있는 내 집이기도 하죠. 아예 여기서 눌러살 권리도 있고요."

혜원이 대문을 쾅 닫고 나가자 유란은 분통을 터트렸다.

"건방진 것, 샤인 그룹 아들과 사귀는 것만 아니면 저걸 가만히 두지 않는 건데."

유란은 백화점에서 은우를 안고 있던 혜원과 태혁을 만난 후로 비서에게 태혁에 대한 조사를 시켰다. 재현이 은우를 샤인 그룹의 금쪽같은 손자라고 한 말은 사실이었다. 그리고 태혁이 그 그룹의 실세라는 것도. 그래서 혜원을 건드릴 엄두조차 낼 수 없었다.

혜원이 이 집에 드나든다면 근호가 숙영을 찾아갈 수도 있다는 데 생각이 미쳤다. 그러면 이름만 아내인 그녀는 곧 이 집에서 밀려날지도 모른다는 불안감이 몰려왔다.

"절대로 그런 일은 없어야 해. 어떻게 여기까지 왔는데, 그럴 수는 없지. 그리고 우리 아들이 있잖아. 호호, 쫓아내고 싶어도 그럴 수 없을걸."

하지만 다음 날부터 유란의 불안은 점점 커져 갔다. 혜원이 퇴근을 해서 저녁마다 오기 시작하더니 나중에는 옆집의 신 여사와 재현까지 혜원을 만난다는 이유로 들이닥쳤다. 게다가 평소에 그녀를 무시하던 모자의 사나운 입담이 나날이 발전하고 있어 하루가 다르게 얼굴이 초췌해졌다.

오늘도 유란은 정원의 테이블에서 얘기를 나누고 있는 세 사람의 옆에 앉아 자리를 지키느라 죽을 지경이었다. 마침 메이드가 내온 얼음을 가득 채운 차를 한 모금 마시니 그나마 좀 숨통이 트이는 듯했으나 그것도 잠시, 신 여사의 얘기에 다시 숨이 턱 막혔다.

"혜원아, 이 정원의 꼴이 말이 아니다. 네가 어떻게 좀 해 봐라."

"그렇잖아도 그럴까 생각 중이었어요."

"하긴 돈만 있다고 안목이 길러지진 않지. 네 엄마가 있을 때 이 정원은 정말 유명했었는데. 인근 사모님들의 티 파티 장소가 되기도 했고. 꽃이 필 때면 나도 내 집처럼 드나들었으니까. 재현아, 너도 기억나지?"

"당연하죠. 얼마나 아름다운 정원이었는데요. 또 혜원이가 꽃 사이를 뛰어다니면서 웃는 모습도 좋았죠."

"오빠, 어째 내 기억하고는 다르네. 내가 장미 화단에서 연주하면 시끄럽다고 소리를 질렀으면서."

"하하, 기억이 안 나는걸."

유란은 세 사람의 대화에 낄 수가 없었다. 은근히 그녀를 험담한다는 것을 알면서도 반박할 수가 없으니 속에서 더 울화가 치밀어 올랐다.

그녀는 신 여사가 두려웠다. 신 여사는 상류층 사모님들 사이에서 막강한 영향력이 있었고 그녀에게는 적대적이었으므로 될 수 있는 한 피해 다니는 상황이었다. 그런 신 여사가 그녀에 못지않은 능구렁이 아들을 대동하고 집을 드나드니 한마디로 죽을 맛이었다.

거기서 끝나지 않았다. 혜원과 마주치지 않게 하려고 일부러 아이들을 한밤중에 들어오게 하고 있는데도 신 여사는 얼마 전에 본 적이 있다면서 그녀의 아이들이 전혀 근호를 닮지 않은 것 같다는 말을 서슴없이 꺼내어 가슴을 철렁 내려앉게 만들었다. 그 후로도 이와 비슷한 일들이 계속됐다.

혜원이 오가며 근호의 얼굴에 살이 조금씩 올랐고 표정도 훨씬 밝아졌다. 딸과 저녁을 먹는 기쁨에 잃었던 식욕마저 돌아왔으니 그로서는 더할 나위 없이 행복한 날들이었다.

금요일 저녁, 딸을 볼 생각에 들떠 퇴근 준비를 하던 근호는 혜원에게서 메시지를 받고 비서를 시켜 한식당을 예약했다. 그가 식당의 룸에 들어서자 미리 와 있던 혜원이 창밖을 보고 있다가 고개를 돌렸다.

"먼저 와 있었구나."

"그냥 제가 알아서 시켰어요."

"그것도 좋지. 네가 잘 먹는 거면 아무거나 상관없다."

근호는 딸과의 이런 시간이 꿈만 같았다. 그의 생각이 행복했던 시절로 흘러가고 있을 때 요리가 나오기 시작했다. 맛있게 먹는 혜원을 보자 근호는 먹지 않아도 배가 불렀다. 식사를 끝내고 나온 차를 마시던 그가 얘기를 꺼냈다.

"혜원아, 이번에 네게 증여를 하려고 하니 언제 회사로 오려무나."

"증여요?"

"네가 결혼하기 전에 해 주고 싶다."

그는 이미 혜원이 결혼 허락을 받았다는 기쁜 소식을 신 여사에게 전해 들었다. 그래서 결혼 전에 서둘러 증여를 마무리 지을 생각이었다. 딸이 어느 정도의 재산을 갖고 당당히 결혼하기를 바라는 마음에서였다.

근호의 말에 잠시 생각에 잠겼던 혜원이 입을 뗐다.

"아빠, 먼저 이걸 보시고 말씀하세요."

"어떤 거?"

"할머니께서 제게 남겨 주신 거예요."

혜원은 백에서 서류 봉투를 꺼내 근호에게 건넸다. 중요한 서류란 걸 짐작한 근호는 망설이지 않고 봉투를 열었다. 편지부터 꺼내 읽던 그의 얼굴이 점점 굳어져 갔다. 서류까지 확인하고 나자 그의 얼굴엔 분노와 안도감이 뒤섞여 있었다.

그런 거였어. 큰애도 내 아이가 아니었단 말이지.

근호의 표정 변화를 지켜보던 혜원이 걱정스러운 목소리로 물었다.

"아빠, 괜찮으세요?"

"둘째 아이가 내 아이가 아니란 건 이미 알고 있었다."

"어떻게……?"

"그건 중요하지 않아. 이젠 망설일 이유가 없어졌어."

"뭘요?"

"안 그래도 조치를 취할 생각이었단다. 하지만 큰아이 때문에 고민을 했었지."

근호는 지금까지 그의 목을 꽁꽁 옭아매고 있던 굵은 쇠사슬이 끊어진 것처럼 속이 시원해졌다. 애초에 큰아이까지 친자 확인을 하지 않은 것에 대한 후회도 함께 휘몰아쳤다.

근호는 딸의 눈을 보며 말했다.

"아빠가 너와 네 엄마에게 너무나 큰 상처를 줬어. 미안하다, 정말 미안하다."

"아빠."

"내가 시작한 일이니 내가 매듭을 지으마. 그걸로 너와 네 엄마에게 지은 죄가 사라지지는 않겠지만 내가 해야 할 일은 해야지."

혜원은 아버지의 눈 속에서 엄마에 대한 그리움을 읽었다.

딸 못지않게 아내를 사랑한 아버지였다. 하지만 차마 엄마에 대해 물어보지 못하는 아버지의 마음이 느껴져 혜원의 눈가가 붉어졌다.

그런 딸을 바라보는 근호의 목소리가 몹시 다정했다.

"혜원아."

"네."

"앞으로 가끔이라도 아빠를 보러 올 수 있겠니? 자격이 없다는 건 알지만 부탁하고 싶구나."

"그럴게요. 그리고 먼저 김 집사님을 만나 보세요. 더 자세한 상황을 아는 데다 지금 흐름에 대한 서류도 가지고 계실 거예요."

"고맙다. 이 일을 먼저 마무리 짓고 아빠가 연락하마."

고개를 숙인 혜원은 얼른 눈물을 훔쳤다. 그녀와 숙영은 그 세월 동안 원망할 대상이라도 있었다지만 아버지는 스스로를 미워하며 살았을 거란 생각에 눈가가 다시 뜨끈해졌다. 게다가 둘째 아이가 친자가 아니란 걸 알면서도 죄에 대한 벌로 여겨 여태껏 묵인해 온 세월이 얼마인가. 그래서 아들마저 친자가 아니란 사실에 감옥에서 벗어난 죄수와 같은 표정을 짓는 건지도.

"아빠, 몰랐어요. 할머니의 편지를 읽기 전까진 이런 일이 있었을 거라곤 생각지도 못했어요."

"아마 어머니께선 네가 날 보러 올 수 있도록 이 서류를 네게 남긴 것 같구나. 내가 널 얼마나 보고 싶어 하는지, 그리워하는지 잘 알고 계셨으니까."

그놈의 핏줄이 원인이 돼서 벌어진 일이었지만 역시나 무시하진 못하나 보다. 혜원은 아버지에 대한 미움이 엷어지는 것을 느끼며 새삼 깨달았다. 미워하다가도 또 지금처럼 가슴이 아프니 말이다. 겉으론 태연한 척하지만 아버지의 마음이 어떨지 짐작이 갔다. 담담한 겉모습과는 달리 속으로는 그녀보다 더하면 더했지 덜하지 않으리란 것을.

혜원은 차에 오르는 아버지의 쓸쓸한 뒷모습을 바라봤다. 속아서 산 세월이 얼마나 허망할까. 자책하며 산 시간들은 얼마나 쓰라렸을까. 그냥 바람을 피고도 부끄러움을 모르는 아버지라면 이토록 가슴이 아프지는 않을 텐데. 다시 볼 일도 없을 텐데.

끝없이 이어지는 생각을 끊어 내기라도 하듯이 혜원이 깊게 숨을 내쉬었다. 차로 가면서 휴대폰을 확인했다. 태혁에게 톡이 와 있었다.

〈혜원 씨, 아버님께 서류 전해 드렸어요?〉

〈네, 읽으셨어요.〉

〈힘들 텐데 내가 그리로 갈까요?〉

〈아니요, 내가 갈게요. 재현 오빠도 함께 있어요?〉

〈이 녀석이 안 떨어지네요.〉

〈금방 가요.〉

혜원은 태혁과 만나기로 한 술집으로 차를 몰았다. 미리 그에게 얘기를 했었다. 오늘은 술을 마셔야 할 것 같다고. 2주 동안 아버지의 집에 찾아가느라 태혁과 제대로 만나지 못했던 터라 많이 미안했다. 은우도 이모가 보고 싶다고 투정을 부린다고 했다.

그녀는 앞으로 할 일이 많았다. 결혼 날짜를 잡는 것부터 혼수 준비와 드레스, 턱시도를 맞추는 것까지. 아무리 양가 어머님이 나선다 해도 함께 다녀야 하는 일정이 만만치 않을 것 같았다. 그나마 마음이 급한 태혁이 나선 덕분에 약혼식은 생략하기로 한 게 천만다행이었다.

술집이 있는 상가 주차장에 차를 세운 혜원은 거울을 들여다보면서 화장을 고쳤다. 아버지 때문에 마음이 많이 복잡했지만 이 순간 만큼은 다 잊어버리고 태혁과 시간을 보내고 싶었다.

룸에 들어서자 태혁이 다가와 얼굴 표정을 살폈다. 혜원은 그에게 방긋 웃어 주며 말했다.

"괜찮아요."

"혜원 씨, 힘들면 힘들다고 얘기해요."

"많이 편안해졌으니까 걱정하지 마요."

태혁이 혜원을 옆에 바짝 붙여 앉히자 재현이 손을 휘저으며 말했다.

"애인도 없는 불쌍한 친구가 있다는 걸 잊지 마라."

"네가 능력이 없어서 그러는 거야."

"솔직히 이 외모에, 이 배경에. 또 성격은 얼마나 좋냐. 여자들의 눈이 삔 거지."

"오빠, 그 얘기는 몇 번이나 들었으니까 이제 그만!"

"그래, 기분도 그럴 텐데 술이나 한잔해라."

"난 무알콜 칵테일로 할래."

칵테일을 마시는 혜원에게 재현이 물었다.

"그럼 이제 네가 할 일은 끝난 거야?"

"난 그 서류를 전달해 주는 역할로 할 일은 마쳤어. 나머진 아버지가 처리하실 일이니까 나설 생각도 없고."

"잘하실 거야. 속아서 산 세월이 얼마야? 어떻게 보면 네 아버지도 참 안되신 것 같다."

혜원은 신 여사와 재현에게도 상황을 이미 얘기한 터였다. 숙영을 친자매처럼 생각하는 신 여사의 분노가 대단했지만 결국 혜원의 말대로 당사자가 마무리를 할 때까지 참을 수밖에 없어서 속을 끓이고 있었다. 양주를 단숨에 들이켠 재현이 탁 소리가 나게 잔을 테이블에 놓으며 말했다.

"탈탈 털어야지, 땡전 한 푼 못 챙기게. 그리고 그 친부라는 남자의 재산도 다 털어야 해."

"걱정 마라, 장인어른이 미처 놓친 부분이 있다면 내가 처리할 테니까."

"태혁 씨."

혜원은 태혁이 장인어른이라고 부르는 말에 가슴이 뭉클해졌다. 아무리 아버지가 미워도 사위가 될 사람마저 아버지를 미워하고 무시한다면 너무 슬플 테니.

그녀의 마음을 짐작한 듯 태혁이 다정하게 어깨를 안으며 이마에 입을 맞췄다. 혜원은 태혁의 뺨을 만지면서 말했다.

"고마워요."

맞닿은 두 사람의 시선이 떨어질 기미를 보이지 않자 재현이 연거푸 술을 마시더니 일어섰다.

"난 다 마셨으니까 먼저 간다."

"벌써 가려고?"

말과 달리 어서 가라는 태혁의 눈빛에 재현은 손을 흔들며 나가다가 혜원을 돌아봤다.

"옆집 소녀, 이 오라버니는 가신다."

"오빠, 나중에 봐."

재현이 나가자 혜원의 손을 잡은 태혁이 급히 일어서며 말했다.

"프러포즈도 했고, 결혼 허락도 받았고, 또……."

혜원은 계속 이어지는 태혁의 말을 자르며 귓가에 속삭였다.

"알았어요. 태혁 씨가 하자는 대로 할게요. 하지만 12시 전에는 들어가야 해요."

"그러면 더 서둘러야죠."

서둘러 근처의 호텔을 찾아 들어간 두 사람은 하나가 되어 뜨겁게 불타올랐다.

❀   ❀   ❀

백화점의 명품 매장에서 유란은 매장 직원과 실랑이를 벌이고 있었다. 어제까지만 해도 멀쩡하던 신용 카드가 정지됐다니 믿어지지 않았다. 다시 해 보라는 유란의 재촉에 직원이 단말기에 재차 카드를 그었지만 역시나 먹통이었다.

"사모님, 정지된 카드라고 나옵니다. 혹시 다른 카드가 있으시면……."

유란이 지갑에서 다른 카드를 꺼내 건네주며 투덜거렸다.

"어제까지도 멀쩡했는데 왜 이러는지 모르겠네."

하지만 건네준 카드 역시 마찬가지였다. 얼굴이 벌게진 유란이 지갑에서 카드를 모두 꺼냈지만 전부 정지된 상태였다. 유란은 그녀가 고른 명품 백을 들고 서 있는 비서에게 꽥 소리를 질렀다.

"뭐하고 있어? 빨리 회사에 전화해서 어떻게 된 일인지 알아보지 않고!"

"네, 사모님. 당장 알아보겠습니다."

잠시 밖으로 나가 통화를 한 비서가 당황한 얼굴로 들어와 유란에게 작은 소리로 말했다.

"사모님, 앞으로는 사장님의 돈을 한 푼도 쓸 수 없답니다."

"뭐? 누구랑 통화했어?"

"비서실장님이요. 그리고 만약 사장님의 재산에 손을 대면 가만두지 않겠답니다."

"이런 미친!"

영문을 몰라 더 황당해진 유란은 아쉬운 얼굴로 명품 백을 직원에게 건네주고 백화점 주차장으로 갔다. 당장 회사로 가서 근호에게 따질 생각이었다. 씩씩거리며 주차장으로 갔지만 차가 없었다. 화가 바짝 오른 유란이 비서에게 소리를 질렀다.

"어디다 주차한 거야?"

"분명히 여기다 주차했습니다."

비서가 혹시나 싶어 근처의 차들을 살피고 있는 모습을 보며 유란의 불안은 점점 커졌다. 멀쩡하던 카드가 정지된 것부터 사라진 차까지. 본능적으로 뭔가가 잘못됐다는 걸 깨달았다. 우연이나 실수일 리가 없으니 근호가 한 짓이 분명해 보였다.

마음이 급해진 유란은 서둘러 백화점을 나와 비서와 택시를 타고 회사로 갔다. 선일 엔지니어링의 본사 건물 앞에서 내려 로비로 들어섰다. 하지만 곧 경비들에게 저지당했다.

"외부인은 들어올 수 없습니다."

"뭐야? 내가 누군지 몰라?"

"모릅니다."

"이 회사 안주인이야!"

"저희는 사장님의 지시에 따를 뿐입니다."

"가서 만나야겠어."

"못 들어가십니다."

"빨리 비서실장이라도 불러!"

아무리 억지를 부려도 코웃음으로 응대한 경비들이 유란을 회사 밖으로 내쳤다. 몇 번이나 다시 들어가려 해도 마찬가지였다. 근호와 비서진에 직접 전화를 해도 아무도 받지 않았다. 얼굴이 새파래진 유란이 비서에게 말했다.

"빨리 집으로 가야 해."

"네, 사모님."

택시를 타고 집으로 달려간 유란은 대문을 쾅쾅 두드리며 소리를 질렀다.

"문 열어! 빨리 문 열라니까! 이것들이 오늘 단체로 미쳤나? 다 해고해 버릴 거야!"

하지만 굳게 닫힌 문은 열리지 않았다. 유란은 답답해 미칠 지경이었다.

혹시 안 거야? 아니야, 그럴 리가. 지금까지 의심조차 안 했는데 어떻게 알아?

애써 부정하려고 해도 가슴속에서 두려움이 뭉게뭉게 피어올랐다. 만약에 들킨 거라면 지금까지 모은 비자금과 보석들, 고가의 명품 백들이라도 가지고 도망을 가야 한다는 생각이 머리를 스쳤다. 속이 바짝바짝 탔다. 그것들만 있어도 몇 년은 떵떵거리며 살 수 있을 것이다. 하지만 아예 집에 들어갈 수가 없으니 이를 어쩐다. 약이 오른 유란이 비서에게 말했다.

"어떻게든 집에 들어가야 해. 어서 방법을 찾아."

"실례하겠습니다, 사모님. 비서실장님의 전화예요."

비서실장과 통화를 마친 비서의 얼굴에 비웃음이 어렸다.

"사모님, 비서실장님이 전해 달랍니다. 계속 여기서 행패를 부리시면 더한 방법을 취하겠답니다."

"뭐?"

"김유란과 두 아이들은 사장님과 아무 관계가 없으니 더 이상 눈에 띄지 말라고도 하셨습니다. 집이나 회사로 찾아오면 가만히 있지 않겠답니다. 그리고 기다리라고요."

"뭐, 뭘 기다려?"

"지난 15년 세월의 빚을 다 받아 내겠다고요. 그리고 전 회사로 복귀하라는 지시가 있어서 이만 가 보겠습니다."

비서마저 미련 없이 떠나 버리자 유란은 길바닥에 털썩 주저앉았다.

다 안 거야. 알아 버린 거야. 그런데 어떻게? 도대체 이제 와서 왜 의심을 한 거야?

문득 부지런히 집을 드나들기 시작한 혜원의 얼굴이 떠올랐다. 혜원이 했던 말도.

"재산요? 아, 그렇군요. 하긴 나도 물려받겠죠. 아버지 재산을요. 그것도 아주 많이요."

"이것이 알아낸 거야. 그래서 여기에 왔던 거지. 어디 내가 이대로 당할 줄 알아!"

유란은 혜원에게 전화를 걸려고 했다. 하지만 그녀의 휴대폰이 먹통이었다.

"이제 휴대폰마저 끊으시겠다 이거지."

유란은 이제는 들어갈 수 없는 저택을 미련 가득한 눈으로 한 번 올려다보고 걸어서 길을 내려왔다. 태혁에 대한 조사를 하면서 혜원의 집이 어디인지도 알아 놓은 상태였다.

길가에서 택시를 잡은 유란은 택시 기사에게 혜원의 집 주소를 말했다.

흥분한 유란이 달려오고 있으리란 건 꿈에도 생각하지 못한 채 숙영은 오랜만에 대청소를 하고 있었다. 은우 때문에 거의 낮에는 태혁의 집에 가 있다 보니 집안일에 소홀해진 탓인지 먼지가 뽀얗게 쌓였다.

옥상부터 지하실까지 깔끔하게 청소를 마친 후 세탁기에 돌린 이불을 들고 옥상으로 올라갔다.

"가을볕이 좋기도 하네."

이불을 탈탈 털어 빨랫줄에 널어놓고 주방으로 내려가 커피를 가지고 올라왔다.

노천카페 느낌이 물씬 나는 테이블에 앉아 머그잔 가득 담은 커피를 마시면서 옥상 정원을 둘러봤다.

한여름의 녹음이 사라진 정원엔 가을 정취가 가득했다. 갖가지 국화가 옥상 정원을 가득 채우고 있었다. 콧속으로 스며드는 국화의 향에 부드러운 카푸치노의 향까지 더해지니 금상첨화였다.

요즘 그녀는 마음의 안정을 찾은 상태였다. 오랜 세월 동안 남편을 원망했었다. 사랑했던 만큼 원망이 깊었으리라. 하지만 시어머니의 편지를 통해, 또 그 후에 남편을 만난 딸을 통해서 그간의 사정을 더 자세히 알게 되니 원망은 서서히 가라앉고 그녀만큼 괴로웠을 남편에게 연민을 느꼈다.

숙영은 따뜻한 머그잔을 양손으로 쥐며 말했다.

"그 사람도 많이 힘들었겠지."

남편에 대한 원망이 수그러지니 마음이 편해졌나 보다. 게

다가 결혼 날짜를 잡은 딸의 행복한 모습에 그녀 또한 행복했다. 사위가 될 태혁은 또 얼마나 다정하고 듬직한가.

딸과 은우가 행복을 찾았듯이 남편도 이젠 편안해졌으면 좋겠다는 생각을 했다. 서럽고 원망스러웠던 지난 세월을 그녀가 과거로 묻어 버리기로 작정한 것처럼 남편 또한 그러기를 바랐다.

"이거 놔! 놓으라고! 당신들 대체 뭐야?"

"무슨 일이지?"

밖에서 나는 시끄러운 소리에 숙영은 옥상 끝 쪽으로 가서 땅을 내려다봤다. 그녀의 집 앞에서 고래고래 소리를 지르는 여자를 정장 입은 남자들이 끌어내고 있었다. 숙영은 질질 끌려가는 여자의 입에서 제 이름이 나오자 급하게 옥상을 내려와 대문을 활짝 열었다. 이런 소란을 피울 여자는 김유란밖에 없다는 생각이 들어서였다.

남자들에게 팔을 잡힌 채 끌려가던 유란이 뒤를 돌아봤다. 숙영과 눈이 마주치자 빈정댔다.

"다시 사모님 자리에 오르고 싶나 보죠? 그래서 딸을 시켜 내 뒷조사라도 한 건가요?"

유란의 말에도 숙영의 태도는 담담했다.

"김 비서는 여전하네. 자신이 무슨 잘못을 했는지 아직도 모르나 보지. 그러니 남의 자식을 친자식으로 둔갑시켰겠지."

"남편을 뺏긴 주제에 고상 떨기는. 분하면 어디 내 머리채라도 잡아 뜯어 보시지. 나도 가만히 있지는 않겠지만."

"그럴 가치도 없는 것 같은데. 쓰레기를 만져 봐야 내 손만 더러워질 테니까."

"말 다 했어? 누가 쓰레기야?"

빠져나가려고 몸부림을 치는 유란의 팔을 잡고 있던 남자 한 명이 숙영에게 고개를 숙이며 말했다.

"사모님, 이 여자는 신경 쓰지 마시고 들어가십시오."

"누구신지……."

"저희 두 사람은 한태혁 본부장님이 보낸 경호원들입니다. 그리고 여긴 정 사장님이 보낸 경호원들이랍니다."

"언제부터요?"

"며칠 됐습니다. 이 여자가 어떤 분란을 일으킬지 모른다고 두 분 모두 혜원 아가씨와 사모님을 부탁하셨습니다."

"그렇군요."

"다시는 이런 일이 없게 할 테니 안심하십시오. 그럼 저흰 그만 가 보겠습니다."

경호원들에게 질질 끌려가면서도 바락바락 소리를 지르는 유란의 뒷모습을 보던 숙영이 문을 닫고 집 안으로 들어갔다. 정원 의자에 앉자 왈칵 눈물이 쏟아졌다.

저런 여자에게 속았던 자신이 얼마나 어리석었나. 그깟 자존심은 내려놓고 남편을 믿어 보는 거였는데, 왜 서둘러 이혼을 했을까 하는 자괴감이 들었다. 가족이 이런 상황에 처한 데에는 그녀의 알량한 자존심도 한몫을 한 셈이었다.

이제 와서 후회한들 무슨 소용이 있을까. 이미 세월은 흘러 버렸으니 그냥 다 잊고 지금처럼 잘 살아가면 되는 거야.

이내 숙영의 얼굴에 미소가 퍼져 나갔다. 경호원을 보낸 태혁의 마음 씀씀이에 기분이 좋아져서였다. 동시에 그녀를 보호하려고 한 남편이 떠오르자 급히 몸을 놀려 커피 머신으로 가 다시 커피를 내렸다. 커피의 향이 주방으로 퍼지자 다시 마음이 안정이 됐다.

❖   ❖   ❖

가을이 끝나 가고 있었다. 구청을 나온 근호는 하늘을 올려다봤다. 구름 한 점 없는 파란 하늘이 시야에 가득 들어왔다.

얼마 만에 올려다보는 하늘인가. 늦가을 하늘이 저리도 예뻤던가. 저도 모르게 눈물이 마른 뺨을 타고 흘러내렸다.

"사장님."

비서실장이 당황한 목소리로 그를 불렀다. 손수건을 꺼내 눈물을 닦아 낸 근호가 그에게 말했다.

"이제 다 끝났네."

"사장님……."

말을 잇지 못하는 비서실장의 목소리에 물기가 어렸다. 동시에 자책감이 밀려들었다. 오랫동안 보좌를 했으면서도 이런 내막을 몰랐다는 거에 대해서.

명백하게 드러난 유란의 본모습이 떠오르자 고개를 절레절레 흔들었다. 무서운 여자, 사장님 가족을 나락으로 떨어뜨리고 호의호식하면서 살다니.

비서실장은 근호를 따라 차에 오르면서 물었다.

"사장님, 어디로 모실까요?"

"우리 혜원이 집으로 가 주게나. 밖에서 보고만 와야겠어."

"그리로 모시겠습니다."

"그리고 내가 지시한 일, 지금 당장 시행하라고 비서진에게 이르게."

"네, 사장님."

기사가 조용히 운전을 하는 동안 비서실장은 대기 중인 비서진과 통화를 했다. 이른 오전이어서인지 차는 막힘없이 달려 금방 혜원의 집 앞에 도착했다. 근호는 차에서 내려 집을 바라봤다. 나지막한 담 위로 단풍나무가 보였다.

복자기구나.

근호의 입가에 미소가 어렸다. 꽃과 나무를 좋아한 숙영 덕분에 이 정도는 알고 있었다. 들어가 보지 않아도 알 수 있었다. 숙영과 혜원이 사는 집은 아늑하고 아름다울 것이다. 아내와 딸의 모습이 그대로 반영된 것일 테니.

그의 눈에 그리움이 가득 차올랐다. 담 너머에 있을 숙영의 모습을 그리며 그는 천천히 발길을 돌렸다. 차에 오른 후에도 한참 동안 집을 바라보다가 비서실장에게 회사로 들어가자는 말을 했다.

조용히 움직이는 차 안에서 그는 무거운 짐을 내려놓은 홀가분한 표정을 지었다. 이제 유란은 그와 아무런 관련이 없는 여자가 됐다.

혜원에게 서류 봉투를 받은 날부터 그는 조용히, 하지만 빠르게 움직였다. 김 집사에게 넘겨받은 자료를 토대로 더 철저한 조사를 한 후에 유란에게 가장 큰 타격을 줄 수 있는 방법인 혼인 취소 신고 소송을 냈다. 유란이 한 짓은 민법이 규정한 혼인 취소 사유에 해당되기 때문에 큰 어려움은 없었다. 너무나 명백한 증거 앞에 유란은 반박 자료를 내는 것조차 포기했다. 그 덕분에 보통 3개월에서 1년 정도가 걸리는 법원의 판결이 다른 경우보다 훨씬 빨리 내려졌다.

근호는 서류 가방에서 고문 변호사에게 받았던 서류를 꺼내 눈으로 따라 읽었다.

다른 이성과의 사이에서 생긴 아이라는 것을 숨기고 결혼을 하여 친자인 것처럼 한다면 이는 민법 제816조 제3호가 인정하는 혼인 취소 사유인 '사기로 인해 혼인 의사 표시를 한 때'에 해당한다.

근호는 서류를 꽉 움켜쥐었다. 구겨진 서류의 끝에 유란의 이름이 보이자 이를 악물었다. 갚아 줄 생각이었다. 그것도 처절하게 바닥을 기면서 죽지 못해 살아가도록. 그의 시선이 다시 서류로 향했다.

그는 애타게 기다리던 법원의 판결이 나오자마자 지체하지 않고 관할 구청을 찾아가 신고를 했다. 이로써 그와 유란과의 혼인은 취소가 됐다. 여기서 끝이 아니었다. 할 수 있는 모든 방법으로 유란이 그에게서 가져간 돈을 한 푼도 남기지 않고 되찾아올 생각이었다.

이미 그가 받은 정신적인 고통을 배상하라는 위자료 청구 소송에 대한 지시를 내렸고 결혼 전이나 결혼 후에도 관계를 이어 온 아이들의 친부에게도 많은 소송이 들어갈 것이다. 또한 자금 추적을 해 집 역시 빼앗을 것이다.

고통스럽게 서서히 목을 죄는 거야. 우리 가족에게서 빼앗아 간 15년이란 세월의 아픔을 되돌려 줄 수 있도록 최대한 길고 고통스럽게.

그 시간, 숙영이 주방에서 느긋하게 커피를 내리고 있을 때 휴대폰에 알림이 떴다. 혜원에게 온 메시지였다. 메시지를 확인한 숙영의 눈동자가 빨개졌다.

〈엄마, 방금 비서실장님에게 전화를 받았어요. 아버지가 혼인취소 신고를 끝내셨대요. 이제 그 여자와 아버지는 아무 관계도 아니에요. 엄마가 이 사실을 알았으면 해서 메시지 보내요.〉

그녀의 빨개진 눈동자에서 후드득 눈물이 떨어져 내렸다. 숙영은 목 놓아 울었다. 원망을 내려놨다고 생각했는데, 이젠 아무런 관계가 없는 사람이라고 생각했는데 눈물이 한없이 쏟아져 내렸다.

✿　　　　✿　　　　✿

　점심을 먹고 회사로 들어가려던 혜원은 태혁에게서 온 메시지를 확인하고 근처의 공원으로 발길을 돌렸다. 공원 입구에 들어서자 기다리고 있던 태혁이 그녀에게로 걸어왔다.

　혜원은 숨을 몰아쉬며 황홀한 눈으로 태혁을 바라봤다. 미끈한 슈트 차림에 코트를 걸친 그의 모습에 입이 절로 벌어졌다.

　워낙 체격이 받쳐 주는지라 무엇을 입어도 모델 포스를 풍겼다. 집에서 달랑 니트 한 장을 걸치고 있어도, 드레스 셔츠만 입고 있어도 눈을 떼기가 힘들 만큼 매력적이었다. 또 목소리는 얼마나 다정한가. 그 다정한 목소리가 그녀의 귀를 간질였다.

　"혜원 씨."

　"언제 왔어요?"

　"방금요."

　"점심은 먹었어요?"

　"아버지와 형님과 함께 먹고 오는 길이에요."

　혜원에게 다가온 태혁이 주저하지 않고 그녀를 꽉 끌어안더니 입을 맞췄다. 태혁의 가슴을 살짝 밀어낸 혜원이 주위를 두리번거리며 속삭였다.

　"누가 봐요."

　"보면 어때요? 곧 결혼할 사이인데."

"그래도 공공장소잖아요. 하여튼 앉아서 얘기해요."

혜원은 태혁의 손에 이끌려 공원 안쪽으로 들어가 나무 의자에 앉았다. 당연한 듯 허리를 끌어당기는 태혁에게 물었다.

"요즘 주혁 씨와는 괜찮아졌어요?"

"한 번에 완전히 좋아질 리는 없죠. 그래도 예전에 비하면 형님이 많이 부드러워지셨어요. 전에는 온몸에 가시를 달고 다가오려는 사람들은 물론이고 자신조차 찌르는 것 같았는데 요즘은 갈수록 둥글둥글해지는 느낌이에요."

"그게 다 우리 은우 덕분이죠."

"맞아요. 그 녀석 덕이에요. 은우가 방실방실 웃으면 형님도 따라서 웃더군요. 그래서 핏줄이란 게 중요한가 봐요. 이젠 나보다 제 아빠를 더 좋아하는 것 같으니."

"그래서 섭섭해요?"

"하하, 솔직히 말하면 조금 섭섭하죠. 하지만……."

말끝을 늘이는 태혁을 올려다보며 혜원이 물었다.

"하지만 뭐요?"

"어떻게 생각하면 오히려 잘 됐어요. 신혼을 즐겨야 하는데 은우가 우리 사이에서 자겠다며 떼를 쓴다고 생각해 봐요. 그 생각을 하면 식은땀이 날 것 같아요."

태혁의 말에 혜원이 소리 내어 웃었다. 정말 그럴지도 몰랐다. 두 사람 사이에 은우가 끼어서 자는 모습이 상상되자 웃음이 그치질 않았다.

"혜원 씨, 지금 웃음이 나와요? 심각한 문제라니까요."

말과는 달리 태혁의 장난기 어린 목소리에 혜원은 아빠와 그녀 중에서 은우가 누구와 자려고 할 것 같냐며 한술 더 떴다. 그녀의 말에 망했다는 표정을 짓던 태혁이 깔깔거리는 혜원의 허리를 끌어당기며 따라 웃기 시작했다.

둘은 본가에 들어가 살기로 결정한 상태였다. 은우와 숙영 사이에서 고민을 하던 혜원은 유란과 끝내려는 아버지의 마음을 알고 나서 마음을 정했다. 그녀가 없어야 엄마와 아빠가 가끔 만나서 차라도 마시는 사이가 되지 않을까 하는 생각에서였다. 어쨌든 그동안 쌓인 응어리를 풀어야 할 시간이 필요할 테니.

태혁이 생각에 잠긴 혜원의 얼굴을 양손으로 감싸며 말했다.

"혜원 씨, 왜 이리 시간이 느리게 가는지 모르겠어요."

"그래도 결혼식이 얼마 남지 않았어요."

"내일 눈을 뜨면 혜원 씨가 내 옆에서 자고 있었으면 좋겠어요."

"조금만 참으면 평생 같이 있을 수 있어요."

태혁은 혜원의 아름다운 얼굴을 내려다봤다. 마음 같아서는 그의 방과 옆방을 터서 신혼방으로 리모델링을 하는 동안 혜원의 집에 있고 싶은 마음이 간절했다. 헤어지는 것이 날이 갈수록 더 어려워졌다. 저녁 늦게 혜원을 집에 들여보내고 혼자 올 때는 정말이지 담이라도 넘어서 그녀의 방으로 숨어들고 싶었다.

태혁은 혜원의 입술을 손가락으로 쓰다듬었다. 그의 허리를 안은 혜원을 더 바짝 끌어당기며 말했다.

"오늘 저녁은 아주 늦게 얼굴만 봐야 할 거예요."

"왜요? 바빠요?"

"아버님을 뵈려고요. 정식으로 인사를 드려야죠."

"고마워요."

"당연한 일이에요. 진작 인사를 드리려고 했는데 혜원 씨가 기다려 달라고 해서 늦어졌어요."

혜원은 고개를 끄덕였다. 아버지를 찾아뵙겠다는 태혁을 말렸었다. 아버지가 유란과의 관계를 완전히 정리한 후 사윗감을 만나는 게 마음이 편하지 않을까 해서였다.

오늘 아침, 비서실장에게 아버지가 일을 마무리 지었다는 전화를 받았다. 아버지가 눈물을 흘렸다는 얘기에 어찌나 가슴이 먹먹해졌던지. 판결이 났다는 얘기를 듣자마자 아버지를 만나겠다는 태혁이 정말 고마웠다.

"태혁 씨, 고마워요."

"내가 더 고마워요."

"뭐가요?"

"내 여자가 되어 준 거요."

혜원은 태혁의 넥타이를 매만졌다. 그녀가 선물해 준 넥타이였다. 태혁은 이 넥타이를 거의 매일 하고 다녔다. 그의 마음이 드러난 넥타이를 만질수록 혜원의 목소리가 촉촉해졌다.

"엄마한테 제대로 배워서 매일 예쁘게 매 줄게요."

그녀의 말에 태혁이 싱긋 웃으며 귓가에 속삭였다.

"매일 속옷도 입혀 줘요."

혜원이 놀라 입을 벌렸다. 그 틈을 타 태혁이 기습 키스를 했다. 둘의 키스가 길게 이어졌다. 점심시간이 지났다는 것도 잊은 채로.

요즘 혜원은 몸이 열 개라도 모자랄 지경이었다. 회사에서 새로 맡은 일뿐만 아니라 결혼 준비 또한 소홀히 할 수 없으니 밤에는 머리를 베개에 대자마자 바로 잠이 들 정도였다. 하지만 바쁜 와중에도 최 여사를 도와 여러 지원자들 중에서 은우의 보모를 뽑았고 유치원도 알아봤다.

또한 틈이 날 때마다 태혁과 은우를 데리고 아버지 집도 방문했다. 처음에는 다소 경직된 분위기였지만 다행히도 근호를 외할아버지라고 부르면서 잘 따르는 은우 덕분에 점차 어색함은 사라져 갔다. 태혁이 숙영에게 하듯이 예비 장인어른에게 스스럼없이 다가간 덕이기도 했다.

결혼식이 며칠 남지 않은 금요일 저녁, 혜원은 주방의 테이블에서 정원을 바라보며 밥을 먹다가 저도 모르게 꾸벅꾸벅 졸기 시작했다. 함께 밥을 먹고 있던 태혁과 숙영이 그 모습을 보고 동시에 움직였다. 숙영보다 한발 빨랐던 태혁이 순식간에 혜원을 안고 일어나며 말했다.

"어머니, 혜원 씨를 재워야겠어요. 요즘 너무 힘들었나 봐요."

"어서 데리고 올라가게나."

태혁이 혜원을 안고 주방에서 나가자 숙영의 눈에는 딸에 대한 안쓰러움이 가득했다.

"일하는 것과 결혼 준비만으로도 바쁜데, 은우와 제 아버지까지 신경 쓰느라고……."

파리한 얼굴을 한 근호의 모습이 떠오르자 숙영은 한숨을 내쉬었다. 태혁의 주선으로 양가 어른들이 다시 모인 자리에서 15년 만에 그를 만났다. 한 회장과 얘기를 나누던 그의 눈길이 그녀에게 쏠릴 때마다 숙영은 시선을 돌렸었다.

그 오랜 시간 동안 원망과 배신감을 내려놓으려고 애를 썼건만 모든 걸 알고 나서도 끈질긴 감정들은 쉽게 사라지지 않는 모양이었다. 그러면서도 늙어 버린 남편의 모습이 안타까웠다. 쓸쓸한 눈동자에 가득한 미안함과 아픔이 보일 때마다 속상한 것은 또 왜일까.

두 사람의 감정이 어떠하든 간에 그들 사이에는 혜원이 있으니 앞으로 안 보고 살 수는 없을 것이다. 게다가 남편이 얼마나 아끼고 사랑하는 딸인가. 다 죽어 가던 그가 오매불망 그리던 딸을 만나면서 겨우 지금의 모습이 됐다는 걸 알고 있었다.

혜원의 말이 떠오른 숙영은 물을 마시며 깜깜한 하늘을 올려다봤다.

"엄마, 그 정원은 엄마의 정원이에요. 그러니까 언젠가 엄마가 예전과 같은 아름다운 정원으로 만들어 주면 좋겠어요."

숙영의 눈가가 촉촉하게 젖어 들었다.

수많은 꽃들이 바람에 살랑거리며 춤을 추던 옛 정원이 눈에 보이는 듯했다. 꽃밭을 뛰어다니던 어린 딸의 웃음소리에 시어머니와 남편의 웃음소리가 겹쳐져서 귀에 선명하게 들리는 듯하자 숙영은 고개를 숙였다. 미처 잡지 못한 눈물방울들이 식탁으로 떨어져 내렸다.

유란에게 속아서 살아온 세월이 한스러웠다. 둘째 아이가 친자가 아니란 걸 알고 있으면서도 그걸 죄로 받아들이며 살아온 남편의 인생은 또한 그동안 얼마나 황량했을까. 감정이란 것이 하루에도 수십 번씩 널뛰기를 했다. 유란에게 속았다고 해도 그가 미웠다. 그러다가 불쌍해지고 또다시 미워지니 제 감정을 다스릴 수가 없었다.

남편에 대한 생각을 떨쳐 내려고 숙영은 일어나 식탁을 치웠다.

우리 혜원이 결혼하는 것만 생각하자.

2층으로 올라와 혜원을 조심스럽게 침대에 눕힌 태혁은 잠이 쏟아지는 눈으로 그를 올려다보는 그녀에게 말했다.

"편하게 자요."

"미안해요. 잠깐만 자고 내려갈 거니까 가서 저녁 마저 먹어요."

"배고프지 않아요. 그냥 혜원 씨의 옆에 있을 테니 그만 자요."

혜원은 팔베개를 해 주는 태혁의 가슴에 안겨 가물거리는 눈을 감았다. 며칠 전부터 부쩍 잠이 많아지더니 이젠 회사에서도 점심을 먹은 후엔 데스크에 엎드려 잠이 들 정도였다. 심지어 저녁을 먹다가 쏟아지는 잠을 이기지 못할 정도니 피로가 많이 쌓이긴 한 모양이다.

태혁은 바로 깊은 잠에 빠져든 혜원의 머리카락을 다정하게 쓸어내렸다. 많이 피곤했을 거야. 이것저것을 다 신경 쓰느라 제대로 쉬지 못했으니.

양가 부모님과 상의해서 간소하게 결혼식을 치르기로 했지만 보통 사람들이 생각하는 간소함이 아니라는 게 문제였다. 샤인 그룹 후계자와 선일 엔지니어링 사장의 무남독녀가 치르는 결혼이다 보니 말처럼 일가친척만 모시고 할 수가 없었다.

혜원의 창백한 뺨을 쓰다듬던 태혁은 한숨을 쉬었다.

혜원 씨, 다음 주 토요일이면 우린 부부가 돼 있을 거예요. 평생을 사랑하며 살 수 있어요. 그러니까 일주일만 잘 견뎌 줘요.

설핏 잠이 들었나 보다. 태혁은 혜원의 목소리에 서서히 잠에서 깨어났다. 자면서도 혜원을 꽉 끌어안고 있었는지 혜원은 여전히 그의 팔에 안겨 있었다.

"태혁 씨."

"잘 잤어요?"

"푹 잔 느낌이에요."

창백하던 혜원의 뺨에 홍조가 떠올라 있었다. 태혁의 입술이 혜원의 뺨에 닿았다가 달콤한 입술로 이어졌다. 하지만 혜원이 그의 가슴을 살짝 밀어내며 말했다.

"배고파요."

"저녁을 조금밖에 못 먹어서 그럴 거예요. 어서 내려가요."

혜원의 손을 잡고 내려온 태혁이 주방으로 들어섰다. 이미 설거지를 마치고 찻물을 끓이고 있던 숙영이 뒤돌아보며 물었다.

"저녁을 제대로 못 먹었으니 둘 다 배고프겠네. 금방 차릴 테니까 앉아 있어."

"엄마, 내가 할게요."

"피곤할 텐데 넌 그냥 앉아 있어."

잠시 후, 뚝배기에서 보글보글 끓어오르는 된장찌개와 함께 살짝 구운 부드러운 살치살과 정갈한 반찬들이 식탁에 차려졌다. 기름장에 고기를 찍어 한입 먹은 혜원은 아까는 미처 인식 못 했던 허기가 몰려오는 것 같았다. 기본적으로 식탐이 없는 편인데 오늘 따라 식탁 위의 반찬들마저 너무 맛있어 보였다. 부지런히 젓가락질을 하는 딸의 모습에 숙영이 물었다.

"고기 좀 더 구워 줄까?"

고개를 끄덕인 혜원은 여전히 먹느라 정신이 없었다. 꽃게를 넣은 된장찌개를 몇 번 떠먹으면서 행복한 표정을 짓자 태혁이 그 모습을 흐뭇하게 바라봤다.

"혜원 씨, 오늘은 잘 먹네요. 항상 이렇게 먹으면 좋을 텐데요."

"그러면 살이 쪄서 안 돼요."

"더 쪄도 괜찮아요."

그사이에 숙영이 구운 고기를 식탁 위에 옮겨 놓았다.

"입맛이 있을 때 많이 먹어. 그래야 피곤이 풀리지."

"네."

혜원이 다시 열심히 집어 먹는 걸 본 숙영은 고개를 갸웃하며 딸의 모습을 자세히 바라봤다. 눈 밑에 생긴 연한 다크서클을 빼곤 별다른 차이점이 보이지 않았다.

잠이 많아지고 갑자기 고기를 잘 먹는 게 어째…… 설마?

태혁과 혜원을 번갈아 보던 숙영은 불쑥 전에 은우가 했던 말이 떠올랐다.

"삼촌은 싱갈에 갔어. 이모 만나러."

설마 우리 혜원이가 싱가포르에 있었을 때…….

숙영은 놀란 가슴을 진정시키려 정수기에서 냉수를 받아 들이켜면서 곁눈질로 두 사람을 관찰했다. 혜원의 먹는 모습을 흐뭇한 눈으로 바라보던 태혁이 고기를 기름장에 찍어 입에 넣어 주는 게 보였다.

두 사람의 다정한 모습을 보니 점점 확신이 들었다. 딸을 병원에 데려가 봐야겠다는 생각을 하던 숙영의 입꼬리가 슬그

428

머니 올라갔다.

아침을 먹은 후 병원에 가 보자는 숙영의 말에 혜원은 혹시나 하는 기대로 부풀어 오르는 가슴을 애써 진정시켰다. 태혁과 자신의 아기가 자라고 있을지도 모른다는 생각에 운전대를 숙영에게 넘기고 날씬한 배를 조심스럽게 양손으로 감쌌다.

검사 후 초조하게 기다리던 혜원은 결과를 듣고 소리를 지를 뻔했다. 믿어지지가 않아 자꾸 제 배를 문질렀다. 그리고는 기쁨의 눈물을 흘리며 태혁에게 전화를 걸었다.

"태혁 씨."

―혜원 씨, 오늘 아버님과 어머님을 모시고 점심 먹으러 가기로 한 거 잊지 않았죠? 혹시 어머님이 불편해하실까 봐 은우를 데리고 그리 가고 있어요.

"집으로 가지 말고 병원으로 와요. 엄마랑 같이 있어요."

"어디요?"

병원이라는 말에 놀란 그에게 임신 소식을 말하자 태혁이 급하게 차의 방향을 틀었는지 끼이익 하는 소리가 휴대폰 너머로 들렸다.

―혜원 씨, 금방 가요.

"조심해서 와요."

―조심해야죠. 내 신부와 아기가 있는데…….

태혁이 잠긴 목소리로 말했다. 30분이 못 돼서 은우를 안은 그가 급하게 병원으로 들어섰다. 숙영의 품에 은우를 넘겨 준 태혁은 빨개진 눈으로 혜원을 안았다.

"고마워요. 혜원 씨, 정말 고마워요."

혜원이 태혁을 올려다보며 말했다.

"눈이 빨개요."

"이모, 삼촌이 많이 울었어. 그래서 눈이 빨개졌어."

대답을 못 하는 태혁 대신에 은우가 재빨리 말을 했다. 혜원은 태혁의 가슴에 얼굴을 묻었다. 쿵쿵, 다른 때보다 더 힘차게 뛰는 심장 소리가 그의 기쁨을 전해 주는 것 같았다.

고마워요, 태혁 씨.

그 후로 태혁의 행동은 더 신중해졌다. 혜원을 조심스럽게 차에 태운 것은 물론이고 운전을 어찌나 조심스럽게 하는지 결국 혜원이 참견을 했다. 이렇게 느리게 가다가는 오히려 사고의 빌미를 제공하는 거라면서.

차 안에서도 연신 재잘거리던 은우는 도봉산 자락의 레스토랑으로 들어서자 신나서 소리를 질렀다.

"이모! 이모!"

"은우야, 전에 왔던 곳이지?"

"응. 고기가 맛있는 곳이야."

은우의 말에 태혁과 혜원이 동시에 웃었다. 하지만 숙영은 기분이 점점 가라앉았다. 결혼 전에 가족이 함께 식사라도 하면 좋겠다는 혜원의 권유에 여기까지 왔지만 남편과 편안하게 밥을 먹지는 못할 것 같았다.

레스토랑 앞에서 근호를 발견한 은우가 차에서 내리자마자 달려갔다.

"외할아버지!"

"허허. 우리 은우, 어서 오렴."

자주 만나다 보니 근호는 은우를 친손주처럼 생각하는 것 같았다. 피 한 방울 섞이지 않았어도 혜원과 숙영의 품에서 컸다는 것만으로 이미 은우는 그에게 소중한 존재였다. 게다가 품에 잘 안기고 따르니 더 예쁠 수밖에 없었다.

은우의 손을 잡은 근호는 천천히 걸어오는 숙영에게 말했다.

"어서 와요."

"……"

말없이 레스토랑으로 들어가는 숙영의 모습에 근호의 눈동자에 쓸쓸함이 어렸다. 진작 친자 확인을 하지 않은 어리석음 뒤에는 아들에 대한 욕심이 있었을 것이다. 그래서 모든 상황을 정리한 지금도 여전히 죄인의 심정일 수밖에 없었다.

"아빠, 들어가요."

혜원의 말에 그의 어두운 얼굴이 활짝 펴졌다. 다시 아빠라고 불러 주는 것만으로도 세상을 다 얻은 기분인데 딸이 예비 사위와 은우를 데리고 그의 집을 드나들자 죽은 것처럼 말라 있던 심장이 살아나기 시작했다. 그가 많이 미울 텐데도 다가와 주는 딸이 너무나 고마웠다.

가족이 둘러앉은 테이블 너머로 겨울로 들어서는 산자락이 보였다. 울긋불긋 단풍이 들었던 나무들은 어느새 나뭇잎들을 떨구고 겨울 준비를 하고 있었다.

식사 자리는 그런대로 좋았다. 또한 태혁이 근호에게 혜원의 임신 사실을 알리자 분위기는 더 좋아졌다.

근호는 눈물이 그렁해진 눈으로 딸을 바라봤다. 여전히 자신의 눈에 어리게만 보이는 딸이 결혼을 앞두고 있는 데다 아기까지 가졌다니. 그의 시선이 열심히 혜원을 챙기고 있는 태혁에게로 이어지자 입가에 미소가 번져 나갔다. 듬직하고 잘난 사위에, 눈에 넣어도 아프지 않을 사랑스러운 딸, 거기에 포크로 야무지게 스테이크를 찍어서 먹는 귀여운 은우까지.

근호는 은우의 스테이크를 먹기 좋게 잘라 주고 있는 숙영에게 말했다.

"와인 한잔하겠소?"

"주세요."

그는 숙영이 내민 잔에 와인을 따르며 속마음을 전했다.

고맙소, 모든 게 너무 고맙소. 우리 딸을 예쁘게 키워 줘서 고맙고, 내가 많이 밉고 원망스러울 텐데도 이 자리에 나와 줘서 정말 고맙소.

두 사람의 눈치를 살핀 태혁이 혜원에게 말했다.

"혜원 씨, 은우랑 산책하러 갈까요?"

"좋아요."

따라 일어나려는 숙영을 혜원이 말렸다. 어떻게든 아버지와 단둘이 있는 시간을 마련해 주고 싶었다.

"엄마, 조금만 걷다가 올 테니까 식사 마치시면 차 마시고 계세요. 우리도 차 마시러 돌아올게요."

혜원은 마지막 남은 스테이크를 입에 넣고 오물거리고 있는 은우를 이끌어 밖으로 나왔다. 햇볕이 강해서인지 밖은 의외로 포근했다. 다정하게 손을 잡은 태혁과 혜원은 물 만난 물고기처럼 뛰어다니는 은우를 따라가면서 느긋하게 산책로를 걸었다.

"이모! 이모! 여기 예쁜 나무가 있어!"

앞서 뛰어가던 은우가 손을 흔들며 혜원을 불렀다. 자동으로 은우에게 뛰어가려던 혜원을 태혁이 붙잡았다.

"혜원 씨, 조심해야죠."

"이 정도는 괜찮아요."

"안 돼요. 우리 아기가 놀라요."

태혁은 혜원의 날씬한 배에 귀를 댔다. 정말 꼬물거리는 소리가 들리는 것 같았다. 더 바짝 귀를 댄 그가 신기한 표정으로 말했다.

"들어 봐요. 아기가 뛰지 말라고 하네요."

"후후, 태혁 씨. 정말 못 말리겠어요."

혜원의 청량한 웃음소리가 공기 중으로 퍼졌다. 그 웃음소리에 달려온 은우가 까르르 웃었다.

"한 본부장님?"

가까이서 들리는 소리에 태혁은 뒤를 돌아봤다. 인우였다. 강연의 손을 잡은 그가 유모차를 밀고 있었다. 태혁은 그에게 다가가 손을 내밀었다.

"몇 달 만이네요. 한동안 모임에 안 나오셔서 안 그래도 궁금하던 차였습니다."

"아기가 있어서 그렇게 됐습니다."

태혁은 연에게도 인사를 하고 혜원을 소개시켜 주었다.

"저와 결혼할 사람입니다."

"정혜원입니다."

"강연입니다. 반갑습니다."

"삼촌, 나도! 나도 인사할 거야."

"제 조카입니다. 은우야, 인사해야지."

모든 사람들의 시선이 쏠리자 기분이 좋은지 은우가 배꼽 인사를 했다.

"안녕하세요, 한은우입니다."

"어머, 너무 예쁘네. 남자아이인가요?"

연이 혜원을 보며 물었다.

"네, 네 살이고요."

"어쩜 이렇게 예쁠까."

예쁘다는 말에 입이 벌어진 은우가 유모차 속의 아기를 신기한 눈으로 바라봤다. 새까만 눈과 앙증맞은 입을 가진 예쁜 아기였다. 은우는 제게 뻗어 오는 아기의 작은 손가락을 조심스레 잡으며 방실방실 웃었다. 그러자 입을 오물거리던 아기가 천사처럼 방긋 웃었다.

혜원은 유모차 속의 귀여운 아기를 들여다보며 연에게 물었다.

"몇 개월 됐어요?"

"4개월이 지나가요."

여자들이 얘기를 나누는 사이에 태혁과 인우는 조금 떨어진 곳에서 얘기를 나눴다. 태혁은 행복해 보이는 인우의 모습에 빙그레 웃었다. 어렸을 때부터 오직 인우 바라기였던 강연이 떠올라서였다.

"서 본부장님, 행복해 보이십니다."

"하하, 그렇습니까?"

"아이의 이름은요?"

"서정현입니다. 하지만 아내와 전 아직도 복덩이라도 부르죠."

인우의 다정한 시선이 연과 아기에게 닿았다가 다시 돌아왔다.

"언제 결혼하십니까?"

"다음 주 토요일에 합니다."

"정말 축하합니다."

"감사합니다."

"신부 되실 분이 대단한 미인이십니다."

두 남자의 시선이 각자 제 여자에게로 향했다. 태혁은 연의 아이를 조심스럽게 안아 보는 혜원의 모습을 바라봤다. 그 순간, 다른 사람들은 시야에서 사라지고 오직 혜원만 보였다. 혜원이 그를 돌아보며 환하게 웃었다.

태혁은 싱그럽게 웃으며 혜원에게 손을 흔들었다.

드디어 기다리던 결혼식 날이었다. 임신 사실을 안 태혁의 부모님은 혹시나 혜원이 힘들어할까 봐 그녀의 부모님보다 더 전전긍긍했다.

드레스를 입은 혜원은 신부 대기실에서 친구들의 축하를 받고 있었다. 대학 친구들과 회사 동료들에게 둘러싸인 혜원은 눈부시게 빛났다.

부케를 받기로 한 은혜가 혜원을 바라보며 미소 지었다. 세상에서 가장 아름다운 신부와 신랑이 될 거란 데 생각이 미치자 미소가 더 짙어졌다.

"이모!"

신부 대기실로 뛰어 들어온 은우를 본 혜원의 눈가가 보기 좋게 휘어졌다. 태혁의 턱시도와 같은 디자인으로 맞춰 입은 은우의 모습이 얼마나 깜찍하고 귀여운지 절로 웃음이 나왔다.

"어머, 이 귀여운 왕자님은 누구일까?"

친구들의 호기심 어린 질문에 은우가 배꼽 인사를 했다.

"안녕하세요. 한은우입니다."

"이름도 예쁘네."

혜원에게 설명을 들은 친구들이 덩달아 은우를 안아 보려고 난리였다. 그들을 힘겹게 진정시키고 나서 그녀가 말했다.

"은우야, 아빠에게 가 있어."

"응."

밖으로 뛰어나간 은우는 아들을 찾으러 온 주혁에게 달려갔다.

어느덧 예식 시간이 되자 순백의 드레스 속에서 눈부시게 빛나는 모습으로 혜원은 태혁과 나란히 섰다. 웅장한 웨딩 마치가 울리자 화동으로 나선 은우가 꽃을 뿌리며 앞장섰다. 귀여운 아이의 모습을 본 하객들의 눈에 웃음이 가득 담겼다.

은우가 뿌려 준 꽃길을 따라 걷던 혜원은 가슴이 뭉클해졌다. 은우를 통해 태혁을 만났으니 아이가 꽃길을 만들어 준 게 맞았다.

고맙다, 내 천사 은우야. 그리고 소진아, 고마워.

예식의 순서들이 지나가는 동안 근호와 나란히 앉은 숙영은 눈물을 흘렸다. 딸과 살아왔던 시간들이 주마등처럼 스쳐 지나갔다. 딸이 없었다면 버티지 못했을 시간들, 함께여서 행복했던 시간들. 앞으로 못 볼 것도 아닌데 왜 이리 눈물이 나오는지.

근호가 슬며시 쥐어 준 손수건으로 눈물을 닦은 숙영은 그가 위로하듯 손을 토닥여 주자 신기하게도 흘러내리던 눈물이 멎었다. 숙영은 눈부시게 빛나는 아름다운 딸의 모습을 눈에 가득 담았다. 그녀의 얼굴에 서서히 미소가 번져 나갔다.

단 위에서는 마주 선 태혁과 혜원이 서로에게 마음을 전하고 있었다.

"평생을 정혜원의 남자로, 남편으로 변함없이 사랑하며 살아가겠습니다."

"평생을 한태혁의 여자로, 아내로 변함없이 사랑하며 살아가겠습니다."

서약을 마친 두 사람은 동시에 빙그레 웃었다. 배롱나무에 등을 매달고 불을 켜면서 빌었던 소원이 생각나서였다.

그 소원이 마침내 이루어졌다.

에필로그

　토요일 오후, 공원엔 가을빛이 가득했다. 노랗게 단풍이 든 나뭇잎 사이로 쏟아져 내리는 햇살이 돗자리에 앉아 있는 혜원의 얼굴을 아름답게 물들였다. 황홀한 눈으로 단풍나무를 올려다보고 있던 그녀가 공원에서 놀고 있는 아이들에게로 시선을 돌렸다. 보모들과 함께 있는 은우와 선우의 모습에 눈가가 뜨거워졌다. 보석 같은 아이들이었다. 아들 선우는 언제나처럼 대장인 은우를 졸졸 따라다니고 있었다.

　일곱 살이 된 은우는 여전히 귀여웠다. 세 살인 선우가 은우의 말에 고개를 끄덕이는 게 보였다. 다정한 아이들의 모습에 혜원의 입꼬리가 한없이 올라갔다.

　꼭 친형제 같네.

　오랜만에 와 본 공원이었다. 예전 생각이 난 혜원은 공원을 둘러보다가 피크닉 바구니에서 물을 꺼내 마시며 생각에 잠겼다. 이제 두 달만 지나면 벌써 세 번째의 결혼기념일이 돌아올 것이다.

태혁 씨.

혜원은 속으로 태혁의 이름을 가만히 불러봤다. 벌써 그가 보고 싶었다. 집안 남자들이 아침 일찍 골프를 치러 가는 바람에 아이들과 공원으로 나와 한가한 시간을 보내고 있지만 그래도 태혁이 그리운 건 어쩔 수 없었다.

혜원의 생각은 요즘 입덧이 심한 세정에게로 이어졌다. 혜원이 결혼한 다음 해 말에 주혁도 결혼을 했다. 선으로 만난 세정은 따뜻한 사람이었다. 은우를 제 자식처럼 품어 주고 주혁을 잘 감싸 주었다. 그녀 덕분인지 한층 얼굴이 밝아진 주혁은 회사에서도 잘 나가고 있었다.

"이모! 이모!"

"엄마! 엄마!"

혜원은 은우와 선우가 부르는 소리에 생각에서 벗어났다. 곱슬머리를 휘날리며 달려오는 아이들의 모습에 혜원의 얼굴에 웃음이 번져 나갔다. 혜원은 넘어진 선우를 일으켜 옷을 털어 주는 은우에게 어서 오라는 손짓을 했다. 결혼 후에도 여전히 은우는 그녀를 이모라고 불렀다. 숙모나 작은엄마라 부르라고 해도 절대 호칭을 바꾸지 않았다.

선우의 손을 잡고 뛰어온 은우에게 혜원이 물었다.

"왜? 물 마실래?"

"이모, 선우가 목마르대."

"선우야, 목말라?"

"응, 엄마. 물 마실 거야."

혜원은 선우를 무릎에 앉히고 물을 먹였다. 그 모습을 부러운 듯이 보고 있는 은우를 다른 쪽 무릎에 앉히고 물을 따른 컵을 내밀었다.

"우리 은우는 혼자서 먹을 수 있지?"

"응, 이모. 난 어린이니까 혼자서도 잘해. 하지만 선우는 아직 아기라서 이모가 먹여 줘야 해."

혜원은 얼마나 뛰어다녔는지 이마에 땀이 송골송골 맺힌 두 아이를 품에 끌어안으며 말했다.

"우리 은우도, 우리 선우도 너무 예쁘네."

예쁘다는 말에 두 아이가 방실거리며 웃었다. 그 모습이 형제처럼 닮았다. 새까맣고 커다란 눈동자도, 곱슬머리도, 앙증맞은 입과 통통한 뺨도. 게다가 또 사이는 얼마나 좋은지 모른다.

코끝이 시큰해진 혜원은 사랑스러운 두 아이를 더 바짝 끌어안아 부드러운 곱슬머리에 입을 맞췄다. 행복했다. 가슴에 안기는 은우와 선우가 있어서, 변함없이 그녀를 사랑하는 태혁이 있어서. 혜원은 아이들의 머리를 쓸어 주며 물었다.

"점심 먹을까?"

"엄마, 토스트! 토스트!"

"이모, 나도 토스트!"

참새처럼 재잘거리는 두 아이의 모습이 깨물어 주고 싶을 만큼 귀여웠다.

혜원은 피크닉 바구니에서 먹을 것을 꺼냈다. 바삭하게 구운 토스트와 신선한 샐러드로 느긋하게 점심을 해결하며 아이들과 행복한 시간을 즐겼다.

점심을 먹은 후, 아이들과 놀아 주다가 집으로 가기 위해 짐을 챙기던 혜원은 태혁이 보낸 톡을 확인했다.

〈혜원 씨, 어디에 있어요?〉

〈아이들이랑 용인 집 근처의 공원에 놀러 나왔다가 이제 들어가려고요.〉

〈보모들과 기사도 같이 나갔죠?〉

〈네.〉

〈그러면 은우와 선우는 집에 들여보내고 혜원 씬 별장으로 와요.〉

〈지금 어디인데요?〉

〈골프 끝나고 가고 있어요. 한 시간 안으로 그리 갈게요.〉

혜원은 아이들을 보모와 기사에게 맡겨 본가로 돌려보내고 이제는 별장으로 사용하는 용인 집으로 향했다.

대문을 열고 들어가자 아늑한 정원이 그녀를 반겼다. 혜원은 배롱나무와 구상나무, 단풍나무를 손으로 만져 보고 야생화와 국화의 향을 깊게 들이마시며 집을 둘러봤다.

2년 전, 부모님이 다시 함께 살게 되면서 이 집을 물려받았다. 그 후로 태혁과 혜원은 둘만의 오붓한 시간을 보내고 싶을 때마다 이곳으로 왔다. 물론 주말에 은우와 선우를 데리고 오기도 했다. 그럴 때면 은우와 선우는 동네 아이들과 어울려 마음껏 뛰놀았다.

혜원은 정원의 포석을 따라 주방으로 걸어갔다. 금방이라도 주방에서 맛있는 쿠키 냄새와 향긋한 커피 향과 함께 숙영이 나올 것만 같았다.

주방 문을 열자 모든 것이 그대로였다. 관리인을 둔 덕분에 늘 깔끔했다.

식탁 의자에 백을 내려놓은 혜원은 손을 씻고 반죽을 하기 시작했다. 온 김에 쿠키를 만들어 갈 생각이었다. 이상하게도 가족들은 여기서 만든 쿠키를 더 맛있어 했다. 아무리 똑같은 재료로 만들어도 그녀 역시 이곳에서 만든 쿠키나 음식이 더 맛있었다. 아마 엄마와 살아온 추억 때문이리라.

오븐에서 꺼낸 쿠키와 커피의 향이 열린 문을 통해 정원으로 퍼질 때쯤 태혁이 정원을 가로질러 들어왔다.

"혜원 씨."

그의 목소리가 들리자 혜원은 뛰어가 품에 안겼다. 그녀의 허리를 꽉 끌어안은 태혁이 다정하게 입을 맞췄다.

심장이 세차게 뛴다. 꿀물이 흐를 것 같은 그의 눈을 올려다보던 혜원의 눈동자에는 사랑이 가득했다. 태혁은 혜원의 발그레해진 뺨을 쓰다듬었다.

그의 사랑은 시간이 갈수록 깊어져 갔다. 조용하고 부드러우면서도 뜨거운 제 여자에게 그는 헤어 나올 수 없을 만큼 빠져 있었다.

태혁은 양팔로 혜원을 안아 올리며 키스를 하려고 고개를 숙였다. 그의 가슴을 밀어낸 혜원이 얼굴을 붉히며 말했다.

"쿠키 구웠으니 따뜻할 때 먹어요. 커피도 내려놨어요."

"혜원 씨, 그것보다 더 달콤한 걸 줘요."

혜원은 이미 뜨거워진 태혁의 목덜미를 끌어안으며 키스를 깊이 받아들였다. 혜원을 안고 단숨에 2층 침실로 올라간 태혁은 거친 숨을 몰아쉬며 혜원의 셔츠 단추를 풀어 나갔다.

매끄러운 몸을 입술로 마음껏 탐하며 붉은 자국을 남기던 태혁은 제 몸을 혜원의 속으로 깊이 밀어 넣었다. 두 사람은 타오르는 열기로 숨을 쉬기가 힘들었다. 서로에게 침몰해 있는 두 사람의 입에서 뜨거운 신음 소리와 거친 숨소리가 흘러나왔다.

본가에서는 사랑을 나누면서도 소리를 내지 않으려 조심했지만 여긴 둘만의 천국이었다. 마음껏 사랑을 나누고 신음을 흘려도 되는 곳이었다. 그래서인지 둘은 더 뜨겁게 타올랐다.

혜원은 태혁의 격렬한 움직임을 받아들이다 견디지 못하고 목을 뒤로 젖혔다. 흔들리는 몸을 따라 천장이 흔들리는 것 같았다.

온몸으로 퍼지는 황홀한 감각에 정신이 아득해질 즈음 그녀의 속을 가득 채우고 있던 태혁이 폭발했다. 혜원은 쾌락에 젖은 그의 신음 소리를 들으며 명멸하는 흰 빛 속에서 정신을 잃었다.

깜박 잠이 들었나 보다. 혜원은 상쾌한 기분으로 태혁의 품에서 눈을 떴다. 태혁이 그녀의 헝클어진 머리카락을 쓸어내리며 물었다.

"잘 잤어요?"

"몇 시예요? 선우가 기다릴 텐데."

"여기서 저녁 먹고 가겠다고 연락했어요."

"그럼 저녁 얼른 먹고 빨리 가요."

"다들 이해하니까 서두르지 않아도 돼요."

혜원은 그의 말에 살며시 웃었다. 점잖은 말과는 달리 그의 손은 바쁘게 그녀의 벗은 몸을 만지고 있었다. 여전히 뜨거운 남자였다. 데이트할 때는 많이 자제했나 보다. 혜원은 다시 몸 위로 올라오는 태혁의 등을 끌어안으며 행복한 미소를 지었다.

뜨거운 사랑을 몇 번이나 나눈 두 사람은 가운을 걸친 채로 주방으로 내려갔다. 헝클어진 머리를 대충 묶은 혜원이 앞치마를 두르고 저녁을 준비하다가 뒤에서 바짝 몸을 붙이고 허리를 안고 있는 태혁에게 잔소리를 했다.

"뒤에 딱 붙어 있으면 어떻게 움직여요?"

"집에서는 이러고 있을 수 없으니까 좀 봐줘요."

"아무튼 이러면 저녁이 늦어져요."

"늦어져도 괜찮아요."

잔소리를 포기한 혜원은 부지런히 저녁 준비를 했다. 숙영만큼은 아니지만 그녀 또한 음식 솜씨가 뛰어난지라 어느새 먹음직스러운 저녁 식사가 차려졌다. 부드럽게 부풀어 오른 계란찜과 부추 겉절이, 굴비, 알맞게 익은 큼직한 깍두기와 김치가 놓인 소박한 차림이었다.

계란찜을 한입 떠먹은 태혁이 말했다.

"맛있어요."

"깍두기가 알맞게 익었어요. 먹어 봐요."

혜원은 태혁의 수저에 깍두기를 올려 줬다. 딸과 사위를 위해 숙영이 가져다 놓은 깍두기는 아삭아삭하면서도 몹시 맛있었다.

도란도란 얘기를 나누며 밥을 먹던 둘은 정원을 스치고 지나가는 바람 소리에 시선을 돌렸다. 아늑한 정원을 바라보고 있던 태혁이 나직하게 말했다.

"은우 생일날이었어요."

"뭐가요?"

"혜원 씨가 이웃 아이들에게 토스트를 구워 주고 있었는데 그게 너무 먹고 싶은 거예요."

"생각나요. 은우가 얘기해 줬죠. 삼촌이 토스트를 먹고 싶어 한다고요."

"그래서 우리 둘이 배롱나무 아래 의자에 앉아서 토스트를 반으로 나눠 먹었죠."

"맞아요."

태혁의 다정한 시선이 혜원에게 향했다.

"그날 사실 토스트가 먹고 싶었던 게 아니라 혜원 씨와 함께 있고 싶었어요. 너무 좋은데, 마음이 미칠 듯이 달려가는데 혜원 씨는 별 반응이 없어서 애가 탔어요. 그러다가 나중엔 재현이와 너무 친한 모습에 속으로 엄청나게 질투를 했죠."

"재현 오빠 그냥 옆집 오빠인데."

"그런 거라고 마음을 다독여도 힘들었어요. 그래서 선수를 쳤죠."

"무슨 선수요?"

"재현이에게 혜원 씬 이미 내 여자니까 물러나라고 했어요."

"네?"

혜원의 놀란 모습에 태혁이 빙그레 웃었다.

"혜원 씨가 혹시라도 재현이나 다른 남자들에게 눈길을 돌릴까 봐 얼마나 조마조마했는지 몰라요."

"그럴 리가 없잖아요. 나도 그때 이미 태혁 씨를 좋아하고 있었으니까요. 그리고 태혁 씨 허……."

혜원은 무심코 나오려던 허벅지 사이즈 얘기를 얼른 삼켜 버렸다.

"허, 뭐요?"

"아니에요. 저녁부터 먹어요. 밥 식어요."

"흠, 분명 뭐가 있는 것 같은데."

"태혁 씨만큼 멋진 남자를 본 적이 없다는 얘기였어요."

태혁의 입꼬리가 슬쩍 올라가자 혜원은 안도의 한숨을 쉬었다. 그렇다고 허벅지 사이즈와 뒤태의 비교에서 태혁이 압도적이었다는 얘기를 할 수는 없으니 말이다.

두 사람이 집에 돌아왔을 땐 9시가 다 돼 가고 있었다. 아이들은 이미 잠들었다는 최 여사의 말에 바로 방으로 올라갔다. 침실로 들어간 혜원이 행복한 미소를 지었다.

"너무 예뻐요."

"우리 침대를 차지했지만 그래도 정말 예쁘네요. 천사들이 자고 있는 거 같아요."

은우와 선우가 침대 가운데에서 나란히 잠들어 있었다. 결혼 후 이모와 같이 자겠다고 떼를 쓰는 은우를 달래서 일주일에 하루만 같이 자기로 한 것이 지금까지 이어지고 있었다. 선우가 태어난 후에도 일주일에 하루는 다 함께 모여 잤다.

잠옷으로 갈아입은 두 사람은 침대 양쪽에 누워 아이들을 들여다봤다.

태혁이 은우와 선우의 뺨에 뽀뽀를 하자 그를 바라보는 혜원의 얼굴에 미소가 번졌다. 사랑스러운 아이들과 남편이 눈앞에 있다. 함께 하는 풍경이 너무 좋아서 눈물이 날 것만 같았다.

행복하다, 행복하다. 혜원은 속으로 몇 번이나 읊조렸다.

태혁도 같은 마음이었나 보다. 긴 팔을 뻗어 혜원의 손을 잡은 그가 말했다.

"지금 말할 수 없이 행복해요."

"나도요."

두 사람은 아이들 위로 몸을 기울여 다정하게 입을 맞췄다.

에필로그2

아침부터 부지런히 음식을 만들고 있는 숙영에게 근호가 말했다.

"힘들 텐데 가사도우미분께 일임해요."

"가족이 먹을 건데 남의 손에 맡길 수야 있나요. 또 우리 딸과 사위도 그렇지만, 은우와 선우도 내가 만든 걸 잘 먹잖아요."

"그건 그렇지만 당신이 힘드니……."

"괜찮아요. 이것만 하면 끝나요. 당신은 나가서 박 집사님께 정원에 애들 자전거랑 장난감을 가져다 놓으라고 얘기하세요."

거실로 나온 근호는 집사에게 지시를 내리고 정원으로 나갔다. 정원은 달라져 있었다. 예전처럼 아름다운 아내의 정원으로 돌아와 있었다.

가을 향기를 가득 품은 꽃과 그라스 사이를 걷던 근호의 얼굴에 웃음꽃이 피었다.

유란에게 속아서 찢어졌던 가족이 다시 하나가 됐다. 게다가 눈에 넣어도 아프지 않을 예쁜 딸이 행복한 결혼 생활을 하고 있고 또 사랑하는 아내가 그의 옆에 있으니 세상에 부러울 게 하나도 없었다.

혜원이 결혼을 한 후, 한동안 숙영과는 가끔 만나 차를 마시는 사이로 지냈다. 그는 같이 살기를 원했지만 자신 때문에 힘들게 살아온 아내가 마음을 열어 주기를 기다릴 수밖에 없었다.

그러다 어느 날부터인가 숙영이 용인의 집에서 저녁을 지어 주기 시작했다. 앙상하게 마른 그가 가여웠나 보다. 함께하는 시간이 늘어날수록 둘은 많은 얘기를 나누게 됐다. 그는 숙영에게 끊임없이 사죄를 했다.

진심에서 우러난 사죄에 숙영이 점점 마음을 열었고 1년이 지나 다시 부부로 돌아왔다.

하지만 유란에 대한 건 잊지 않았다. 그에게서 가져간 재산을 모두 회수했고 여러 가지 수단과 방법을 동원해서 받았던 고통을 되돌려 주었다. 유란은 결국 아이들의 생부와 살면서 생활고에 시달리고 있었다. 비서실장에게 보고 받은 내용이 떠올랐다.

"상가 빌딩 청소 일을 시작했답니다. 그리고 아이들의 교육비 때문에 얹혀서 살던 어머니의 집을 판 뒤 세를 살고 있습니다. 그 남자는 술에 절어 있고요."

돈을 목적으로 남의 가정을 깼으니 돈 한 푼 없이 사는 게 가장 큰 복수일 거라 생각했다. 아들에 대한 욕심에서 비롯된 어리석음으로 하마터면 회사가 다른 남자의 자식에게 넘어갔을지도 모른다는 생각을 하자 몸서리가 쳐졌다.

게다가 더 어처구니가 없는 소리도 전해 들었다. 그 남자의 어머니란 여자가 손주가 선일 엔지니어링을 이어받을 거라고 큰소리를 떵떵 치면서 살았다는 거였다.

모든 사실을 알고 있으면서도 그런 행동을 했다니 더 용서가 되지 않았다. 근호는 주먹을 꽉 움켜쥐었다.

그 정도의 일 외에는 아무것도 할 수 없을 거야. 김유란 너도, 그 남자도 평생을 바닥에서 살아. 앞으로 30년 아니, 죽을 때까지.

근호는 어느새 집사와 메이드들이 정원에 가져다 놓은 장난감들을 보자 다시 기분이 좋아졌다. 자꾸 시계를 들여다보며 딸이 언제 오려나 기다리고 있는 그에게 다가온 숙영이 뜨거운 모과차를 내밀었다.

"애들에게 금방 도착한다는 연락이 왔으니까 차분히 차 마시고 있어요."

"우리 은우와 선우도 와야 할 텐데."

"당연히 같이 오죠. 그 녀석들이 오면 집 안에 활기가 넘쳐요. 얼마나 귀여운지. 그사이에 우리 선우도 많이 컸겠죠? 혜원이 말로는 표현도 잘하고 그림 동화책도 읽기 시작했다는데."

"우리 딸을 닮았으니 똑똑할 수밖에. 우리 혜원이도 글을 빨리 깨우쳤으니까."

"맞아요. 또래들보다 뭐든지 빨랐어요."

아장아장 걷던 혜원의 어린 모습이 떠오른 둘은 마주 보며 활짝 웃었다. 숙영의 손을 잡은 근호가 말했다.

"당신에게 너무 고마워요. 내게 돌아와 줘서 얼마나 고마운지 몰라요."

"우리 옛날 일은 잊고 앞만 생각하며 살아요."

숙영은 다정하게 손을 토닥여 주는 남편을 바라봤다. 앙상하던 몸과 파리한 얼굴은 이제 온데간데없었다. 적당하게 살이 올라 건강해 보였다. 젊고 아름다웠던 시간은 흘러가 버렸지만 지금이라도 남편과 함께 지낼 수 있는 시간에 감사했다. 미워하고 원망을 하면서도 그녀의 마음엔 여전히 남편이 자리하고 있었다는 걸 부인할 수가 없었으니.

우리 지금처럼 서로 의지하면서 살아가요. 당신이 곁에 있어서 참 좋아요. 숙영은 대문으로 고개를 돌리며 속으로 마음을 전했다.

딸의 가족이 왔는지 요란한 소리가 들렸다.

"외할머니! 외할아버지!"

"외할머니! 외할아버지!"

선우가 은우의 말을 앵무새처럼 그대로 따라 했다. 손자들의 목소리에 벌떡 일어난 둘은 돌계단을 올라오는 아이들에게 달려갔다. 은우가 선우의 손을 잡고 같이 올라오고 있었다.

"아이구, 내 새끼들. 우리 예쁜이들."

숙영과 근호의 품에 안긴 은우와 선우는 여전히 참새처럼 종알거렸다.

"이모와 삼촌도 왔어."

"엄마와 아빠도 왔어."

"그래, 그래. 꼭 쌍둥이처럼 말을 같이 하는구나."

"아버님, 어머님. 저희도 봐 주세요."

태혁의 말에 근호가 껄껄 웃었다.

"들어가게. 점심부터 먹어야지."

온 가족이 둘러앉은 식탁엔 웃음꽃이 피었다. 모두가 아침부터 숙영이 정성을 들여 만든 음식들을 맛있게 먹었다. 혜원과 태혁 사이에 나란히 앉아 밥을 먹는 두 아이의 모습을 흐뭇하게 바라보던 근호가 물었다.

"우리 은우는 선우랑 사이좋게 잘 지내나?"

"네에!"

그의 말에 당연하다는 듯이 힘차게 대답을 한 은우가 혜원이 먹기 좋게 잘라 준 갈비를 오물거리며 먹고 있는 선우에게 말했다.

"한선우, 고기만 먹으면 안 돼. 형아처럼 키 크고 예뻐지려면 채소를 많이 먹어야 해."

"응?"

"나물도 먹어야지."

"형아, 고기가 맛있어."

"그래도 채소와 김치를 먹어야 형아처럼 예뻐진다니까."

은우처럼 역시나 예쁘다는 말에 약한 선우가 고개를 끄덕였다.

"나도 형아처럼 예뻐질 거야. 엄마, 김치 먹을래."

"그럴래?"

둘의 대화에 혜원은 터져 나오려는 웃음을 참느라 애를 쓰면서 선우의 수저에 백김치를 올려 주었다. 물을 마시다 뿜을 뻔한 태혁이 참지 못하고 결국 웃음을 터트리자 근호와 숙영의 입에서도 웃음이 와르르 터져 나왔다.

갑작스러운 어른들의 웃음소리에 영문을 모르겠다는 얼굴로 쳐다보던 은우와 선우는 다시 둘만의 대화를 나눴다.

"선우야, 외할머니가 해 주신 고기가 더 맛있지?"

"응, 맛있어. 백배는 더 맛있어."

"갈비는 더 맛있어."

"응, 형아. 갈비는 더, 더 맛있어."

크고 새까만 눈동자를 빛내며 선우가 대답을 하자 은우가 크게 고개를 끄덕였다. 어른들이 웃느라 정신이 없는 사이에 둘은 여전히 냠냠거리며 맛있게 갈비를 먹었다.

점심을 먹은 후, 혜원은 잠시 한가한 틈을 타 엄마의 정원을 거닐었다. 마치 엄마의 품처럼 향기롭고 아늑해졌다.

정원의 한편에는 부모님의 재결합을 축하하며 혜원이 식재한 살구나무와 벚나무가 자리를 했다. 살구꽃과 벚꽃이 풍성하게 피고 엄마의 장미 화단과 모란, 작약이 화사하게 얼굴을 내민 봄의 정원은 이루 말할 수 없이 아름다웠다. 또한 무더기로 피어난 말리꽃의 아찔한 향 덕분에 이곳은 예전처럼 이웃사모님들의 명소로 사랑받았다.

산책로를 따라 정원을 천천히 걷던 혜원은 창문 새로 흘러나오는 가족들의 웃음소리에 빙그레 웃었다. 은우와 선우의 재롱에 웃음이 끊이지 않는 부모님의 모습이 너무 좋았다. 오랜 시간이 흘렀음에도 서로에 대한 사랑을 품고 있었던 두 분을 생각하자 금세 눈시울이 뜨거워졌다.

혜원은 단풍이 든 살구나무를 바라보며 작게 소망했다. 내년 봄, 담홍색의 살구꽃과 눈처럼 흰 벚꽃이 바람에 흩날리는 날 엄마와 차를 마시며 그 모습을 보고 싶다고.

문득 강연의 스타일링 메이크 오버 매장에 들렀던 날이 떠올랐다. 신 여사의 손에 이끌려 연의 매장에 왔다고 엄마에게 연락이 왔다. 마침 외근을 나와 있던 그녀가 두 분과 점심을 먹을 생각으로 잠시 들렀었다. 결혼 전에 인우와 연을 만난 적이 있긴 했지만 사실 신 여사가 워낙 연에 대한 자랑을 많이 했던지라 그 실력이 궁금하기도 했다.

널찍하고 깔끔한 매장에 들어섰을 때 이미 연은 숙영과 신 여사의 스타일링을 마친 상태였다. 머리 스타일부터 화장, 의상, 백, 구두까지 완벽했다. 속옷까지 정확한 사이즈로 바꿨다는 연의 말에 혜원은 혀를 내둘렀다. 신 여사가 강연, 강연하며 노래를 불렀던 이유가 있었다.

그때 연은 둘째를 낳은 후였다. 신 여사의 부탁으로 연의 휴대폰에 저장된 정현과 정아의 모습을 볼 수 있었다. 연을 닮아 너무 깜찍하고 예쁜 정아의 모습에 은우나 선우의 짝이 되면 좋겠다는 욕심이 생길 정도였다.

그 뒤 신 여사와 엄마를 모시고 점심을 먹고 나오던 중 우연히 상가 빌딩의 로비에서 청소를 하고 있던 유란을 만났다. 초췌하게 늙어 버린 얼굴에 작업복을 걸친 그녀가 세 사람을 보더니 황급히 자리를 떴다.

유란의 초라한 뒷모습을 보던 혜원은 엄마의 표정을 살폈다. 담담해 보이는 엄마의 모습에 가슴을 쓸어내렸다. 이젠 상처에서 벗어났구나 싶어서였다.

"혜원 씨, 무슨 생각해요?"

태혁의 목소리에 혜원은 생각에서 벗어났다. 어느새 가족들이 정원에 다 나와 있었다. 은우는 자전거 뒤에 선우를 태운 채 소리를 지르며 정원을 누비고 있었고 다정하게 그네 의자에 앉은 부모님은 그 모습을 지켜보며 소곤소곤 얘기를 나누고 있었다.

"내 생각했어요?"

그녀의 어깨를 감싼 태혁이 귓가에 감미롭게 속삭였다.

혜원은 황홀한 눈으로 그를 올려다봤다.

"눈이 부셔요."

"뭐가요?"

"태혁 씨가요."

혜원의 말에 태혁의 입이 귀에 걸렸다. 벙실벙실 나오는 웃음을 감추지 못한 그가 혜원의 허리를 끌어안으며 재빨리 입을 맞추고 떨어졌다.

"어이, 거기 두 사람! 그만 좀 해라."

어떻게 알았는지 아기를 안고 옆집 2층 발코니에 나타난 재현이 소리쳤다. 그런 재현에게 태혁이 맞받아쳤다.

"부럽냐? 부러우면 솔직히 부럽다고 해라."

"거기서 기다려라. 안사람과 그리 갈 테니까. 우리 딸도 데려간다."

"너 혹시 우리 은우나 선우를 탐내는 건 아니겠지? 네 딸의 짝으로 말이야."

"영광으로 알아야지. 선택권은 내 딸한테 있다. 바로 그리간다."

재현의 모습이 발코니에서 사라지자 두 사람은 살구나무 아래 의자에 앉아 얘기를 나눴다.

"그래도 우리 은우가 초등학교에 들어가고 난 뒤 하는 게 좋지 않을까요?"

"혜원 씨가 원하는 대로 해요. 아버님께는 말씀드렸어요?"

"아직요. 이따가 말씀드리려고요."

"많이 좋아하실 거예요."

혜원은 태혁의 어깨에 가만히 머리를 기댔다. 태혁과 상의해 이미 결정을 내린 일이었다. 분가하는 대신 아버지의 집에 들어가 살기로. 하지만 은우 때문에 시기를 늦추느라 부모님께는 아직 말씀을 드리지 못한 상태였다.

혜원의 눈길이 선우를 뒤에 태우고 씩씩하게 자전거 페달을 밟고 있는 은우에게 향했다. 은우는 이미 제 아이나 마찬가지였다. 하지만 그녀가 함께 살고 있어 은우가 세정에게 다가가는 것을 망설이고 있는 게 아닌가 싶어 마음을 정한 것이었다.

초등학교에 입학하면…… 아니지, 그래도 한두 달이라도 적응하는 걸 보고 나오자. 주말에 다 같이 만나면 되니까 우리가 없어도 괜찮을 거야.

결정을 내리니 마음이 편해졌다. 혜원은 등 뒤로 머리카락을 쓸어내리는 태혁을 마주 보다 허리에 팔을 둘렀다.

올해는 두 사람에게 많은 변화가 있었다. 7월에 태혁이 샤인 화학의 사장으로 취임을 했고 혜원은 아버지 회사의 최대주주가 됐다. 할머니에게 상속을 받은 주식도 많았지만 이번에 아버지에게 더 많은 주식을 증여 받는 바람에 얼떨결에 최대 주주 자리에 올라서게 된 것이다. 아버지의 의도는 알고 있었다. 그녀가 회사를 물려받길 원한다는 것을.

결혼 후에도 가든 디자이너로서의 일을 계속해 왔으나 조금만 더 이 일을 즐기다 아버지의 회사에서 제대로 일을 배울 생각이었다. 어차피 자식이라곤 그녀 하나뿐이니 선택권이 없기도 했다. 정원 일을 하는 동안 그 속에서 위안을 얻으며 상처를 달랬는데 이미 그 상처가 치유되었으니 이제는 취미로 남겨도 좋겠다는 생각도 들었다.

그리고…….

혜원은 은근히 그녀의 잘록한 허리 라인을 따라 쓰다듬고 있는 태혁을 올려다보며 생각했다. 이 남자가 원하는 대로 내년엔 꼭 둘째를 가져야겠다고.

태혁의 달콤한 눈길이 그녀의 얼굴에 와 닿았다. 그녀의 마음을 읽기라도 한 듯 도톰한 귓불을 쓰다듬으며 말했다.

"애들은 여기서 하루 자라고 하고 우린 이따가 별장으로 가요."

"왜요?"

"둘째를 가져야죠. 그러려면 열심히 노력해야 하니까요. 안 그래요?"

태혁은 살짝 붉어진 혜원의 뺨을 만지며 웃었다.

그의 환한 미소가 가을 햇살을 타고 혜원의 가슴속으로 파고들었다. 보면 볼수록 좋은 사람, 시간이 갈수록 더 사랑할 수밖에 없는 사람. 이런 남자가 남편인 게 얼마나 큰 축복인지. 혜원은 그녀의 얼굴에서 눈을 떼지 않는 태혁의 입술에 몇 번이나 입을 맞췄다. 그 모습을 언제 봤는지 두 아이가 달려오면서 소리쳤다.

"이모, 나도! 나도 뽀뽀할 거야!"

"엄마, 나도! 나도 뽀뽀!"

쌍둥이처럼 뽀뽀하겠다고 달려오는 두 아이의 모습에 한숨을 쉰 태혁이 팔을 벌렸다.

"정말 저 녀석들은 못 말리겠어."

근호와 숙영의 얼굴에 웃음이 번져 나갔다. 숙영은 태혁과 혜원의 품에 안긴 아이들을 흐뭇하게 바라보다가 정원으로 시선을 돌렸다. 온 가족이 함께 있는 정원은 그 어느 때보다도 아늑하고 아름다웠다.

—fin

작가 후기

반갑습니다. 〈말리꽃 향기〉의 이선경입니다.

봄빛이 가득한 4월에 제 글이 나와서 기쁩니다.

〈말리꽃 향기〉는 꽃과 초록의 나무, 그라스가 살랑거리는 싱그러운 봄에 출간되면 좋겠다는 생각을 하고 있었습니다.

이 글은 전작인 〈애인, 있어요〉의 태혁을 주인공으로 글을 쓰고 싶다는 제 바람과 독자님들의 바람이 합해져서 나오게 되었습니다.

젠틀하면서도 다정한 모습의 태혁을 염두에 두고 가든 디자이너인 혜원을 생각해 냈습니다.

혜원과 숙영, 그리고 귀염둥이 은우가 살아가는 집을 상상하고 머릿속에 구체화하면서 몹시 행복했습니다. 요즘도 여전히 정원들을 스쳐 지나갈 때마다 혜원의 모습이 그려집니다. 기다란 편백나무 식탁에 앉아 막 구워 낸 고소한 쿠키와 김이 모락모락 올라오는 커피를 마시면서 정원을 내다보고 있는 혜원의 모습을요. 그림 같이 아름다운 혜원의 옆에는 당연히 멋진 태혁이 있을 테고 은우와 선우는 곱슬머리를 휘날리며 뛰어놀고 있겠지요.

혜원의 아늑하고 몽환적인 정원과 그 정원보다 더 따듯하고 다정한 태혁, 귀여운 토실이 은우, 은우를 졸졸 따라다니는 선우, 아름답게 나이 들어가는 숙영과 근호.
앞으로도 이들이 계속 제 머릿속에서 살아갈 것만 같습니다. 물론 신 여사와 재현이도요.

그래서인지 〈말리꽃 향기〉의 수정 작업을 하면서 성장한 아이들의 글을 써 보고 싶다는 바람이 생겼습니다.
은우, 선우, 그리고 인우와 강연의 아이들인 정현과 정아, 또 재현의 딸의 스토리가 너무 궁금해지면 언젠가는 쓸지도 모르겠습니다.

이제 〈말리꽃 향기〉는 제 손을 떠나 독자님들의 품으로 갑니다. 부디 이 글이 독자님들을 조금이나마 행복하게 해 주길 바랍니다.

마지막으로 〈말리꽃 향기〉가 예쁜 책이 되어 나올 수 있도록 수고해 주신 김민지 편집자님과 김지우 담당자님, 그리고 봄 출판사의 모든 분들에게 진심으로 감사를 드립니다.

　독자님들, 늘 건강하시고 행복하세요.

—이선경 드림.